미나 리의   마지막   이야기

미나 리의　　마지막　　이야기

MINA

The Last Story of Mina Lee

낸시 주연 김

정혜윤 옮김

장편소설

LEE

자음과모음

엄마께

이 책에 쏟아진 찬사

"시기 적절하고 중요한 소설이다. 독자들은 가족의 강력한 유대감과 취약성, 그리고 '아메리칸드림'을 위한 노력이 실제로 무엇을 의미하는지에 대해 다룬, 이 진심 어린 소설을 내려놓을 수 없을 것이다."

— 팝슈거

"미나의 이야기가 우리를 코리아타운의 삶으로 끌어들이면서 이야기는 독자를 현재에서 과거로 부드럽게 끌어간다. 섬세하고 감동적인 가족 이야기다."

— 미스터리 씬 매거진

"미국으로 이주한 이민자들이 무엇을 얻고 무엇을 잃는지, 그리고 그들의 미국인 자녀들이 어떻게 세계 사이에 갇힐 수 있는지에 대해 감동적인 시각으로 써내려갔다."

— 알리사 콜, 크라임리즈

"엄마와 딸 사이의 애틋하고 가슴 아픈 애정의 실마리가 섬세하고 풍성하게 엮이며 어우러진다. 낸시 주연 김은 슬픔과 아름다움을 모두 갖춘 문체로 인물의 감정, 즉 슬픔, 후회, 상실감, 뒤처진 느낌을 훌륭하게 묘사한다."

— 북리스트

"언어소통이 실패할 때에도, 과거에 벌어진 가슴 아픈 일을 공유할 수 없을 때조차 이루어지는 어머니와 딸의 유대에 관한 장엄한 탐험이다."

— 샌디에이고 유니온 트리뷴

"긴장감 넘치고 깊이감이 느껴진다. 『미나 리의 마지막 이야기』는 마고 리가 어머니의 죽음을 발견한 후 시간을 거슬러 올라가 미나와 마고 사이를 갈라놓은 비밀과 그들을 하나로 묶은 비밀을 찾아가며 시작된다. 낸시 주연 김의 데뷔작은 이민자의 다양한 경험을 드러내고, 가족과 가정의 의미를 탐구한다. 특히 언어의 본질에 천착하여 즉 언어가 사람과 세상을 갈라놓는 바다가 될 수 있는지, 혹은 연결하는 다리가 될 수 있는지를 예술적으로 풀어나간다. 그 과정에서 『미나 리의 마지막 이야기』는 아메리칸드림의 현실에 대한 질문을 던지고, 소설뿐만 아니라 실제 삶에서 잘 알려지지 않은 이야기들을 조명한다."

— 클로이 벤저민(뉴욕타임스 베스트셀러 『불멸주의자』 저자)

"『미나 리의 마지막 이야기』에서 낸시 주연 김은 엄마와 딸을 얽어매는 죄책감, 사랑, 비밀의 복잡한 그물을 부드럽고 우아하게 탐구한다. 강력하고 감동적인 이 매혹적인 소설은 이민을 통해 경험할 수 있는 복잡한 삶을 주제로 삼았다. 독자는 어머니의 의심스러운 죽음에 대한 미스터리에 매료될 것이다."

— 진 곽(뉴욕타임스 베스트셀러 『실비 리를 찾아서』 저자)

"낸시 주연 김의 데뷔작은 우리에게 너무나 친숙한 침묵인 한인 이민자 어머니와 한국계 미국인 딸 사이의 침묵의 양면을 조심스럽게 조명한다. 사회 계층, 이민, 가족에 관한 놀랍도록 강력하고 독창적인 소설이다."

— 알렉산더 치(베스트셀러 『자전소설을 쓰는 법』 작가)

"『미나 리의 마지막 이야기』는 사랑과 기억을 불러일으키는 강렬하고 매혹적인 작품이다. 낸시 주연 김은 우리 마음속의 깊은 상처를 부드럽게 살펴보는 아름다운 데뷔 소설을 썼다. 작가는 춤을 추듯 시간을 넘나들며 어머니와 딸의 시선을 기록하고, 세대를 아우르는 고요한 트라우마를 탐구한다. 쉽게 읽히며 흥미진진하다."

— 크리스틴 아네트(뉴욕타임스 베스트셀러 『Mostly Dead Things』 저자)

"『미나 리의 마지막 이야기』는 한국 여성과 한인 디아스포라 여성들의 역사적 트라우마를 고찰한다. 낸시 주연 김은 언어, 지리, 정체성의 경계를 넘나들며 역동적이고 날카로운 작품을 만들어냈다. 그녀는 깊은 집단적 슬픔, 즉 한이 담긴 언어를 사용하여, 함께이면서도 홀로 태평양을 넘은 어머니와 딸 사이의 이해를 가능하게 한다. 작가는 한국 여성이 지닌 '잔해 속의 삶'의 의미를 정면으로 마주한다. 『미나 리의 마지막 이야기』는 미국 역사와 문학에 중요한 위치를 차지한 한인의 존재를 엿볼 수 있는 작품이다."

— 고은지(베스트셀러 『마법 같은 언어』 저자)

차

례

마고
2014년 가을

마고가 엄마와 마지막으로 나눈 대화는 지극히 평범하고 일상적이었다. 언제나처럼 두 언어를 뒤섞어 되는 대로 들쭉날쭉 말했고 피차 절반쯤만 알아들었다.

오늘도 손님이 별로 없었어. 시내에 있는 한국 가게도 전부 문을 닫는 판이니, 뭐.

저녁은 뭐 드셨어요?

이제 다들 타겟 같은 대형마트에 가. 물건 값은 같은데 더 깨끗하니까.

마고는 한국말 단어들이 머릿속을 스르륵 빠져나가는 모습을 보며 자기 뇌가 세상에서 가장 성긴 그물망 같다고 생각했다. 이전에는 그 그물을 더 조밀하게 죄려고도 해봤지만 다른 언어, 특히 엄마 나라의 언어는 배우기가 너무 힘들었다. 엄마는 대체 왜 영어를 배우지 않았을까?

하지만 이 마지막 대화를 나눈 건 2주 전이었고, 지난 며칠 동안 마고는 엄마가 왜 전화를 받지 않을까, 라는 오직 한 가지 의문에 사로잡혀 있었다.

마고와 미겔이 포틀랜드를 떠날 무렵부터 폭우는 지칠 줄 모르는 듯 쏟아졌다. 눈에 들어오는 것이라곤 바삐 움직이는 자동차 와이퍼와 뿌연 앞 유리창 사이로 언뜻언뜻 보이는 패스트푸드 식당과 주유소, 모텔과 옥외 광고판, 프리미엄 아울렛과 '가족오락센터'뿐이었다. 마고는 운전대를 꽉 그러쥐었다. 두려움에 축축해진 손이 파르르 떨렸다. 비는 한 시간 전, 그러니까 그들이 10미터 높이의 폴 버니언 조각상을 보려고 포틀랜드 북부에 잠깐 들른 직후부터 내리기 시작했다. 두툼한 가슴에 빨간색과 흰색 체크무늬 셔츠를 입은 조각상은 양손을 기다란 도끼 손잡이 끝에 올린 채로 만화 같은 미소를 짓고 있었다.

그날 아침 일찍 배낭과 더플백에 일주일 치 옷을 되는 대로 쑤셔 넣고 시애틀 집을 나선 마고는 미겔의 아파트에 들러 그를 태우고 고속도로에 오른 참이었다. 미겔은 로스앤젤레스로 가서 새 삶을 시작할 요량으로 큰 여행 가방 두 개와 화초 세 개를 들고 차에 올랐다. 두 사람은 달리시티의 미겔 가족 집에서 하룻밤 자고 가기로 했는데, 거기까지 가려면 열 시간가량 달려야 했다.

여행 초반에 〈돈 스탑 빌리빙(Don't Stop Believin')〉을 신나게 따라 부르며 자신이 엘에이에서 만날 모든 사람에 대해 우스갯소리를 해대던 미겔이, 고속도로를 달린 지 네 시간 가까이 지난 지금은 어쩐지 조용했다. 그는 한 손으로 이마를 감싸 쥐고 머릿속의 생각을 떨쳐버리려는 듯 심호흡을 했다.

"무슨 걱정거리라도 있어?" 마고가 물었다.

"그냥 부모님 생각을 하고 있었어."

"무슨?" 마고는 가속페달을 밟았다.

"그분들한테 거짓말했거든."

"네가 엘에이로 이사하는 진짜 이유 말이야?" 미겔이 일자리를 얻은 회계 회사는 공연계에서 일하려 하는 그의 꿈을 실현하기에 편리한 위치에 있었다. 두 사람은 이 년 전 한 비영리 장애인 단체에서 만난 사이로 그때 마고는 행정 보조, 미겔은 회계 일을 했다. 마고는 이제 더는 미겔과 일하지 못하게 돼 섭섭했지만 그가 자신이 좋아하는 일을 시작하게 되어 기뻤다. "연극 공부? 아님 네가 쓰는 극본들? 그라인더(성 소수자를 위한 데이트 앱―옮긴이) 회원인 거?"

"전부 다."

"그냥 싹 다 솔직하게 말씀드리는 거에 대해선 생각해봤어?"

"날마다 하지." 그가 한숨을 내쉬었다. "하지만 이 방법이 더 편해."

"그분들이 이미 알고 계실 거라 생각해?"

"물론이지. 그래도………." 미겔은 손가락으로 머리카락을 쓸어 넘겼다. "때로는 같은 거짓말에 동참하는 사람을 우리는 가족이라 부르잖아."

"그래? 그럼 같은 진실에 동참하는 사람은 뭐라고 불러?"

"그런 사람은 한 번도 본 적 없지만, 아마도 과학자?"

친구라는 답을 예상했던 마고는 웃음을 터뜨렸다. 마고는 운전대를 잡은 손에 꽉 힘을 주다가 세일럼 방향 이정표를 발견했다. 손이 뻣뻣했다.

"화장실 안 가도 돼?" 마고가 물었다.

"난 괜찮아. 유진에서 쉴 거지?"

"응, 한 시간 정도 더 가야 해."

"좀 출출하네." 미겔은 뒷자리 바닥에 놓아둔 가방을 뒤져 사과 한 알을 꺼내더니 소매 끝으로 박박 문질렀다. "한 입 먹을래?"

"아니, 지금은 식욕이 별로 없어."

미겔이 과육을 한 입 깨무니 젖은 매트와 히터 냄새 사이로 달콤한 사과 향기가 피어올랐다.

마고는 엄마가 볼록한 광대뼈 아래로 눈을 내리깔고 입을 약간 벌린 채 너무도 평온한 얼굴로, 사과 껍질을 끊어지지 않게 긴 소용돌이 모양으로 깎는 모습에 놀랐던 순간이 떠올랐다. 그 소용돌이는 사과의 원래 모양 그대로였다. 어린 마고는 이 껍질이 마치 작은 동물이라도 되는 양 조심조심 손바닥에 올려놓곤 했다. 그것은 엄마가 일종의 마술사, 남은 조각들을 단서로 그 기원을 들려주는 예술가일 수도 있다는 증거였다. 이건 과일 껍질이고 이건 그 냄새, 이건 그 색깔이야, 라고.

"얼른 날이 좀 갰으면 좋겠다." 미겔의 말에 마고는 회상을 멈추었다. "한동안 좁고 구불구불한 길이 계속될 거야. 캘리포니아 꼭대기에는 벼랑길이 지그재그로 이어지는 진짜 무시무시한 곳도 있어. 꼭 길을 벗어나지 않고 무사히 갈 수 있는지 시험하는 곳 같다니까."

"아이고, 세상에! 그 얘기는 더 이상 하지 말자."

마고는 빗물에 미끌거리는 길과 희미한 불빛, 실처럼 뻗은 노란 줄과 흰 줄에 집중하면서, 고속도로 운전을 너무도 싫어했던 엄마를 떠올렸다. 엄마는 전화를 받지 않았다. 대체 지금 어디에 계신 걸까?

앞 유리 와이퍼가 연신 뽀드득거리며 빗물을 닦아냈다.

"너는 어때?" 미겔이 물었다. "엄마 만나러 가서 좋아?"

마고는 심장이 철렁했다. "실은 우리가 간다는 이야기를 하려고 지난 며칠 동안 계속 전화를 걸었어." 마고는 운전대를 꽉 그러쥐며 한숨을 내쉬었다. "처음엔 이번 여행을 즐기고 싶어서 엄마한테 알리지 않으려고 했는데, 어쩐지 맘이 편치 않아서……."

"무슨 안 좋은 일이라도 있는 거야?"

"전화를 안 받으셔."

"흠." 미겔은 자세를 고쳐 앉았다. "혹시 핸드폰 배터리가 고장난 거 아닐까?"

"유선 전화기야. 가게랑 집 양쪽 다."

"그럼 여행이라도 가셨나 보지."

"엄마는 한 번도 여행 같은 걸 가신 적이 없어." 창에 뿌옇게 김이 서려 얼룩과 빗자국, 그걸 닦으려던 지난 시도들이 또렷이 드러났다. 마고는 김 서림 제거 버튼을 눌렀다.

"어디 가시고 싶어 한 데는 없으셔?"

"요세미티랑 그랜드캐니언. 이유는 모르지만 항상 거길 가고 싶어 하셨어."

"땅이 이만큼 쩍 갈라져 있는 곳이니까. 당연히 보고 싶으시겠지. 신의 작품이잖아."

"한국 이민자들한테는 일종의 통과의례 같은 거야. 모자 쓰고 등산 바지 입고 가는 국립공원, 그런 데가 진짜 미국이라고 생각하니까."

"별일 없으실 거야. 마지막으로 뵌 게 언제야?"

"지난 크리스마스."

"요즘 좀 바쁘신가 보지. 어쨌든 곧 만나잖아."

"그래. 이따가 휴게소에서 또 전화해보지, 뭐."

마고는 가슴이 더 묵직해진 느낌이었다. 라디오 다이얼을 이리저리 돌려봤지만 계속 잡음이 들리다가 간간이 광고나 진행자 음성만 잡혔다.

엄마는 별일 없었다. 두 사람 모두 아무 일도 없을 것이다.

이제 미겔이 살게 될 것이니 앞으로 엘에이에 갈 이유가 더 생길 듯했다.

그들 앞 도로는 과일 껍질처럼 구불구불 펼쳐져 있었고, 앞창 와이퍼는 하늘에서 쏟아지는 빗물을 열심히 쓸어내기 바빴다.

마고와 미겔은 산과 빽빽한 숲으로 둘러싸인 캘리포니아 레딩에 들어서자마자 맨 처음으로 나오는 식당에 들어갔다. 붉은 비닐 시트로 된 칸막이 자리에 번들거리는 숟가락이 놓여 있고, 흰

유니폼을 걸친 종업원과 주크박스가 있는 곳이었다. 금발을 포니테일 스타일로 묶은 대학생이 두 사람을 테이블로 안내한 다음 코팅된 메뉴판을 건넸다. 카운터에 트럭 운전기사 모자를 쓴 노인 하나가 혼자 앉아 있었다. 옆 부스에선 종이 식탁 매트에 열심히 색칠하는 여자아이 둘을 부모가 가만히 지켜보고 있었다.

마고는 한국과 멕시코 식당 일색인 엘에이, 그것도 코리아타운에서 자란 터라 평범한 미국식 저녁 식사가 '멋지고' '이색적'이라고 늘 생각했다. 영화나 단편 소설에 등장하는 식탁은 열심히 일하는 점잖은 미국인들이 휴식을 취하는, 무언의 영웅 행위가 펼쳐지는 장소였다. 팔 년 전 시애틀로 와 처음으로 백인 친구들을 사귀던 때가 떠올랐다. 그들은 마치 세상이 자신들을 위해 만들어진 양—어떤 의미에선 진짜 그랬지만—자신들의 정체성과 피부색, 외모를 편히 받아들였다. 파란 눈에 오뚝한 코를 가진 그들은 보통 그 자체로 매력적이었다. 슈퍼모델은 아니어도 최소한 백인이니까.

이론적으로는 말이 되지 않는 이야기라, 마고는 그런 식으로 생각하고 싶지 않았다. 그럼에도, 물론 아름다움은 우리 생각이 만들어내는 거지만 그건 이론일 뿐 우리가 사는 현실은 다르지, 하고 생각했다. 이론은 뼛속 깊이 사무치는 감정에 아무 영향도 주지 못했다. 거울 속 자신을 아무리 뚫어져라 들여다본들 주인공으로 느껴지기는커녕 예쁜 구석 하나 찾지 못했고, 기껏해야 밉지는 않아도 개성 없고 이질적이며 조용한 '이국적'인 들러리로 보였던 그 세월이 지워지지도 않았다. 마고는 자라면서 종종 생각했다. 눈이 조금만 더 컸어도, 아님 머리카락이 검정색이 아니라 갈색이기만 했어도 얼마나 좋았을까! 또…….

음식이 도착하자 마고는 상념에서 빠져나왔다. 마고와 미겔은 치즈버거와 감자튀김, 호밀빵 참치샌드위치, 토마토수프를 짐승처럼 우적우적 먹었다. 마고는 속도를 늦추려 애썼지만 하나같이 너무 맛있었다. 완벽한 미국 음식이었다. 귀에 들리는 소리라곤 오로지 음식을 씹고 음료수를 홀짝이고 꿀꺽 삼키는 소리, 욕구가 충족될 때 들려오는 오케스트라 소리뿐이었다. 마고는 영원히 이 자리에 앉아 있고 싶었다. 자신에게 닥친 문제들, 엘에이, 엄마는 싹 잊은 채로.

"슬슬 출발해야지?" 미겔이 말문을 열었다. "이제 내가 운전할까?"

두 사람은 음식 값을 계산하고 밖으로 나왔다. 하늘엔 구름이 걷혀 있어 별이 총총한 밤을 예고했다. 은백색 달빛이 마치 문에 달린 텅 빈 도어렌즈처럼 희미하게 반짝였다. 마고는 엘에이가 따뜻하다고 생각해 바람막이 점퍼와 스웨터 몇 개만 챙기고 겨울 코트를 가져오지 않은 게 후회됐다.

미겔은 마고보다 키가 13센티미터 가량 커서 거울 위치를 재조정하고 의자도 뒤로 빼야 했다. 포마드를 발라 세운 머리카락 끝이 차 지붕에 닿았다.

미겔은 고속도로에 진입해서는 안정감 있게 속력을 올렸다. 느린 차를 추월할 때마다 어김없이 방향 지시등을 켰고, 갑자기 다른 차 앞을 가로막는 짓 따윈 절대 하지 않았다. 마고는 자기 차가 이렇게 민첩하게 움직이리라곤, 그리고 그런 자신감과 대범함에 자신이 이처럼 내심 감탄하면서도 공포를 느끼리라곤 상상해본 적이 없었다. 워낙 자신의 속도나 엄마의 속도에 익숙해진 터였다.

엄마는 어디든 멀리 가는 걸 좋아하지 않았다. 과거에 대해서는 좀처럼 말을 꺼내는 법이 없었지만, 자신이 네 살 때까지 북한에서 살다가 가족과 함께 남한으로 피난했다고 말해준 적이 있었다. 한국전쟁 당시의 일이었다. 그 피비린내 나는 시기에 엄마는 어쩌다 나머지 가족과 영영 헤어지게 되었다. 그런 엄마에게 어딘가로 이동한다는 것은 미국에서 태어난 마고는 상상하지도 못할 상실의 경험을 뜻했다. 하지만 마고도 고속 운전, 특히 고속도로에서 속력을 내는 것에 대한 공포를 엄마에게 물려받았다. 그래서 어딘가로 가는 일보다 속도 자체와 그 위험에 대한 걱정이 지나친 편이었다.

농장과 들판 사이로 곧게 뻗은 고속도로를 시원하게 달리는 동안 마고는 하나로 묶었던 머리카락을 풀었다. 곧 어깨와 손아귀에 힘이 빠져나가면서 편안한 기분이 들었다. 눈앞에 칠흑 같다 못해 푸르스름하기까지 한 밤하늘이 광활하게 펼쳐졌고 별들이 아득히 멀리서 반짝이며 그 위를 수놓았다.

이십 년 전 마고가 여섯 살이었을 때 엄마가 자신의 올즈모빌을 몰고 라스베이거스로 주말여행을 떠난 적이 있었다. 엄마는 생전 하루쯤 일을 쉬는 것 이상의 휴가를 갖는 법이 없었기에, 마고에겐 그게 유일하게 엄마와 함께 간 여행이었다. 엄마는 가는 내내 느린 차선에서 규정 속도 아래로 달렸고 그 바람에 네 시간 거리를 가는 데 온종일이 걸렸다. 승용차며 트럭들이 경적을 울려대며 그들을 마구 추월했고, 열린 차창으로 석유, 메스키트 나무, 세이지 냄새가 건조한 바람에 실려 들어왔다. 축 늘어져 앉은 마고의 얼굴과 팔에는 가루 같은 흙먼지가 내려앉았다.

"우리 지금 어디 가는 거예요?"

"아주 특별한 곳."

"거기 아이스크림도 있어요?"

운전하는 내내 아스팔트처럼 단단하게 굳어 있던 엄마의 갈색 눈동자가 백미러를 향하며 스르르 부드러워졌다. "그럼."

길게 뻗은 도로를 달리면서 마고는 매혹적인 불빛에 감탄했다. 마치 세상 모든 걱정을 일거에 날려버리는 신나는 동화 나라에 온 것만 같았다. 여기엔 뭐든지 다 있을 것 같았다. 아이스크림, 게임, 동물 인형, 치즈버거가 나오는 아침 식사, 언제든 핥아 먹을 수 있는 사탕 벽 할 것 없이 전부 다. 하지만 그건 모두 꿈일 뿐이었다. 모녀는 하루 밤낮 대부분을 라스베이거스 근교의 허름한 모텔에서, 마고는 절대 알 길 없는 무엇 또는 누군가를 기다리며 보냈다.

기다리고 또 기다린 그들은 다음 날 아침 그곳을 떠났다. 돌아오는 길엔 엄마가 워낙 낙담한 모습이어서, 마고는 자신들이 왜 그렇게 멀리까지 차를 타고 왔는지 차마 물을 용기가 나지 않았다. 늘 엄마는 자신이 상처받은 이야기를 꺼내고 싶지 않으리라 생각했다. 그러나 어쩌면 그 생각이 틀렸는지도 몰랐다. 서로 언어느 달라도, 이제 어른이 된 자신이 엄마를 조금은 이해하고 힘이 되어줄 수 있을지도 몰랐다.

온통 캄캄한 하늘과 들판 속에서 이따금씩 불빛 하나가 저 멀리서 깜빡였다. 마고는 헤드라이트가 비추는 길을 따라 달리며, 마치 로켓에 올라타 무한히 흩뿌려진 별과 행성, 작은 은하수 들로 가득한 허공, 미지의 심연 속으로 튕겨 들어가는 기분이 들었다.

가만히 눈을 감았다. 엄마는 대체 왜 전화를 받지 않는 걸까?

*

마고와 미겔은 미겔 부모님 집에서 하룻밤 신세를 지고, 다음 날 아침 5번 고속도로를 탔다. 지방 NPR 라디오에서 가뭄 피해를 전하는 이야기가 흘러나왔다. 마고는 툭하면 며칠씩 춥고 비가 내리는 시애틀로 오기 전까지는 자신이 그렇게 해를 좋아하는지를 몰랐다. 어렸을 땐 그 지겹도록 맑기만 한 하늘에 숨이 막혔고, 날마다 반바지만 입는 것도 질렸더랬다. 쉬는 날이라면 그 열기와 옷차림이 즐겁게 느껴질 수도 있었겠지만 일주일에 6일을 온종일 가게에서 일하는 모녀에겐 휴가를 즐길 시간이 아예 없었다. 하지만 지금 이 순간 마고에겐, 구름 한 점 없는 파란 하늘을 배경으로 눈부시게 이글거리는 이 땅이 너무나 아름답고 소중했다. 마고는 마치 탈옥수라도 된 것처럼 그 온기와 빛을 만끽했다.

몇 시간이 지나 남쪽 방향 101번 고속도로로 접어드니 해가

정점을 지나 서서히 반대쪽으로 기울었다. 조금씩 어두운 파란 색으로 바뀌어가는 하늘은 서쪽에서 귤빛으로 물들기 시작한 하늘의 강렬한 분홍 주름 사이로 스며들었다. 다른 운전자들과 함께 30분을 기어간 끝에, 두 사람은 전형적인 엘에이 사람의 지루하고 멍한 눈을 하고 노르망디 애비뉴를 빠져나와 마고가 살던 북적이는 코리아타운 거리로 진입했다. 옹기종기 달린 한국어 간판과 쇼핑 플라자, 장바구니를 들고 아이들 손을 붙든 부모, 챙모자를 쓰고 구부정한 몸으로 절룩거리며 길을 건너는 노인, 헐렁한 배기팬츠를 입고 배낭을 멘 십 대들이 눈에 들어왔다.

"내가 코리아타운에 와본 적이 있었던가." 미겔이 창밖을 보며 말했다.

"엘에이에 오래 머문 적 있어? 몇 번 와봤다고 했지?"

"응. 그냥 유명한 관광지 위주로. 산타모니카, 베니스, 베벌리 힐스, 다운타운 같은 데."

"특별히 음식을 좋아하지 않으면 굳이 코리아타운에 올 이유가 없지. 물론 지금은 좀 달라졌지만." 마고가 최근 개발업자들이 돈 있고 유행에 민감한 사람들이 놀 만한 공간을 만들 목적으로 이곳에 콘도와 호텔, 레스토랑을 짓고 있다고 설명했다. "나한텐 너무 이상해. 누가 이런 데 오고 싶어 한다고."

"그냥 뭔가 다르잖아. 사람들은 늘 색다른 곳에 가보고 싶어 하니까. 부자들은 재미 삼아 허름한 데를 찾아다니기도 해."

마고는 고개를 절레절레 흔들었다. "나한텐 다르다는 게 좋은 게 아니었어. 어렸을 땐 텔레비전에 나오는 것들만 다 가질 수 있다면 더 바랄 게 없을 것 같았어. 식기세척기, 제대로 닫히는 창문, 마당…….”

“마당이 없었어? 아무리 가난해도 다들 마당은 있는데. 거기에 빨랫줄도 척 걸려 있고, 수탉이랑 개도 어슬렁어슬렁 돌아다니고…….” 미겔이 미소 지으며 농담했고, 마고는 깔깔 웃었다.

“우린 쭉 아파트에만 살았어. 지금 엄마가 살고 계신 곳에. 우린 주택에 살아본 적이 없어.”

마고가 최초의 기억이 시작됐을 때부터 엄마와 함께 살았던 건물 앞에 차를 세웠다. 별 특징 없는 3층짜리 회색 회벽 건물은 1층 창문마다 방범용 쇠창살이 달려 있고, 바로 앞에 줄줄이 심어놓은 커다란 용설란이 당장 휴식이 필요한 보초병처럼 축 늘어져 있었다. 마고와 엄마는 중간층의 발코니 딸린, 침실 두 개짜리 북향 아파트에 살았다. 발코니에선 마고네 아파트와 거의 똑같이 생긴 건물 일부와 뒷골목이 내다보였다.

“우리 잠깐만 여기 좀 앉을까?” 마고가 말했다. 몸속 저 깊은 곳에서 예의 당혹감이 밀려왔다. 그룹 프로젝트를 위해 반 친구들을 집으로 데려올 때면 느꼈던 수치심이었다. 마고 모녀는 오락거리를 찾아 즐기거나, 단순히 즐거운 시간을 갖기 위해 누군가를 집에 초대한 적이 한 번도 없었다. 엄마가 아무리 청소를 열심히 해도 그곳은 늘 허름하고 어수선했다. 집이라기보단 물건을 쌓아두고 잠자고 싸움도 벌이는 창고 같았다. 하지만 엄마의 수입으로 어떻게 그보다 더 나은 곳에 살 수 있었겠는가?

시애틀에서 자신이 살던 동네의 초록 나무와 깨끗한 하늘, 활짝 열어놓은 창살 없는 창들과는 너무도 대비되는 이곳 풍경을 보니 새록새록 자신의 집이 부끄럽고 창피했다. 시애틀 생활이 덜 혼란스럽다는 말이 아니었다. 그곳에선 적어도 온갖 감정의 소용돌이, 식탁에 음식을 올려놓기 위해 치러야 하는 고투, 밤에 거리를 걸을 때면 혹시라도 누가 뒤따라오지 않는지, 자신을 납치하거나 흉기로 찌르지 않을지 두려운 마음 때문에 한결같이 짓고 다니던 표정에서 어느 정도 벗어날 수 있었다. 마고는 늘 자신이 지나온 길을 뒤돌아봤다. 어쩌면 과거에서 벗어나지 못하는 이유도 이 때문인지 몰랐다. 삶의 모든 것들이 그로 하여금 뒤를 돌아보도록 조련한 것이다. 그렇게 앞을 보지 않는 탓에 그는 노상 무언가에 걸려 넘어지기 일쑤였다.

미겔이 마고의 팔에 제 손을 갖다 댔다. "엄마한테 전화 한번 더 해볼래? 엄마 핸드폰 가지고 있으셔?"

마고는 심호흡을 한 번 하더니 안전띠를 풀었다. "비상용 핸드폰이 있긴 한데 켜놓지는 않으셔. 플립 폰인데 음성 메시지 확인하는 법도 모르셔."

"그건 거의 신성모독(Sacrilège)인데." 미겔이 프랑스어를 엉터리 발음으로 내뱉었다.

"사실상 석기시대에 살고 계신 거지. 영어도 제대로 못 읽으셔. 눈도 나쁘시고. 근데 내 한국어 실력은 또 엄마한테 별 도움이 안 되니, 무슨 말만 하다 보면 서로 싸우게 됐지."

엄마에게 한국말로 뭔가를 설명하려다 말이 돌처럼 입 안에 걸려 머뭇댄 적이 얼마나 많았는지. 각종 고지서며 리모컨 사용

법이며 자동차 보험 약관을 설명하다 보면 저도 모르게 소리를 지르게 됐다. 어렸을 때 늦잠을 자거나 성당에 빠지거나 심지어 몸이 아파 병원에 가야 했을 때, 엄마가 자신에게 시도 때도 없이 그랬던 것처럼.

엄마는 이렇게 소리친 적도 있었다. "이 돈을 내가 어떻게 내! 너는 대체 왜 그렇게 조심을 안 하는 거야!" 엄마에겐 이해심을 발휘할 시간이 없었다. 늘 당장 해야 할 일이 있었다. 버둥거리기를 멈추는 순간 익사라도 할 것처럼.

"미안하지만 너는 차에서 기다릴래?" 마고가 말했다.

고장 난 보안 문이 끼익 비명 같은 소리를 내며 열렸다가 마고가 들어가고 나자 쾅 하고 도로 닫혔다. 마고는 숨을 참으며 젖은 양말 냄새와 오래된 페인트 냄새가 나는 어둡고 눅눅한 계단을 올라갔다. 2층에 도착한 마고는 아파트 현관문을 두드렸다. 도어 렌즈에는 아무 그림자도 어른거리지 않고 어두컴컴했다.

이곳은 이제 자기 집이 아니었지만, 마고는 뇌가 아닌 손에 남은 기억으로 열쇠 구멍에 열쇠를 집어넣고 돌렸다. 뜻밖에도 잠금 장치는 이미 풀려 있었다. 손잡이를 돌려 문을 열었다. 어렸을 때 이 현관문을 열고 들어갈 때마다 두려움이 밀려왔더랬다. 공포가 아니라 증오와 앙심 때문이었다. 엄마, 자신들이 갖지 못한 돈, 비겁하게 사라져버린 아버지, 엄마의 외국인 억양, 허물어져가는 얼룩 투성이 가구, 자기 자신과 자기 인생. 이 모든 것을 증오했다. 이 세상이 사라져버리기를 바랐다. 송두리째 불타버리기를 바랐다.

문을 열자마자 과일 썩은 내 비슷한 강렬한 악취가 해일처럼 밀려왔다. 순간 신물이 올라와 얼른 팔을 들어 올려 입을 막았다. 전등 스위치를 켰다. 바닥에는 깨진 성모마리아상이, 탁자에는 여행 안내 책자가 놓여 있고, 이 익숙한 혼돈 속에서 엄마가 카펫 바닥에 얼굴을 묻은 채로 엎어져 있었다. 오른팔은 위로 치켜 올리고 왼팔은 차렷 자세를 하고 발에는 속이 비치는 양말을 신은 모습으로.

나중에 마고는 그때 여러 차례 비명 소리가 났으며 그게 자신이 낸 소리였음을 깨달았다.

마고는 털썩 무릎을 꿇고 주저앉았다. 거실 복도의 호박색 빛은 깃털처럼 부드러웠다. 얼굴이 따끔거려 이마를 카펫 위에 갖다 댔고, 밑에 있던 작은 못대가리에 피부가 짓눌렸다. 미겔이 등 뒤에서 불쑥 어깨를 붙잡아 마고를 일으켜 세웠고, 두 사람은 흐느적흐느적 계단을 내려와 바깥 거리로 나왔다.

해가 지평선 아래로 자취를 감추면서 하늘이 세상에서 가장 긴 멍처럼 푸르스름하고 검붉게 물들었다. 잔인한 빛은 그렇게 흔적을 남기고 사라졌다.

마고는 울퉁불퉁한 연석 위에 앉아 양팔로 감싼 무릎 사이에 머리를 처박고 잠깐 숨을 돌렸다. 옆에는 미겔이 나란히 앉아 있었다. 마고는 눈물이 쏟아지는 와중에 자꾸 딸꾹질이 나 숨 쉬기가 힘들 지경이었다.

어쩌면 경찰에 연락하기 전에 맥박부터 확인해야 했는지도 몰랐다. 그저 엄마가 심하게 다치거나 인사불성으로 취한 거라면?

하지만 엄마는 절대 술에 취할 사람도 아니었고, 다친 사람이 얼굴을 바닥에 처박고 엎어져 있을 리도 없었다. 게다가 그 냄새, 그 몸 근처에 있는 건 생각만으로도 견딜 수 없었다. 근 일 년 만에 처음 본 엄마를 그렇게 마주하는 건 끔찍하기 이를 데 없었다.

그건 분명 자신의 엄마였다. 엄마의 머리, 엄마의 발이었다.

멀리서 사이렌 소리가 요란하게 들리더니 가까이 다가올수록 소리가 점점 커졌다. 마고는 경찰관 둘과 응급구조원 하나에게 엄마 집을 알려주었다. 다른 경찰관 두 명이 마고에게 이런저런 질문을 했다. 마고는 이 상황에 대해 너무 아는 게 없어 어안이 벙벙할 지경이었지만 그래도 엄마에 관해 자기가 아는 자잘한 사실들을 주절주절 늘어놓았다. 온종일 가게에서 일하고 주말이면 성당에 갔다는 이야기들을.

육십 대쯤으로 보이는 단단하게 생긴 한국 남자 하나가 10분가량 경찰과 이야기했다. 집주인이거나 경비원인지도 몰랐다. 그 뒤에 그는 보도에 서서, 사이렌 불빛과 소음에 무슨 일인지 궁금한 마음으로 주변 건물에서 모여든 몇몇 구경꾼과 같이 담배를 피웠다.

엄마의 시신이 검정 가방에 담겨 들것에 실려 나왔다.

그의 이름은 미나. 미나 리였다.

그랬다. 그가 바로 마고의 엄마였다.

미나
1987년 여름

미나는 비행기 밖 후끈한 열기 속으로 발을 내딛으면서 자신이 큰 실수를 저질렀다고 생각했다. 하지만 이미 늦었다. 세상은 그를 씹어 삼킬 듯 뜨거운 입을 쩍 벌리고 있었다. 하지만 어차피 지난 삶도 그렇지 않았던가. 미나는 이 엘에이 공항이 실은 서울이나 다른 대도시보다 편안하고 정돈돼 있고 심지어 자신의 유년 시절에 경험한 장소보다도 훨씬 안전하다는 점을 떠올렸다.

미나는 전쟁의 시기에 남한으로 피난 오면서 영영 부모님을 잃어버리게 만든 아비규환의 기억을 떨쳐내려 안간힘을 썼다. 부모님 손을 찾아 더듬거리던 네 살배기의 손, 밀려드는 인파, 엄마와 아버지를 시야에서 놓친 순간, 처참한 풍경 속 낯선 이들의 얼굴에 아로새겨진 고통을. 길가에 널브러진 시체들과 쓰러진 노인들, 이제 더는 애써 지킬 것이 없는 굶주림에 몸을 떠는 사람들을.

이제 공항 청사에 들어서서 사람들 사이를 헤치며 걷고 있자니 가슴이 쿵쿵 뛰었다. 미나는 또다시 같은 경험을 하고 있었다. 이번에도 혼자서.

사람들이 꾸역꾸역 떠밀려와 같은 방향으로 나아갔다. 친구와 가족 들이 웃으며 재회하고 회색 또는 감색 양복을 차려입은 회사원들이 공항을 오갔다. 미나는 혼자 낯선 외국에 와 있었다. 호흡이 가빠졌다. 축축한 겨드랑이에서 오싹한 한기가 느껴졌다. 공항을 벗어나기 전에 쓰러지기라도 하면 어쩌나?

입국 심사 서류에는 전 직장 동료 방문을 위한 여행이라고 썼다. 늘 미국에 한번 와보고 싶었던 미나는 한 달 정도 이곳에서 지내며 디즈니랜드와 바닷가, 요세미티를 여행할 계획이었다. 서류상으로는 잠깐 휴가를 즐기다가 직장이 있는 서울로 다시 돌아가 여성 캐주얼웨어 디자이너 일을 계속할 것이었다.

서류에는 미나가 여기서 일자리를 구해 새로운 삶을 시작하리라는 말은 없었다. 자신을 보증해줄 고용주를 찾고 싶으며, 설령 찾지 못한다 해도 어쨌든 보이지 않게, 비공식적으로, 불법적으로라도 이곳에 남으리라는 말이나 돌아갈 곳도, 더는 부여잡고 살고 싶거나 살 수 있는 대상이 없다는 말도 없었다. 1초라도 더 가만히 앉아 있을 방법도, 자신의 아파트에 혼자 덩그러니 남아 있을 방법도 모르겠으며, 그 무시무시한 장소와 황폐한 거리와 사람의 신경을 긁어대는 낯익은 집의 풍경을 도저히 견디기 힘들다는 말도 없었다. 그 서류에는 짐 가방에 든 게 자신이 가진 전부라는 말도 적혀 있지 않았다. 그의 모든 소지품이 그 안에 꽉 꽉 담겨 있었다. 제 삶의 흔적이 담긴 물건을 남에게 팔거나 줘 버린 건 일종의 자살 행위였다. 신이 자신을 어디로든 데려갈 때까지 간신히 목숨만 부지해나갈 정도로 스스로의 삶을 축소하는 행위였다.

공항을 빠져나와 뜨거운 공기와 햇살 속에 발을 내딛으니 안도의 물결이 밀려왔다. 미나는 목에 두르고 있던 황갈색 수공 염색 실크 스카프 매듭을 풀고 핸드백에서 냅킨을 꺼내 이마를 닦았다.

머물 곳은 이미 정해두었다. 코리아타운에 혼자 사는 아주머니 집에 딸린 작은 방이었다. 예전에 직장 동료로 만나 친구 사이가 된 미세스 신이 삼 년 전 남편, 두 아이와 함께 이민 왔을 때 자신들이 처음 몇 달간 살았다며 소개해준 곳이었다.

미나는 보도 끝에 서서 손을 들어 택시를 잡았다. 키가 큰 시크교도 택시 기사가 미나의 큰 짐 가방 두 개를 들어 올려 트렁크에 집어넣었다. 미나는 자신이 시크교도를 생전 처음 본다는 사실을 깨달았다. 택시 안은 창문을 활짝 열어놓았어도 꼭 사우나 같아서 얼굴과 목 위로 땀이 줄줄 흘러내렸다. 미나는 몸을 앞으로 숙이고 기사에게 줄 처진 종이에 자신이 영어로 적어놓은 주소를 보여주었다. 지진이라도 난 것처럼 마구 흔들린 글자를 보니 그 주소를 적으며 자신이 얼마나 긴장했는지가 떠올랐다. 그땐 마치 자신의 나머지 인생을 건 계약서에 서명하는 기분이었다.

"여기 처음이세요?" 운전사가 미소 띤 눈으로 흘깃 백미러를 보며 물었다. 그의 검은 터번이 차 천장을 쓸어댔다.

"네?"

"처음이시냐고요."

"아." 미나는 마치 서랍이 잔뜩 달린 옷장이라도 뒤지는 양 머릿속에서 허둥지둥 영어 단어를 뒤적였다.

"잉글리시?"

"노." 미나는 고개를 저었다.

"차이니즈?"

"코리아."

기사는 고속도로를 올라타더니 힘찬 교향곡을 연주하듯 달리는 자동차 행렬 사이를 능숙하게 들락거렸다. 대형 트럭들은 호른을 연주하듯 경적을 울리고, 여기저기서 끼이익 브레이크를 밟아대고, 운전자들은 합창하듯 짜증을 냈다. 저 건너 차선에선 열린 차창 밖으로 노래 〈베터램(The Batterram)〉의 신시사이저 소리가 쿵쿵 울려 퍼지고, 그 안에는 긴 발토시를 신고 머리카락을 한껏 부풀린 사람들이 앉아 있었다. 한 남자는 심벌즈를 울리듯 쩌렁쩌렁하게 외쳤다. "저리 꺼져!"

온몸이 땀에 젖어 옷이 미나의 몸에 찰싹 달라붙었다. 그녀는 화장이 지워지지 않도록 조심조심 얼굴을 닦고는 문에 달린 손잡이를 꽉 붙잡았다.

엘에이 거리를 걸어 다니는 사람들을 보면서 한국인들은 어디에 있는지 궁금했다. 간혹 옆 차에 아시아인의 얼굴이 보였지만 콘크리트와 쇠와 유리로 된, 휘발유와 고무 냄새 자욱한 이 불협화음 세상 속에 자신이 설 자리는 보이지 않았다. 표지판이며 광고판은 전부 영어로 온갖 소리를 외쳐대고 있었고, 이렇게 생판 모르는 언어로 뒤덮인 낯선 장소에 있으려니 마치 영혼이 몸에서 분리되어 떠도는 기분이 들었다.

미나는 핸드백을 뒤져 항상 들고 다니는, 죽은 남편과 딸아이와 함께 찍은 사진을 찾아 꺼냈다. 엄지로 남편에 이어 보드라운 딸의 얼굴을 문지르는 손이 바르르 떨렸다. 온종일 숲에서 하이킹을 하고 왔던 딸은 평온한 표정을 짓고 있었다. 미나는 사진에 입을 맞추고 싶었다. 마지막으로 딸아이를 본 날이 떠올랐다. 그때 아이를 야단쳤는데, 접시를 떨어뜨려 이가 나가게 했다는 별것도 아닌 이유에서였다.

그때가 마지막으로 함께한 시간임을 알았더라면 소리를 질렀을까? 그러지 않았을 것이다. 대신 아이를 꼭 안고 뽀뽀했을 것이다. 그러면서 딸이 무슨 행동을 하거나 뭐든 망가지고 어긋날 때마다 자신이 그토록 기겁하는 건, 자신에겐 소중한 걸 하나라도 더 잃을 여유가 없어서라고, 더는 스스로를 추스를 힘이 남아 있지 않아서라고 인정했을 것이다.

그리고 그 일이 일어났다. 또다시 모든 걸 송두리째 잃어버리는 일이.

"자, 다 왔어요."

미나는 내내 울고 있었다. 택시 기사는 백미러를 보며 측은한 표정을 지었다.

집 출입문 쪽으로 살짝 기울어진 콘크리트 진입로에 기사가 짐 가방을 내려놓았다. 허물어져가는 집이었다. 베이지색 벽토는 쩍쩍 금이 가 있고 깨진 창문들은 테이프로 아슬아슬하게 봉합돼 있었다. 그 앞에는 오렌지, 레몬 나무와 잡초가 제멋대로 자랐다. 지붕은 곳곳에 널이 달아나 이가 숭숭 빠졌고 남아 있는 널조차 비뚜름했다. 미나는 사진을 핸드백에 도로 집어넣고 조심스레 눈물을 훔친 다음 똑똑 현관문을 두드렸다.

기사는 집에 사람이 있는 것을 확인할 때까지 미나 옆에 서 있었다. 미나는 지금 자기 옆에 서 있는 남자의 침묵과 자제 덕분에, 바짝 곤두선 신경이 어쩐지 차분히 가라앉는 느낌이었지만, 그 고마움을 어떻게 표시하면 좋을지 몰랐다. 다시 문을 두드렸다. 문이 열렸고 오십 대로 보이는 여자가 나타났다. 짧은 갈색 보브 단발에 뿌리 부분이 회색으로 자란 모습이었다. 여자는 꾸벅 인사하며 한국말로 미나를 반겼다.

"미세스 리세요?"

"네." 대답을 듣고는 미나가 기사에게 말했다. "고맙습니다. 얼마……예요?"

"아, 괜찮아요. 다음에 받을게요." 그는 명함을 내밀었다. "다음부터 주시면 돼요."

"아니, 아녜요." 미나가 핸드백을 뒤적였다.

기사는 짐을 현관문 안에 들여놓고 총총 걸어가더니 진입로 끝에서 뒤돌아보며 인사했다. "행운을 빌어요! 다 잘 될 거예요."

미나는 뭐라 대꾸할 말을 찾지 못하고 그저 손을 흔들어 화답했다.

"가방은 제가 옮길게요. 무척 고단하실 텐데."

"아녜요. 제가 할게요."

두 사람은 각자 무거운 가방 하나씩을 들고 집 안 깊숙이 동굴처럼 어둡고 서늘한 곳으로 들어갔다. 한구석에선 선풍기 하나가 돌아가며 열심히 커튼을 차올리고 있었다. 꾀죄죄한 벽에 장식이라곤 예수 초상화와 성모마리아상 도자기 하나가 전부였다.

"지내실 방은 이쪽이에요."

*

미나는 싱글 침대에 누워 당장 뭐든 하고 싶다는 충동에 사로잡혔다. 식료품 쇼핑을 하든 일자리를 알아보든 미세스 신에게 전화를 걸든 말이다. 하지만 아직 방에 전화가 없었고, 가져온 엘에이 관광 지도를 쫙 펼쳐놓고 보니 더 당혹스러웠다. 거기에는 할리우드 명예의 거리, 베벌리힐스, 디즈니랜드 같은 주요 관광지가 고속도로를 따라 수십 킬로에 걸쳐 하나로 이어져 있었다. 미나는 우둘투둘한 팝콘 같은 천장을 뚫어져라 쳐다보며 이제 뭘 할지를 정해야 한다는 두려움에 몸이 얼어붙었다. 새로 배워나갈 것들이 너무 많았다.

눈을 감고 몇 차례 심호흡했다. 공포는 물론 어떤 감정에도 휩쓸리고 싶지 않았다. 감정에 사로잡히는 것이라면 이제 지긋지긋했으니까.

신에게 도와달라고, 이제 뭘 해야 하는지 알려달라고 했다.

이미 자신이 가진 걸 모두 팔아치우고 서울의 직장까지 그만

두고 온 터였다. 남편과 딸이 없는 나라, 거리, 자신들의 발소리가 울려 퍼지던 좁은 골목길 모두가 이제 자신에겐 아무 의미 없는 공간일 뿐이었다. 그러니 이제 운명에 굴복하는 일 외에 달리 뭘할 수 있겠는가? 이런저런 결정을 내리고, 창문을 활짝 열어놓은 이 방에 혈혈단신으로 도착해, 땀에 절어 축축한 느낌으로 남의 깨끗한 시트에 누워 낯선 천장을 노려보는 것 외에 말이다.

똑똑 방문 두드리는 소리가 났다.

"네?" 미나는 한국말로 대답하며 옆에 놓아둔 지도가 구겨지지 않도록 조심조심 몸을 일으켰다.

"안녕하세요?" 약간 쉰 소리가 나지만 또록또록한 낯선 여자 목소리였다.

미나는 얼른 손가락빗으로 머리카락을 매만지고는 방문을 열었다. 길쭉한 얼굴과 곱슬머리에 광대뼈가 툭 튀어나온, 자기보다 몇 살 위로 보이는 여자가 푸근한 미소를 짓고 있었다.

"저는 옆방에 사는 사람이에요." 여자가 복도 저쪽을 가리키며 말했다. "오늘 막 오신 거지요?"

"네."

"고단하시겠어요."

"네. 맥을 못 추겠네요."

"저녁을 하는 중인데 혹시 같이 드실래요?"

"아, 아녜요. 괜찮아요." 미나의 배에서 꼬르륵 소리가 났다.

"그러지 말고 같이 들어요. 밥도 있고 국도 있어요."

미나는 관자놀이 부위가 욱신거렸다. 다시 침대로 돌아가고 싶었다. 하지만 뭘 좀 먹으면 분명 나아질 것이었고 자신에겐 당장 먹을 게 하나도 없었다. 식료품점이 어딘지도 몰랐다.

"둘이 먹어도 충분하니 걱정 마세요."

미나는 여자를 따라 길쭉하게 생긴 주방으로 갔다. 여자는 작은 식탁에 김치며 시금치무침이며 콩나물 등의 반찬, 종이 냅킨과 수저 두 세트를 쫙 펼쳐놓았다. 단정하게 차려진 식탁을 보니 미나는 자신이 얼마나 가진 게 없는지, 그리고 그게 얼마나 사람을 약하게 하고 위축시키는지를 새삼 깨달았다. 이제 다 새로 사야 했다. 각종 조리도구와 그릇 몇 개, 냄비와 팬이 최소 하나씩은 필요했다.

"앉으세요."

벤치형 식탁 의자에 털썩 앉고 보니 꽤 오랫동안 보수를 하지 않은 채 방치된 듯한 주방이 눈에 들어왔다. 기름때로 얼룩덜룩해진 잔잔한 페리윙클 꽃문양 벽지는 곳곳이 벗겨져 있었고, 캐비닛 문짝 몇 개는 벌렁 열려 있거나 곧 떨어질 것처럼 비뚜름히 달려 있었다.

여자가 공깃밥 두 개에 이어 두부, 버섯을 넣고 끓인 김치찌개를 식탁에 올려놓으며 말했다. "엄청 뜨거워요." 미나는 바로 앞에 놓인 음식에서 허옇게 뿜어져 나오는 김을 보면서 문득, 자신이 마지막으로 밥을 먹은 지 꼬박 하루가 다 되어간다는 걸 깨달았다. 곧장 음식을 입에 퍼 넣고 싶었지만 모르는 사람 앞이니 예의를 차리느라 꾹 참고 기다렸다.

"어디서 왔어요? 아, 일단 드시고 말씀하세요." 여자는 미나 앞에 놓인 그릇을 가리키며 말했다.

미나는 찌개를 한술 떠 후후 분 다음, 세상 무엇도 따라올 수 없는 맛의 음식을 입에 넣었다. 짭짤한 된장 맛이 혀에 퍼지는 순간 온몸이 찌르르 회복되는 느낌이 드는 것이, 마치 머릿속에 한 무리의 보라색 봄 야생화가 활짝 피어나는 것만 같았다. 부모님을 잃은 뒤 처음으로 음식을 먹었을 때의 기분이 되살아났다. 그때 한 노인이 흙길 가에 서 있던 자신을 집으로 데려가 된장찌개를 먹이고는 다시 길을 혼자서 찾아가게 했다. 당시 엄마 생각 때문에 음식을 먹으며 계속 울었던 기억이 났다. 찌개 위로 눈물이 뚝뚝 떨어졌고, 이가 절반가량 숭숭 빠진 그 노인이 등을 두드리며 달래주었다. 물론 그는 미나를 돕고 싶었겠지만, 전쟁 통에 입 하나를 더 보태는 건 큰 부담이었다. 게다가 아이가 부모를 잃고, 제 아이가 폭격에 갈가리 찢기는 모습을 부모가 지켜보는 일이 예사인 때였다.

"저는 서울에서 왔어요." 미나가 말했다.

"저도요. 엄밀히 말해 서울 근교지만요."

"아."

그 뒤로 두 사람은 조용히 나머지 음식을 먹었다. 바깥에선 귀뚜라미가 요란하게 울어댔다.

두 사람 모두 남편도 아이도 없이 혼자 이 집에서 살아갈 하숙인들이었다. 질문을 더 하면 상대방의 처지를 너무 자세히 알게 될 것이고, 그러면 공통점도 고통도 너무 커질 터였다.

미나는 그날 밤 아무 꿈도 꾸지 않았다. 약도 술도 없이, 심지어 기도도 하지 않고 몇 달 만에 처음으로 푹 잤다. 완벽한 투항.

아침에 복도 끝 욕실로 갔다. 이제 옆방 여자와 함께 쓰게 될 공간이었다. 세면용품 가방을 열고, 옆방 여자 물건을 건드리지 않도록 조심하면서 자신의 치약과 비누를 세면대 한구석에 올려놓았다. 세면대에는 잘 개어놓은 분홍 수건과 반들거리는 고체 비누, 연두색 플라스틱 컵에 담은 칫솔이 놓여 있었다. 거울을 보니 어깨까지 내려오는 검은 머리카락이 새 둥지처럼 보였다. 빗을 찾을 수 없어 손가락으로 대충 빗어 내리고, 빠져나온 머리카락은 쓰레기통에 버렸다.

오랫동안 샤워를 하고, 상쾌하고 편안한 기분으로 다시 침대에 누워 몇 시간 더 세상일을 모른 체했다. 창가에 작은 새 한 마리가 날아와 지저귀었고 몇 집 건너에서 제초기 돌아가는 소리가 윙윙거렸다.

노크 소리에 미나는 움찔 놀라 벌떡 일어났다.

"뭐 필요한 거 없어요?" 집주인이 물었다. 온화한 얼굴에 분홍 립스틱을 살짝 바른 모습이었다.

"아." 미나는 젖은 머리카락을 싸맨 수건이 풀어져 얼른 손으로 받쳤다.

"슈퍼마켓에 갈 건데 혹시 저랑 같이 가서 장 좀 보실래요?"

"네, 네. 잠깐 옷 좀 갈아입고요." 바깥은 찜통이었지만 미나는 가느다란 줄무늬 롱스커트와 황갈색 블라우스를 골랐다. 액상 아이라이너와 붉은 립스틱을 그림이라도 그리듯 정성껏 발랐다.

양말에 넣어 매트리스 밑에 숨겨둔 현금 뭉치가 걱정돼 나오면서 맹꽁이자물쇠로 방문을 잠갔다.

차를 탄 두 사람은 차창을 내리고 송풍구를 얼굴 쪽으로 향하도록 하고는, 먼지를 머금은 강렬한 햇살에 잔뜩 눈을 찡그리며 5분 정도 달렸다. 동네는 온통 콘크리트 투성이에 나무가 별로 없었다. 축 늘어진 삐죽삐죽한 야자나무와 지친 듯 이파리가 말린 감귤류 나무, 접시만 한 꽃과 칙칙한 밀림 색 이파리가 달린 히비스커스만 드문드문 보였다.

"혹시 친구 미세스 신이 월세에 대해 얘기해줬어요?"

"네. 200달러 맞죠? 집에 가서 드릴게요."

"일자리는 알아보셨어요?"

"아뇨, 아직." 미나는 슈퍼마켓 근방을 죽 훑어봤다. 약국, 서점, 피아노 레슨 따위의 한글이 알록달록하게 적힌 간판이 사방에 걸려 있었다.

"친구가 지인 중에 식당에서 일하는 사람들이 있다고 했어요. 저도 음식 나르는 일이나 주방 보조 일 정도는 할 수 있을 거라던데. 아주머니는 무슨 일 하세요?"

"저는 옷가게를 해요. 가게는 작지만, 간신히 어찌어찌 유지 중이에요."

"옷가게요? 무슨 옷 파세요?"

"여성복요."

"제가 하던 일이 옷 디자인하는 일이었어요."

"어머, 정말요?"

"네. 서울에 있는 작은 의류 회사에 다녔어요."

"아……." 그는 속도를 높이더니 차선을 바꿨다. "제가 그쪽을 고용하면 좋을 텐데. 도와줄 사람이 필요하거든요. 근데 요즘 경기가 너무 안 좋아서……."

"그러시군요."

"네. 남편이 떠나고 나서부턴 영 일이 잘 안 풀리네요."

그는 홀로 우뚝 서 있는 한국 슈퍼마켓의 큰 주차장으로 들어갔다. 바쁘게 일상생활을 영위해나가는 사람들로 와글대는 그곳 풍경은 꼭 사회적 지위를 비추는 만화경 같았다. 반짝거리는 메르세데스 벤츠와 낡은 뷰익, 포드 트럭이 한데 섞여 있고, 아이를 데리고 온 엄마들은 장 본 물건이 그득한 가방을 자기 차에 싣고 있고, 이곳에서 일하는 남자들은 잠깐 휴식을 취하며 조용히 담배를 피우고 있었다.

"멍청이 같으니라고." 집주인이 자신이 주차하려던 공간에 잽싸게 들어가는 차를 보고 소리쳤다.

간신히 빈자리를 찾아 주차한 다음 미나는 무심히 쇼핑 카트를 하나 꺼내 밀고 가는 집주인을 따라갔다. 건물 안에 들어가자 보이는 표지판의 글자는 전부 한글이었고 덕분에 미나는 마음이 편안해졌다. 물건도 하나같이 한국 브랜드에, 박스와 포장지에 적힌 글자도 모두 한글이었다.

미나는 자신이 먹을 농산물을 몇 개 집어 담았다. 작은 수박 하나, 오렌지 두 개, 시금치 한 단, 양파 한 망. 이어 건식품 코너로 가서 쌀, 라면, 된장, 고추장을 집어 담았다. 모든 게 놀라울 정도로 저렴했다. 서울보다 싼 것들도 꽤 있었다.

계산대 앞에 선 미나는 지갑에서 20달러짜리 지폐를 머뭇머뭇 꺼냈다. 아직 외국 화폐가 낯설어 계산에 자신이 없었다. 계산원은 미나보다 어린 삼십 대 중반쯤으로 보이는 남자로, 숱 많은 검은 머리카락에 관자놀이 부분이 희끗희끗했다. 그는 행여 미나가 주시당하는 듯한 느낌에 당혹스러워하지 않도록 하려는 듯 시선을 아래로 두었다. 그의 팔은 가늘고 매끈했다. 미나는 저도 모르게 복부 한가운데서 불꽃이 솟아오르는 것처럼 가슴팍이 오르락내리락한다고 느꼈다.

물건을 담아주는 직원이 봉지들을 카트에 넣어주었고 미나와 집주인은 대형 코르크 게시판을 지나 출입문으로 향했다. 게시판에 덕지덕지 붙은 집, 자동차 수리 서비스 광고와 은행, 성당 광고물 사이에 한글로 큼직하게 '구인'이라고 쓴 분홍 종이가 보였다.

미나가 계산대 쪽을 뒤돌아보니 식료품을 계산해준 남자가 이번에는 눈을 마주치며 싱긋 미소 지었다. 다시 돌아 출입문으로 가는 동안에도 등 뒤에서 계속 남자의 시선이 느껴졌다. 미나는 남자가 손에 떨어뜨려 준 차가운 동전을 생각했다. 자신의 쫙 편 손바닥을 만개한 꽃처럼 스친 게 그의 손끝이었을까? 아니면 그 미세한 촉감은 그저 자신의 상상일 뿐이었을까?

심장이 뛰었다. 그 또렷한 입매와 자신을 조용히 바라보던 부드러운 갈색 눈동자가 다시 떠올랐다.

마고
2014년 가을

시내에서 사망 증명서를 받아 든 마고는 차를 몰고 청회색 아침 햇살과 축 늘어진 야자수 아래를 달려, 산뜻한 새 경찰서 건물에 당도했다. 경찰서는 생전 처음이었다. 아무 이유 없이 경찰서는 화학 세제와 분필 먼지, 고무 냄새가 진동하는 자신의 옛 초등학교처럼 지저분할 거라 상상했는데 실제로 보니 사뭇 달랐다. 대기실에는 온갖 연령대의 사람들이 있고 하나같이 얼굴에 수심이 가득하거나 지쳐 보였다. 빨간 폴로셔츠 차림에 금팔찌를 찬한 할아버지는 팔짱을 낀 채 시선을 내리깔고 있었다. 한 엄마는 둥글게 틀어 올린 구릿빛 머리카락이 여기저기 삐져나온 모습으로 두 아이가 엄지손가락 씨름을 하는 모습을 지켜보고 있었다.

터분한 눈에 힘이라곤 하나도 없는 마고는 자꾸 엄마가 눈에 어른거려 지난 이틀간 한숨도 못 잔 상태였다. 환상 속에서, 보브 단발머리의 엄마는 무언가를 잡으려는 듯, 혹은 쓰러지는 몸을 가누려는 듯 한쪽 팔을 천천히 뻗고 있었다. 마치 마지막 순간에 품위와 편안함을 찾으려는 본능이라도 발동한 것처럼.

마고는 엄마의 시신을 발견한 뒤로 미겔과 함께 할리우드 외곽 버몬트 애비뉴에 호텔을 하나 찾았다. 별 특징 없는 3층짜리 베이지색 건물로, 청결이 의심스럽고 얼룩을 감추기 쉬운 화려한 문양의 침대보가 깔린 호텔 중 하나였다.

그곳에서 마고는 온종일 적갈색 커튼을 내린 채 지냈다. 가슴이 돌덩이처럼 무겁고 못 견디게 아렸다. 마음속에서 그 거실, 아니 자신들의 거실 속 엄마의 모습과 뒤틀린 일상 풍경을 사정없이 절구질해댔다. 깨진 30센티미터 높이의 성모마리아상이며 엎어진 견과류 그릇, 탁자 위에 놓인 국립공원(옐로스톤, 요세미티, 그랜드캐니언) 관광 책자 등 엄마의 마지막 순간을 목격한 물건들이 쉴 새 없이 짓이겨졌다. 그 역한 썩은 냄새도.

엄마를 마지막으로 본 게 언제였더라? 일 년 전, 지난 크리스마스 때였던가? 크리스마스 장식 전구가 반짝이는 엄마 가게에서 휴가를 내내 보낸 기억이 났다. 동그랗고 길쭉한 바퀴 행거에 옷을 걸고, 업소용 회색 카펫을 청소하고, 전화를 받고, 카운터에서 물건을 담거나 손님이 선물 고르는 걸 도왔다. 종 모양 자수가 들어간 진홍색 스웨터, 나팔 청바지, 연말 파티에 입을 몸에 착 달라붙는 원피스 같은 것들이었다.

두 사람은 동네 순두부집에서 외식한 크리스마스 날 빼고는 늘 집에서 저녁 식사를 했다. 평소대로 찌개와 여러 가지 반찬과 고등어나 굴비 구이를, 먼지 낀 식탁 조명등 밑에서 말없이 같이 앉아 먹었다. 음식이 담긴 접시와 공기는 오랜 세월에 걸쳐 마구 잡이식으로 들여놓은 살림이라 가장자리가 장미로 장식된 낭만적인 문양, 파스텔 톤의 파란색과 흰색 체크 문양, 1970년대에 유행한 갈색 나비와 꽃 프린트 그릇이 뒤죽박죽으로 섞여 있었다. 그들의 아파트는 아무 방향성 없이 오로지 필요를 충족시키는 데 급급한 채로 살아가는 가족이 만들어낼 법한 풍경을 여실히 보여줬다. 물건들은 죄다 세일 때나 중고 가게에서 구입하거나 선물로 받은 것들로, 꼭 섬에 밀려와 쌓인 허섭스레기 같았다. 그것들을 무엇 하나 버리거나 거부하지 않았다.

마고는 할 수만 있다면 싹 다 불태워버리고 싶었다. 시애틀에서는 생활환경을 간소하고 신중하게 가꿔나갔고, 뉴트럴한 색과 아무 문양도 없는 디자인을 선호했다. 이 모든 게 다 엄마와 엄마가 상징하는 것들, 이를테면 가난과 취향 부족, 이질성, 누추함, 통제 부족에 대한 반감 때문이었다.

"계속 시애틀에서 살 거니?" 엄마가 물었다. 엄마는 관자놀이 언저리가 희끗희끗한 단정한 단발을 양쪽 귀 뒤로 넘긴 탓에, 금속 미끼처럼 반짝이는 금색 귀걸이가 유난히 눈에 띄었다. 엄마는 여전히 시선을 내리깐 채로 시큼한 선홍색 막김치를 서걱서걱 씹으며 말했다. 항상 집에서 직접 담가 먹는 김치였다.

"응. 난 거기가 좋아." 마고가 짭조름한 멸치 육수에 참기름을 넣어 만든 마지막 남은 미역국을 떠먹으며 영어로 대답했다.

"근데 거긴 매일 비 오잖니."

"그렇게 나쁘진 않아. 이제 익숙해졌어." 거짓말이었다. 마고는

44

비가 싫었다. 사실 엘에이가 그리웠지만, 이곳에 살 방법을 알 수가 없었다. 시애틀엔 이미 괜찮은 직장이 있고 가문비나무, 소나무 향이 은은하게 나는 조용한 주택가(길에 보이는 바늘이라곤 나무에서 떨어진 솔잎뿐인 동네)에 살 여유가 되었다. 그런데 다시 엘에이로 오면 적어도 한동안은 다시 엄마와 함께 살아야 할 터였다. 하지만 이걸 엄마에게 어떻게 설명해야 할지 몰랐다. 한국어는 물론 영어로도, 어떤 언어로도.

"거기 남자 친구는 있니?" 마고가 느끼기에 그 질문은 너무 빈도가 잦았다. 자기 딸이 다정하고 책임감 있는 남자를 만나 가족을 꾸리길 바라는 가볍고 희망적인 뉘앙스일 때도 있었지만, 때로는 정확히 정반대인 남자, 말하자면 밤늦게까지 술을 마시고, 딸의 감정이나 미래, 인생 따윈 안중에도 없는 남자를 만나 결국 미혼모가 돼버릴까 봐 두려운 마음이 묻어났다. 사실 당시엔 여차하면 정말로 그렇게 될 수도 있었다.

당시는 마고가 조너선을 사귄 지 한 달이 지난 때였다. 조너선은 마고보다 훨씬 연상의 직장 동료로 장애인 직업 상담사였다. 두 사람이 처음 키스할 때, 두 입술이 부드럽게 닿는 동안 가느다란 햇살이 온 사무실 벽으로 찬란하게 쏟아졌더랬다. 그에게선 오후에 피운 시가에서 나는 젖은 흙냄새와 맑은 시트러스 냄새가 뒤섞인 밝은 퇴락의 향기가 났다. 그는 라디오에서나 들을 법한 중후한 목소리로 마고, 하고 불렀다.

하지만 엄마에게 그런 이야기는 한마디도 할 수 없었다. 마고 자신과 그녀의 친구들조차 이해하지 못하는 관계를 엄마가 어떻게 이해할 수 있겠는가? 유일한 설명은 드러내놓고 할 수 없었다. 자신은 외롭고 지루했다고, 그런데 그 사람을 만나면서 사는 게 짜릿해졌다고 말할 수는 없는 노릇이었다. 그는 직장 동료이고 마고보다 스무 살도 더 많았으며 시각장애인에다 홀아비였다. 온갖 풍파를 다 겪어낸 사람으로, 곁에 있다 보면 나중에 길을 잃고 헤맬 것 같았다. 그는 마고를 위축시키고 기를 꺾어놓았다. 마고 자신과, 더 창조적인 삶과 더 개인적인 성취나 의미처럼 그녀가 원하는 것들이 모조리 증발돼버릴 정도로 마고를 쪼그라뜨렸다.

하지만 이걸 엄마에게 설명할 수는 없었다. 설령 유창한 한국말로 설명한다 해도 엄마가 어떻게 이것을, 이런 허기를 이해할 수 있겠는가? 그것은 죽고 싶다는 욕망이라기보다는 숨을 필요, 스스로를 지울 필요에 가까웠다. 마고는 예술가가 되고 싶었고 그건 위험한 소망이었다. 삶에 예술을 더 끌어들일 시간과 돈을 어떻게 마련한단 말인가? 자신만이 아니라 언젠가는 엄마까지 돌봐야 하는 처지에 예술이라니! 결국 자신들이 가진 것은 서로라는 존재뿐이었다. 그리고 그토록 스스로를 부정한다면 조녀선과 일생을 함께하지 못할 이유는 또 무엇인가? 그는 밤이고 낮이고 마고가 얼마나 멋진 인간이며 똑똑하고 사려 깊고 친절한지 말해주는데 말이다. 조녀선은 마고가 세상에서 가장 중요한 사람처럼 느끼게 했고, 그건 마고가 그와 함께 있을 때마다 스스로를 지워 없애기 때문이었다. 마고는 늘 그의 말에 귀 기울였고, 지지하고 인정하는 말을 해줬다. 자신이 늘 갖고 싶어했던 그런 엄마처럼.

그래서 마고는 또 거짓말을 했다. "아니, 남자 친구는 없어. 일이 너무 바빠서."

엄마는 식탁을 치우려고 자리에서 일어났다. 밥그릇은 밥알한 톨 없이 싹싹 비워진 채였다.

"엄마는 네가 가까이에 살았으면 좋겠어." 엄마는 조용히 말하더니 개수대로 가서 뜨거운 물을 틀고 빈 냄비와 팬을 담갔다.

마고는 이제 한동안은 대화할 만한 것이 없어 마음이 한결 가벼워졌다. 안도감이 밀려왔다. 하지만 자신이 거짓말하고, 같이 살아남기 위해 그토록 희생한 엄마에게 배은망덕하게 굴고, 오직 엄마와의 대화를 위해서일지언정 한국말을 배우려는 의지가 부족한 것에 대해 마음 한구석이 저릿하게 아렸다. 혀와 눈으로 무언가가 차올랐다. 엄마에게 숨겨온 눈물이었다.

그 일이 있은 지 벌써 일 년이 다 됐다. 조녀선과는 결국 두어 달밖에 가지 못했고, 관계는 가장 뻔하고 지리멸렬한 실연의 아픔을 남기며 막을 내렸다. 그리고 이제 엄마가 돌아가셨다.

마고는 늘 엄마에게 한 시간만 더 있다가, 아니 하루만, 일 년만 더 있다가 말해야겠다며 미루었다. 자신은 세상 누구보다 엄마를 사랑하지만 절대 가까이에는 살 수 없다고, 두 번 다시 같은 지붕 밑에서는 살 수 없다고.

이제 마고에겐 엄마를 납득시킬 기회가 없을 것이다. 그리고 스스로를 납득시킬 기회도.

"마고 씨?" 누군가 마고의 이름을 불렀다. 대기실에 앉아 있던 마고는 그제 자신이 엄마의 시신을 발견했을 때 아파트로 왔던 최 순경을 올려다보았다. 최 순경은 이십 대 후반이나 기껏해야 삼십 대 초반쯤으로 보이는 청년이었다. 그의 검은 머리카락은 마치 방금 샤워를 끝내고 왔거나 체육관을 다녀온 사람처럼 번들거렸다. 하지만 묵직한 총과 제복 때문에 마고는 신경이 곤두서고 긴장이 됐다. 그가 손에 든 흰 머그잔에서 김이 모락모락 올라왔다. "커피나 물 좀 드실래요?"

"아뇨, 괜찮아요." 마고는 그를 따라가려고 자리에서 일어났다.

두 사람은 바닥 광택제 냄새가 나는 밝고 긴 복도를 지나, 닫힌 문을 열고 공동 사무실로 들어갔다. 큰 책장에 법률 서적과 매뉴얼이 가득 찬 방이었다. 책상 위에는 파일이 하나 펼쳐져 있고 그 안에는 연한 색색의 종이와 줄이 그어진 메모장이 들어 있었다.

마고는 최 순경 맞은편에 앉았다. 그의 머리 뒤로 버티컬 블라인드가 비스듬한 각도로 반쯤 닫혀 있어 다행히 얼굴이 보였다. 다이아몬드형 얼굴에 눈썹이 짙고 광대뼈가 도드라진 것이, 이제 보니 꽤 잘생긴 얼굴이었다. 그래서 더 안절부절못하게 된 마고는 우리에 갇힌 동물처럼 생각이 제멋대로 날뛰기 시작했다.

"혹시 저희 전에 어디서 뵌 적 있나요?" 최 순경이 물었다.

"글쎄요, 아마 아닐걸요. 엘에이를 떠나 산 지 좀 됐거든요."

"어느 고등학교 나왔어요?"

"페어팩스요."

"아, 거기였군요."

"정말요?" 그를 본 기억은 전혀 없었다. 사실 마고는 거기서 자기 말고 다른 한국인 학생이 있던 기억이 전혀 떠오르지 않았다. 친구들 대부분이 멕시코, 엘살바도르, 필리핀 사람이었다.

"네. 아마 마고 씨가 저보다 몇 년 선배여서 그럴 거예요." 그가 웃었다. "세상 참 좁네요."

마고는 자신이 고등학교 때 그렇게까지 세상과 단절돼 살았던 건가 싶었다. 장난삼아 이런저런 마약을 해보고, 혀에 LSD 반 장을 올려놓기도 하고, 여가 시간엔 목탄으로 과일 정물화를 그리거나 어두컴컴한 방의 불그스름한 조명 밑에 숨어 있기 바빴지만 말이다. 당시에 마고가 반사회적인 예술가였다면 그는 아마 인기 많은 운동선수였을 것이다.

최 순경은 목청을 가다듬고는 책상 위에 양팔을 올리며 몸을 앞으로 숙였다. "어머니 일은 정말 유감입니다. 지금 많이 힘드시죠……."

마고의 얼굴에 땀방울이 송골송골 맺혔다. 머리가 지끈거려 미간을 문질렀다. 슬쩍 본 책상 위의 사망 진단서에서 우발적이라는 단어 옆에 체크 표시가 되어 있었던 게 떠올랐다.

마고는 눈을 감고 입으로 숨을 들이마셨다. 마치 엄마 시신 냄새의 기억에서 스스로를 보호하려는 것처럼. 그 구역질 나는 썩은 과일 냄새, 입 안에서 시큼한 맛이 느껴지는 그 달큼하고 역한 가스 냄새에서. 최 순경이 자신을 빤히 쳐다보는 게 느껴졌다. 고개를 들어 흘깃 보자 그는 얼른 시선을 떨구고 메모를 훑었다.

"지난 토요일 또는 일요일에 사망하셨고, 혈종이 발견됐네요." 그가 눈살을 찌푸리며 말했다. "시신은 수요일에 발견됐고요. 열쇠, 코롤라 자동차 등 갖고 계시던 물건은 전부 다 그대로 남아 있는 것 같고, 강제 침입 흔적도 없고, 신발과 슬리퍼도 다 현관에 있었네요."

쫙 뻗은 팔. 비치는 양말을 신은 발. 그렇게 거실 바닥에 널브러져 있으니 얼마나 조그마해 보였는지.

발을 헛디뎌 넘어져서 죽다니 실로 참담한 죽음이었다. 전쟁을 겪고, 부모를 잃어 고아가 되고, 이민을 오고, 외국에서 미혼모로 살아온 그 모든 정신적 충격과 시련을 견뎌낸 엄마가 고작 슬리퍼나 신발처럼 평범한 물건 때문에 생을 마감하다니, 황망하기 짝이 없었다. 모든 게 너무 끔찍했다.

"정말 물 안 드셔도 괜찮으시겠어요?" 그가 자세를 똑바로 고쳐 앉으며 물었다.

"네, 정말 괜찮아요."

"감당하기 힘든 일인 거 잘 압니다. 지금 당장 받아들이긴 어려우시겠죠." 그의 눈이 부드러워졌다. "누구에게든 가까운 사람을 잃는다는 건 수긍하기 너무나 어려운 일이에요. 특히 이런 경우에는⋯⋯."

작별 인사는 없을 것이었다. 엄마의 시신은 영안실에서 화장을 기다리고 있었고, 장례식 계획은 없었다. 유서도 없었다. 마고 모녀는 엄마가 어떤 장례 방식을 선호하는지에 대해 한 번도 이야기를 나눠본 적이 없었다. 그것만이 아니라 대체로 엄마의 소망에 관해선 대화해본 적이 없다시피 했다. 마고가 아는 거라곤 엄마가 자신이 더 가까운 곳에 살기를 바랐다는 것뿐이었다. 엄마는 네가 가까이에 살았으면 좋겠어, 하고 엄마는 말했다.

결국 재만 남을 터였다. 유골함에 담긴 조용하고 묵직한 재. 그 다음엔 뭘 어떻게 해야 할까.

"종료된 사건이긴 하지만…… 한 점의 의혹도 남지 않았으면 해서요. 혹시 의심스러운 부분이나 저한테 하고 싶은 말이 있으시다면 지금 말씀해주세요."

엄마의 시신을 발견한 것도 악몽 같은 일이었지만 이 방에 경찰과 앉아 있는 건 또 다른 악몽이었다. 지금 경찰이 자신과 엄마에게 무슨 도움이 될 수 있을까? 지금까지 그들이 대체 뭘 도와줬단 말인가? 자라면서 자신과 엄마에게 도움의 손길이 필요한 때가 너무도 많았지만, 경찰에 전화한다는 건 꿈에라도 생각하지 못했다. 총을 겨눈 강도에게 습격당하고, 아파트에 도둑이 들었을 때조차도. 엄마는 강제 추방을 당할 수도 있는 처지였기에 경찰이 뭘 할지, 누구 편을 들지 알 수 없었다. 이 사람은 또 무슨 신경을 썼을까? 그가 한국인인들, 마고와 같은 고등학교 출신인들 그런 게 다 무슨 소용이 있을까?

"엄마는 날마다 일을 하러 가셨어요. 정말 단순하게 사셨죠. 열심히 일하셨고…… 재미없게 사셨어요."

마고는 이 말이 전부 진실이라고 믿었다. 하지만 자신이 정말 엄마에 대해 안다고 확신할 수 있을까? 아니었다. 자신의 세계는 오로지 엄마를 지우기 위해 만든 것이었다. 엄마는 그저 또 하나의 보잘것없는 사람, 이 도시와 이 나라가 찬란한 거짓말로 유혹해 망가뜨린 또 하나의 희생양이기 때문이었다.

엄마는 불편한 존재였다. 더 중요한 것들, 더 중요한 사람들 틈에서 발생한 피해자였다.

"마지막으로 대화를 나눈 게 언제였나요?"

"아마 몇 주 전쯤일 거예요." 엄마가 한 말이 떠올랐다. 오늘도 손님이 별로 없었어. 시내에 있는 한국 가게도 전부 문을 닫는 판이니, 뭐. "엄마는…… 장사가 잘 안 돼 힘들다고 하셨어요. 재정적으로도 허덕이셨지만, 둘 다 하나도 새로울 게 없는 일이죠." 엄마는 어딘가에 도움을 구했을까? 돈이 필요했을까?

"가게가 저 남쪽 벼룩시장에 있다고 하셨죠? 벨 근처예요."

"네, 헌팅턴파크에 있어요."

마고는 그날 밤 엄마가 지친 몸으로 귀가해 가죽 앵클부츠를 벗는 모습을 상상했다. 그런데 전등 스위치는 왜 안 켰을까? 그 일은 낮에 일어났을까? 아직 창으로 빛이 들어오는? 마고는 엄마가 신발을 벗고, 자신이 항상 현관 근처에 놓아둔 슬리퍼에 걸려 넘어지는 모습을 그려보았다. 슬리퍼는 늘 두 쌍이 놓여 있었다. 하나는 마고의 것이었다. 아니면 엄마가 집을 나서려다 뭔가를 깜빡한 사실을 깨닫고는 되돌아 들어가다, 어둠 속 무언가에 걸려 넘어진 건지도 몰랐다. 너무 끔찍했다. 불쑥 화가 치밀어 올랐다. 대체 왜 자신을 더 잘 돌보지 않았냐고 비명이라도 지르고 싶었다. 하지만 이제 자기 말을 들어줄 사람은 아무도 없었다.

"혹시 어머니가 따로 종업원을 두셨나요?"

"아뇨. 혼자 일하셨어요."

"주변 가게 주인 중에 친하게 지내던 분은 없었나요?"

"있어요. 건너편 아동복 가게를 운영하는 분이랑 친하셨어요."

그가 메모지에 무언가를 적어 넣었다. "두 분 사이는 좋았나요? 어머니가 다른 분들과도 다 잘 지내셨나요?"

"그런 것 같아요. 제가 어렸을 땐 거기 몇 안 되는 한국인 가게 주인 분 중 한 분이랑 갈등이 좀 있었지만요. 엄마는 자기가 스페인어 실력이 영 부족해서 고객과 다른 가게 주인 들이 자기를 별로 안 좋아할까 봐 걱정했어요."

마고는 바닥을 초록으로 칠한 통로를 잠재적 고객이 지나갈 때마다 엄마가 아미가(스페인어로 '친구'라는 뜻의 여성명사―옮긴이), 아미가 하고 외쳤던 기억이 떠올랐다. 그러면 간혹 여자들이 잠깐 멈춰 서서 손을 흔들고 지나가거나 아니면 그냥 무시하고 지나갔다. 집에서 가져온 한국 음식 앞에서 코를 쥐는 사람도 더러 있었다. 엄마는 그들의 모욕을 털어버리는 데 선수였지만 마고는 그렇지 못했다. 그 모욕의 경험들은 평생 마고를 따라다녔다. 마고는 누구보다 엄마를 사랑했지만 다른 한편 엄마의 가난과 외국인다운 이질성, 언어, 주도력이 결핍된 삶을 몹시 부끄러워했다. 타인은 물론 자기 자신까지도 수치심 없이 사랑하는 법을 몰랐다.

기어코 눈물이 새어 나왔다. 최 순경이 책상에서 휴지를 한 장 뽑았다.

"필요한 게 있으면 언제든지 연락 주세요." 최 순경이 친절하게 말했다. "제 명함 갖고 계시죠?"

"엄마를 어떻게 해야 할지 모르겠어요. 유골 가루 말예요."

"혹시 어머니가 생전에 성당에 다니셨나요?"

"네." 천장이 스페인식 점토 타일로 된 그 높다란 크림색 건물과 종탑이 떠올랐다.

"거기 가서 도움을 좀 구해보면 어떨까요? 어머니라면 어떤 방식을 좋아하셨을지 그분들이 조언해줄 수도 있잖아요."

"네, 그것도 좋은 방법이네요. 근데 제가 아직 그럴 마음의 준비가 안 되어서……."

"마고 씨 아버지는요?" 그가 미간을 찌푸리며 물었다. "혹시 아직 근처에 사세요? 그분이 어떻게든 도울 수는 없을까요?"

마고 씨 아버지라는 말이 장어가 해초 속에 숨듯 눈 깜짝할 사이에 마고의 마음을 훅 찔렀다.

"그분에 대해선…… 잘 몰라요. 평생 모르고 자랐어요." 마고는 성당과 학교에서 종종, 아버지 없이 어떻게 살아남을 수 있는지 이해하지 못하는 사람들의 냉정한 시선을 견뎌야 했다. 누군지 궁금하지 않아? 언젠가 돌아오실 거라 생각해? 하고 그들은 물었다. 자신을 불쌍하게 바라보는 시선도 견뎌야 했다. 무엇보다 마고 모녀는 미국과 한국 공동체 모두의 가족 구조에서 배제되고 소외되었다. 그것은 언제나, 남자 없이 사는 여자의 인생은 제대로 된 꼴을 갖추지 못했으며, 그런 여자는 남자가 암실 속 사진 이미지처럼 나타나주기만을 하염없이 기다린다는 메시지를 주었다.

*

엄마의 인생을 차지했던 이 흔해빠진 물건들을 어떻게 처리하면 좋을까? 도자기 접시에 놓인 뒤엉킨 묵주, 엄마가 일자로 잘라준 끔찍한 앞머리를 하고 이가 숭숭 빠진 어린 마고의 옛날 학교 사진들. 먼지 자욱한 오래된 싱글 휴대용 시디플레이어. 반들거리는 비뚤어진 코에 빨간 새틴 심장이 포인트인 거무칙칙한 흰색 곰 인형. 고등학교 졸업식 날 모녀가 함께 찍은 사진을 넣은 액자. 너무 오래돼 접착력이 사라진 탓에 사진들이 툭툭 떨어져 나오는 앨범들이 담긴 상자. 옷이 꽉꽉 들어찬 옷장과 서랍장. 마고는 일 년 내내 따뜻한 남부 캘리포니아에 사는 엄마에게 왜 그렇게 많은 스웨터와 파자마 바지와 담요가 필요했는지 이해할 수 없었다.

엄마가 돌아가신 지 일주일, 시신이 발견된 지 며칠이 지났다. 마고는 뒷일을 몽땅 집주인에게 맡긴 채 시애틀로 돌아가고 싶은 마음도 없지 않았다.

하지만 그렇게 하면 자신의 어린 시절의 물건들마저 모조리 버려질 것이었다. 방문을 열어 마주할 용기도 에너지도 없는 케케묵은 옷, 학교 과제, 사진, 예방접종 기록, 공책 따위가.

결국 마고는 엄마가 창고처럼 쓰던, 연말에 자신이 오면 사용할 수 있도록 일인용 침대를 그대로 놓아둔 예전의 자기 방을 직접 정리해야 했다. 십 대 때 저녁 식사가 끝나면 곧장 거기로 들어가 공책과 펜을 들고 틀어박혀서 PJ 하비, 피오나 애플, 포티스

헤드 같은 침울한 음악을 크게 틀어 엄마가 보는 거실의 한국 텔레비전 소리를 몰아냈다. 때로는 방을 나와 엄마가 텔레비전 화면과 대화라도 하듯 고개를 끄덕이는 모습을 슬쩍 엿보기도 했다. 엄마에게는 타국에서의 긴 하루를 보내고서 소리와 몸짓과 얼굴만으로도 자신이 속한 나라의 이미지에 푹 빠져 있는 게 위안이 됐을 것이다. 언어는 그 자체로 집이자 쉼터이며, 더 큰 세상을 항해하는 수단이었다. 어쩌면 마고가 한국말을 배우려는 노력을 별로 하지 않은 것도 그 때문이었는지 모른다. 마고는 엄마와 한 지붕 아래서 사는 것을 도무지 견딜 수가 없었다.

하지만 이제는 뚜렷이 보였다. 시애틀로 떠났어도 자신은 이 아파트 곳곳에 존재하고 있었다. 먼지를 덮어쓰고 있는 건 마고의 물건도 마찬가지였다. 이가 숭숭 빠진 모습의 어릴 적 사진들, 액자에 넣어 벽에 걸어둔 각종 수료증과 상장 따위는 마고에겐 아무 의미도 없는 물건들이었지만 엄마에겐 자부심의 원천이었다.

두 사람이 음식이며 보금자리며 이 세계에서 느끼는 정체감을 지키기 위해 얼마나 서로 의지했으며, 그 사실을 마고가 얼마나 원망했는지가 이제 백일하에 드러났다. 마고는 자신이 엄마를 필요로 하는 것도, 엄마가 자신을 필요로 하는 것도 싫었다. 엄마는 차마 입 밖에 꺼내놓지도 설명하지도 못한 슬픔과 역사의 무게에 짓눌려 살았다. 어린 시절 이야기는 좀처럼 하는 법이 없었고 식당 일, 옷감 절단, 재봉 등 십 대 때 생존을 위해 억지로 해야 했던 다양한 일들을 어렴풋이 언급했을 뿐이었다.

엄마는 언젠가 고아원에서 하숙집으로 거처를 옮겼다. 엄마는 다른 젊은 여성 셋과 한 방에 살았는데 다들 보금자리를 제공할 가족이 없는 고아 아니면 가출 여성이었다. 마침내 어른의 감시에서 벗어나 자유롭게 살게 된 그때가 미나에겐 가장 설레던 시절이라고 했다.

마고는 엄마의 모든 진실을 감당할 정도로 자신이 강하거나 단단하다고 느낀 적이 없었다. 저 자신조차 제대로 감당하지 못하는 처지였다. 미국인으로 자란다는 건 하나부터 열까지 과거를 지우는 것을 뜻했다. 어렴풋이 알고 있지만 그냥 잊고 넘어가야 했다.

하지만 역사는 난파선 주위에 시체가 떠오르듯 시도 때도 없이 덜컥덜컥 수면 위로 떠올랐다.

지금 여기의 묵주와 거무칙칙한 흰색 곰 인형, 사진 앨범들이 그랬다.

마고는 당장 자신과 엄마의 소지품을 구분할 엄두도 나지 않았다. 늘 엄마가 여기 있으니 자신은 아무 결정도 내릴 필요가 없고, 자신들의 삶의 증거에 어떤 가치도 매길 필요가 없다고 생각했다. 일상 용품만이 아니라 자신들이 도저히 치워버릴 수 없었던, 떠나보낼 수 없었던 것들조차도. 대체 왜 그랬을까?

엄마는 얼마나 많은 것을 보관하고 있었던 걸까? 두 사람을 위해 얼마나 많은 짐을 끌어안고 있었던 걸까?

이제 마고는 그 모든 것을 혼자 감내해야 할 터였다.

낮게 파이프 덜거덕거리는 소리만 들리는 서늘하고 어둑한 차고에서 마고가 후진으로 엄마 차를 빼는데 백미러에 키 큰 사람

하나가 불쑥 나타났다. 마고는 깜짝 놀라 재빨리 브레이크를 밟았고 남자는 허둥대며 옆으로 비켜섰다. 마고는 남자 옆에 차를 세우고 창문을 내렸다.

"죄송해요. 갑자기 나타나셔서." 마고가 사과했다.

"괜찮아요." 그는 손에 빗자루와 쓰레받기를 들고 서 있었다. 마고는 집주인이거나 관리인일 그를 자신이 엄마의 시신을 발견한 날에도 보았던 것을 기억해냈다. 남자는 오늘도 그날 입었던 팔꿈치가 닳아 얼른얼른한 보풀투성이 회색 풀오버 스웨터 차림이었다. 가무잡잡하고 주름진 얼굴에 오래전에 이민 온 사람 특유의 편안함과 어색함을 동시에 풍겼다. 영어에 능통하고 미국 대중문화 속에서 자란 느낌을 주지만 무슨 이유에선지 코리아타운을 떠난 적 없는 그런 사람. 그는 얼마간 무언가를 놓쳐버린 사람, 이곳에 어울리지 않는 사람처럼 보였고, 마고는 그게 무슨 감정인지 아주 잘 알았다.

"저기요, 어머니 일은 정말 안됐어요." 뉴욕 억양이 약간 섞인 말투였다. "월세도 제때제때 잘 내는 좋은 세입자였는데." 남자는 기침을 하더니 고개를 돌려 바닥에 침을 뱉었다.

"고맙습니다." 마고가 말했다. 문득 이 사람이 자신보다 엄마를 더 잘 알고, 지난 한 해 동안 더 자주 마주쳤을지도 모른다는 생각에 움찔했다. 마음을 가라앉히기 위해 심호흡을 하고 물었다. "혹시 엄마를 마지막으로 봤을 때 기억나세요? 그때 어때 보이셨어요?"

"흠." 그는 잠깐 말을 멈추었다. "글쎄요. 기한보다 며칠 일찍 월세를 주더군요. 아마 지난 금요일쯤이었을 거예요."

"뭔가 특이한 일은 없었나요? 아파트 주변 등에서요⋯⋯."

남자는 눈살을 찌푸리더니 관자놀이 언저리가 새하얀 곱슬머리를 쓸어 넘겼다. "음, 지난 주말에 당신 엄마가 고함치는 소리를 들은 것도 같아요." 그는 아랫입술을 깨물며 말했다. "밤에요. 근데 뭐 누구나 늘 싸우고 살잖아요. 안 싸우는 가족이 어디 흔한가요."

"고함을 쳤다고요?" 마고는 깜짝 놀라 물었다.

"모르겠어요. 다른 사람이었을 수도 있죠. 다른 한국 여자요."

마고는 심장이 쿵쿵 뛰었다. "정확히 무슨 요일이었는지 기억하세요?"

"아뇨. 토요일 아니면 일요일이었는데 정확히는⋯⋯." 그는 머리를 긁적이며 시선을 피했다. "내가 잘못 들은 걸 수도 있어요. 누가 알겠어요? 내가 그분 아파트 바로 밑에 사는 것도 아닌데. 그냥, 창문을 열어놓으니 여자 고함이 다 들리는구나, 생각했죠. 그러고는 바로 다시 잠들었어요." 그가 어깨를 으쓱했다.

"우리 엄마 고함뿐이었나요? 혹시 다른 사람 소리는 같이 안 들렸어요?"

그는 고개를 저었다. "아마 내가 착각한 걸 거예요. 한국말이었는데 이 아파트에는 이제 한국 사람이 몇 명 살지 않으니까 그냥 그쪽 엄마라고 생각한 거죠. 절대 확실한 건 아녜요."

"혹시 그 얘기를 다른 사람한테도 하셨나요? 경찰이라든지?"

"아, 아뇨, 안 했어요. 솔직히 그동안 생각도 못 하고 있다가 지금에야 떠오른걸요. 별일 아닐 거예요. 누구라도 소리 질렀을 수 있죠. 그러니까 제 말은, 경찰이 그런 것까지 알 필요는 없다는 거죠. 누구든지 싸우고 화내고 하면서 사니까요."

"보통 때도 엄마 목소리가 그렇게 컸나요?"

"아뇨, 아네요. 아주 점잖은 분이었어요. 이 아파트 건물은 항상 안전했어요. 아주 안전한, 아무 문제도 없는 곳이었어요." 남자는 뒷주머니를 더듬거려 비닐 포장이 반쯤 벗겨진 말보로 라이트 담뱃갑을 꺼내더니 한 개비를 꺼내 귀 뒤에 꽂으며 말했다. "사실, 그런 일은 누구한테든지 일어날 수 있죠."

마고는 이 사람한테 뭔가 수상쩍은 구석이 있는 건지, 아니면 그냥 자신의 상상력 때문인 건지 분간이 되지 않았다. "혹시 여기 새로 오셨나요?" 마고가 물었다.

"네?"

"제가 전에 여기 살았는데, 한 번도 뵌 적 없는 분 같아서요."

"이 건물은 원래 제 아내 거였는데 몇 년 전에 아내가 세상을 떠나는 바람에 그때부터 제가 관리하고 있어요. 요즘 임대업이 얼마나 비용이 많이 드는 일인지 그쪽은 아마 모를 거예요. 옛날엔 우리 같은 사람들이 악당 취급받았잖아요? 근데 지금은 전부 큰 회사들이 사들여서 우린 돈도 제대로 못 벌어요. 요즘 전기 요금은 또 얼마나 비싼지. 세입자들은 맨날 소음 문제로 불평을 해대고요. 범죄까지 일어나고. 그게 어디 내 잘못인가요? 나는 정말이지 최선을 다하고 있다고요. 보안 문도 고치고 말이죠. 근데 이제 또 방범 카메라까지 사야 할 판이니……. 대체 돈을 얼마나 더 들여야 하는 건지, 원. 아무리 돈을 들여도 다들 만족을 몰라요. 뭘 해도 집주인은 미움의 대상밖에 안 된다니까요.”

“그래도 가진 게 있잖아요, 안 그래요?”

“그게 무슨 소리예요?”

“적어도 저희 엄마가 돌아가셨으니 이제 월세를 올려 받을 수 있을 거 아녜요.” 마고의 목소리가 갈라졌다. “그러면 카메라 값은 나오지 않나요?”

“대체 무슨 말을 하고 싶은 겁니까? 난 당신 엄마를 탓하는 게 아녜요. 그분은 좋은 분이셨어요. 늘 조용하고. 가끔씩 찾아오는 사람이 있었는데…… 남자 하나가 계속 왔어요. 아마 애인이었을 거예요. 부자인 것 같았어요. 잘은 모르지만. 또 친구도 몇 있고, 아무튼 엄마는 그럭저럭 잘 지내셨어요.”

“애인요?” 엄마는 남자 이야기는 생전 입 밖에 꺼낸 적 없었다. 한 번씩 벼룩시장 상인들이 엄마에게 이성적 관심을 보이곤 했지만 마고에게는 그런 이야기조차 한 적 없었다.

“네, 그런 사람이 하나 있었어요. 누군지는 모르지만. 나는 보도에 너무 바짝 붙여 주차해놓는다거나 하지 않으면 남 일에 신경을 안 쓰는 사람이라. 그냥 남자고, 고급 승용차를 모는 사람이란 것만 알아요. 벤츠요. 나도 늘 그런 차 한번 몰아보는 게 소원이었는데.”

“제기랄.” 마고는 혼잣말로 내뱉었다. “그날 밤 엄마가 고함친 상대가 그 사람이었나요?”

“그날 밤 내가 들은 목소리는 하나뿐이었어요. 그 애인은 한동안 안 보였어요. 마지막으로 본 게 아마 한 몇 달쯤 전일 거예요. 여름이었으니. 나는 이 일에 끼고 싶지 않아요. 이 건물은 안전하고 여긴 아무 문제도 없는 곳이에요. 나는 이 일에 개입하고 싶지 않아요, 아시겠어요?"

"경찰에 말할 수도 있었잖아요. 고함 소리요."

"뭐 하려요? 그날 내가 좀 피곤했고, 소리를 지른 게 다른 사람일 가능성도 얼마든지 있는데. 경찰이 이 근방을 헤집고 다니는 게 나한테 좋을 일도 없고요. 당신은 그게 좋아요? 동네 사람들이 그걸 좋아할 것 같아요? 경찰이 당신을 위해 뭐라도 해줄 거라 생각해요? 경찰이 당신 엄마를 신경이나 쓸 것 같아요? 이 도시에서 하루에 얼마나 많은 사람이 죽고, 강도당하고, 살해당하는지 알아요? 나는 여기서 더 문제가 발생하는 걸 바라지 않아요. 당신 같은 젊은 여성은 좋은 남자 만나 결혼하고 가족을 꾸리는 일에나 신경 쓰는 게 좋아요."

마고는 하마터면 남자에게 지옥에나 가라고 퍼부을 뻔했지만 대신 차창을 올렸다. 그의 말이 옳았다. 엄마나 엄마 같은 여자들은 불편한 존재였다.

하지만 만일 자신이 그 이야기를, 말하자면 엄마는 아무것도 아닌 사람이고, 영어도 할 줄 모르는 익명의 이민자, 아무도 원치 않는 일을 하는 또 하나의 이민자, 더 중요한 것들과 더 중요한 사람들을 위한 또 하나의 희생양에 불과하다는 반복되는 이야기를 계속 듣고만 있었다면, 결국 그것들이 옳다고 인정하는 꼴이 됐을 것이다. 그렇지 않은가? 그 이야기들이 엄마를 흙먼지처럼 쓸어 없애는 꼴을 고스란히 지켜보고만 있게 됐을 것이다.

엄마와 자신은 그보다는 나은 대접을 받아 마땅했다. 하지만 엄마에게 정확히 무슨 일이 일어났는지 어떻게 알아낸단 말인가?

조금만 더 일찍 엘에이에 왔더라면, 비행기 표를 끊었더라면 엄마의 죽음을 막을 수 있었을 것이었다. 아니면 적어도 엄마가 돌아가시자마자 바로 발견해, 시신이 홀로 그 아파트에 방치되지 않게 할 수는 있었을 것이었다. 왜 더 일찍 오지 않았을까! 엄마가 전화를 받지 않는데도 뭔가 이상하다는 사실을 왜 무시해버렸을까!

집으로 돌아오자마자 최 순경에게 집주인과 엄마 아파트에서 난 고함 소리, 그리고 지난 주말에 일어났을지도 모르는 다툼에 대해 메시지를 남겼다. 엄마의 소지품을 샅샅이 뒤졌다. 지난 주말에 함께 있었을지도 모르는 사람에 관해 뭐든 단서가 될 만한 것을 찾을 수 있을까 싶어서였다. 누가 왔던 걸까? 여름에 왔다던 애인은 대체 누굴까? 애인이라니. 도무지 믿기지 않았다. 엄마의 관심사는 오직 일과 자신들의 생존뿐이었는데 말이다.

그래도 알 수 없는 노릇이었다. 혹시라도 그 애인이 돌아왔을지도, 두 사람이 싸웠을지도 몰랐다. 당장 그 사람을 찾아야 했다.

차고 철문이 드르르 열리는 소리를 들으며 마고는 그동안 늘 자신의 마음속 한구석에 엄마가 어딘가로 사라져버리길 바라는 마음이 있었음을 깨달았고, 순간 엄청난 슬픔이 밀려왔다. 자신은 엄마가 죽길 바란 게 아니라 그저 자기를 내버려두길 바란 거였다. 전엔 그렇게 혼자가 되는 것이 자유라고 생각했지만, 지금은 아무 해답도 없이 육지도 구조의 손길도 보이지 않는 망망대해에서 간신히 선혜엄만 치고 있는 것 같았다.

미나
1987년 여름

미나는 길게 뻗은 길을 뜨르르 달리는 시내버스를 타고 일을 하러 갔다. 업장에서 일하는 사람들은 대부분 라틴계, 아시아인, 흑인이고 어쩌다 나이 많은 백인이 하나씩 섞여 있었다. 미나의 상상 속 미국에는 영화에서처럼 존 웨인, 클라크 게이블, 캐리 그랜트 같은 백인만 득실거렸다. 한 공간에 그렇게 다양한 인종이 섞여 있는 건 난생처음 보는 광경이었다. 이런 식으로 사람들이 존재할 수 있다는 걸 누가 알았을 것이며, 과연 미국이라는 이 프로젝트가 지속될 수 있을지조차 의문이었다.

미나는 자기 자신은 물론 다른 언어들과 주변에서 오가는 몸짓들에 여전히 오리무중일 뿐이어서, 제발 아무도 자신에게 말을 걸지 않기만을 기도했다. 아무와도 눈을 마주치지 않으려 애쓰면서 틈틈이 곁눈질로 사람들을 관찰했다. 어느 라틴계 엄마는 각각 여덟 살, 아홉 살쯤 돼 보이는 여자아이와 남자아이를 학교에 데려다주고 있었다. 기름때투성이 점프슈트 작업복을 입은 흑인은 너구리처럼 양팔을 접어 올린 채로 잠깐 눈을 붙이고 있었다. 늘 성당에라도 가는 것처럼 긴 치마를 차려입고 지팡이를 짚고 다니는 할머니는 미나를 보고 고개를 끄덕끄덕했고, 미나는 부드럽게 미소 지으며 고개 인사로 화답했다.

지난 두 주 동안 슈퍼마켓 선반에 물건 채우는 일을 한 미나는 자신이 건식품 코너 일을 더 좋아한단 걸 알게 됐다. 고객들이 지그재그로 카트를 끌고 다니며 오만 가지 상품의 진열 위치를 물어대는 농산물 코너만큼 혼을 쏙 빼놓지 않아서였다.

이 슈퍼마켓에서 처음으로 장을 봤을 때 본, 각진 얼굴에 부드러운 갈색 눈동자의 계산원이 이따금씩 고개를 까딱하며 지나갔다. 미나는 건식품 코너에서 하루에 한두 번씩 그를 보았다. 그가 자신을 알아보되 아무것도 묻지 않는 듯한 표정과 유연한 몸놀림으로 곁을 지나갈 때면, 고객들이나 말 많은 슈퍼마켓 주인 박 사장과는 달리 어쩐지 편안하고 위안이 되었다. 어쩌면 그저 잘생기고 활기찬 그가 자기 앞에 잠깐 멈춰 서서 짧게 눈을 맞추고 미소 지으며 곁을 지나가는 모습을 보는 게 좋았는지도 모른다. 하지만 미나는 여전히 그의 이름조차 몰랐다.

첫날엔 흰색 반소매 블라우스를 꽃무늬 치마에 넣어 입은 차림으로 일터에 갔다. 파랑, 초록, 핑크가 모네의 〈수련〉을 떠올리게 하는 치마는, 온종일 박스를 해체하고 농산물과 건식품을 진열하는 데는 부적절한 차림인 것 같았다. 하지만 신경 쓰지 않았다. 가진 옷이 적을뿐더러 깔끔한 인상을 주고 싶어서였다. 초면인 사람을 만날 때면 늘 긴장했는데, 약간 차려입고 화장을 하면 가뜩이나 부족한 자신감이 조금은 생겨났다.

첫날 미나는 한 계산원의 도움을 받아 출근 도장을 찍은 다음 박 사장을 만났다. 박 사장은 그보다 고작 몇 살 위였고, 딱 봐도 해변 휴양지로 휴가를 다니면서 수입차, 골프 같은 사치를 즐기고 살 것처럼 신수가 훤해 보였다. 그는 그을린 피부를 돋보이게 하는 파스텔 톤 줄무늬 폴로셔츠를 입고 커다란 금시계를 차고 있었다.

"정말 이 일 할 수 있으시겠어요?" 그는 갑자기 사람처럼 행동하는 작은 동물, 마치 뒷발로 서서 걷는 쥐라도 보고 있는 양 거들먹거리는 미소를 지으며 물었다.

"네, 그럼요."

"온종일 무거운 걸 들어 올려야 해요." 그는 앞니 사이로 공기 빨아들이는 소리를 냈다.

"할 수 있어요." 미나는 짜증을 숨기지 못하고 힘주어 말했다.

첫날의 절반은 헥토르라는 삼십 대 초반의 남자와 함께 농산물 코너에서 일했다. 낡은 검정 티셔츠와 청바지에 스니커즈 차림의 헥토르는 다리를 약간 절었지만, 그렇다고 과일을 허물어지지 않게 쌓는 법을 보여주는 동작이 조금이라도 굼뜨거나 하진 않았다. 그는 매장 뒤쪽에서 상자들을 카트에 담아 끌고 왔고, 미나는 상자에 든 것들을 꺼내 사과는 사과대로, 배는 배대로 진열대에 착착 쌓았다. 언어와 살아온 환경이 달라도 충분히 협업이 가능한 단순한 시스템이었다.

처음엔 그 일이 그리 나빠 보이지 않았다. 거의 명상하듯 무심히 할 수 있어서였다. 하지만 네 시간 정도 지나 녹초가 되어 슈퍼마켓 뒤쪽에서 사이다를 마시며 앉아 있자니 마치 자신이 여태 해체한 박스처럼 만신창이가 된 느낌이었다. 흰 블라우스는 얼룩과 주름투성이가 되었다. 아무 생각도 하지 않으려 애쓰면서 고개를 뒤로 젖혀 입에 탄산음료를 콸콸 쏟아 부었다. 하지만 아무리 애를 써도 마음 한편으로는 울고 싶기만 했다. 거의 온종일 편안한 책상 앞에 앉아 옷을 스케치하고 디자인하는 일을 포기한 자신이 바보처럼 느껴졌다. 그 일은 지루하긴 했지만 적어도 편했다. 동료들과 가졌던 커피 타임과 점심시간이 그리웠다.

하지만 이제 겨우 하루가 지났을 뿐이고, 계속 노력하는 수밖에 달리 어쩔 도리가 없었다. 이제 와서 돌아갈 수는 없는 노릇이었다. 눈을 감고 말없이 기도했다. 하느님, 제발 저 좀 도와주세요. 괜찮아질 거라고 말해주세요. 제발요…….

10분간의 휴식을 끝내고 다시 매장으로 돌아가 선반에 인스턴트 국수와 라면 등을 채워 넣은 다음, 각종 소스와 조미료, 간장, 된장 등이 진열된 코너로 이동했다. 맨 아래 선반을 채우기 위해 무릎을 구부리고 앉았다 일어섰다 하느라 땀이 쏟아졌다. 예쁜 파스텔 톤 치마는 먼지 얼룩이 잔뜩 묻어 더러워졌다. 이제 외양에 그토록 신경을 쓴 자신이 멍청하게 느껴졌다. 눈에 보이는 거라곤 소스 병과 채소뿐인데 치장이 다 무슨 소용이란 말인가.

허무에 익숙해져야 했다. 온통 과거만 떠올리게 하는 서울의 텅 빈 아파트에 처박혀 있는 것보단 이게 훨씬 나았다. 이제 자신은 자유였다. 그 모든 과거로부터.

박 사장은 시간이 좀 지나면 계산대에서 일하게 해주겠다고
했다. 하지만 미나는 사람들과 말을 섞을 필요 없이 혼자 조용히
가게 뒤쪽에서 일하거나 선반을 채우는 게 더 좋았다. 진열대 사
이에서는 된장으로 쌓은 벽 안으로 숨어들거나, 각종 소스와 유
리병 사이로 사라질 수 있었다. 그리고 이따금씩 그 잘생긴 한국
남자의 시선을 받기만 하면 됐다. 사실 그는 자신보다 젊어 보이
는 탓에, 자신의 이끌림은 어리석고 무해한, 안전한 감정으로 느
껴졌다.

하지만 자신이 영원히 이 일을 하며 살 수는 없었다. 이렇게
무거운 걸 들어 올리고, 무릎을 꿇는 일을 과연 얼마나 오래 할
수 있을까? 나이는 겨우 마흔하나지만 몸은 하루가 다르게 야금
야금 늙어가는 느낌인데 말이다.

미나의 몸은 삼십 대 때 딸을 키우며 완전히 변했다. 다른 무
엇보다 힘이 세졌다. 하지만 지금 자신이 번쩍 들어 올리고 돌볼
거라곤 식료품뿐이었다. 그게 전부였다. 일하는 동안 그 생각에
빠져들다 보면 기어이 울음이 터졌다. 그래서 고통을, 생각을 죽
이기 위해 더 열심히, 더 빨리 일했다.

어느 날 매장 뒤쪽에서 간장 박스들을 카트에 싣고 있는데 끼
이익 문이 열리더니 바닥에 한 줄기 빛이 비스듬히 들어왔다. 박
사장이었다. 그는 시곗줄을 똑바로 매만지며 커다란 검정 캔버
스 가방을 들고 자기 사무실을 나왔다. 허리춤에 나무로 된 권총
손잡이가 희미하게 반짝이는 게 보였다.

"그 일 진짜 괜찮으세요?" 그는 눈에 먼지라도 들어간 양 거의 무의식적으로 윙크를 하며 말했다.

"네, 괜찮아요." 미나는 그를 쳐다보지 않으려 애썼다.

"미국 생활은 어때요?"

"그럭저럭 적응해가고 있어요."

"만만치 않으시죠?" 그는 가방을 털썩 내려놓았다. 미나는 그 안에 현금이 가득 들었나 보다 싶었다. 아마 은행에 가던 길일 것이다. 총까지 찬 걸 보면.

그는 무릎을 구부리더니 박스 하나를 카트에 실었다. "아무리 힘들어도 포기하면 안 돼요. 계속 노력해야 해요."

"네."

"나도 그랬어요. 진짜 열심히 했죠. 그래서 지금 이렇게 여기 주인이 된 거예요. 이게 전부 다 내 게 됐다고요." 그가 마치 온 세상이 자기 것인 양 건물 전체를 가리키며 말했다. 그러면서 금니가 다 보일 만큼 입이 찢어져라 웃었다.

그의 허리춤에 권총이 있음을 아는 미나는 저도 모르게 한 걸음 뒤로 물러서며 말했다. "멋지네요."

"네, 내가 여기 온 게, 그러니까 언제였더라…… 1962년이에요."

"정말 오래전이네요."

"그렇죠. 그래도 열심히 일하면 결국 어떻게 되는지 보셨죠?"

"그럼요."

"다 본인이 하기 나름이에요." 그는 눈썹을 치켜올리더니 허리를 숙여 가방을 다시 들었다.

미나는 정말요? 하고 반문하고 싶었다. 그의 말은 한마디도 믿지 않았다. 적어도 그대로는. 자신처럼 사는 여자들과 마켓에서 같이 일하는 사람들 같은 주변 사람들은 아무리 열심히 일한들 절대 슈퍼마켓 주인이 되지 못할 텐데, 그런 능력주의 주장을 믿을 수는 없는 노릇이었다. 뭐든 하나라도 갖게 된다면 운이 좋은 것이리라. 십중팔구 그들도 자신처럼 간신히 주택의 방 한 칸을 빌려 살고, 생활용품은 전부 남이 쓰던 것이리라. 이 느끼한 남자는 대체 자기가 뭐라고 생각하는 걸까? 아마 그는 자신이 자기가 멋대로 지껄여도 되고, 의도가 무엇이든 관심만 가져주면 덥석 고마워하는 외로운 여자라 생각하는 것이리라.

항상 자신을 전적으로 믿어주던 남편이 생각났다. 그는 누구에게도 이런 식으로 말하지 않았다. 그는 자신을 동등하게 취급했다. 그리 흔한 경우는 아니었지만, 그렇기에 그를 그토록 사랑한 것이었다.

"그래요, 열심히 일해서 돈을 버세요. 그게 다 나중에 큰 재산이 돼요. 하나도 헛일이 아녜요."

"네, 그러겠습니다." 미나는 대답하며 눈을 치켜뜨지 않으려 애를 썼다. 그러고는 다시 무릎을 구부려 바닥에 있는 박스를 집어 올렸다. 그가 카트가 움직이지 않도록 잡아주었다.

미나는 그가 잡고 있던 카트를 발로 끌어당겼다. "됐어요. 제가 할게요." 미나는 마지막 박스를 맨 위에 올린 다음 매장으로 통하는 문으로 카트를 밀고 나갔고, 마침내 그에게서 벗어나 안도했다.

*

    미나는 다른 방 세입자의 이름을 몰랐지만 별로 신경 쓰지 않았다. 한국에서 여성 친구들끼리 흔히 그러듯 그냥 언니라고 불렀다. 언니는 영어를 잘했다. 남편이 보던 서부극의 코맹맹이 소리 나는 남부 억양까지 약간 섞어 쓸 정도였다. 언니는 첫 전화 등록을 도와주었고, 시내를 더 편히 돌아다닐 수 있도록 자신이 아는 지도와 버스 정보를 싹 다 알려주었다.

    언니는 아시아 배와 귤을 정말 좋아해서 미나는 그것들과 식혜 같은 시원한 음료수를 사다주었다. 우연히도 식혜는 딸이 가장 좋아한 음료이기도 했다. 미나는 무더운 밤엔 한자리에서 3리터도 더 마실 수 있었지만, 저녁 식사 후 식탁에서 쉴 때 딱 한 잔씩만 마셨다. 땀이 흘러 끕끕한 상태로, 열린 창으로 들리는 귀뚜라미 소리와 집주인이 틀어놓은 한국 뉴스 소리를 들으면서.

    언니는 밤에 일하는 경우가 많아서 서로 시간이 맞을 때만 일주일에 한두 차례 같이 밥을 먹었다. 보통 그날 있었던 일이나 미국에 대해 이야기하거나, 언니가 미나의 서류나 고지서를 번역해주는 게 다였다. 서로의 방에는 절대 들어가지 않았다. 언니는 두꺼운 영어 소설책을 읽거나 클래식 음악을 들었다. 음악은 방문을 흘러 나와 그 부드러운 선율로 온 집 안을 고양시켰다.

    엘에이에 도착한 지 한 달가량이 지난 7월 말의 어느 밤, 미나는 양파와 된장찌개 냄새가 나는 부엌으로 갔다. 간단한 음식으로 저녁을 때우고 귀뚜라미가 날개 비비는 소리를 들으며 잠을 청할 작정이었다. 언니는 스토브 앞에 서서 큰 스테인리스 냄비에 든 무언가를 젓고 있었다.

"일은 어땠어?"

미나는 냉장고 문을 열며 대답했다. "아, 뭐 그럭저럭 괜찮아요. 그 정도면 최악은 아닌 것 같아요. 레스토랑 일은 어땠어요?"

"늘 똑같지, 뭐." 언니는 미나의 손에 들린 달걀을 슬쩍 보더니 빙긋 웃었다. "찌개를 넉넉하게 만들었어. 좀 먹을래?"

"아, 아녜요. 이미 저한테 잘해주셨는걸요."

"사양하지 마. 너 지금 엄청 피곤해 보여. 같이 먹자."

언니는 달걀을 뺏어 들고 냉장고에 도로 집어넣었다. "그냥 앉아 있어. 내가 해줄게."

미나는 비닐 식탁 매트 위에 냅킨을 깔고 그 위에 수저를 놓았다. 이 언니가 누굴 닮았지…… 아, 보육원 수녀님 중 한 분인가? 그 긴 세월과 그때 함께 지냈던 사람들은 전부 미나의 기억 속에서 희미해져 있었다. 처음엔 일로, 그다음엔 결혼과 가족으로 그 기억을 내쫓은 탓이었다.

몇 분 동안 침묵 속에서 같이 밥을 먹다가 미나가 물었다. "여기 산 지 얼마나 됐어요?"

"한 2, 3년?"

"미국에 온 지 그것밖에 안 됐어요?"

언니가 웃었다. "아니, 이 집에 온 지가 그렇게 됐다고. 미국에 온 건 훨씬 더 됐지. 그전엔 텍사스에 살았어. 텍사스 알아?"

"네, 들어본 적 있어요."

언니는 냅킨으로 입을 닦았다. "엘에이에는 왜 왔어?"

"서울에서 같이 일하던 친구가 지금 여기 살아요. 아직 못 만났지만요. 종일 자기 세탁소에서 일하거든요." 미나는 애써 웃음을 지어 보였다. "이번 일요일에 성당에서 볼 거예요. 그 애가 절 데리러 오기로 했어요." 일 년 동안 보지 못했던 미세스 신과 곧 재회한다는 생각이 미나에게 한 줄기 희망이 되어주었다.

"그렇구나. 앞으로 다닐 성당을 찾아서 다행이네."

"언니는요? 성당 안 다녀요?"

"안 다녀."

두 사람 사이에 다시 침묵이 흘렀고, 식사를 마치고 미나가 설거지를 하려고 일어설 때까지 대화는 이어지지 않았다. 그동안 미나는 얼른 침대로 돌아가 쓰러져 자고 싶다는 생각만 간절했다.

그리고 몇 주가 지나고 나서야 미나는 언니가 왜 성당을 피하는지 이해할 수 있었다.

그곳 여자들은 대부분 선의로, 미나에게 남편이 있는지, 아이는 있는지 물었다. 마치 전 주에 미나가 대답을 얼버무린 사실을 잊어버리기라도 한 것처럼. 미나는 남편도 아이도 있었던 적 없다고 거짓말로 둘러대며 그 주제를 피하려 했지만, 여자들은 결혼 적령기가 지나서도 아직 미혼인 여성을 은근히 내려다봤다. 평생 한국 남자가 득실거리는 나라에서 산 매력적인 여자가 남자 하나를 못 만났다니, 뭔가 문제가 있는 여자가 틀림없었다. 그 문제는 대체 뭘까?

일요일에 예배를 마치고 나면 미나와 미나 친구 미세스 신은 성당 지하 식당의 희미한 불빛 아래 다른 여자들과 같이 앉아 점심을 먹었다. 메뉴는 김밥과 미지근한 잡채와 김치였다. 미나는 몇 주 동안 이어진 유도 질문을 근근이 참아내다가 결국 오명을 피해야겠다는 생각에, 그들에게 사실대로 이야기했다.

"다 죽었어요." 미나가 말했다. 크게 한 번 더 말했다. "다 죽고 없어요."

여자들은 동시에 얼음이 되었고 그중 일부의 젓가락이 허공에 떠 있었다.

"전부 다요?" 그중 제일 시끄러운 여자가 음식을 입에 넣은 채 물었다.

"네. 전부 다요." 미나는 잠깐 말을 멈췄다. "200명 전부 다요." 그러고는 빙긋 웃었다. "사이비 종교 집단 전체가요. 전부 다 제 추종자들이었거든요."

여자들은 제대로 말하지 못했다. 옆에 앉은 미세스 신이 웃음을 터뜨리다 사레가 걸려 캑캑댔다. 시끄러운 여자가 인상을 쓰고 쏘아보더니 다른 여자들을 쳐다보며 눈썹을 치켜올렸다. 다들 플라스틱 접이식 의자에 앉아 안절부절못하고 있었다.

미세스 신이 말했다. "딸이랑 남편이 있었는데 둘 다 세상을 떠났어요. 이제 다들 만족하세요? 네?"

그날 이후로 여자들은 미나를 피했다. 아마 가족이 없는 젊은 여성인 미나를 어떻게 규정해야 할지 모르거나, 그 사이비 종교 집단 농담이 마음에 들지 않아서였을 것이다. 그래도 미나에겐 자기보다 몇 해 더 미국에서 산 미세스 신이 있었다. 미세스 신은 버몬트 애비뉴의 세탁소 일 때문에 항상 바빴지만, 예배 후에 성당에서 같이 점심을 먹거나 미나를 자기 집에 초대했다. 그때마다 미나는 그의 가족과 삶에 경탄해 마지않았다. 미세스 신은 재밌고 다정한 남편과 자유분방한 두 십 대 아이와 함께 코리아타운의 방 두 개짜리 큰 아파트에 살았다.

일요일에 함께 둘러앉아 점심을 먹을 때면 미나는 자기 일에 관한 이야기를 쏟아내고 싶었지만 그러지 않았다. 자신이 얼마나 피곤한지, 얼마나 사장이 싫은지 미주알고주알 말하고 싶었지만 그러지 않았다. 대신 그들은 대체로 조용히 밥을 먹었다. 미나는 아이들에 관해 물었지만, 그들은 좀처럼 미나의 생활에 관해 묻지 않았다.

미세스 신은 미나의 남편과 딸을 잘 몰랐지만, 그들을 잃는다는 게 어떤 것일지는 충분히 상상할 수 있었다. 하지만 죽음에 대해 말하는 법을 아는 사람은 아무도 없었다. 그들의 문화와 나라는 연이은 전쟁으로 이미 너무 많은 비극을 겪었기에 일종의 조용한 실용주의를 고수했다. 그 실용적 침묵은 그들이 지금 가진 것에 대한 감사와, 각자 다른 방식으로 겪은 억누를 길 없는 슬픔을 모두 반영한 것이었다. 어떤 이들은 그 비극을 끈질기게 부정하는 가족과 술의 도움으로 살아남았고, 어떤 이들은 고급 차, 명품 옷, 시계처럼 신분을 상징하는 물건에 집착하게 됐다. 또 다른 이들은 열심히 일하는 것으로 고통을 마비시키고자 했고, 그런 노력은 적어도 은행 예금과 잠잘 집과 식탁에 올릴 양식 같은 일종의 생산적인 결과물을 가져다줬다.

미세스 신은 그들 사이에 흐르는 침묵을, 같은 건물에 사는 사람들과 성당 여자들에 관한 뒷이야기로 채우려 했다. 그는 미나에게 젊은 남자와 바람난 사십 대 유부녀 이야기를 해줬다.

"그 여자 정말 제정신이 아니야." 미세스 신이 말했다. "글쎄, 남자가 열 살이나 더 어리대."

"열 살이나?"

"그 남자랑 도망가려고 돈까지 모으는 중이라네?"

그들은 깔깔 웃었다.

"정말 미쳤어." 미세스 신이 말했다. "결국 임신이나 하겠지. 그 다음엔 어떻게 되겠어?"

마고
2014년 가을

　다음 날 마고는 온종일 미겔과 함께 그가 다음 월요일부터 출근하게 된 버뱅크의 새 직장 근처에서 아파트를 구하러 돌아다니다 저녁에 혼자 아파트로 돌아왔다. 마고는 자신이 혼자 있어도 별문제 없을 거라 그를 안심시켰다. 미겔은 온라인에서 만난 남자와 한잔하러 간 터였다. 떠나기 전 미겔은 마고에게 엄마를 발견한 날 이후로 쭉 같이 머물러온 호텔에서 저녁에 다시 보자고 했다.

　두 사람은 돈을 절약하기 위해 며칠 동안 마고 엄마 아파트에서 지내는 방안도 고려하고 있었다. 만약 이번 주에 미겔이 살 곳을 구한다면 마고는 청소와 짐 정리를 끝낼 때까지 엄마 집에서 혼자 지내게 될 것이었다. 집세는 엄마가 이미 지불해둔 상태였고 시애틀 직장에는 진작 무급 휴가 연장을 승인받았다.

　집주인 말에 따르면 엄마에게 애인이 있었고, 그는 여름 내내 엄마 집에 자주 들락거렸다. 혹시 그 사람이 엄마가 돌아가신 주말에 엄마가 고함친 상대일 수도 있을까? 집주인 말을 완전히 신뢰할 수는 없지만, 그가 딱히 거짓말을 할 이유도 없었다. 만약 그날 밤 엄마가 누군가와 함께 있었다면 그게 누군지 알아낼 필요가 있었다. 최 순경에게선 아직 답신 전화가 없었지만, 자신에겐 시간이 별로 없었다. 최 순경이든 누구든 더는 기다릴 수 없었다. 엄마의 시신은 때로는 우리의 삶에 한 시간, 하루, 한 주도 더 주어지지 않을 수 있다는 사실을 보여주는 증거 같았다. 우리에게 남은 거라곤 오직 지금, 째깍째깍 흘러가는 이 촌각뿐일 수도 있었다.

엄마 침실로 들어가 침대 머리맡 전등을 켰다. 저녁 공기가 시릴 정도로 찼지만 지난 나흘 동안 창문이란 창문은 다 열어놓은 상태였다. 엄마의 아파트, 아니 마고의 기억이 시작된 최초의 순간부터 내내 함께 살아온 자신들의 아파트에 남은 죽음의 냄새를 내보내기 위해서였다. 마고는 잠깐 멈춰 서서 바깥에서 들어오는 자극에 오감을 열었다. 옆집에서 나는 붉고 진한 돼지고기 포솔레(멕시코의 돼지고기 수프 혹은 스튜—옮긴이) 냄새, 갈라진 보도 위를 덜컹이며 스케이트보드 타는 소리, 속사포처럼 말을 쏟아내며 통화하는 여자의 음성, 디젤 자동차가 힘없이 부르릉대는 소리…… 이 모든 것이 친숙하면서도 낯설었다. 이 동네는 확실히 변했지만 어떤 면에선 전과 똑같았다.

어릴 때 알았던 한국인들은 대부분 돈을 모아 교외 주택가로 떠났고 이제 이곳에는 라틴계 사람들이 주로 살고 있었다. 하지만 그들 모두 이곳이 아닌 다른 곳에 살고 싶은 생각이 간절했다. 세상의 일자리와 부는 어떻게 한곳에 몰리게 됐을까? 왜 사는 지역에 따라 온갖 기회를 다르게 얻게 됐을까? 엄마는 한국에서 사는 게 그렇게 끔찍했을까? 여기보다도 더?

흰 커튼을 열고 쓰레기통이 즐비한 골목길을 내려다봤다. 학교에서 돌아온 동네 아이들이 컴컴한 건물 사이에서 축구와 핸드볼 게임을 하고 있었다. 이어서 엄마의 옷장을 열어보았다. 스웨터며 바지가 방바닥 위까지 점령한 자신의 시애틀 집과는 달리 모든 옷이 옷장에 가지런히 걸려 있었다. 엄마는 케케묵은 옷들을 대부분 그대로 가지고 있었다. 낡은 1980년대산 가죽 재킷, 커다란 어깨 패드가 들어간 코발트블루 원피스, 단순한 디자인의 검정 시스 원피스, 작아서 못 입은 지 오래된 한국에서 가져온 무릎 길이 치마들. 하나같이 상품 가치는 없어도 엄마에게 의미가 있는 것이었다. 바지와 재킷 호주머니를 뒤지니 동전과 낡은 영수증, 립스틱, 고지서 따위가 나왔다.

녹색 먼지에 뒤덮인 검정 테니스화에선 광물질과 세이지 냄새가 났다.

오래전에 간 적 있는 라스베이거스로의 긴 자동차 여행이 다시 떠올랐다. 이번에는 기억이 더 생생했다. 열린 차창으로 뜨거운 공기가 들어와 피부를 때렸고, 콩가루처럼 미세한 가루가 얼굴과 팔을 뒤덮고, 그 건조하고 까끌까끌한 모래 맛이 입 안까지 느껴졌더랬다. 강렬한 열기에 부스러질 듯 바짝 마른 점토와 황토로 이루어진 세상이 휙휙 지나갔고, 그 위로 희고 커다란 뭉게

구름이 둥실둥실 떠 있었다. 엄마는 돌처럼 단단한 눈으로 도로를 바라보았으며 얼굴과 목 옆으로 땀방울이 주르륵 흘러내렸다.

"우리 어디 가는 거야?" 뒷자리에 앉아 있던 마고가 물었다.

"아주 특별한 곳."

"거기 아이스크림도 있어?"

"어쩌면." 엄마의 눈이 한결 부드러워졌다. "아니, 있어."

"아이스크림 먹으러 그렇게 멀리까지 가는 거야?" 마고가 영어로 물었고, 엄마는 웃음을 터뜨렸다.

"아이스크림도 먹고 다른 일도 할 거야." 엄마가 한국말로 대답했다.

"세상에서 제일 맛있고 제일 큰 아이스크림일 것 같아."

엄마는 칼라를 똑바르게 매만지고 목청을 가다듬었다. 그러더니 한참 동안 라디오 다이얼을 이리저리 돌렸으나 계속 삐― 하는 날카로운 잡음과 정적이 번갈아 이어지거나, 뉴스를 전하는 목소리와 클래식 음악 소리가 뚝뚝 끊겨 들리기만 했다.

"엄마 말 잘 들으면 아이스크림 사 줄게. 네가 원하는 맛으로." 엄마는 백미러로 마고를 흘깃 보았다. 뒤에 따라오던 차가 빵빵대더니 왼쪽으로 추월하며 운전자가 소리쳤다. "중국으로 돌아가, 쌍년아."

마고는 모르는 사람에게 큰 돌덩이로 얻어맞은 것처럼 움찔했다. 운전대를 꽉 그러잡은 엄마의 손이 하얗게 변한 게 보였다. 하지만 엄마는 아랑곳하지 않고 규정 속도 아래로 달렸다.

"물 좀 마실래?" 한두 시간 뒤에 엄마가 물었다. 마고는 깜빡

잠에 빠져 있었다.

마고는 목이 말랐지만 괜찮다고 대답했다.

"우리…… 라스베이거스에서 아주 특별한 사람을 만날지도 몰라." 엄마의 목소리가 갈라져 나왔다. "정말 오랜만에 만나는 분이야."

엄마는 울음을 삼키려 애썼다. 어느새 해가 뉘엿뉘엿 지면서 하늘은 진분홍 주름으로 길게 수를 놓았고 지평선은 보랏빛으로 물들었다.

"이게 잘하는 일인지 모르겠다. 이렇게 널 데리고 가는 게. 근데 널 봐줄 사람이 없으니 나도 어쩔 수 없었어." 그 말은 여섯 살짜리 아이에게 설명한다기보단, 혼잣말하거나 다른 어른에게 말하는 것처럼 들렸다. 마고가 자신에게 기대는 엄마를 원망한 만큼이나 엄마도 상상하기 힘들 정도로 외로웠단 사실을 깨달은 것은 세월이 한참 지나고서였다.

엄마를 멋대로 재단하지 않는 존재는 아마 신과 어린 마고뿐이었을 것이다.

도시가 가까워졌을 때 그들은 한 패스트푸드 식당에 들러 치즈버거와 감자튀김을 걸신들린 듯이 먹었다. 마고는 너무 행복했다. 호텔에 도착하자마자 엄마는 침대에 쓰러져서 잠들었다. 난생처음으로 호텔에 와본 마고는 제 엄마를 지키기라도 하듯 뜬눈으로 밤을 지새우며 새로운 광경과 냄새를 음미했다. 시트에선 생경한 인공 꽃향기가 났고, 카펫에선 오돌토돌한 감촉이 느껴졌다. 텔레비전은 집에 있는 것에 비해 거대했다.

다음 날 호텔 방에서 온종일 누군가를 기다리기만 하던 엄마는 저녁이 되자 한없이 낙담하고 풀죽은 모습이었다. 표정과 목소리엔 굴욕감이 어려 있었다. 모녀는 중국 음식을 주문했고, 포장 용기에 든 기름투성이 볶음국수와 볶음밥, 돼지고기 바비큐를 말없이 먹었다. 그러고 나서 엄마는 화장실 문을 열어둔 채 욕조에 간신히 견딜 수 있을 정도로 뜨거운 물을 틀었고, 그 때문에 방 안 창문이며 거울이며 유리가 온통 뿌옇게 변했다. 그녀는 옷을 벗어 바닥에 그대로 둔 채 욕조에 들어가 몸을 담갔다. 단발머리를 하나로 묶어 꽁지머리를 하고 땀을 쫙 뺀 몸은, 때 밀 준비를 한 사람처럼 벌겋게 익어 있었다. 미나는 목만 물 위로 빼놓고 욕조에 드러누운 자세로 눈을 감았다.

마고는 엄마에게 다가가기가 무서웠다. 자신들이 누굴 기다린 거냐고, 도대체 왜 그렇게 슬퍼하는 거냐고, 혹시 자신이 등을 밀어주면 좋겠냐고 너무도 묻고 싶었다. 마고는 자신이 뭘 잘못했는지 그리고 엄마가 약속한 아이스크림은 어디에 있는지 궁금했다.

하지만 그냥 소파에 걸터앉아 PBS 채널을 틀어놓고, 둥그런 갈색 곱슬 수염 남자가 마법처럼 붓을 놀려 웅장한 설산을 그려내는 텔레비전 화면만 쳐다보고 있었다. 이런 풍경이, 낮에는 모든 게 바싹 메말라 있고 살갗을 태울 것처럼 이글이글 타올랐다가 밤이면 번쩍대는 네온사인 불빛들로 가득한 호텔 방 바깥 풍경과 공존하는 세상이 얼마나 낯설고 이상하게 느껴지는지. 마고는 소파에서 스르르 잠이 들었다. 실제론 한 번도 본 적 없는 눈이 얼굴 위로 떨어져 내렸다. 산봉우리들이 그대로 비치는 맑은 호수의 얼음처럼 차가운 물과 함께.

다음 날, 너무 울어 퉁퉁 부어오른 눈을 가리려고 선글라스를 쓴 엄마는 짐을 차에 실은 뒤 마고를 데리고 배스킨라빈스로 갔다. 마고가 아이스크림 가게에 가본 건 그때가 처음이었다. 마고는 초콜릿, 피칸, 회오리 모양 캐러멜 맛 등의 색색의 아이스크림을 경이로운 시선으로 쫙 훑어보고는 쿠키 앤드 크림 맛을 골라 콘에 담아 들었고, 엄마는 딸기 맛을 주문했다. 엄마는 마고가 기뻐하는 모습에 빙긋 웃었다.

이제 마고는 엄마의 먼지투성이 테니스화를 손에 들고 거실로 가, 탁자에서 여행 안내 책자를 하나 집어 들었다. 황혼에 싸인 그랜드캐니언의 절경이 담긴 책자였다. 녹이 슨 것처럼 불그스름하고 평평한 봉우리와 극적인 장면을 연출하는 그늘이 겹겹이 펼쳐져 장관이었다. 그러고 보니 이 특이한 봉우리 색은 신발에 묻은 흙먼지와 같은 색이었다. 그렇다면 혹시 엄마가 이 신발을 그랜드캐니언이나 다른 국립공원 같은 데서 신었던 걸까? 하지만 엄마는 혼자서 어디로 간 적이 한 번도 없었다.

마고는 여행사에 음성 메시지를 남기기로 했다. 일요일 저녁에 전화 받는 사람이 있을 리 만무하니까.

하지만 놀랍게도 젊은 여자가 전화를 받았다. 피곤한 듯 착 가라앉은 목소리였다.

"저, 혹시 저희 엄마가 그쪽에 여행 문의를 했는지 궁금해서요. 그리고 혹시 그때 같이 온 사람이 있었는지도 알려주실 수 있을까요? 만약 엄마가 거기로 직접 가셨다면요."

"글쎄요, 제가 그런 정보를 알려드릴 수 있을지 잘……." 여자가 목청을 가다듬으며 대답했다.

"제발 기록 좀 확인해주시겠어요? 이름은 미나예요. 미나 리." 마고는 지그시 눈을 감았다. "얼마 전에 돌아가셨어요." 갑자기 목소리가 갈라졌다. "그래서 제가 뭘 좀 알고 싶어서……."

"아, 정말 안되셨네요……. 잠깐만 기다리세요." 여자는 일 분 정도 있다가 다시 전화를 받았다.

"9월 12일에 저희 여행사로 그랜드캐니언에 가신 것 같네요."

마고는 깜짝 놀라 물었다. "며칠 동안 가셨나요?"

"2박 3일요."

"혼자……서요?"

"아뇨. 동행이 계셨어요."

"동행이요?"

"이름은 따로 등록하지 않으셨는데, 2인실을 예약하셨어요."

"혹시…… 당시에 가이드를 맡았던 분과 이야기 좀 할 수 있을까요? 그때 엄마를 보셨을 테니."

"그럼 일단 저한테 그쪽 전화번호를 주시고 나중에 가이드가 전화를 드리는 걸로 하면 어떨까요?"

그러니까 엄마가 그랜드캐니언에 이 검정 신발을 신고 간 게 틀림없었다. 그런데 대체 누구와 같이 여행한 걸까? 남자였을까, 여자였을까? 나한테는 왜 그 말을 안 했을까? 돌아가시기 전에 누구와 다투기라도 한 걸까? 도대체 소리는 왜 질렀을까?

마고는 소외감이 들었고 전에 없이 엄마에게 속은 기분이었다. 엄마가 내게 또 뭘 숨겼을까? 마고는 손을 바닥에 짚고 기는 자세로 침대 밑을 뒤졌다. 단추와 실이 가득 든 신발 상자들을 이리저리 밀쳐가며 살피다 보니 저 안쪽 구석에서 뭔가 반짝였다. 마고는 바퀴 달린 매트리스 프레임을 벽 반대쪽으로 끌어당긴 다음 매트리스 위로 올라가 가까이에서 내려다보았다. 그건 콘돔 포장지였다. 마고는 제자리로 내려와 침대를 밀어 도로 벽 쪽으로 붙였다.

마고는 접은 두 팔 사이에 고개를 파묻고 한동안 바닥에 주저앉아 있었다. 그러다 불쑥, 당장 뛰쳐나가 모든 걸 싹 쓸어버리고 싶은 충동을 느끼며 벌떡 일어섰다. 꽥 소리라도 지르고 싶었다. 엄마 침대에는 세월의 때가 묻어 거무튀튀해진 볼품없는 흰색 곰 인형이 놓여 있었다. 발가락이 빨간 심장을 부여잡도록 꿰맨 모습이었다. 마고는 녀석의 머리를 잡아 뜯어버리고 싶었다.

그러다 간신히 마음을 다시 가다듬고 계속해서 아파트를 뒤졌다. 축 처진 갈색 핸드백 안에는 껌 몇 개와 성당 주보, 주소록으로 보이는 라임색 수첩이 들어 있었다. 주소록 속 이름은 대부분 한글로 적혀 있어서, 그걸 읽어가며 일일이 누군지 확인하려면 시간이 한참 걸릴 것 같았다.

그다음엔 한때 자신이 쓰던 방으로 들어갔다. 지금은 엄마가 고지서와 각종 서류, 가게 영수증, 장부 등을 보관해두는 곳이었다. 벽 쪽 서랍장에는 아직도 마고가 입던 옷들이 남아 있었다. 종이와 펜이 필요했다. 이제 어떻게든 정리를 해야 했다.

고등학생 때 중고 가게에서 산 낡은 책상 서랍 안에는 플라스틱 통에 마고가 온갖 이유로 수집해둔 연필이며 색연필, 목탄, 독일제 고급 지우개, 연필깎이가 가득 차 있었다. 전부 당시에 즐겁게 사용하기 위해서라기보단 언젠가 쓸 일이 있으리라 예견하며 모아둔 것만 같은 모습이었다. 하지만 대관절 어떤 미래를 위해 이렇게 아껴둔 걸까? 지금처럼 그림은 손도 안 대고 사는 미래? 마고에겐 구체적으로 형상화하지 않은 아이디어도, 몇 년 동안 스케치만 하고 내버려둔 그림들도 너무 많았다. 마고는 무언가를 꿈꾸던 자신도 어디쯤에선가 죽어버렸다는 걸 깨달았다. 실용성이나 안정감, 세상이 매기는 가치에 사로잡혀서 말이다. 누가 누구를 위해 만든 건지 모를 기준들이 끊임없이 자신을 평가하는 것만 같았지만, 그 기준을 만든 건 자신도 엄마도 아니었다.

마고는 겨우 반쯤 열리는 책상 서랍에서 그 학용품 통을 꺼냈다. 그중에 뭘 남겨둘지 더 자세히 보기 위해서였다.

그런데 통이 있던 자리에 놓인 봉투 하나가 눈에 들어왔다. 봉투 안에는 한국 지역신문에서 오려낸, 날짜가 10월인 부고 기사가 들어 있었다. 자신이 더듬더듬 읽을 수는 있어도 뜻은 이해하지 못하는 한글 신문 조각에서 검정 잉크가 묻어 나왔다. 마고는 한 마리 물고기도 놓치지 않으려는 어부가 된 심정으로 눈에 불을 켜고 한 글자 한 글자 훑어나갔다. 간신히 알아본 단어는 암, 슈퍼마켓, 부인, 칼라바사스, 성당 정도였다.

그 사람을 만난 적은 한 번도 없지만, 마고는 자기 얼굴에 그 사람이 있음을 알아보았다. 각진 턱과 아마도 코 일부와 광대뼈가 그 사람에게서 온 것일 터였다. 꼭 거울에 비친 제 얼굴을 슬쩍 곁눈질로 보는 듯한 기분이었다.

김창희.

마침내 그를 만나게 된 거였다. 조그마한 흑백 사진 속, 언젠가 길에서 스쳐 지나갔을 수도 있는 낯선 사람으로.

이제 그 낯선 사람은 죽고 없었다. 혹시 그 사람이 아버지였을 수도 있을까?

마고는 그만 비명을 질렀고, 저도 모르게 목구멍에서 튀어나온 그 소리에 아연실색했다.

미나
1987년 여름

한 달 반째 진열대에 물건을 채워 넣고 농산물을 나르면서 미나는 예전처럼 단단해진 느낌이 들었다. 서울에서 남편과 딸을 잃은 이후로 처음 드는 감정이었다. 이제 뭐든 못 할 게 없을 것만 같은 기분이 들 정도였다. 지금 자신의 모습이 꼭 마음에 드는 건 아니었지만 개의치 않았다. 애인 따윈 필요 없었다. 지금 가진 것들, 생활을 유지하고 미래를 위해 저축할 수 있을 만큼의 돈 그리고 건강만 있으면 충분했다. 나중에 천국에서 가족과 다시 만날 때까지는. 미나는 천국에 남편과 딸, 보육원에서 자신을 따뜻하게 대해준 몇 안 되는 수녀님들, 전쟁 때 헤어진 부모님이 있다고 생각했다.

부모님 얼굴은 어렴풋이 기억했다. 자신이 크고 컴컴한 기둥들 뒤에 숨어 있는 동안 엄마가 자길 찾으려고 집 안을 이리저리 돌아다니며 짓던 미소를. 날렵한 곡선의 지붕도 기억했다. 겨울

철 온돌의 온기도. 엄마가 배추와 무를 기르던 마당도. 된장찌개와 멸치 다시 끓이는 냄새와 달콤한 팥죽의 행복도 기억했다. 엄마가 가곡 비슷한 느낌의 음악에 맞춰 노래하던 목소리도 기억했다. 하지만 그 노래가 뭐였는지는 끝내 알아내지 못했다. 라디오에서 음악이 흘러나오면 혹시 그 노랜가 싶어 하던 일을 멈추고 귀를 기울이곤 했지만 번번이 아니었다.

슈퍼마켓에서 친구도 몇 사귀었다. 남자도 있고 여자도 있었지만 대부분 제대로 된 대화가 불가능한 라틴계 사람들이었다. 하지만 그들에게 스페인어를 조금씩 배웠고 덕분에 하루가 조금은 즐거워졌다. 가장 기본적인 말을 제대로 발음하고 외우지 못해 종종 같이 웃음을 터뜨렸는데, 지난 10월에 남편과 딸아이가 죽은 뒤로 그렇게 까르르 웃은 건 처음이었다.

첫날부터 쭉 미나를 도와준 헥토르와 가느다란 포니테일 머리에 몸이 퉁퉁한 콘수엘라가 미나에게 "잘 지냈어, 친구?" 하고 인사하면 미나는 "잘 지냈어. 너는?" 하고 대답했다.

그러면 그들이 부에노(친구)를 "비엥"으로 고쳐주었다. 그러고는 다 같이 깔깔 웃었다. 그들은 나랑하, 리몬, 라수바스(오렌지, 레몬, 포도) 같은 농산물의 이름도 가르쳐주었다.

미나는 L과 V 발음이 유독 힘들었다. 그래서 과일을 상하지 않게 조심조심 진열하면서 이 단어들을 조용히 연습했다. 자신에게 지나치게 몰입하는 대신 타인의 눈으로 자신을 바라보는 기분이 꽤 괜찮았다.

보답으로 그들에게도 한국말을 가르쳐주려 했지만 다들 일에 도움이 될 만한 말은 이미 알고 있었다. 그들은 안녕하세요, 고마워요 등을 할 줄 알았다. 숫자(하나, 둘, 셋……)도, 농산물 이름도, 음식 이름도 다 알았다. 미나는 아시아인이 아닌 누군가가 제 나라 말을 하는 광경이 너무 신기했다.

미국이란 나라가 너무 신기했다.

엘에이로 온 지 두 달이 지난 금요일 아침, 미나는 카트 앞에 서서 얼굴에 흘러내린 땀을 닦고 있었다. 세븐업, 펩시, 코카콜라, 자연에는 없는 희한한 색깔의 과일 향 음료 등을 선반에 채워넣기 전에 잠깐 숨을 고르는 참이었다. 미나는 미국 사람들이 청량음료를 마셔대는 모습에 입이 떡 벌어졌다. 자신은 어쩌다 배가 아프거나 할 때 세븐업을 마셨지만, 미국인들은 그걸 그냥 물처럼 시도 때도 없이 들이키는 것 같았다.

보통 때처럼 흰 폴로셔츠와 카키 바지 차림을 한 박 사장이 무슨 작은 비밀 이야기라도 할 것처럼 미소 띤 얼굴로 천천히 다가왔다. 미나는 등골이 오싹해져 그 자리에 얼어붙은 채, 당장 도망치고 싶은 충동을 간신히 억눌렀다. 박 사장이 어떤 부적절한 행동을 한 적은 없지만, 미나는 그가 자신을 제 소유물이라도 되는 양 너무 지그시 바라보는 게 싫었다.

"요즘 어떻게 지내세요?" 그가 물었다.

"잘 지내요." 알루미늄 캔들이 탄약처럼 반짝였고 병들이 미사일처럼 줄지어 서 있었다.

"친구 좀 사귀었어요?"

"네, 뭐."

"멕시코인들과 친하게 지내신다면서요?"

미나는 그가 내뱉는 말이 마음에 들지 않았다.

"헥토르, 콘수엘라와 친하다지요?"

"네. 둘 다 아주 좋은 사람들이에요." 미나는 다리가 떨렸다.

"아주 성실하죠."

"네, 맞아요."

"안 그럴 수가 없죠. 아시다시피, 워낙 비즈니스 감각이 없으니……." 사장은 손가락으로 자기 옆통수를 톡톡 치며 말했다.

미나는 당신이 그걸 어떻게 아냐고 묻고 싶었다. 그들과 대화는 한 번 나눠봤을까? 사장은 멍청하고 음흉하고 둔감한 사람이었다. 미나는 옆에 내리고 있던 손에 불끈 힘이 들어갔다.

"뭐, 그래도 성실은 하죠." 그는 다시 한번 말했다.

"네." 미나는 건성으로 대답했고, 그는 시선 둘 곳을 찾아 두리번거렸다. 미나는 새알처럼 얼룩덜룩한 리놀륨 바닥에 눈을 고정시켰다.

"어쨌든 이제 미나 씨를 계산대로 보내드릴 때가 된 것 같네요." 그가 씩 웃었다. "계산원 하나가 일을 그만두기로 해서요."

미나는 더 많은 사람에게 둘러싸여 있는 게 안전할지도 모르겠다고 생각했다.

"아, 저야 뭐, 좋지요."

"그럼 다음 주부터 시작하실래요?"

"네, 그럼요." 미나는 안도하는 마음에 눈물마저 찔끔 났다.

"출근하면 계산원 아무나 붙들고 미스터 김 어디 있냐고 물어보세요. 아셨죠? 그 사람이 모든 걸 도와줄 거예요." 그는 눈을 찡긋했다.

"미스터 김요? 네, 알겠습니다."

"좋았어요!" 미나는 그의 말들이 꼭 자신을 만지려는 손처럼 느껴졌다.

그가 눈앞에서 떠나자마자 두 뺨 위로 눈물이 주르륵 흘러내렸다. 바닷물처럼 짭짜름한 눈물이. 미나는 얼른 얼굴을 훔쳤다.

날마다 미소 띤 얼굴로 손을 흔들거나 고개 인사로 자신을 반겨주던 헥토르, 콘수엘라 등과 함께 일하는 것도 즐겁지만, 계산원이 되면 돈도 더 받고 몸도 덜 고달플 터였다. 사실 이제 적은 나이도 아니었다. 요즘은 날마다 관절과 근육이 뻣뻣해진 게 느껴졌고, 그럴 때면 나이 먹는 게 절로 실감이 났다.

그날 오후엔 농산물 코너에서 헥토르를 도와 물건을 채우게 되었다. 반나절도 안 돼 물건이 다 빠져나간 탓이었다. 일하는 동안(헥토르가 이파리 채소와 뿌리채소가 담긴 카트를 가져와 붙잡고 있으면 미나가 그것을 진열대에 가지런히 쌓았다) 이제 자기는 매장 정리 일을 하지 않는다고 그에게 말해야겠다고 생각했다. 그렇지 않으면 나중에 자신이 계산대에서 일하는 모습을 보고 뭔가 이상하다고 생각할지도 몰랐다. 하지만 어떻게 말해야 할지 알 길이 없었다. 정확히 어떤 단어를 써야 할지도 몰랐고 그의 기분을 상하게 하고 싶지도 않았다.

"나…… 월요일…… 계산대로 가요." 미나는 영어로 더듬더듬 말했다.

"당신이요?"

"네, 제가요."

"아, 잘됐네요, 잘됐어." 헥토르는 토닥토닥 등이라도 두드리는 것처럼 따듯한 미소를 지었다. "정말 잘됐어요. 거기서도 잘하세요, 알았죠?"

"알았어요."

그는 말없이 미나를 도와 적상추를 쌓았다.

그에게서 체념의 기운이 느껴졌다. 헥토르와 콘수엘라는 여태까지 쭉 그 일만 해온 터였다.

한국 고객을 직접 응대하려면 물론 한국말을 잘해야 했지만, 헥토르와 콘수엘라는 이미 한국말을 꽤 잘할 뿐더러, 그게 확실히 자신들에게 도움이 된다면 얼마든지 더 배우려 할 것이었다. 하지만 그들을 제치고 미나만 승진한 이유는 너무도 분명했다.

미나는 그에게 설명하고 싶었다. 자신은 이 일을 하기엔 힘이 너무 모자란다며 그의 기분을 풀어주고 싶었다. 하지만 그게 진실이 아니란 건 두 사람 다 알았다. 진실은 그들을 불편하고 슬프게 만들 무엇이었다. 그는 이미 그걸 예상하고 있었고, 겪었다. 그래서 미나는 그날 일이 다 끝날 때까지 아무 말도 하지 않았다.

"나중에 또 봐요." 미나는 억지 미소를 지으며 인사했다.

"나중에 또 봐요." 그는 미나를 눈결로만 보며 대답했다.

월요일에 미나는 계산대 일을 배우기 위해 미스터 김을 만났다. 진열대 통로에서 한 번씩 미나를 반기고 지나가던 바로 그 사람이었다. 확실히 미나보다 몇 살 어린 티가 났다. 매끈하고 가무잡잡한 피부에 각진 얼굴, 도드라진 광대뼈, 수줍게 웃을 때면 오른쪽 입꼬리가 약간 더 올라가는 모습까지 전부 다. 키는 별로 크지 않았다. 미나와 얼추 비슷했다. 그래서 그는 미나에게 말할 때면 눈을 똑바로 쳐다보았고, 그때마다 미나는 어쩐지 스스로에 대해 생각했다. 캐주얼 바지와 분홍 폴로셔츠에 낡은 테니스화를 신은 자신이 볼품없게 느껴졌다.

미스터 김이 금전등록기 각 버튼의 용도와 일을 시작하고 끝낼 때 정확한 잔액 등을 기록하는 법을 알려주는 동안 미나는 저도 모르게 자꾸 그의 팔뚝을 바라보았다. 연한 솜털로 뒤덮인 가늘고도 근육질의 팔뚝이었다. 미나는 그의 팔이 마음에 들었다. 팔은 얼굴 외에 시선을 둘 곳도 되어주었다.

계산대에서 일하기 시작한 첫날, 미나는 현금 계산이 약간 굼떴다. 고객들이 참지 못하고 미나를 노려봤다. 다들 제 인생을 살고 저만의 근심 걱정에 빠져 있느라 바쁜 나머지 미나가 신참이고 가능한 한 빨리 배우려 애쓰고 있다는 사실은 미처 눈치채지 못했다.

"제가 20달러짜리 한 장 드렸어요. 저한테 3달러 15센트 거슬러주시면 돼요."

"네, 알겠습니다."

"아니, 여기요. 그냥 제가 잔돈을 맞춰 드릴게요."

미나는 아직 달러와 미국 동전에 익숙하지 않아 단박에 구별

해내지 못했다. 지폐는 다 똑같아 보였고 크기가 모두 다른 동전도 마찬가지였다. 다행히 옆에서 물건을 봉지나 장바구니에 담아주는 마리오가 머리 모양은 고슴도치처럼 뾰족뾰족해도 행동거지는 차분하고 참을성이 많았다. 그는 미나가 거스름돈을 계산하는 걸 돕고, 미나가 당황한 얼굴로 사용한 지 오래돼 녹슨 듯한 뇌를 가동해야 할 때면 대신 고객들에게 미소 지으며 한국말로 사과했다. 그리고 사이사이에 미스터 김이나 다른 계산원들을 도와 큰 쌀 봉지나 농산물 박스를 카트에 담았다.

미나는 몇 시간 만에 바코드 스캐너를 사용하는 감각을 익혔다. 사람들이 많이 사가는 농산물 코드 번호도 몇 개 외웠고, 이제 물건 값도 거의 자동으로 받고 내주었다.

이 일은 몸은 덜 힘들었지만, 바로 앞에 주르르 줄을 서 있는 고객들 앞에서 친절하면서도 빠르게 일을 처리해야 한다는 점 때문에 완전히 진이 다 빠졌다. 그 모든 시선도 고역이었다. 자신도 고객의 입장일 때 그랬듯, 물건 하나하나를 스캔할 때마다 그들은 값이 제대로 계산되고 있는지 예민하게 바라보며 확인하곤 했다. 물론 곧 익숙해질 것이었다. 결국엔 고객들도 자신이 진열대에 채워 넣던 간장병처럼 반복적인 일의 대상이 되어 무감각해질 것이었다.

시금치. 된장. 가는 쌀국수 면. 쌀 큰 봉지. 마늘. 단팥 아이스바, 오렌지 두 개. 생강 한 자루.

하이트 여섯 캔짜리 하나. 포테이토칩 한 봉지. 파 한 단.

미나의 교대 시간이 다 끝났을 때 미스터 김이 마감을 도우려고 허둥지둥 달려왔다. 양쪽 얼굴 옆으로 땀방울이 흘러내렸지만, 그는 개의치 않고 최대한 친절하고 점잖게 미나를 대했다. 그는 혹시 궁금한 게 있냐고 묻고는 금전등록기에 남은 현금과 미나가 바인더에 기록한 숫자를 비교하며 확인했다. 그러곤 맨팔로 이마를 닦았다. 미나는 호주머니에 넣어 다니던 종이 냅킨을 꺼내 그에게 건넸다.

"땡큐." 그가 싱긋 웃으며 영어로 말했다.

"노…… 프라블럼?" 미나는 소리 내어 웃었다. 그러다 자신이 아직도 L 발음을 못 한다는 걸 깨달았다.

"굿 잡 투데이."

"땡큐!" 두 사람은 눈을 마주쳤고 그의 미소에 미나도 미소로 화답했다.

집으로 돌아오는 버스에 올라 앞자리에 앉은 미나는 멍하니 허공만 바라봤다. 얼른 집에 가서 샤워하고 잠을 청하고픈 마음뿐이었다. 시시때때로 솟아나는 슬픔을 잊게 해줄 텔레비전이라도 하나 있었으면 좋겠다 싶었다. 혹시 실수한 건 없을까? 고객들의 그 따가운 눈초리와 조급증을 계속 견뎌낼 수 있을까? 그저 혼자 있고만 싶고, 아무 생각도 감정도 없이 일만 하면서 육체적 고통을 진통제로 활용하고 싶었던 자신이 그 꾸준한 상호작용을 잘 감당할 수 있을까?

미나는 무언가에 중독되어 사는 게 얼마나 쉽고 달콤한지 잘 알았다. 남편과 딸이 죽고 나서 정신을 잃을 정도로 취하기도 했다. 장례를 마치고 나서는 그들이 죽은 그곳에 몸을 던지고만 싶었다. 그럴 때마다 술을 마셨고, 다음 날 깨질 듯 아픈 머리를 부여잡고 화장실로 기어가 구토를 해댔다.

계속 그렇게 살 수는 없었다. 지금 가장 중요한 건 착실하게 일하며 살다가 언젠가 무사히 천국에 가서 그들과 다시 만나는 일뿐이었다. 당장 해야 할 일은 그것뿐이었다. 기분 나쁜 손길을 연상시키는 박 사장의 말조차 미나를 멈춰 세울 수 없었다.

미나는 덜컹거리는 버스에 몸을 내맡긴 채 별문제 없을 거라고, 금전등록기와 미국 돈과 사람들에 곧 익숙해질 거라고 되뇌었다. 만약 그렇게 되지 않으면 언제든지 다시 진열대 채우는 일이나 다른 일을 하게 해달라고 하면 될 것이다. 그것도 여의치 않으면 다른 일자리를 알아볼 수도 있을 것이다. 나중에 재정적으로 안정이 되면 영주권 취득을 도와줄 변호사를 찾아볼 수 있을 것이다. 그 아파트와 사방이 남편과 딸이 걸어 다니던 길인 서울에서의 캄캄한 나날들을 생각하면 자신은 절대 한국으로 돌아갈 수 없었다.

그곳은 이제 무덤이 되어버렸으니.

버스 기사를 쳐다봤다. 끝이 안쪽으로 말린 보브 단발머리를 한, 자기 또래로 보이는 흑인 여자였다. 이 여자는 온종일 이 버스라는 좁은 공간에 갇혀 도로를 누비면서 친절하고 예의 바를 수도, 조급하고 무례할 수도 있는 승객의 편리까지 살펴야 했다. 이 여자에겐 날마다 이 모든 사람을 집이나 일터로 실어 나를 책임이 있었다.

기사가 미나를 흘깃 돌아봤다.

"괜찮아요?"

"저요?"

"괜찮으세요?"

"아, 네, 괜찮아요."

미나는 다른 이야기도 하고 싶었지만 무엇을 말해야 할지 몰랐다.

당신은 어떠냐고 물어야 할까? 아니다. 너무 어색할 것이다.

이 기사는 자신이 걱정됐던 걸까? 아니면 자기가 그를 너무 빤히 쳐다보고 있어 불편했던 걸까?

미나는 잽싸게 버스에서 내려 반 블록 거리에 있는 집으로 걸어갔다. 집에 도착하자마자 잠가둔 방문을 열고 들어가 파자마와 수건을 챙겨 들고 화장실로 갔다. 얼른 샤워로 그날 있었던 모든 일을(온갖 지폐와 동전, 복잡한 계산, 조급한 손님들, 영어로 땡큐라고 하던 미스터 김의 목소리와 미소 전부 다) 싹 씻어내고 싶었다. 미나는 어서 머리를 비우고 쉬고만 싶었다. 방문을 여는데 복도 저쪽 언니 방 근처에서 집주인이 "미세스 백"이라 부르는 소리가 들렸다.

언니의 이름이었다.

마고
2014년 가을

셔터가 내려진 엄마 가게 맞은편에 엄마의 친구인 알마가 운영하는 아동복 가게가 있었다. 어쩌면 알마가 엄마를 마지막으로 본 사람일 수도 있고, 그때 수상한 무언가나 누군가를 봤을지도 몰랐다.

마고와 미겔은 알마의 가게에 들어갔다. 사람은 아무도 없고 벽면 전체와 원형 및 일자 행거에 아기 옷과 어린이 옷만 빽빽이 걸려 있었다. 남아용 어린 슈퍼히어로 스웨터 세트와 여아용 공주와 조랑말 스웨터 세트가 눈에 들어왔다.

"화장실에 가셨나 봐." 마고가 비닐 덮개를 씌워놓은 손바닥만한 흰 드레스 밑으로 몸을 구부려 가게 밖으로 나갔다. 미겔도 따라 나갔다.

"좀 기다려야겠지?" 미겔이 물었다.

"엄마 가게에 들어가서 무슨 단서가 될 만한 게 있나 찾아보

자. 그분이 돌아오면 거기서 보일 거야."

엄마는 메르카도 드 라 라자라는 벼룩시장에서 일했다. 양철 지붕에 천장이 높고 바닥은 콘크리트로 된 낡은 창고에 가게들이 꽉 들어차 있었다. 그곳이 위치한 엘에이 남동쪽은 다 허물어져가는 공장과 길 구석구석 오렌지 자루를 손에 든 과일 노점상들이 칙칙한 풍경을 만들어내는 곳으로, 주로 라틴계 노동자들의 주거지였다. 그들은 한때 번성했던 방위산업과 제조업의 폐허 속에서 자신들의 공동체를 일궈나갔다. 주말이면 반다와 노르테뇨 음악이 울려대는 이 벼룩시장에 주민들이 모여들었다. 얼굴과 목에 문신한 남자들이 자기 아이들을 데리고 어슬렁어슬렁 돌아다녔고, 몇몇 가족과 교회 들은 주차장 한구석에 쳐둔 천막을 빌려 공연이나 종교 집회, 성인식 등을 했다.

동네를 어지러이 가로지르는 철도 사이에서 쓰레기와 한때 바로 매립될 운명이었던 큰 물건들(매트리스며 중고 가구며 망가진 쇼핑 카트)을 분리하는 광경이 펼쳐졌다. 이곳에서 마고의 엄마 미나를 비롯한 한국계 미국인들이 생계를 이어갔다. 비교적 자릿세가 저렴했기 때문이었다. 그들에겐 코리아타운조차 너무 경쟁이 치열하고 자릿세가 비싸서 사우스센트럴이나 벨이나 헌팅턴파크를 전전하며 오랜 시간 일했다. 말 그대로든 비유적으로든 집과는 대륙 너머만큼이나 멀게 느껴지는 이곳 카운터 뒤에서 하루도 쉬지 않고 일주일 내내 일하는 경우도 많았다.

마고는 주말과 방학이면 엄마를 따라 가게에 가야 한다는 게 너무 싫었다. 온 세상 아이들이 흰 모래사장이나 초록 들판에서 뒹굴며 방학다운 방학을 즐기는데 저 혼자만 그 대열에서 쏙 빠진 기분이었다. 대신 그는 학교에 가지 않는 날이면 플라스틱 옷걸이와 옷 사이에서 매캐한 공장 냄새를 맡으며 하루를 보냈고, 엄마는 지친 얼굴로 한 번씩 손님들에게 소리까지 질러댔다.

아미가! 아미가! 손님이 물건을 도로 걸어놓고 가게를 나갈 때면 엄마는 한국 억양으로 이렇게 소리쳤다. 그 이미지와 목소리가, 여자들이 돌아서서 나가면 엄마가 그들 언어로 아미가! 아미가! 보여줄 게 있어요, 하고 말하려 애쓰는 광경이 마고의 기억에 각인되어 있었다. 그 슬픔이, 아니, 아마도 허공에 대고 외칠 용기가. 더는 친구가 필요 없는 여자들에게 아미가! 아미가! 하고 외칠 용기가. 자신이 월세를 내거나 식료품을 살 수 있을지 없을지 모르는 가장 절망적인 순간이 오면, 엄마의 음성이 꼭 배 밖으로 내동댕이쳐져 물 위에서 허우적대던 여자가, 노를 저으며 옆을 지나가는 다른 여자들을 향해 외치는 소리처럼 들려왔다.

마고가 이제 와 벼룩시장을 이리저리 헤집고 다니자니 더러운 주변 환경이 눈에 들어왔다. 식기세척기와 플리스 옷과 스테인리스 물병을 사용하는 것이 일상인 시애틀의 중산층 생활을 하며 만난 미겔이 마침내 자기 삶의 다른 측면을, 자신이 어떻게 자랐는지를 보게 된다는 사실에 문득 겁이 났다. 너무도 오랫동안 자신의 집을, 엄마가 하는 일을, 엄마의 삶을 부끄러워해온 터였다. 하지만 그게 왜 부끄러운 일인가?

아메리칸드림에 넓은 잔디밭과 쇼핑몰이 있다면 이런 곳도 있었다. 마고는 이제 그 현실과 마주했다. 이곳은 주류가 살아가는 곳도 아니고, 영화나 텔레비전에서 공감을 얻거나 다층적인 삶이 펼쳐지는 곳으로 보이지도 않을 것이다. 이곳은 마고를 포함한 모든 중산층과 상류층 사람들이 두려워하고 그리기에 경멸하는 모든 것을 드러내는 곳이니까. 절대 빠져나갈 수 없는 가난이 지배하는 곳이니까. 하지만 사실 이게 바로 사람들이 밤낮으로 고생해 이룬 아메리칸드림이었다. 자기 고향을 떠나온 사람들은 이곳에서 자신이 사랑하는 것들, 이를테면 가족과 우정과 공동체와 소속감을 만들고 키웠다. 이것이 그들 방식의 아메리칸드림이었다.

마고는 엄마의 핸드백에서 찾아낸 열쇠 꾸러미로 녹슨 아코디언 셔터 자물쇠를 열고, 자신들이 간신히 들어갈 만큼만 셔터를 밀고 가게 안으로 들어갔다. 알마 가게의 여성복 버전인 엄마 가게에는 옷이 꽉 들어차 있었다. 미끌거리는 칵테일 드레스, 어깨를 드러내는 딱 달라붙는 상의, 더 나이 든 여성을 위해 자수를 넣어 만든 점잖은 블라우스 따위가 청바지와 함께 벽면에 주르르 걸려 있고 각 청바지 아래로 색 마분지에 사인펜으로 20달러라고 적은 가격표를 안전핀으로 꽂아둔 게 보였다.

먼지 낀 유리 카운터 위 금전등록기 옆엔 엄마의 거실 바닥에 깨져 있던 것과 똑같은 성모마리아상이 있었다. 금전등록기 서랍은 꼭 터진 입술처럼 서글픈 모습으로 텅 빈 채 열려 있었다. 엄마는 도둑이 접근하지 않게 하려고 늘 그렇게 열어두었다. 마치 여긴 아무것도 없어요, 제발 나가주세요, 하고 말하는 것처럼.

마고는 엄마가 거스름돈용 현금을 숨겨두던 곳을 뒤졌다. 엄마가 손님이 옷과 함께 구입하기를 바란 모조 다이아몬드 목걸이와 귀걸이 세트, 커다란 비즈 장식 링 귀걸이, 플라스틱 팔찌 등의 모조 보석 장신구를 진열해둔 진열장 중 하나인 무료 공휴일 달력 뭉치 아래였다. 거기서 고무줄로 말아둔 1달러, 5달러, 10달러짜리 지폐 뭉치를 하나씩 찾아냈다.

"여긴 돈밖에 없네." 마고는 진열장 뒤에서 일어서며 말했지만 미겔은 가게 안으로 따라 들어오지 않은 것 같았다.

미겔은 가게들 사이 통로 한가운데 서서 알마와 이야기를 나누고 있었다. 알마는 흐르는 눈물을 연신 휴지 뭉치로 닦아냈다. 마고는 현금 다발을 자신의 크로스바디 백에 슬며시 집어넣고 그들에게로 갔다. 알마와는 온 동네가 깨진 유리와 검은 연기로 얼룩지고 엄마의 첫 가게가 산산조각이 난 엘에이 폭동 이후로 이십여 년째 알고 지내 온 사이였다. 그 첫 가게는 이곳에서 몇 킬로미터 떨어진 훨씬 깨끗한 벼룩시장에 있었는데, 그 시장은 가게마다 제대로 된 벽과 셔터 문을 갖췄다. 알마는 마고가 통로 너머에서 자라는 모습을 지켜보았다. 그 통로는 상품을 빽빽하게 진열해둔 탓에 무척 좁았지만, 두 사람 고향 간의 거리만큼이나 동떨어진 언어와 문화 때문에 한없이 넓게 느껴지기도 했다. 알마의 둥근 얼굴과 탱탱한 피부는 별로 늙지도 않고 옛날 그대로였다. 자신은 양 갈래나 단정한 보브 단발머리의 수줍은 외동아이에서, 한밤중에 제 머리를 탈색한 뒤 짙은 남색으로 염색하고 방과 후에 담배를 피우는 십 대로, 그리고 학위를 따는 게 이런 삶에서 탈출하는 유일한 길이리라 믿는 훨씬 보수적인 대학

생으로 들쭉날쭉 변해가며 지금에 이르렀는데 말이다.

마고는 눈물이 쏟아졌다. 알마가 다가와 마고의 뺨에 제 손을 올리고는 **"가엾은 사람"**이라고 말하며 다시 마고를 끌어안았다.

"그분을 마지막으로 본 게 언제였어요?" 미겔이 스페인어로 물었다.

"내가 마지막으로 본 건…… 한 이 주 전쯤이었어요." 알마가 마고에게서 몸을 떼며 대답했다. "추수감사절 전에요. 아마 추수감사절 직전 주말이었을 거예요." 마고는 눈물을 훔치며 그 스페인어를 대충 알아들었다. 하지만 한국말처럼 단어들을 바로바로 조합해내진 못했다. 어떤 언어로 말하든 마고는 항상 자신의 발음이 이상하거나 뜻이 잘 전달되지 않을까 봐 두려운 마음이 앞섰다. 그래서 영어로 대화할 때조차 말하는 게 어려울 때가 많았고, 외국어는 입 안에서 더 오래 맴돌다 나오는 탓에 한결 끈적대는 느낌이었다.

"주말 내내 가게에 안 나왔다고? 그건 너무 이상한데." 마고는 영어로 혼자 중얼거렸다. 엄마는 휴일에도 쉬는 법이 없었다. 추수감사절이나 크리스마스 때도 보통 때보다 몇 시간 일찍 문을 닫을망정 항상 가게를 열었다. 추수감사절 때는 KFC에서 바삭한 닭다리 튀김을 사와서 핫 소스를 곁들여 먹기도 했다. 벼룩시장은 매주 수요일에 문을 닫았다. 그러니까 알마는 엄마가 돌아가신 주 화요일에 그를 마지막으로 보았을 것이다.

"혹시 그분한테 뭔가 이상하거나 보통 때와 다른 점 같은 건 없었나요?" 미겔이 물었다.

"요 몇 달 전부터 울적해 보였어요." 알마가 대답했다. "꽤 심각하게요."

"이유는 말 안 하던가요?" 마고가 물었다.

"처음엔 너한테 무슨 일이 있는 건가 싶어 물어보니 너는 잘 지낸다고, 시애틀에서 좋은 직장 얻어서 아주 만족하며 잘 산다고 하더라고." 알마는 코를 풀고 나서 다시 말을 이었다. "그래서 나는 무슨 다른 일이 생겼나 보다 했지. 한국에 있는 가족한테 무슨 일이 있거나 누가 죽었거나 뭐 그런. 그래서 이렇게 오랫동안 안 보이는 건가 보다 했어." 알마는 마고와 미겔에게 잠깐 기다리라는 손짓을 하더니 가게에서 휴지 상자를 집어왔다. "여태 한국에 있는 줄로만 알았지. 가족 중 누가 죽었거나 아프거나 해서. 누구 때문이건 무슨 일 때문이건 하여간 네 엄마가 엄청 슬픈 상태라는 것에는 의심의 여지가 없었어."

마고는 지난밤에 발견한 부고 기사가 떠올랐다. 암, 슈퍼마켓, 부인, 칼라바사스, 성당 등의 단어가 들어간. 거기에 실린 작은 흑백 사진을 가만 보고 있자니 마치 자신의 유령을 보는 느낌이 들었더랬다. 마고는 꼭 파도에 휩쓸려 물속으로 가라앉는 사람처럼 입 안에서 짠맛을 느꼈다. 이 상황을 감당하기가 너무 힘들었다. 처음엔 엄마의 죽음, 그것도 사고로 인한 죽음이 닥치더니, 그다음엔 그 죽음이 살인이었을 가능성을 알게 됐다가, 이젠 아버지일 수도 있는 사람이 영영 사라져버리기까지 한 것이다. 엄마는 그 사람의 죽음을 슬퍼한 걸까? 그 사람이 바로 집주인이 말한, 값비싼 벤츠를 몰고 아파트에 들락거린 애인이었을까? 그게 아니라면 엄마가 그의 부고 기사를 뭐 하러 보관해두었겠는가? 그 사람은 엄마에게 분명 중요한 사람이었다. 하지만 그 사람이 10월에 죽었다면 엄마가 소리를 지른 사람은 대체 누구란 말인가?

엄마의 죽음은 정말 사고였을까? 가게마다 밖에 진열해둔 물건들 때문에 좁아터진 통로에서, 수레에 참푸라도(초콜릿, 시나몬, 옥수수 가루 등을 넣어 만든 멕시코 음료—옮긴이)를 싣고 다니며 파는 여자가 초콜릿, 시나몬, 옥수수 반죽 냄새를 풍기며 마고 일행 옆을 간신히 빠져나갔다.

"누구 찾아오는 사람 없었어요?" 미겔이 물었다.

"아뇨. 내가 알기론 없었어요." 알마는 말을 멈추더니 마고의 손을 잡았다. "물 좀 마실래?"

"아뇨, 괜찮아요."

"저쪽 한국 여자랑 많이 이야기했어." 알마는 자기 가게 뒤쪽 어딘가에 있는 가게를 가리켰다. "그 여자 알아? 양말 가게 여자."

"양말 가게요?"

"응, 양말이며 속옷, 잠옷 같은 걸 팔아." 알마는 또다시 코를 풀었다. "여기 온 지 얼마 안 됐어. 올 초부터 시작했으니까. 두 사람 금방 친해졌어. 아니면 그 전부터 친했는지도 몰라."

마고는 알마에게 자기들이 잠깐 양말 가게 주인을 만나러 가는 동안 엄마 가게를 지켜봐달라고 부탁했다. 미로처럼 얽힌 임시 가판대들 사이를 요리조리 지나 길모퉁이에 다다르니 가게마다 팝, 바차타, 반다 등 온갖 장르의 스페인 노랫소리가 흘러나왔고, 저 멀리 애완동물 가게의 새소리와 장난감 가게의 자장가 소리가 간간이 뒤섞였다. 그러다 묶음으로 파는 흰 양말을 층층이 쌓아둔 진열대가 전 공간의 절반을 차지하는 어느 가게 앞에서 두 사람은 멈춰 섰다.

"여긴 거 같아." 마고가 말했다.

입구 위에는 야시시한 속옷이 걸려 있고, 여자 몸통 모양 철제 옷걸이에는 레이스 코르셋과 잠옷이 입혀져 있었다. 가랑이 부분에 코끼리 얼굴과 코가 만화 그림으로 그려진 주홍색 팬티와 보디슈트 세트도 있었다.

눈부시게 밝은 형광등 불빛 아래 주인이 보수적인 파스텔 톤 면 팬티를 잔뜩 쌓아둔 유리 진열대에 기대어 있었다. 그는 손에 볼펜을 쥐고 고개를 푹 숙인 채 한국 신문의 광고란을 열심히 들여다봤다. 마고와 미겔이 들어가자 여자가 고개를 들었다.

마고는 저도 모르게 여자의 얼굴을 빤히 쳐다봤다. 이곳과 어울리지 않게 분위기 있는 갸름한 얼굴이었다. 육십 대쯤으로 보이는 나이에도 새빨간 립스틱을 발랐고, 그 모습이 조야한 느낌과 도발적인 아름다움을 동시에 풍겼다. 눈썹은 완벽한 초승달 모양으로 그렸고, 소매 아래쪽에 보풀이 인 짙은 청색 플리스 피코트가 날씬한 몸매를 드러냈다.

마고가 고개 숙여 인사했다. "어…… 제가 한국말이 정말 서툰데요."

"괜찮아요." 놀랍게도 여자는 남부 억양이 들어간 영어로 말했다. "제가 도와드릴 일이라도……?"

"혹시 저쪽 여성복 가게 주인 아세요?"

"아, 네. 잘 알죠." 여자의 목소리가 약간 떨렸다.

"혹시 마지막으로 그분을 본 게 언제였는지 알 수 있을까 해서요." 미겔이 말했다.

"본 지 좀 됐는데." 여자는 펜을 내려놓으며 눈을 가늘게 떴다. "안 그래도 걱정하던 참이었어요. 근데 그건 왜 묻는 거예요?"

"저는 그분 딸이에요. 이쪽은 제 친구 미겔이고요."

여자는 눈이 동그래지더니 다시 실눈이 되어 피부에 바른 파운데이션이 갈라졌다.

"아!" 여자는 마고를 이제 막 알아본 양 감탄사를 내뱉었다.

하지만 마고는 여자가 낯설었다. 하지만 이 여자도 분명 자신의 엄마처럼 한때 무척 예쁜 얼굴이었단 걸 알 수 있었다. 얼굴에 수많은 이야기가, 슬픈 사연이 담겨 있었다. 이 여자나 엄마 같은 여자들은 어떻게든 물 위에 떠 있으려 늘 고군분투하며 살았다. 얼굴만 간신히 수면 위로 내놓고 아래에선 미친 듯이 발장구를 쳐대면서. 그리고 언젠가는 시체가 되어 해변으로 떠밀려오게 될지도 몰랐다. 카펫 위의 엄마처럼.

"정말 많이 변했네." 여자가 벅찬 듯이 말했다.

"네?"

"처음엔 널 못 알아봤어. 머리카락 때문에. 너는 아마 날 기억 못 할 거야." 여자는 자신을 가리키며 말했다. "나 미세스 백인데."

"네. 전혀 기억 안 나요." 마고는 고개를 저었다.

미세스 백은 숨을 한 번 훅 들이쉬더니 다정하게 미소 지었다.

"네가 서너 살쯤까지 우리 다 같이 한집에서 살았어." 여자는 눈이 부드러워지며 감상에 빠진 얼굴이 됐다. 폭동이 일어나기 전, 그러니까 지금 아파트에 살기 전을 전혀 기억하지 못하는 마고는 그의 표정에 놀랐다. 엄마 말에 따르면, 엄마는 1987년에 한국에서 엘에이로 처음 왔을 때 어느 집에 방 하나를 빌려 살았고, 거기서 마고를 임신했으며, 1991년 집주인이 사망할 때까지 몇 년 더 그 방에서 살았다. 이후 집주인 아들에게 집주인이 운영하던 옷가게를 싼값에 사들였는데, 바로 일 년 후에 일어난 엘에이 폭동 때 폐허가 되다시피 한 그 가게였다. 엄마는 그 가게를 사들이면서 마고를 데리고 코리아타운에 있는 지금의 아파트로 이사했다. 하지만 미세스 백이건 누구건 집을 같이 쓴 세입자 이야기는 한 번도 한 적이 없었다.

"네 엄마는 널 데리고 내가 일하는 식당에 종종 왔어. 한옥하우스라고, 기억나? 한국 전통 가옥처럼 사방이 나무로 돼 있는 곳인데."

"아뇨, 기억 안 나요." 마고는 약간 당황했다.

잠깐 미세스 백의 얼굴이 일그러졌다. 마치 그 기억이 내면에 지키고 있던 무언가를 불쑥 열어젖히기라도 한 것처럼. 그는 붉은 입술을 꽉 다물었다. 마고는 웬일인지 미세스 백이 한 발 뒤로 물러서는 듯한 느낌을 받았다. 그의 입을 다시 열게 해야 했다. 마고는 자신의 의문들에 대답해줄 사람이 필요했다.

"엄마가 왜 그 식당에 계속 가지 않았나요?"

"네 엄마는…… 자기 가게를 열고 나서부터 너무 바빠졌어. 그

110

리고 폭동 때 그 가게를 잃어버린 뒤론 더 쉴 틈이 없었고. 힘든 시절이었지. 그때 많은 사람이, 하던 사업이며 일자리며 가진 걸 송두리째 잃었으니까. 어떻게든 털고 일어나 살아남으려 발버둥 치는 것 외엔 아무것도 할 시간이 없었어. 다시 전쟁 통에 사는 것 같았지."

마고는 사방에서 시커먼 연기가 독한 화학물질 냄새를 내뿜으며 피어오르던 장면이 떠올랐다. 자신들의 아파트에서 불과 몇 킬로미터 떨어진 곳에서 온 세상이 불타오르던 기억이. 텔레비전에선 무장하지 않은 흑인 로드니 킹을 경찰이 죽도록 때리는 거친 흑백 영상이 흘러나왔다. 나중에 킹은 이렇게 말했다. "그 순간엔 내가 꼭 노예 시대로 되돌아간 것 같았다." 정장을 갖춰 입은 엄숙한 표정의 백인 남자들이 그 경찰들에게 무죄 선고를 내렸다. 벽돌이 날아다니고, 유리가 깨지고, 문이 바닥에 내동댕이쳐졌다. 건물들이 하늘 위로 시커먼 연기를 내뿜으며 불타오르면서 지옥이 펼쳐졌다. 주 방위군은 큰 총에 몸을 숨기고 길모퉁이에 가만 서 있었다. 마고의 엄마는 텔레비전 앞에서 울었다. 그의 가게도 처참히 망가진 탓이었다. 자기한테 소리 지르는 상사가 없는 가게를, 아이를 데리고 갈 수 있는 일터를 소유한다는 사실이 좀처럼 실감이 나지 않았는데, 그 모든 게 산산조각이 나버린 거였다. 자신들의 삶이, 이 나라가 존속을 위해 끊임없이 되뇌어온 거짓말의 일부라는 게 그 이유였다. 이 나라는 공정함이 지배하고, 법이 모두를 평등하게 보호하고, 이 땅은 원주민에게 빼앗은 게 아니며, 이 부(富)도 노예가 아닌 강인하고 근면한 '우리의' 건국 주역이 이룩한 것이라는 거짓말, 열심히 일하는 이민자들이 능력주의가 진실임을 입증했고, 역사는 오직 한 가지 관점, 여전히 힘을 가진 승자의 관점에서만 말해져야 한다는 거짓말 말이다. 그래서 도시는 분노했고, 제물을 불태우는 건 언제나 하나의 선언이었다.

엄마의 삶은 이 난파선에 남은 수많은 사람의 삶 중 하나일 뿐이었다. 마고는 엄마와 함께 그 잔해를 헤치고 쓸 만한 것들을 건져냈다. 두 사람 가족은 가장 작은 나라였지만, 이 세상에서 그들이 속한 유일한 곳이었다. 마고는 눈물을 흘렸다. 오늘은 더 흘릴 눈물도 남아 있지 않다고 생각했기에 스스로도 놀랐다.

"괜찮아?" 미세스 백이 손을 뻗어 마고의 손을 꽉 쥐었다. "알아. 힘든 시절이었지. 정말 힘든 시절이었지."

미겔은 마고의 어깨를 감싸 안았다. 처음엔 그를 엄마 가게로 데려온 것에 당혹감을 느꼈다. 자신이 얼마나 가난하게 자랐는지를 그에게 보여준 꼴이 됐기 때문이었다. 하지만 이젠 그가 여기 함께 있어 줘서 고마웠다. 미겔은 자신과 매우 닮은 점이 너무도 많았는데, 특히 둘 다 별것도 아닌 일에 울거나 웃곤 한다는 점이 그랬다.

"어떻게 여기서 일하게 됐어요?" 마고가 코를 훌쩍이며 물었다.

미세스 백이 마고에게 냅킨을 건넸다. "식당에서 일하는 게 지겨워서 돈을 모아 올 3월에 이 가게를 샀지. 내가 가진 돈으로 살 수 있는 가게는 여기뿐이었어. 힘들기는 해도 식당 일보단 나아. 하루 종일 종종거리지 않아도 되니까." 그는 다시 마고에게 집중

112

했다. "네 엄마는 한동안 안 보였어. 나는 너한테나 아니면 한국에 갔나 보다 했지. 혹시 누가 아픈 거야?"

팔 년 동안 엄마는 시애틀에 한 번도 오지 않았다. 졸업식조차. 하루 이상 가게 문을 닫을 수가 없어서였다. 마고가 알기로 엄마는 이십칠 년 전 미국에 온 뒤로 다시는 비행기를 타지 않았다.

"엄마는…… 돌아가셨어요." 마고는 바닥에 널브러진 엄마의 몸이 얼마나 작아 보였는지가 불현듯 떠올랐다. 자신이 무릎을 꿇고 주저앉아 "엄마가 돌아가신 지 무려 일주일이 넘었다니" 하고 소리쳤던 일도.

미세스 백이 소스라치게 놀라며 두 손으로 입을 막았다. 눈물이 차오르는 게 보였다.

"그분을 마지막으로 보신 게 언제였나요?" 미겔이 물었다.

"한 이삼 주 됐어요." 미세스 백이 떨리는 목소리로 대답했다. 뺨에 빨간 립스틱 자국이 번져 있었다. 그는 벌겋게 부어오른 눈을 꾹꾹 찍어 누르며 계속 울었다. 아이라이너가 번져 얼굴에 회색 얼룩이 졌다.

"뭔가 이상한 낌새 같은 건 없었나요?" 미겔이 물었다.

"있었어요. 한동안…… 표정이 심각하게 우울해 보였어요." 미세스 백이 냅킨을 쥐고 있던 손에 꽉 힘을 주었다.

"아동복 가게를 하는 그분 친구 알마도 같은 이야기를 했어요." 미겔이 마고를 슬쩍 쳐다봤다.

"혹시 그 이유가 뭔지 아세요?" 마고가 물었다. "엄마가 뭐라도 얘기한 게 없나요?"

몸을 기대놓아 구겨진 광고란을 평평하게 펴는 미세스 백의 손이 바르르 떨렸다. 어른이 아이를 보호하듯 마고에게 할 말을 고르는 표정이 그대로 드러났다. 마고는 이렇게 말하고 싶었다. 더는 저한테 아무것도 숨기지 않아도 돼요. 이제 저도 어른이에요. 전부 다 말해주세요.

"네 엄마가 많이 힘들어했어. 사실 우리 다 마찬가지야. 요즘 영 손님이 없어서. 갈수록 더 그래. 이제 아무도 벼룩시장을 안 찾아. 화장실도 그렇고 사방이 얼마나 더러운지. 여기 주인도 매니저도 아무도 이제 신경을 안 써." 미세스 백은 또다시 눈물을 흘렸다. 그러다 고개를 저으며 물었다. "언제 돌아가셨어?"

"추수감사절 주말에요. 저희가 차를 가지고 내려와서 수요일에 엘에이에 도착했는데, 바로 그날 마고가 발견했어요."

미세스 백이 또 자기 입을 막았다. "세상에!"

"무슨 일이 있었는지는 모르지만 쓰러지면서 머리를 부딪혔어요."

"세상에." 미세스 백은 충격에 정신을 잃을 것 같은지 두 손으로 자기 머리를 꽉 붙잡았다.

"집주인이 주말에 엄마가 누구한테 고함치는 소리를 들었대요." 마고는 차고에서 한 대화가 떠올라 목소리가 떨렸다. "그 사람 말이, 엄마한테 애인이 있었고 그 사람이 여름 내내 들락거렸대요. 그래서 그 사람이 누군지 아는 사람이 있거나, 어떤 식으로든 그 사람이 관련돼 있을지도 모른다고 생각했어요."

미세스 백은 눈을 감은 채 미간을 문지르며 크게 한숨을 내쉬었다.

"혹시 그 사람이 누군지 아세요? 제가 어떻게 그 사람과 —"

"그래서 그렇게 우울했던 거야."

"네?"

"그 사람, 10월에 죽었어." 미세스 백이 눈가를 훔쳤다.

"그러니까 그날 밤에 마고 어머니와 함께 있었던 사람은 그 사람이 아니군요." 미겔이 말했다.

"마고 어머니와 함께 있던 사람?"

"우리가 찾는 사람요. 엄마가 돌아가신 날 밤에 같이 있었던 사람."

"그 사람, 이름이 뭐예요?" 미겔이 물었다.

"그건 나도 몰라요."

"혹시 김창희인가요? 미스터 김?" 마고가 물었다.

"아, 맞아. 미스터 김이야." 미세스 백이 고개를 끄덕였다. "그 사람이 죽기 전까진 난 그 사람을 알지도 못했어. 두 사람 관계는 말할 것도 없고." 그는 목소리가 점점 커졌다. 그는 팔꿈치를 카운터에 대고 턱을 받쳤다. "요 두어 달간 너무 기분이 가라앉아 있기에 내가 계속 물어봤지. 분명 무슨 일이 있는 것 같은데 그게 도대체 뭐냐고." 그는 고개를 저었다. "결국 그 사람 이야기를 해줬어." 그는 냅킨으로 콧물을 닦았다.

"그러니까 그 사람 이야긴 아무한테도 안 했단 건가요?" 마고가 물었다.

"아마 떳떳하지 못해서 그랬겠지. 그 사람 유부남이었거든."

미세스 백의 목소리가 갈라졌다. "대체 무슨 생각으로 그런 건지." 그는 흐느껴 울더니 유리 카운터 안에서 또 냅킨 하나를 꺼내 얼굴을 닦았다.

엄마의 연인이, 부고 란에 실린 남자가 마고의 아버지일 확률은 얼마나 될까? 아마 마고는 저 어딘가에 아버지가 있을 거라고, 죽어서든 살아 있는 모습으로든 언젠가는 자기 인생에 나타날 거라고 스스로를 속였는지도 몰랐다. 어쩌면 제 삶의 신화를 단단한 현실로 만들기 위해 직접 그를 보고 싶었는지도 몰랐다. 하지만 유일한 현실은 바닥에 널브러진 엄마의 주검과, 엄마가 지금은 죽고 없는 유부남을 만났다는 사실뿐이었다.

"혹시 그분 부인이 저희 엄마를 만나 따졌을까요? 혹시 그 부인이—"

"그건 나도 모르지. 그랬을 수도 있겠지? 근데 네 엄마가 그런 얘긴 한 번도 한 적이 없어. 그러니 내가 어찌 알겠어."

"남편이 이미 죽었는데 뭐 하러 그러겠어?" 미겔이 반문했다. "이미 지나간 일인데?"

"모르겠어." 마고가 말했다. "그 부인이 무슨 다른, 더 화나는 사실을 알게 됐는지도 모르지. 아니면 남편이 바람피웠다는 사실을 남편이 죽고 나서 몇 달 뒤에 알게 됐는지도 모르고. 그래서 엄마한테 따지러 간 거지. 확실한 대답을 들으려고. 어느 쪽이든 일단 그 여자를 찾아야 해."

미세스 백이 다시 눈물을 뚝뚝 흘리며 고개를 끄덕였다. 그의 친구는 이제 영영 세상을 떠나고 없었다. 그의 화장이 엉망이었다. 뺨에는 온통 거무스름한 자국이 얼룩덜룩 흘러 내려와 있고 입 주변에는 립스틱이 엉망으로 번져 있었다. 미세스 백은 울다가 간간이 기침했고, 정체가 분명한 고독에 몸서리쳤다. 그것은 마고가 엄마에게서 본 바로 그 고독, 아웃사이더로 살아가는 고독이었다.

미나
1987년 여름

    계산 속도가 빨라지고 자신감이 붙으면서 미나는 다양한 고객과 그들이 구매하는 품목을 관찰하기 시작했다. 물건을 스캔하고 코드를 입력하면서 그들의 삶을 추측해보려 했다.

    양송이버섯. 두부 세 팩. 파. 마늘. 마른 멸치. 핑크레이디 사과 다섯 알. 오렌지 한 봉지. 치약.

    그러다 혼자만의 게임까지 만들어냈다. 식자재 무게를 재기 전에 값이 얼마나 나올지 맞추거나, 고객이 구매한 식자재로 뭘 만들지 예상하는 게임이었다.

    김치찌개. 고등어 무조림. 해물전.

    고작 열여덟, 열아홉 언저리일 마리오는 이제 거의 날마다 미나와 함께 일했다. 미나를 보면 반갑게 인사했고, 더 자주 미소 지었다. 하지만 이 일 저 일 번갈아 하며 바쁘게 움직이는 건 여전했다. 비닐봉지에 꼼꼼히 물건을 담았고, 수시로 계산대를 떠나 무거운 물건을 들어 올리거나 나르는 걸 도우러 갔다가, 다음 손님의 물건을 담을 시점에 꼭 맞춰 다시 나타났다. 그는 제 일을 가장 효율적으로 하는 저만의 방법을 구축해두고 있었다. 미나가 몇 번 같이 일한 적 있는 다른 계산대 도우미들도 비슷한 방법으로 일하는 듯했다. 그들은 간간이 하던 일을 멈추고 서로 농담을 주고받았지만 몇 초 지나지 않아 일로 돌아갔다.

마켓이 한산할 땐 마리오가 앞쪽에 진열된 물건들을 정돈해 채워 넣었고, 미나는 계산대 옆에 진열된 음료수며 사탕이며 과자 같은 작은 품목들을 맡아 같은 일을 하며 시간을 보냈다. 한 번씩 매장 뒤쪽에서, 또는 급하게 생각 난 물건을 사러 되돌아온 손님을 따라 계산대 쪽으로 온 헥토르, 콘수엘라와 마주쳤다. 그들은 여전히 서로 고개를 끄덕이거나 웃으며 **안녕** 하고 인사했지만 이제 그 이상의 말은 하지 않았다. 동지애가 사라진 것이다.

미나는 다른 계산원과도 인사하고 지냈지만 딱히 대화는 나누지 않았다. 다들 지루하고 불만족스러워 보였다. 그저 무심히 일하러 왔다가 일이 끝나면 가족이 기다리는 집으로 서둘러 돌아가는 것 같았다. 어쩌면 자신의 삶이 더 편한지도 몰랐다. 날마다 요리하고 청소하고 아이를 학교에 데려다주고 다시 찾아오고 훈육하고 안아주고 뽀뽀해주느라 종종거리며 다닐 필요가 없으니까. 분명 자신의 삶이 더 편하긴 했지만 그럼에도 동료들이 살고 있을 삶을 생각하면 공허하기 짝이 없었다. 그 충만함이 그리웠다.

계산대에서 어린 여자아이를 볼 때마다 잃어버린 딸이 떠올라 공포와 희열이 뒤섞인 감정에 온몸이 바르르 떨렸다. 금세 눈물이 차오르기 일쑤였지만 그때마다 간신히 참아냈다. 카운터 양쪽 모서리를 꽉 붙들고 어떻게든 진정하려 용을 썼다. 온갖 물건의 행렬과 받은 돈과 거스름돈에 시선을 고정한 채 손님들과는 시선을 마주치지 않았다. 그리고 아무 생각도 감정도 없이 남은 하루를 보내려 안간힘을 썼다.

한번은 죽은 딸 또래의 여자아이가 제 아버지와 함께 계산대로 왔는데, 그 아버지의 길고 섬세한 얼굴이 너무도 남편과 닮은 것이었다. 상상일까, 아니면 과거의 유령처럼 그들이 돌아온 걸까? 순간 미나는 카운터 밖으로 뛰쳐나가 그들을 와락 끌어안을 뻔했다. 신이 자신에게 또 한 번 기회를 주는 건지도 모르니까.

하지만 그 아이가 제 아버지에게 영어로 무어라 말하는 순간, 그들이 자기 가족과는 하나도 닮지 않았다는 사실을 깨달았다. 그들은 전혀 다른 사람이었다. 아버지는 남편보다 훨씬 키가 크고 젊었고, 여자아이 얼굴도 영 딴판이었다.

짧은 휴식 시간이 되자 화장실 아무 칸이나 잽싸게 들어가 변기에 앉아서 울었다. 최대한 소리 내지 않으려 애썼지만, 저도 모르게 흐느끼는 소리가 입에서 새어 나왔다. 미나는 두 손으로 얼굴을 감싼 채 손가락으로 꽉 눌렀다. 하지만 멈출 수가 없었다. 다시 계산대로 돌아가야 한단 걸 알지만 도무지 제어가 되지 않았다. 복부와 가슴팍이 꼭 슬픔이란 칼에 찔린 것처럼 아팠다. 코를 푼 다음 두 손을 모으고 혼자 중얼거렸다. "하느님, 저 좀 살려주세요. 살려주세요, 제발……. 원하시는 건 뭐든지 다 할게요. 뭐든지. 약속드릴게요. 제발 저 좀 도와주세요. 도와주세요." 신에게 이 사실을 인정하고 싶진 않았지만, 미나는 신에게 자신이 모든 걸 끝내지 않게 해달라고, 이따금씩 그런 충동이 일었듯 버스에 뛰어들지 않게 해달라고 몰래 빌었다. 버스가 달려와 자기 앞에 설 때, 미나는 자신이 그 앞으로 한 걸음만 내딛는다면 무슨 일이 일어날지 궁금했다. 오직 지옥에 대한 두려움만이 미나를 살아 있게 했다.

남편과 딸을 묻은 직후 미나는 아파트 옥상 난간에 서서, 이 정도 높이에서 뛰어내리면 죽을 수 있을까, 하고 생각했다. 십 대 때 보육원에서 한 수녀에게 두들겨 맞은 뒤에는 목매달기 좋은 곳만 생각했다. 하지만 결국 실행할 용기는 내지 못했다. 죽기 전에 느낄 고통이 너무 두려웠다. 그게 어떤 느낌일지 상상하며 치마나 바지를 꽉 움켜쥔 적도 있었고, 공용 여자 화장실에서 제 목을 조른 적도 있었다. 하지만 정신을 잃을 때까지 그러진 못했다. 너무 아팠다. 그 고통을 도저히 견딜 수가 없었다.

더 어렸을 땐 지옥에 간다고 해도 별 상관이 없었지만 지금은 아니었다. 이제는 어떻게든 천국에 가고 싶었다. 그 외엔 딸을 다시 볼 방도가 없으니까.

그 작은 손가락과 완벽한 얼굴, 높고 맑은 목소리, 새까만 눈동자를.

붉게 상기된 얼굴에 퉁퉁 부어오른 눈으로 다시 계산대에 나타나자, 평소보다 오래 자리를 비운 미나를 대신해 일하던 미스터 김이 미나 라인에 옆 계산대를 이용해달라는 팻말을 내려놓았다. 마리오는 짐짓 모른 체하며 다음 고객을 위해 비닐봉지 몇 개를 미리 벌려두면서 바쁘게 움직였다. 미스터 김은 미나의 팔을 살짝 옆으로 잡아당기며 물었다.

"무슨 일 있어요?"

"아, 아녜요. 아무 일도 없어요. 오래 자리를 비워 죄송해요."

"그냥 지금 퇴근하시겠어요?"

"아뇨, 괜찮아요."

"제가 댁까지 바래다드릴게요. 안색이 영 안 좋아 보여요."

골프장에서 막 돌아온 사람처럼 흰 폴로셔츠와 카키 바지에선 캡 차림으로 슈퍼마켓을 활보하고 다니던 박 사장이 물었다. "여기 무슨 일 있어요?"

"아뇨. 아무 일도 없어요. 아무 이상 없어요." 미나는 박 사장이 자기 얼굴을 보지 않기를 바랐다. 미나는 계산대로 가서 팻말을 치우고 다른 줄에서 기다리던 손님에게 손짓했다. 미스터 김은 미나 옆에 서 있다가 미나가 계산을 마치자 "뭐 좀 가져다드릴까요?" 하고 물었다.

"아뇨, 아뇨. 저 정말 괜찮아요."

몇 시간 뒤 일이 끝나고 매장 뒤쪽으로 가니 간식거리와 재킷, 여분의 신발을 보관하는 사물함에 뚱뚱한 비닐봉지 하나가 놓여 있었다. 그 안엔 선명한 오렌지색 귤 한 무더기와 연녹색 그래니 스미스 사과 하나, 벌꿀색 배 하나에 라면 두 봉지가 있었다. 귤 하나에는 작은 이파리가 꼭 모자처럼 달렸다. 오돌토돌한 껍질은 깨끗하고 밝게 빛났고 코를 갖다 대니 달큼한 향이 느껴졌다.

누가 가져다놓은 걸까?

그 뒤론 온종일 미스터 김이 보이지 않았다.

버스 정류장에 서 있으려니 자신이 탈 버스가 다가오는 게 보였다. 운전석에는 예의 그 둥근 얼굴에 단정한 단발머리 여자 기사가 앉아 있었다. 버스는 뜨거운 공기와 함께 먼지와 이파리를 날리며, 자신이 서 있는 데서 몇 미터 지나 급정거했다.

미나는 승차권을 보여주며 물었다. "괜찮으……세요?" 미나는 저도 모르게 내뱉은 말에 스스로도 놀랐다.

운전사는 겸연쩍은 듯 웃었다. "휴…… 전 괜찮아요. 당신은요?"

이 대화 덕분에 미나는 마음이 좀 가라앉았다. 온종일 무관심 속에서 계산대 뒤의 익명의 얼굴로, 물건과 돈을 헤아리고 스캔하고 금전등록기에 숫자를 찍어 넣는 사람으로 시간을 보내느라 지칠 대로 지쳐 있던 차였는데 말이다. 미나는 2인용 자리에 앉아 과일과 라면이 담긴 봉지를 제 몸에 바짝 끌어당겨 놓았다. 그리고 눈을 감고 이 말만 되뇌었다. "괜찮으세요? 괜찮아요?"

따뜻한 노란 불빛 부엌 전등 아래서 미나는 반짝이는 녹색 사과를 가만히 바라보았다. 모양도 예쁘고 껍질도 흠집 하나 없이 맨드르르한 모습이었다. 무심히 과일칼을 들고 껍질을 깎았다. 저녁을 먹고 나면 딸을 위해 과일을 잘라 접시에 가지런히 담던 기억이 떠올랐다. 딸은 그 작은 손과 입으로 한 조각 한 조각 집어 들고 오물오물 씹었다. 그걸 다 먹는 데 한참이 걸렸다. 그러면 그렇게나 색이 선명하던 과일이 나중엔 갈색으로 변했다. 사실 자연의 모든 것들이 그랬다. 죽어서 풀밭 위로 떨어져 가장자리가 말려 올라간 채로, 바람을 맞고 선 그들의 비석을 정신없이 쓸어대던 이파리들도.

개수대에 과일칼을 내려놓고 싱크대에 몸을 기댄 채, 껍질을 반쯤 벗긴 과일을 한 입 베어 물었다. 그리고 냄비에 물을 채웠다.

식탁에 앉아 긴 면을 후루룩 입에 넣었다. 짭짤한 라면 국물이 위안이 되었다. 이 후텁지근한 날에도 어쩐지 마음이 어루만져지는 느낌이었다. 식탁 옆 창 커튼과 창문을 열고 방범 창살 사이로 바깥 어둠을 응시했다. 한순간이라도 남편과 딸을 잊을 수 있을까? 그들이 나를 기다리고 있을까? 천국에서도 날 기억할까? 하지만 그게 무슨 소용일까! 너무 울어 이제 아무 감정도 느껴지지 않았다. 돌연 미스터 김이 떠올랐다. 붉게 퉁퉁 부어오른 자신의 얼굴이 그에게 어떻게 비쳤을까 싶었다.

식탁을 치우고 설거지를 하고 싱크대 위를 깨끗이 닦아 최대한 부엌을 깨끗하게 만들었다. 집주인은 깔끔하지 않아 종종 음식을 그대로 두거나, 스토브에 흘러넘친 음식 자국 닦는 걸 잊어버렸다. 하지만 자신은 모든 걸 최대한 깨끗하게 유지하고 싶었다. 비록 벽이 기름때로 얼룩덜룩하고 싱크대 문은 다 망가진 낡디낡은 부엌이었지만.

두 팔을 머리 위로 올려 스트레칭을 한 다음 침대에 드러누워 천창을 바라보았다. 남편과 딸이 끔찍한 사고를 당해 사망했다는 소식을 들었던 순간, 경찰이 자기 아파트 문 앞에 도착한 순간이 떠올랐다. 그때 자신의 머릿속엔 끔찍한 고통의 공포밖에 떠오르지 않았다. 그들이 흘린 피로 붉게 물든 거리가 어른거렸다.

그날 나는 집에서 뭘 하고 있었을까? 아마 음식을 만들거나 청소를 하고 있었을 것이다. 아니면 텔레비전을 보고 있었던가? 그날이 일요일이었는지, 토요일이었는지 정확히 기억나지 않았다. 하지만 앞치마를 입은 채 현관문을 열고, 제복을 입은 남자들을 본 순간 가슴이 철렁했던 건 기억이 났다. 비명을 지르고 싶었지만 그러지 못했다. 대신 울면서 그 자리에 주저앉았고, 바닥에 풀썩 엎드려 기는 자세로 제발 저를 좀 살려달라고 애원했다.

마고
2014년 가을

마고와 미겔은 차를 몰고 주택가를 지나 한옥 하우스로 갔다. 밤에는 함께 걸어가는 가족이나 보도에서 노는 아이들이 드문드문 보일 뿐 대체로 인적이 드문 곳이었다. 미세스 백의 말이 떠올랐다. 네 엄마는 널 데리고 내가 일하는 식당에 종종 왔어. 한옥 하우스라고, 기억나? 한국 전통 가옥처럼 사방이 나무로 돼 있는 곳인데.

엄마에 대한 미세스 백의 말을 딱히 믿지 않을 이유는 없었다. 최근 엄마가 보인 슬픈 모습과 엄마의 연인, 즉 부고 란에 실린 남자의 죽음을 연결시키는 게 일리 있어 보였다. 그럼에도 마고는 자신과 엄마가 함께 시간을 보낸 곳이자 엄마와 미세스 백, 두 사람이 떠나온 곳을 좀 살펴보고 싶었다. 지난 며칠 동안 미겔과 함께 그 모든 일을 겪어낸 터라 보상이 필요하기도 했다.

코리아타운은 세계 주요 도시마다 있는 수많은 다른 소수민족

126

거리와 마찬가지로 천천히 변해갔다. 한때 쏟아져 들어왔던 백인들의 발길은 이제 뜸해졌다. 특히 저렴한 월세에 마트와 술집과 식당이 가까운 곳을 찾아 모여든 젊은이들이 하나둘 빠져나갔다. 하지만 어떤 지역이 '좋아졌다'면 그 지역에 살던 사람들의 삶이 나아진 걸까, 아니면 그들이 새로운 무리에 의해 더 싼 곳으로 밀려나게 된 걸까? 곧 개발자들이 몰려와 그 자리를 허물고 새 건물을 올린 다음 그곳에 살던 사람들의 상징과 흔적을 새롭게 브랜딩했다('키치' 문화와 '이국적' 건축물, 한때 역겹게 여겨지던 음식의 참신함으로). 엄마도 그렇게 밀려난 사람 중 하나가 됐을 수도 있을까? 혹은 끈질기게 버텨 새 일을 찾아 계속 코리아타운에서 살았을 수도 있을까? 어쨌든 영어도 고속도로 운전도 잘하지 못하는 엄마에겐 선택의 여지가 별로 없었을 것이다.

언젠가 엄마와 통화하다가 용기를 내어, 제법 제대로 된 한국말로 엄마에게 물었다. "엄만 왜 한국으로 돌아가지 않아? 왜 여기 사는 거야?" 마고는 늘 궁금했다. 엄마가 왜 한국에서보다 절대 편할 리 없는 이 삶을 선택했는지. 한국에선 적어도 다른 사람들과 같은 언어로 말하고, 같은 문화와 역사를 공유했을 것이었다. 자신은 엄마가 한국에서 어떤 삶을 살았는지에 대해 별로 아는 게 없었지만, 엄마가 고아였고 십 대 때부터 이십 대 때까지 쭉 의류공장에서 일하다가 나중에 옷 디자인을 배웠다는 정도만 알았지만, 당최 왜 엄마가 그에게 별 힘도 권한도 주어지지 않는 나라에 살려 하는지 이해할 수가 없었다.

엄마는 한참 동안 침묵하다 말했다.

"그러면 너랑 너무 멀리 떨어져 있게 되잖아."

마고 일행은 한옥 하우스의 좁은 일방통행 주차장으로 들어갔다. 그곳은 한국 전통 가옥 스타일의 식당으로 예스러운 나무 출입문과 회색 기와지붕으로 꾸민 단독 건물이었다. 마고는 한국에 한 번도 가본 적이 없었다. 도시마다 고층 건물과 전광판이 즐비하단 걸 알았지만 집들은 여전히 이렇게 아기자기하고 소박하고 기능적일 거라 상상했다.

"최 순경한테 연락 없었어?" 미겔이 물었다.

"아니. 아직." 마고는 한숨을 내쉬며 시동을 껐다. "저녁 먹기 전에 한 번 더 연락해봐도 될까? 아직 퇴근 전일지도 모르니까."

"그럼. 그동안 난 내 왕성한 그라인더나 손보고 있을게."

마고는 웃으며 최 순경 번호를 눌렀다.

"네, 마고 씨." 최 순경이 전화를 받았다. "오늘 답신 전화 못 드려서 미안해요. 늘 월요일이 최악이에요."

"괜찮아요. 집주인 이야기는 생각 좀 해보셨어요? 엄마 아파트에서 난 고함 소리 말예요."

"확실히 관심을 둘 만한 이야기인 것 같아요. 근데 그 고함 소리가 무슨 요일에, 어디서 난 건지는 그분이 정확히 기억하지 못했지요?"

"그분은 그게 우리 엄마 목소리라고 생각했어요. 이젠 그 건물에 한국인이 얼마 안 남아 있어요. 그분이 정확히는 기억하지 못해도 저한테는 너무 이상하게 들렸어요. 저희 엄마는 그렇게 시끄러운 사람이 아니니까요. 특히 제가 대학에 가게 돼 집을 떠난 이후로는 더더욱요. 어쨌든 그분이 그런 이야기를 한 것 자체가 충분히 수상쩍은 신호 아닌가요? 네?"

"흠. 제가 한 번 들러보죠. 이번 주에 그분을 만나 더 자세한 정보를 알아볼게요."

"좋은 생각이에요." 마고는 조급해졌다. "전화 끊기 전에 하나만 더 얘기할게요. 좀 이상하게 들릴지도 모르지만, 지난밤에 제가 엄마 아파트에 가서 이것저것 살피다가 엄마가 보관해둔 부고 기사를 하나 발견했어요. 10월 자 한국 신문에 나온 기사였어요. 그래서 오늘 엄마가 일하시던 벼룩시장에 가서 다른 가게 주인들한테 엄마가 돌아가신 주말 즈음에 뭔가 수상쩍은 낌새가 없었는지 물어봤어요. 그중에 미세스 백이라는 엄마 친구가 있었는데, 그분 말이 그 부고 기사에 실린 남자가…… 엄마가 여름 내내 만나던 남자였다는 거예요. 그런데 그분은 유부남이었어요. 그래서 엄마가 아무한테도 말을 안 한 거죠."

"마고 씨도 몰랐고요?"

"네."

"그런데 그분은 이제 돌아가시고 안 계신다는 거죠? 10월이면 거의 두 달이 지났네요?"

"맞아요." 마고가 대답했다. "최 순경님이 하실 수 있는 일인지, 그게 엄마의 죽음과 관련이 있는지 아닌지는 모르지만, 혹시 그분에 대해 뭐든 좀 더 알아내주실 수 있을까요? 이름은 김창희고, 아마 칼라바사스에 살았던 것 같아요."

"한번 알아보죠. 근데 일단 집주인하고 먼저 이야기를 해볼게요. 가능한 한 이번 주에 갈 거예요." 그가 잠깐 말을 멈추더니 이렇게 덧붙였다. "그런데 어머니 애인 분이 10월에 사망했다면 그게 어머니의 죽음과 무슨 관련이 있는지는 잘 모르겠네요."

"그분 부인은요? 그분이 우리 엄마와 바람피웠잖아요."

"흠. 좋은 지적이에요. 조사해볼게요."

"네, 고마워요! 사실 제가 직접 그 부인이랑 이야기를 좀 나눠보고 싶은데, 그분 전화번호나 주소를 얻을 수는 없을까요? 제가 그 남자분 이름을 구글에 검색해봤는데―"

"글쎄요, 그게 좋은 생각인지는 잘 모르겠네요."

"그게 무슨 말씀이세요?"

"솔직히 말하면…… 마고 씨 어머니는 사고로 돌아가신 거예요. 어떤 중대한 일이 발생하지 않으면, 이를테면 무슨 새로운 사실이 드러났다든지, 아니면 어떤 이유에서든 어머니의 죽음이 다른 행위와 관련됐다는 게 밝혀졌다든지 하지 않으면 사실 우리가 할 수 있는 일이 별로 없어요."

"네에?"

"게다가 만약 미세스 김이 남편의 불륜 사실을 모른다면 어쩌죠? 이미 과부가 된 그분이 이 연락으로 사실을 알게 된다면요? 그분이 마고 씨 어머니의 죽음과 관련이 있다는 증거도 없는데, 어떻게 우리가 남편이 바람피운 사실을 밝히지 않고 그분에게 뭘 알아낼 수 있겠어요? 그런데 그분은 까맣게 모르고 있을 수도 있잖아요, 안 그래요?"

"그렇긴 하죠. 하지만―"

"그분이 아는지 모르는지 어떻게 알아내지요? 그건 불가능해요. 대놓고 물어보지 않는 이상. 게다가 만약 그분이 남편이 바람 피운 사실도 모른다면 그분한테 당신 어머니에 관해 물어볼 이유는 없잖아요. 그 외에 다른 실질적인 연결 고리는 아무것도 없고요. 그분은 남편을 잃었어요. 그건—"

"그래도 제 생각엔 우리가—"

"충격이 크다는 거 잘 압니다. 마고 씨는 어머니에 대해 많은 걸 알아내셨어요. 다 이유가 있어서 마고 씨한테 비밀로 한 것들을요. 네, 때로는 선뜻 받아들이기가 힘들지요. 그래서 그런 비밀을 어머니가 돌아가셨다는 가장 받아들이기 힘든 사실과 연관시키고 싶어지는 겁니다."

"최 순경님이 믿고 싶은 대로 믿으세요." 마고의 목소리가 커졌다. 미겔이 쳐다보는 게 느껴졌다. "하지만 전 진실 외에는 절대 어떤 것도 예단하지 않을 겁니다. 저는 그날 밤 무슨 일이 일어난 건지 알아야겠어요. 그리고 왜—"

"마고 씨—"

"우리를 일거리만 만드는 귀찮은 존재쯤으로 여기는 모양인데, 우리 엄마는 진짜 열심히 일했고 다른 사람들처럼 세금도 꼬박꼬박 냈어요. 정직하고 친절한 사람이었고요." 마고의 목소리가 갈라졌다. "뭐, 완벽한 엄마나 완벽한 인간은 아니었을지 몰라도 날 위해 그리고 자신만 빼고 다른 모든 사람을 위해 최선을 다했어요. 하지만 우리 엄마 같은 사람들도 당신들만큼이나 이런 억울한 일을 당하죠."

"이런." 미겔이 속삭였다.

"그게 아녜요, 마고 씨. 그건 —"

"우리 엄마도 다른 사람들처럼 살 자격이 있다고요. 당신네 전부 정신 좀 차리세요. 무슨 '민중의 지팡이'요?"

마고는 귓속이 쿵쿵 울리고 눈물이 차올랐다. 마고의 언성에 놀란 최 순경과 미겔의 숨소리가 들렸다. 마고에겐 지금이 그토록 오랫동안 부끄러워하기 바빴던 엄마를 위해 자신이 나서서 싸울 마지막 기회였다. 마고는 울음을 참으려 사력을 다했다.

"제가 좀 더 알아보고 다시 알려드릴게요." 최 순경이 체념한 듯 말했다. "집주인과도 이야기해보고, 미스터 김에 대해서도 알아낼 수 있는 게 있는지 살펴볼게요." 그가 잠깐 멈췄다가 다시 말을 이었다. "제가 잘 모른다고 생각하시겠지만, 마고 씨가 생각하는 것보다 훨씬 더 잘 이해해요. 어떤 심정인지 잘 안다고요. 전 그냥 현실적인 이야기를 해드리려던 거였어요. 어머니를 잃은 건 정말 유감입니다."

"아이고." 마고가 전화를 끊자 미겔이 감탄사를 내뱉었다.

"내가 미친 거 같아?" 마고는 앞이마에 송골송골 맺힌 땀을 닦으며 숨을 골랐다.

"솔직히, 나는 네가 옳다고 생각해. 다른 사람들이 잘못된 거지." 미겔은 하늘에 오렌지색, 진분홍색 불이 번져가는 모습을 이제야 알아본 양 고개를 돌렸다. "세상이 엉망진창이야. 그래도 우린 진실을 알아낼 자격이 있어." 미겔이 안전띠를 풀었다. "이제 먹으러 갈까?"

마고와 미겔은 하루의 마지막 햇살을 받으며 차에서 내렸다. 마고는 숨을 깊이 들이마셨다. 마고는 저무는 태양에 온통 금빛으로 물든 세상에 야자수 실루엣이 어른거리는 엘에이의 모습을 사랑했다. 드물게 찾아오는 조용한 순간엔 자동차 경적과 알람 소리 대신 새소리가 들려와 낙원이라고 잠시 착각할 수도 있는 곳이기에.

식당에 들어서니 가스버너에서 고기 굽는 냄새가 풍겨왔다. 지방이 지글지글 타면서 그 연기가 깨, 간장, 설탕, 양파, 마늘을 핥아대는 냄새였다. 음식만큼 사람들을 한마음이 되게 만드는 것도 없었다. 종업원이 그들을 모서리가 닳은 나무 테이블로 안내했다. 종업원은 창백한 피부와 짧은 단발머리에 검정 치마와 앞치마를 단정하게 차려입은 마른 체형의 중년 여성이었다. 마고는 그에게 갈비와 삼겹살을 주문한 다음, 자신의 고등학교 졸업식 때 엄마와 함께 찍은 사진을 보여줬다. 자신이 찾아낸 가장 최근 사진이었다. "혹시 이 여자 아세요?"

"네, 그런 것 같아요. 근데 뵌 지 아주 오래됐어요."

"몇 년쯤 됐단 건가요?"

"사장님한테 한 번 물어보고 올게요."

종업원은 칠십 대쯤으로 보이는 한국 남자를 데려왔다. 머리가 허옇게 세고 올리브그린 스웨터 조끼와 카키 바지를 차려입은 남자였다. 손목에서 금색 시계가 반짝였다. 새 틀니를 낀 그는 꼭 가짜 태양처럼 활짝 웃었다.

"혹시 저희 엄마를 아시는지 궁금해서요." 마고가 그에게 사진을 내밀었다.

남자는 고개를 끄덕이며 눈썹을 치켜 올렸다. "낯이 익네요." 그러더니 마고를 지나칠 정도로 지긋이 바라봤다.

마고는 시선을 돌리지 않으려 전력을 다했다. 마고는 곧바로 남자가 싫어졌고 남자가 그 사실을 알기를 바랐다.

"마지막으로 보신 게 언제였나요?"

남자는 머리를 긁적였다. "모르겠어요. 여기 드나드는 손님이 한둘이 아니라."

남자의 콧구멍이 불쑥 커졌다. "제 눈엔 손님들이 전부 비슷비슷해 보여요." 그는 씩 웃으며 폴 버니언 동상처럼 차고 흰 인공니를 드러냈다. "그 사람이 그 사람 같죠. 실례할게요." 그는 고개를 숙이며 다른 테이블로 가 단골이나 친구로 보이는 시끌벅적한 손님들과 인사를 나눴다.

"좀 수상한데." 미겔이 말했다.

"그냥 헷갈리는 걸 수도 있지."

"그렇게까지 나이가 많아 보이진 않는데."

종업원은 쟁반에 작고 새하얀 반찬 접시를 가득 담아 왔다.

마고는 전술을 바꾸기로 했다. "혹시 미세스 백이라는 여자 기억해요? 여기서 일했는데. 아마 빨간 립스틱을 즐겨 바르고요."

종업원이 빙긋 웃었다. "아, 맞아요. 정말 새빨간 색이었죠."

"그분이 언제 여길 그만뒀나요?"

종업원은 제 뒤를 흘끗 보더니 이렇게 대답했다. "올 초에요. 봄이었을 거예요."

종업원은 테이블 위에 놓인 가스버너를 탁 켜더니 빈 쟁반을 들고 서둘러 자리를 떠났다. 두 사람은 낮게 타오르는 파란 불을 사이에 두고 미역무침, 막김치와 깍두기, 살짝 절인 무, 시금치나물, 감자 샐러드 등의 반찬을 집어 먹었다. 그야말로 오감의 향연이었다.

"뭐, 적어도 미세스 백이 자기 가게를 3월에 열었다고 한 건 사실이네."

미켈은 팔꿈치를 테이블에 붙인 채 젓가락으로 제 앞의 허공을 집는 시늉을 하며 장난을 쳤다. "폭동 이후에 어머니는 무슨 일을 하셨어?"

"무슨 말이야?" 마고는 깍두기를 입에 넣었다. 아삭아삭하니 딱 알맞게 익은데다 약간 달콤한 맛까지 났다. 테이블 중앙 불꽃이 내뿜는 열기 때문에 마고의 얼굴이 따끔거렸다.

"그때 너희 어머니가 미세스 백과 연락을 중단하셨댔지. 바쁘셔서. 근데 그게 좀 중요한 지점인 것 같지 않아? 한참 서로 연락하지 않다가 올해 갑자기 다시 친해진 게? 너무 뜬금없는 것 같아."

"폭동이 휩쓸고 지나간 뒤에 엄마는 무슨 패스트푸드점 같은 데서 일했을 거야. 다시 가게를 열 수 있을 만한 돈을 모을 때까지 몇 년 동안 이 일 저 일 닥치는 대로 하셨어." 시금치나물에서 신선한 참기름 냄새가 풍기며 입 안에서 사르르 녹았다. "굉장히 힘든 시기였다는 것만 기억나. 엄마는 옛날 가게에서 건진 물건이며 옷걸이 같은 것들을 박스에 담아 아파트에 쌓아두고 살았어. 그때 우린 돼지고기 캔이나 가루우유 같은 정부 지원 식료품으로 연명하고 구세군이 나눠주는 칫솔을 썼지." 마고는 가장 좋아하는 반찬 중 하나인 미역무침을 집어 먹었다. 덕분에 마음속에서 솟구쳐 오르는 슬픔을 억누를 수 있었다. 그 말캉거리면서 새콤하고 짭조름한 맛이 만족감을 주었다. 당장 드넓은 바다를 향해 달려가고 싶었다. 십 대 땐 혼자 버스를 타고 바닷가에 가서 걷다가, 벤치에 앉아 책을 읽거나 바다를 바라보며 시간을 보냈다. "너무 힘들었어. 그땐 진짜 힘들었어."

종업원이 구이용 양념갈비와 삼겹살을 가득 담은 접시를 가져왔다. 간장과 설탕, 생강, 마늘이 불에 조려지면서 지방이 녹아 불 위로 뚝뚝 떨어졌다. 마고는 한없이 감사하는 마음으로 고기가 불판에 들러붙지 않도록 집게로 이리저리 움직였다. 그 모든 실망과 비극에도 불구하고 때로 우리 삶은 얼마나 즐겁고 풍요로울 수 있는지! 모든 식사는, 이렇게 우울한 식사마저도, 우리가 남겨둔 것, 우리가 맛보고 느끼고 보도록 이 지구상에 남아 있는 것을 축하하는 행위였다.

마고는 엄마가 그랜드캐니언에 있는 모습을 상상했다. 수십억 년 동안 바람과 물에 시달려 불긋불긋 주름이 잡힌 바위에 밀착된 그 검은 그림자 속에. 라스베이거스를 떠올렸다. 운전대를 꽉 잡은 엄마의 두 손과 열린 차창, 자신들의 얼굴과 팔을 뒤덮었던 고운 모래 가루를.

"엄마랑 운전해서 같이 베이거스에 간 적이 있어."

"베이거스? 어머니가 아무 데도 안 가신 줄 알았는데?"

"딱 한 번이었어. 내가 한 여섯 살 때쯤이었을 거야. 엄마가 고속도로를 운전한 게 그때가 처음이었어. 완전히 기어가다시피 했지." 마고가 웃었다. "교통 단속 차가 따라오지 않은 게 신기할 정도야. 어쨌든 우린 거기서 누굴 만나기로 돼 있었어. 그때가 아마 엄마가 새 가게를 열기 직전이었을 거야. 벼룩시장 그 가게 말야."

"그거 흥미로운데." 미겔은 남은 미역무침을 먹었다. "어머니가 만나기로 한 사람은 누구라도 될 수 있지, 안 그래? 어쨌든 어머니한테 가족은 한 명도 없는 거지?"

"응. 근데…… 이게 미세스 백과 무슨 관련이 있는 것 같진 않아. 이제 미세스 백을 믿지만, 엄마가 그런 식으로 그분과 연락을 끊었을 수도 있단 게 좀 이상하지 않아?"

"뭐, 고의가 아닐지도 모르지. 사람들은 종종 서로 멀어지기도 하니까. 아니면 그냥 어머니가 친구를 만날 여유가 없으셨는지도 모르고. 성당에 나가고 너 돌보는 것만으로도 벅차셨던 거지. 그때 근근이 사셨다고 했잖아."

고기가 갈색으로 구워지자 마고는 몇 조각을 미겔의 접시에 먼저 올려놨다. 자기 엄마가 그랬던 것처럼. 가슴이 묵직해졌다. 마고는 아직 촉촉한 적상추에 따뜻한 흰밥과 부드러운 삼겹살, 쌈장을 올려 입 안에 밀어 넣었다.

십 대 때 식당에 가면 마고는 칸막이 자리에 북적북적 둘러앉은 사람들을 흘깃거리며, 그 많은 인원이 한자리에 모여 앉은 모습, 여러 세대로 구성된 가족이 한 시공간에 모여 음식을 나눠 먹는 모습을 부러워하곤 했다. 그들은 부모와 자식, 형제자매들 간에 확실한 위계가 있었다. 그러나 그 역학이 일종의 공동체 의식과 자기 자리를 지켜주었다. 누군가의 잔에 음료를 따르고, 두 손으로 무언가를 주고받고, 다른 이들에게 먼저 음식을 놓아두게 하는 등의 무언의 미묘한 몸짓으로 우리는 언제나 서로를 보호할 거예요, 하고 말했다.

마고 모녀 사이에도 그런 몸짓들, 미약하게나마 감정을 표현하려는 시도들이 분명 있었지만 두 사람은 결코 편안한 마음으로 함께 시간을 보내지 못했다. 서로를 너무 이질적으로 느낀 탓이었을까? 아니면 오직 둘이서만 서로의 슬픔과 실망, 분노를 거울처럼 낱낱이 비추며 살아온 탓일까? 한 사람이 기쁨을 느끼면 다른 한 사람은 같이 기쁨을 느끼는 대신 버림받을지도 모른다는 두려움에 찌릿한 질투심이 솟아올라, 기어이 상대방을 공격해댔다. 외로움에 대한 이 공포는 대체 어디서 온 걸까? 다들 그런 걸까? 아니면 엄마만 그런 걸까? 그것도 아니라면 한국인 특유의 기질일까?

전쟁고아인 엄마는 누군가 발견하지 않았다면 분명 홀로 죽고 말았을 것이다. 게다가 지금까지 온 세상이 날마다 여자들에게 이렇게 말해왔다. 당신이 혼자라면 당신은 아무도 아니야. 혼자 있는 여자는 아무도 아니야.

미겔은 엘에이에 휴가차 며칠 와 몇 곳을 구경한 게 전부여서 두 사람은 저녁 식사 후 시내를 둘러보기로 했다. 사실 그들에겐 휴식과 기분 전환이 필요했다. 마고는 엄마의 삶의 조각들로 부글대는 머리와 가슴을 식힐 거리가 필요했다. 긴 세월 동안 현실을,

엄마의 고통을 회피하려 사력을 다해 버둥거렸지만 이제 혼란스러운 사실과 장면들과 감정의 홍수에 빠지고 말았다. 양말 가게, 미세스 백, 입가에 빨간 립스틱이 번진 입술. 엄마 연인의 부고. 각진 턱이며 눈매와 광대뼈까지 자신과 닮은 그 모습. 식당 주인의 작위적인 미소. 카펫에 얼굴을 묻고 쓰러져 있는 엄마의 모습. 어둠의 냄새. 코와 입에서 절대 사라지지 않는 그 가스 냄새.

"바다 쪽으로 가보자." 마고가 시동을 걸며 말했다. "부두에서 좀 걷다가 바에 가든지, 아니면 시내에 오래된 살사 클럽이 하나 있는데 거기 가든지. 일단 가보자고."

"뭐, 그러자." 미겔이 대답했다.

십오 분쯤 뒤 그들은 피코 대로에 접어들었다. 캘리포니아가 멕시코 영토였을 때의 마지막 주지사 이름을 딴 피코 대로는 엘에이에서 산타모니카까지 서쪽으로 쭉 뻗었고, 서쪽 해안으로 갈수록 더 부유하고 깨끗하고 조용한 동네가 나타났다. 마고는 선득하고 축축한 바다 공기라도 쐬고 싶어 창을 열었다. 마고는 항상 바닷가에 오는 게 좋았다. 시시때때로 혼자 와서 모래 위에 주저앉아 발을 묻고 부서지는 파도를 바라보거나, 낡은 부두를 따라 걷다가 아케이드에 들어가 갈라가 게임을 했다. 십 대 때는 동네 버스를 타고 림파우 역까지 가서 블루 버스를 타고 한 시간 거리의 산타모니카로 갔다. 파도 소리와 냄새와 광활하게 펼쳐진 검푸른 바다는 늘 마고를 매혹했다. 그 푸른색은 역동적일 뿐 아니라 실제로 물고기와 해조류, 문어와 고래 등의 생물체가 살아가는 생의 보고였다. 이 모든 생명체는 저 위 지상 세계의 일은 아무것도 모른 채 부지런히 자신들의 삶을 살아가고 있었다. 바다 반대쪽 어딘가에서 나와 완전히 다른 사람들이 똑같은 물과 거리와 시간의 심연을 응시하고 있다는 사실은 위안으로 다가왔다. 그러니까 이 고독과 갈망은 전혀 특별할 것 없는 감정이었다.

"그러면 너랑 너무 멀리 떨어져 있게 되잖아." 엄마는 말했다.

그리고 이렇게 영영 사라져버렸다.

마고와 미겔은 오션드라이브를 따라 잘 가꾼 잔디밭과 싱그러운 야자수, 양로원 휴양지가 있는 벼랑 근처에 차를 세웠다. 벤치마다 노숙자들이 이불을 감고 누워 있었다.

"좀 걸을까?" 마고가 물었다.

그들은 차에서 내려 차고 매서운 바람에 몸을 맡겼다. 바깥은 이미 칠흑같이 캄캄했다. 부둣가에는 카니발 불빛이 어지러이 춤을 추었고, 바다를 비추는 투광조명들이 수면을 노란빛으로 얼룩덜룩 물들이고 있었다. 부두로 가니 코트와 스웨터를 껴입은 여행객들이 온갖 음성과 언어의 불협화음으로, 세계 여러 대륙의 각양각색의 억양과 음정과 리듬으로 어둠을 채우고 있었다. 활기찬 군중들은 욕망의 디아스포라처럼 새롭고 짜릿한 경험, 퍼넬 케이크와 핫도그, 햄버거와 감자튀김으로 허기를 채우러 이리저리 돌아다니는가 하면, 팔을 쭉 뻗어 셀카를 찍어댔다. 이곳에 사는 커플과 가족 들은 사색에 잠긴 사람처럼 천천히 걸었다. 그들은 마고처럼, 삶과 미래가 불확실하게 느껴질 때 익숙한 광경과 소리가 주는 위안을, 추억의 조각을 찾아온 것이었다.

바람이 얼굴과 귀를 향해 달려들어 마고는 재킷 지퍼를 올렸다. 두 사람은 모래사장으로 내려가는 계단 맨 아래 멈춰 서서 신발을 벗었다. 차갑고 부드러운 모래가 그들의 발을 삼켰다. 마고는 청바지를 걷어 올렸다. 두 사람은 팔짱을 끼고 모래 위를 터덜터덜 걸었다. 서로 딱 달라붙어 걷는데도 몸이 덜덜 떨렸다. 세찬 바람에 머리카락이 얼굴을 때리고 립밤을 바른 입술에도 달라붙었다. 바닷물이 해안을 핥아대는 곳에서 6미터 정도 떨어져 멈춰 섰을 때 마고가 크게 한숨을 내쉬었다.

"너무 아름답지?" 마고가 물었다.

"얼어 죽을 만큼 춥지만…… 묘한 분위기가 느껴지긴 하네."

마고의 전화기가 울렸다. 마고는 움찔했다. 모르는 번호였다.

"안녕하세요? 코-아메리카 투어의 톰이라고 합니다."

"네, 무슨 일이시죠?"

"미나 리 씨에 관해 물어보셨지요? 9월에 그랜드캐니언에 가셨던." 그가 대답했다.

"아, 네. 혹시 그때 엄마가 누구와 계셨는지 아시나요? 그분에 대해 뭐든 아는 게 있으신가요?"

"네. 음, 제가 그분 비상 연락처 정보를 갖고 있어요. 흠…… 전화번호는 없지만 이름은 김창희라고 적혀 있네요. 주소만 있어요. 칼라바사스로 돼 있는."

마고는 엄마의 옷장에서 발견한 검정 테니스화를 떠올렸다. 고운 베이지색 흙먼지로 뒤덮인 신발에서 광물질과 세이지 냄새가 났다. 평생 죽어라 일만 하던 엄마가 결국 미국의 국립공원에 간 것이었다. 그것도 혼자서가 아니라 연인과 함께.

"주소 좀 불러주시겠어요? 그리고 그 외 다른 정보는 없나요?"

"어…… 근데 그분과 어떤 관계라고 하셨지요?"

"제가 그분 딸이에요. 미나 리 씨의 딸." 이 말이 묵직하게 가슴을 파고들었다. 순간 바다는 작은 위안으로 쪼그라들었다. 엄마가 죽었는데도 나는 여전히 엄마의 딸일까? "엄마가 일주일쯤 전에 돌아가셨어요. 같이 계셨던 분한테 연락해서 그 사실을 알려드리고 싶어서요. 그분이 알고 싶어 하실 것 같아서요."

"아, 정말 유감입니다."

"주소는 문자로 보내주시겠어요? 지금 바로요. 제가 시간이별로 없어서요. 곧 떠나야 하거든요." 마고는 거짓말을 했다. "저는 시애틀에 사는데 곧 일터로 복귀해야 해서요."

마고는 칼라바사스 주소가 적힌 문자를 받자마자 흥분해서 펄쩍 뛰었다.

"왔어! 이제 어떻게 하지?"

"전화번호는 없다고 했지?" 미겔은 덜덜 떨며 제자리에서 탭댄스를 췄다.

마고는 고개를 저었다. "차로 직접 찾아가 볼까?"

"그래, 이번 주에 가자. 어차피 나도 아파트 알아보러 밸리에 가야 하니까. 근데 다짜고짜 찾아가서 문을 두드릴 생각은 아니지?"

"만약 최 순경 말이 맞으면 어떡하지? 그 여자가 남편의 외도사실을 모르거나 우리 엄마가 누군지 모르면?"

"일단 가보기나 하자. 어쨌든 밸리에 갔다고 해서 노크까지 할필요는 없잖아. 그냥 주변을 둘러보기만 하자고. 내 말은…… 거긴 네 어머니 애인이 살던 집이잖아. 그러니까, 혹시 너 아직도 그 사람이 네 아빠일 수도 있다고 생각하는 거야?"

"어쩌면. 지금은 그 모든 게 서로 별 상관없는 일이라 보기엔 너무 이상한 점이 많아." 마고는 어깨를 으쓱했다. "아무래도 뭔가 있는 것 같아. 내가 아는 한, 엄마는 날 키우면서 남자를 만난 적이 한 번도 없었어. 근데 이제 와 암에 걸린 이 유부남과 대체 뭘 하려 했겠냐고. 그래봤자 우울한 미래밖에 없을 게 뻔한데."

"그러면 그 부인도…… 알겠지? 모른다는 건 말이 안 되잖아."

"그래. 남편이 우리 엄마랑 망할 휴가 여행을 갔는데 모를 리가 없지."

"그거야 확인해보면 되지."

"사실 정말 다행이다 싶어. 이상하게 엄마가 그 여행을 가셨단 게 기뻐." 환한 은색 보름달이 잔잔한 물결이 일렁이는 모습을 비췄다. "여태 엄마가 제대로 휴가를 즐기는 모습을 한 번도 본 적이 없었어. 단 한 번도. 돌아가시기 전에 그런 여행을 하셔서 얼마나 마음이 놓이는지 몰라."

마고는 지난주 엄마의 시신을 발견한 이후 처음으로 희망을 느꼈다. 어쩐지 자신의 고집이 서서히 결실을 보게 될 것만 같은 기분이었다. 모래사장에 신발을 벗어던지고 잔잔하고 평온해 보이는 바다로 달려갔다. 차가운 공기가 폐 속 깊숙이 들어갔다가 나왔고, 말아 올린 머리카락이 사정없이 빠져나와 온 얼굴을 뒤덮었다. 살아오는 내내 자신은 그 아파트와 벼룩시장, 엄마의 인생 속에 갇혔다고 느꼈다. 하지만 지금 이곳에선 잠깐이나마 자유를 느낄 수 있었다. 탁 트인 공간에, 주변에는 거의 아무도 없었다. 마고는 얼음처럼 차가운 물에 발을 첨벙 담갔다. 크게 소리치며 웃었고, 이것은 자신이 선택한 일임을 깨달았다. 이가 딱딱 부딪힐 정도로 한기가 들어 도로 나왔다가 다시 물에 들어갔다. 이번엔 물이 무릎까지 차도록 더 깊숙이 들어갔다. 이런 건 미친 짓이었다. 하지만 무한한 자유가 느껴졌다.

마고는 항상 물이 무서웠다. 너무 깊숙이 들어가면 물에 휩쓸려 가버릴 것만 같았다. 마고는 수영을 배운 적이 없었다. 자신이 살던 곳은 근처에 수영장도 없고 아이들을 위한 수영 강좌 같은 것도 없었으니까. 그래서 물속에만 들어가면 언제나 그 힘에 압도당했다.

부두에서 롤러코스터 타는 사람들의 비명 소리가 들려왔다. 검은 하늘에 빨갛고 흰 조명들이 춤을 췄다. 짭짤한 공기에서 기나긴 안도의 한숨 냄새가 났다. 한밤에 여러 개의 팔을 쫙 펼친 대관람차가 불빛을 깜빡이며 경쾌하게 돌아갔다.

물속에 무릎까지 담그고 서 있으려니 해초가 발목을 감싸며 피부를 간질였다. 발을 헛디뎌, 거품이 이는 검은 물에 빠질 수도 있었다. 그러면 그 해초들이 자신을 칭칭 감아 자신이 아무에게도, 자신에게마저 속하지 않을 때까지 마지막 숨통을 끊어놓을지도 몰랐다. 문득 공포가 밀려와 마고는 춤을 추듯 첨벙대며 모래사장 쪽으로 후퇴했다. 자세히 보니 해초라 생각했던 것은 해초가 아니라 가느다란 밧줄, 아니 미역과 진주처럼 생긴, 폴립 조개가 잔뜩 박힌 끈끈한 그물 조각이었다. 마고는 균형을 잡으려 애쓰면서 그물을 물 밖으로 끌고 나와 미겔에게 갔다. 추위에 콧물이 줄줄 흘러 소매로 얼굴을 닦았다.

"괜찮아?" 미겔이 물었다.

"내 다리에 이게 감겨 있었어."

마고는 그물 끝을 잡고 저 멀리 부두의 둥그런 대관람차가 보이는 허공으로 번쩍 쳐들었다. 컴컴한 어둠 속에서 대관람차의 쫙쫙 뻗은 팔들은 여전히 환한 불빛을 깜빡이며 천천히 돌고 있었다. 마고는 물결 속을 헤엄쳐 다니고 있을 그 모든 작은 은빛 물고기를 상상했다. 엄마의 말처럼, 아니 엄마 자신처럼 그물망 사이를 요리조리 흘러 다니는 반짝이는 그 물고기를.

미나
1987년 가을

일을 마치고 가면 거의 날마다 사물함에 작은 선물들이 기다
리고 있었다. 바나나 두 개, 껌 한 통, 상추 한 단, 작은 초콜릿 상
자 따위였다. 선물마다에 무슨 의미가 담겼는지, 의미가 있긴 한
지조차 알 수 없었다. 그날그날 기분에 따라 선물은 무척 사려 깊
게도, 완전히 쓸데없는 물건처럼도 느껴졌다. 미나는 오늘은 사
물함에 뭐가 있을지 궁금했고, 아무것도 없는 날에는 행운이란
게 끝도 없이 계속될 리 없단 사실을 확인이라도 한 듯 실망한 마
음으로 의기소침해져 집으로 돌아갔다. 하지만 다음 날이면 다
시 라면 한 봉지, 작은 통에 담긴 된장, 동그란 모양에 깨알 같은
점이 박힌 최상급 한국 배 따위가 들어 있었다. 그러면 세상이 다
시 한번 슬쩍 문을 열어, 가느다란 빛이 어둠을 뚫고 스며들어오
는 것 같았다.

미나는 선물을 주는 사람이 미스터 김이란 걸 알았다. 그는 자

신이 어느 부녀를 보고 남편과 딸을 떠올리며 화장실로 달려갔다가 빨갛게 부은 얼굴로 나타난 모습을 보았다. 그는 그 고통을 조용히 인정하는 듯한 표정을 지어 보였다. 자신의 사물함에서 예쁜 초록 사과 등의 과일과 라면을 발견한 것도 그날이었다. 그날 이후 조용하고 예의 바른 교환으로, 그가 어떻게든 미나를 돕고 싶어 하며 미나의 고독과 절망 속에서 무언가를, 아마도 자기 자신의 일면을 알아봤음이 분명해졌다.

그 모든 걸 거절하고 싶은 마음도 있었다. 그에게 찾아가 더는 아무것도 갖다놓지 말아달라고 정중하게 부탁하고 싶었다. 어떤 헤아림도 필요 없고 원하지도 않았다. 그런 행동은 오히려 혼란스럽기만 했다. 결국 바뀌는 건 아무것도 없는데 이런 게 다 무슨 소용이란 말인가? 하지만 종종 하루 중 최고의 순간이 되어주는 이 작은 선물을 더 이상 받지 않는 것도 두려웠다. 어쩌면 때로 우리를 살아 있게 해주는 건 끊이지 않고 주어지는 아주 사소한 것들인지도 몰랐다. 그러니 스스로 그런 친절을 만들어낼 수 없다면 다른 누군가가 자신에게 건네는 걸 허용해도 되지 않을까?

현금을 주고받는 일이 점점 익숙해지고, 의례적인 인사로 고객을 응대하다가 반가운 선물을 만나는 것으로 대부분의 하루를 마감하는 단조로운 일상이 두어 주 이어지던 중 문득 마리오가 보이지 않는다는 걸 알아챘다.

어느 청명한 가을날, 미나가 계산대로 가니 열여덟이나 열아홉쯤 돼 보이는 십 대 아이 하나가 미스터 김과 함께, 마리오가 보통 혼자 하던 매장 앞쪽 일들을 하고 있었다. 미스터 김은 미나를 보자마자 미소를 짓더니 매장 뒤쪽으로 총총 걸어갔다. 미나는 자신을 다니엘이라 소개하는 새 종업원에게 최대한 자연스럽게 대하며 인사했다.

마리오는 어디 간 거지? 아마 하루 휴가를 냈는지도 몰랐다. 이유가 무엇이건 마음이 영 편치 않았다. 미나가 계산대에서 당황스러워할 때마다 말없이 해결책을 알려주던 그였다. 무언가가 잘못된 것 같았다. 하지만 미나는 그가 아프거나 휴가를 갔을 수도 있다고 생각하려 애썼다. 그렇지 않은가?

다니엘은 일을 빨리 배웠다. 분명 전에 다른 슈퍼마켓이나 식품점에서 일해본 경험이 있는 것 같았다. 손님이 없을 땐 뭐든 도울 일이 없냐고 물었고 미나는 괜찮다고 했다. 미나는 계산대 주변을 정리하며 그를 애써 무시했다. 그가 할 일이 딱히 떠오르지 않아서였다. 마리오는 늘 바삐 움직였다. 미나는 근처에 미스터 김이 있는지 보려고 주위를 둘러봤다. 하지만 일을 마칠 때까지 그도 박 사장도 전혀 보이지 않았다.

일이 끝나고 뒤쪽으로 가니 사물함에 스티로폼에 싼 한국 배 하나가 놓여 있었다. 미나는 배를 집어 들고, 껍질에 코를 대고 그 달콤하고 싱그러운 가을 향기를 맡았다. 그리고 그걸 두 손으로 쥐고 끌어안듯 잠깐 가슴에 갖다 댔다.

미나는 화장실에서 나와 음료수 코너 쪽으로 가다가 미스터 김을 발견했다. 그는 마치 미나를 피하기라도 하려는 듯 통로 반

148

대쪽으로 걸어갔다. 미나는 이때다 싶었다. 마침내 마리오에 관해 물어볼 기회를 잡은 것이었다. 천천히 물어볼까 하는 생각이 잠깐 떠올랐다. 그를 당황하게 만들고 싶지 않아서였다. 하지만 그와 동시에 계속 아무것도 모르는 상태가 너무 답답했고, 그가 회피하는 것도 영 찜찜했다. 그런 행동은 자신의 사물함에 담긴 물건들에 대해서까지 의문을 갖게 했다. 그의 예의 바른 태도와 모두에게 친절한 마음씨를 혹시 자신이 다른 마음으로 착각한 건 아닌지 궁금했다.

"미스터 김."

그가 뒤를 돌았다. 얼굴이 초췌하고 눈가에 피로가 가득했다.

미나는 그에게 다가갔지만 지나가는 사람이 볼 때 이상해 보이지 않을 정도의 거리만큼은 떨어져서 섰다.

"그 아이 지금 아픈가요?"

"누구 말씀이세요?"

"마리오요."

"아, 아뇨. 그 아인……." 그는 혹시 뒤에 누가 오는지 고개를 돌려 확인했다. "추방당했어요. 본국인 멕시코로."

그 순간 미나는 손에 들고 있던 알루미늄 캔만큼이나 차가운 거리감을 그에게 느꼈다. 불현듯, 그걸 집어던져 이 잔인한 형광등을 깨버리고 싶은 충동을 느꼈다.

"왜요?" 그가 한 말의 의미를 완전히 이해하는 순간 목소리가 갈라졌다. 아마 이제 두 번 다시 마리오를 못 보게 될 것이었다.

"저도 잘 몰라요. 저는 어떻게든…… 처음 그 사실을 알게 됐을 땐 제가 변호사 비용이라도 보태줄 수 있으리라 생각했어요."

"왜 추방당한 거예요?"

"잘은 모르지만 서류미비자였던 것 같아요."

미나는 시선을 떨구었다. 미스터 김은 자신도 서류미비자란 사실을, 적어도 지금은 그런 상태란 걸 눈치챘을까? 남들의 눈에도 그게 뻔히 보이는 걸까? 아니면 마리오가 어떤 문제에 휘말리는 바람에 우연히 밝혀지게 된 걸까?

"마리오 엄마와 형제 누이들은 다 아직 여기 있어요. 전부 한집에서 살아요."

"그럼 이게 끝인가요? 그냥 추방당하는 걸로?"

"전에도 이런 일이 있었어요. 그게 어떻게 알려졌는지는 저도 몰라요."

"마리오는 쭉 여기서 일했잖아요, 그쵸?"

"그렇죠. 그래도 그런 건 별문제가 안 되니까요."

"그래도…… 틀림없이 뭔가 있을 것 같아요. 어떻게 이렇게 갑자기 사라질 수가 있어요?"

"저도 마리오 엄마한테 물어보고 알았어요. 출근을 안 했기에 무슨 일이 생겼나 보다 싶어서요. 그동안 혼자 벌어서 가족을 먹여 살린 것 같아요. 아버지는 어느 날 괴한이 쏜 총에 맞아 돌아가셨고요." 미스터 김의 눈가가 촉촉해졌다. "정말 너무 어이없는 상황이에요."

"우리가 할 수 있는 일이 없을까요?"

"모르겠어요. 일단 제가 사람들한테 돈을 좀 걷어볼까 해요."

미스터 김은 셔츠 호주머니에서 담뱃갑을 꺼냈다. 그가 담배를 피운다는 사실을 드러낸 건 처음이었다. "어제저녁에 장을 좀 봐서 그 집에 들렀어요. 갓난아기 하나에 여자아이 두 명, 남자아이 하나가 있더라고요. 우선 여기서 돈을 걷을 건데 아직은 아무한테도 말 안 했어요."

"알았어요. 조만간 알려주세요. 저도 돕고 싶어요."

그가 담뱃갑을 톡톡 쳐서 담배를 하나 꺼내 살짝 손에 쥐었다.

미나는 이제 그 손을 꼭 잡아주고 싶었다.

*

일주일 뒤 슈퍼마켓 밖으로 나온 미나는 스웨터를 몸에 둘러 묶고 흰색 대형 밴 조수석에 올라탔다. 밴에서 배기가스, 축축한 판지, 흐무러진 과일 냄새가 났다. 운전석에 앉은 미스터 김이 라디오를 켜자 팝 음악이 튀어나왔다. 그는 주파수를 이리저리 돌리더니 셔를스의 〈사랑하는 이에게 바치는 노래(Dedicated to the One I Love)〉라는 올드 팝이 흘러나오자 채널을 고정했다. 도로에 진입한 그는 토요일 초저녁의 느릿느릿한 교통 흐름에 몸을 맡기고, 운전대를 잡은 손으로 톡톡 장단을 맞추며 아직 삶에 지쳐본 적 없는 젊은이처럼 열중해서 노래를 흥얼거렸다.

비록 지금 자신들이 짊어진 임무가 간단치는 않지만, 미나는 이 작은 즐거움에 미소 지었다. 음악에 맞춰 몸을 살짝 흔들며 창밖을 바라보니 남쪽 어디쯤의 낯선 동네를 지나고 있었다. 미스

터 김 쪽은 애써 쳐다보지 않으려 했다. 그와 가까이 앉아 있으려
니 긴장이 됐다. 손을 뻗어 그를 만져도 아무도 못 볼 것이다. 아
무도 모를 것이다.

두 사람은 2층짜리 아파트 앞에 도착했다. 창문마다 창살이 달
려 있고 벽은 꼭 덩굴이 기어오른 것처럼 쫙쫙 갈라져 있었다. 미
스터 김은 기부받은 음식 봉지들을 밴에서 꺼내 들고 계단을 올
라갔다. 인터폰에 대고 아파트 호수 번호를 누르자 여자 목소리
가 들렸고 미스터 김이 자신을 소개했다. 잠깐 미나는 여자가 문
을 열어주지 않을지도 모른다고 생각했지만, 곧 요란한 벨 소리
와 함께 문이 열렸다.

마리오의 엄마가 나쁜 소식에 익숙한 여자처럼 아파트 현관문
앞에 서 있었다. 주황빛 감도는 금발에 뿌리 부분이 짙은 머리카
락을 느슨하게 말아 올렸고, 축 처진 얼굴엔 미간에 주름이 잡혀
있었다. 입고 있던 검정 티셔츠는 목이 축 늘어져 허약한 쇄골이
드러났다.

"안녕하세요, 루페." 미스터 김이 인사했다. "어, 음식을 좀 가져왔
어요. 국수, 우유, 주스 같은 것들이에요."

루페는 손뼉을 치며 반겼다. 그는 미나를 도와 봉지들을 들려
했지만, 미나는 고개를 저으며 그를 따라 집 안으로 들어갔다. 푹
꺼진 소파에 연령 대가 다른 활기 넘치는 세 아이가 앉아서 스페
인어로 나오는 텔레비전 게임 프로를 보며 개그나 익살스런 묘
기 장면이 나올 때마다 까르르 웃었다. 열 살이나 열한 살쯤 돼
보이는 첫째 아이가 부드러운 갈색 머리칼의 아기를 안고 있다

가 아기가 침을 흘리자 자신이 들고 있던 가제 수건으로 닦아주었다.

미나는 제 딸이 그 아기와 비슷한 나이였던 때, 그 핑크색 얼굴과 작은 눈을 감은 모습, 코, 앙증맞은 손가락과 발가락, 올록볼록한 크림색 살결, 세상에서 가장 달콤하고 분처럼 부드러운 냄새를 떠올리며 빙긋 웃었다.

"마실 것 좀 드릴까요?" 루페가 두 사람에게 앉으라는 시늉을 하며 물었다.

미스터 김은 봉지들을 원형 식탁 위에 올려놓고 의자 두 개를 뺐고 루페는 오렌지주스를 따랐다. 생각보다 목이 말랐던 미나는 감사한 마음으로 목을 축였고 루페가 그들과 함께 자리에 앉아 아이들이 텔레비전 보는 모습을 지켜보며 웃었다. 첫째가 볼륨을 낮췄다.

"대체 마리오한테 무슨 일이 일어난 건지 모르겠어요." 루페가 속삭였다. "도무지 무슨 말을 해야 할지⋯⋯."

미나는 아는 단어들을 대충 끼워 맞춰, 루페가 마리오에게 일어난 일을 아이들에게 알리지 않았다는 걸 알게 됐다.

"마지막으로 소식을 들은 게 언제였습니까?" 미스터 김이 물었다.

루페의 눈에서 눈물이 쏟아졌다. 미스터 김은 셔츠 호주머니에서 손수건을 꺼냈다. 둘째 여자아이와 남자아이가 제 엄마에게 달려와 등에 얼굴을 묻고 어깨를 감쌌다.

미스터 김과 미나는 어찌할 바를 모르고 식탁만 바라봤다. 미나는 고개를 들어 서로 끌어안고 위로하는 엄마와 아이들 모습을 보니, 그동안 사력을 다해 외면하려 했던 감정이 순식간에 무너져내리는 느낌이었다.

"괜찮아요. 괜찮아." 미나가 헥토르와 콘수엘라에게 배운 표현 중 하나였다.

루페는 눈물을 닦고 입으로 깊이 숨을 들이쉬었다. 딸이 그의 얼굴에 달라붙은 머리칼을 쓸어내며 제 엄마 이마에 다정하게 키스했다. 미나는 가슴에서 뜨거운 덩어리가 올라와 기어이 눈물을 쏟고야 말았다. 미스터 김의 시선이 오래도록 미나에게 머물렀다.

이제 그는 알았다. 이것이 미나의 슬픔이기도 하다는 것을. 미나가 누군가를, 가족을 애도하고 있다는 것을.

그다음 주엔 소파에 나란히 앉은 미나와 미스터 김에게 루페가 무지개색 색종이 조각이 그려진 종이 접시에 남은 초콜릿케이크를 내왔다. 전날이 큰딸 생일이었다고 했다. 두 딸은 헬륨 풍선을 붙들고 서로 몸을 부딪혀가며 손바닥만 한 거실을 빙글빙글 뛰어다녔고 대여섯 살쯤 된 아들은 아기를 안고 있었다.

루페는 아침에 구치소에 있는 마리오에게 전화를 받았다. 그는 대화 내용을 전하면서 손뼉을 치며 저 위를 보고 신에게 감사했다. 그의 눈에서 눈물이 흘러내렸다. 뇌물 수수와 구타, 심지어 살인 이야기까지 들어본 적 있는 그는 아들이 아직 살아 있단 사실만으로도 충분했다.

미나는 루페의 죄책감, 아이의 나이가 얼마든 상황이 어떠했

든 아이를 잃은 모든 부모가 경험할 죄책감을 느낄 수 있었다. 그것은 매끈한 수직 벽을 끝도 없이 기어 올라가는 느낌과 다르지 않았다. 이따금씩 웃음소리와 꺅꺅대는 소리, 뺨에 해주는 뽀뽀 따위의 추억이 짚고 올라갈 지지대가 되어주기도 하지만 그래도 번번이 훅 아래로 떨어지고야 만다. 한시라도 숨 돌릴 길이 없다.

그들과 작별 인사를 하고 밴에 올라탄 미나는 옆에 앉은 미스터 김에게 물었다. "마리오가 구치소에 얼마나 있을지 루페가 알아요?"

"아뇨. 몇 주, 아니면 몇 달이 될 수도 있어요." 그는 몇 차례나 시동을 걸었지만 차가 말을 듣지 않았다. "제가 박 사장한테 말해놨어요. 슈퍼마켓에 루페가 일할 만한 자리를 하나 마련해 달라고요."

"잘하셨네요."

"일하는 동안 아이들을 돌봐줄 이웃이 있다네요." 미스터 김이 다시 한번 시도했고 이번에는 부르릉거리며 시동이 제대로 걸렸다. "힘들긴 하겠지만 아주 절망적이진 않아요."

"루페는요? 루페나 아이들은 괜찮나요? 추방당할 위험이 없나요?"

"물론 있죠."

차창 밖으로 남자들이 나지막한 자전거를 타고 유유히 지나갔다. 어둠 속에서 자전거 휠이 등대처럼 규칙적으로 반짝거렸다. 미나는 이 도시 사람들이 다들 어떻게 버텨나가는지 궁금했다. 그들 중 얼마나 많은 사람들이 나처럼 죽은 듯이 살아가고 있을까? 얼마나 많은 사람들이 나와 같은 사연을 간직하고 있을까? 인생에서 절대 바꿀 수 없는 게 있다는 이 잔인한 현실을 버텨내기 위해 그들은 합법적으로든 불법적으로든 얼마나 많은 위험을 감수했을까? 많은 외국인들에게 미국은 유일한 탈출구처럼, 해결책은 아니어도 적어도 희망의 불씨를 되살려 타오르게 할 기회가 되어줄 곳처럼 보였다.

하지만 미나는 문득문득 거짓말 속에서 사는 기분이었다.

"댁에 내려드릴까요?" 미스터 김의 물음에 미나는 퍼뜩 정신이 들었다. "아니면 슈퍼마켓으로 돌아가시겠어요?"

"아, 슈퍼마켓으로 가세요?"

"꼭 그럴 필요는 없어요. 저도 그냥 집에 가도 돼요. 댁에 내려드리고 나서요."

"네, 그럼……."

"저는 아무래도 상관없으니 편하게 말씀하세요."

"그럼…… 저는 그냥 집에 내려주시면 좋을 것 같아요." 미나는 자신이 사는 곳을 말해주려 했지만 어쩐지 얼른 입이 떨어지지 않았다. "제 집은 월튼과 올림픽 교차로 근처예요. 혹시 가는 길이랑 영 딴 쪽인가요?"

"아뇨, 전혀요."

"전 버스 타고 가도 돼요."

"아녜요, 괜찮아요."

미나는 그에게 자기가 사는 컴컴한 가로수 길로 우회전하라고 알려주었다. 이제 그와 단둘이 이 차에 있다는 게 신경 쓰였다.

집주인이나 미세스 백이 자길 보고 오해할까 봐 걱정됐다. 하지만 무슨 오해를 한단 말인가? 미스터 김이든 누구든 남자와 함께 있는 게 뭐 그리 부끄러워할 일일까. 자신은 어른이었다. 스스로를 돌볼 수 있고 제 몸에 대한 결정권이 있는. 그럼에도 심장이 쿵쿵 뛰었다. 어쩌면 여전히 생존 자체가 위태로운 자신이 이 삶에서, 언제라도 빼앗길 수 있는 무언가를, 더 많은 감정과 기쁨과 쾌락을 원한다는 사실에 겁이 났는지도 몰랐다. 내가 그 모든 걸 감당할 만큼 강한 사람일까?

"두어 블록 더 가서 왼쪽에 있어요." 미나가 손가락으로 가리키며 말했다. "저기요."

그가 집 앞에 차를 세웠다. 아파트는 컴컴했다. 집주인은 이미 잠자리에 들었을 것이다.

"고마워요."

"천만에요." 그는 운전대에서 손을 내려놓지 않은 채 앞만 뚫어져라 쳐다보고 있었다. 그가 침을 꿀꺽 삼켰다. 땀을 흘리고 있는 건가?

미나가 차 문을 열자 미스터 김이 불쑥 말했다. "혹시…… 언제 같이 저녁 식사라도 하실래요?"

"아, 아뇨. 전 괜찮아요." 미나가 미소 지으며 밴에서 폴짝 뛰어내렸다.

"결혼 안 하셨죠?"

"아, 네. 전 그냥……."

"그냥 물어보고 싶어서요." 그가 고개를 끄덕이며 입술을 다물었다. "편히 쉬세요."

미나는 밴 문을 닫고 창문 너머로 손을 흔들었다. 그런 다음 깨진 진입로를 지나 집으로 걸어갔다. 뒤를 돌아보고 싶었지만, 그가 자신이 안전하게 집 안으로 들어가는 걸 확인하려고 아직 차에 머물러 있단 걸 알기에 그럴 수가 없었다. 미나는 현관문을 열고 얼른 제 방으로 갔다.

전등을 켜고 침대에 드러누워 베개에 얼굴을 파묻었다.

미나는 미스터 김이 좋았다. 그의 예의 바른 태도와 넉넉한 마음 씀씀이가 마음에 들었다. 따뜻한 그 미소도. 팔의 매끄러운 피부도. 빽빽한 검은 머리카락도.

하지만 누가 저처럼 아이를 잃은 과부와 있고 싶어 하겠는가? 자신이 아는 한 자신은 손상된 상품이었다. 지금 누군가와 관계를 맺는 것도 너무 성가신 일이 될 터였다. 게다가 이제 두 번 다시 누군가를 잃는 걸 감당할 자신이 없었다.

그날 밤 미나는 그를 생각하다가 루페와 그의 아이들과 마리오를 생각하다가 다시 그를 생각하느라 잠을 이루지 못하고 뒤척였다. 미나의 마음은 가로등처럼 아침이 밝아올 때까지 내내 환히 켜져 있었다. 그러다 새들이 지저귀고 하늘이 갓 생긴 멍처럼 보랏빛으로, 이어 노르스름한 빛으로 바뀔 무렵에야 눈이 스르르 감겼다.

미나는 슈퍼마켓에서 루페를 발견했다. 자신이 처음 이곳에서 일을 시작했을 때처럼 그는 물건을 채우고 있었다. 두 사람은 서로 손을 흔들거나 헬로 하고 인사하며 무언가를, 너무도 중요할 뿐더러 대놓고 말하기엔 위험하기조차 한 무언가를 조용히 공유했다. 미나는 루페에게 마리오에 관해 물어보고 싶었지만 도무지 방법을 찾을 수가 없었다. 그동안 여러 이유로 스페인어를 배우고 싶었지만 이젠 무엇보다 루페와 이야기하기 위해 필요해졌다. 미나는 생각했다. 만일 내 감정과 생각을 소리 내어 말할 수 있다면 그 형태가 어떻게 달라질까? 루페가 그걸 들을 수 있다면? 그 말을 다른 사람들도 알아들을 수 있다면? 미나는 한국말만 하다 보니 자기 안의 세계가 날마다 대화를 나누는 몇 안 되는 사람들, 딱히 신뢰가 가지 않는 성당 사람들에게 국한됨을 느꼈다. 말로 가닿을 수 있는 사람이 더 많다면 자신의 삶은 과연 어떤 모양으로 바뀔지 궁금했다.

그러려면 책이라도 사서 독학하는 수밖에 없었다. 사실 자신에겐 영어가 더 시급했지만.

하지만 주변 사람 중 누구도 영어를 쓰는 사람이 없는데 뭐 하러 영어를 배운단 말인가? 슈퍼마켓에서 일하는 사람들은 하나같이 스페인어나 한국어를 하거나 둘 다 할 줄 알았다. 미스터 김과 박 사장만 영어를 할 줄 알았다. 코리아타운에서는 한국말만으로도 거의 모든 의사소통이 가능했다. 방을 빌리는 일도 구두로 하고 월세도 전부 현금으로 내기에 아직 은행 계좌조차 필요없었다. 나중에 계좌를 하나 연다 해도 자신을 도와줄 한국 은행과 한국 직원이 있을 터였다.

일이 끝나고 미나는 슈퍼마켓에서 몇 블록 떨어진 곳에 있는 서점으로 걸어가 스페인어 책을 한 권 샀다. 그리고 버스 정류장에 서서 책을 넘겨보며 두 언어의 뜻을 알아내려 애썼다.

도로시 스윔즈 인 어 레이크. / 도로시 나다 엔 엘 라고.

도로시 드링스 오렌지주스. / 도로시 베베 수모 데 나란하.

미나가 탈 버스가 다가오는데 갑자기 거센 바람이 흙먼지를 일으키며 미나를 덮쳤다. 미나는 둥근 얼굴의 단정한 단발머리 여자에게 승차권을 보여줬다.

"안 추워요?" 여자가 물었다.

"아뇨, 괜찮아요."

"오늘 날씨가 엄청 추워요." 여자는 팔짱을 끼며 몸을 부르르 떠는 시늉을 했다.

미나는 웃으며 뒤쪽으로 갔다. 버스에서 방금 산 책으로 공부를 할 셈이었다.

"오늘 날씨가 엄청 추워요." 미나는 여자의 영어 문장을 혼자 되풀이했다.

집에 도착해 된장찌개를 데우는 동안 책을 후루룩 넘겨보고 차례도 훑어봤다. 하루에 삼십 분 정도만 투자하면 한 달 동안 연습 문제와 과제를 해나가면서 절반은 볼 수 있을 것 같았다.

식탁에 앉아 책을 덮고 찌개를 한 입 떠서 입에 넣으려는데 문득 집 안에 냉기가 느껴졌다. 스웨터를 껴입어야 했지만, 몸을 움직이기 귀찮기도 하고 당장은 허기를 채우는 게 더 급했다. 미세스 백이 칙칙한 회색 티셔츠와 헐렁한 파자마 바지 차림으로 이제 막 잠에서 깬 듯 하품을 하며 자기 방에서 나왔다. 전날 밤 식당에서 야간 근무를 하며, 늦은 저녁을 먹으려거나 술을 잔뜩 마시고 뜨끈한 순두부나 철판 불고기 구이가 생각나 찾아오는 손님들을 위해 요리를 했을 것이다.

"오랜만에 얼굴 보는 것 같아요." 미나가 말했다. "된장찌개 했는데 같이 좀 드실래요?"

"그러자. 반찬 좀 더 꺼낼게."

미나는 그릇을 꺼내 찌개와 밥을 떴고, 미세스 백은 냉장고에서 랩으로 싸둔 고사리나물, 무김치, 마른 멸치조림 그릇을 꺼내 펼쳐놓았다.

"식당에서 매일 만드는 것들이야." 미세스 백이 랩을 벗기며 말했다. 친근한 깨소금, 양파, 마늘 냄새가 확 풍겼다. 미세스 백은 맞은편 벤치에서 바닥에 앉듯 양반다리를 하고 앉았다. 그는 다른 여자들과는 달리 자신이 시공간을 차지하는 데 일말의 거리낌도 없이 마음껏 몸을 펼쳤다. 미나는 그의 이런 점을 거슬려하면서도 매력적으로 느꼈다.

"너무 목이 말라. 왜 그런지 모르겠어." 미세스 백이 음식을 씹으며 말했다.

"물 좀 갖다 드릴게요." 미나는 얼른 일어나 개수대로 가면서 그가 미국에 얼마나 살았는지를 생각해보았다. 오 년이었던가? 아니, 십 년? 이십 년?

미세스 백은 스페인어 책을 화려한 여성 잡지를 넘겨보듯 무심히 넘겨봤다.

"스페인어 배우려고?"

161

"네. 사람들이랑 소통하려면 좀 배워두는 게 좋을 것 같아서요." 미나가 미소 지으며 말했다. "조만간 영어도 배울 거예요. 언제까지나 언니한테 폐를 끼칠 수는 없으니까요."

"결국 배우게 될 거야." 미세스 백이 빙긋 웃었다. "시간은 좀 걸리겠지만."

"여기 미국에 온 지 얼마나 됐어요?"

"오래됐지. 거의 20년쯤 됐어."

"그래서 영어를 그렇게 잘하시는 거군요." 미나가 웃었다. 미나는 남은 된장찌개에 밥을 넣고 비볐다.

"응, 그래. 책도 꽤 읽는 편이고. 전공도 영문학이었어. 혹시 책 읽는 거 좋아해?"

"솔직히 별로 안 좋아해요." 미나는 웃었다. "저는 학교 다닐 때 공부를 못했어요."

"그럼 텔레비전이나 영화를 보면 돼. 문화를 이해하면 언어를 배우기가 더 쉬워지니까."

미나는 미세스 백이 대학을 나왔고 영어도 요리도 잘한다는 사실에 놀랐지만, 그에겐 뭔가 몹시 불안하게 느껴지는 부분이 있었다. 사무실 등에서 더 많은 급료를 받고 일할 수도 있는 이 여성이 어째서 자기와 같은 집에서 살고 식당 주방에서 일하는 건지 잘 이해되지 않았다. 무언가, 혹은 누군가에게서 도망치는 중인 걸까? 차마 물어볼 용기는 나지 않았지만, 내심 이 여성도 자기처럼 세상으로부터 숨고 있는 게 아닐까 하는 의심이 들었다. 하지만 대관절 누구로부터?

가게 뒤쪽 긴 접이식 테이블에서 미나는 집에서 싸 온 도시락
을 먹고 있었다. 남은 밥과 시금치나물, 김치, 불고기 몇 점이었
다. 그러면서 다니엘에게 배운 스페인어 단어들을 떠올렸다. 누
블라도, 비엔토, 솔레아도(구름, 바람, 맑음) 같은 날씨 관련 단어들
이었는데, 그의 입에서 흘러나올 땐 분명 아름답게 들렸던 것이
자신이 말하니 우스꽝스럽고 괴상했다. 특히 L 소리는 발음하기
가 너무 어려웠다.

혀와 입술을 굴려 최대한 L 발음을 제대로 내보려 안간힘을
쓰고 있는데 미스터 김이 불쑥 휴게실로 들어왔다. 그는 잠깐 멈
춰 서서 고개 인사를 하더니 바로 화장실 쪽으로 갔다. 이제 루페
가 슈퍼마켓에서 일했기에 미나와 미스터 김은 그의 집에 찾아
갈 이유가 없었다. 미스터 김은 여전히 미나의 사물함에 음식을
두고 갔지만 날이 갈수록 얼굴을 보는 일이 줄어들었다. 몇 주 전
저녁 식사 제안을 했다가 거절당한 게 무안해서였는지도 몰랐
다. 그렇다 한들 누가 그를 탓하겠는가?

미스터 김은 화장실을 나와 바로 돌아 나가려 했다.

"미스터 김." 미나는 이유도 무슨 말을 할지도 모른 채 그를 불
러 세웠다.

그가 가던 길을 멈추었다. "네?" 피곤한 듯 거친 목소리였다.

"그동안 고맙다고 한 적이 한 번도 없는 것 같아서······." 미나
가 목청을 가다듬었다. "제 사물함에 두신 것들에 대해서요."

"아." 그는 돌아서더니 몇 미터 떨어진 바닥을 응시하며 손사래를 쳤다. "별거 아닌데요, 뭘. 가끔 상품 가치가 없는 물건들이 남아서요. 그러니까…… 전혀 신경 쓰실 것 없어요." 그는 손을 들어 미나의 말에 응답하고는 다시 돌아섰다.

"미스터 김."

"네?"

"혹시 무슨 일이라도 있어요?"

"아뇨. 아무 일도 없어요. 전혀요." 그가 자신의 손목시계를 흘끗 봤다. "이제 가봐야겠어요. 신경 써주셔서 고맙습니다."

그날 내내 미나는 그의 침울한 얼굴을 떠올렸다. 둘 사이의 가느다란 다리가 무너져내리고 있었다. 그의 뒤통수에 대고 무언가를 외치는 장면을 상상했지만 무슨 말을 할지는 알지 못했다. 어느 때고 삶이 빼앗길 수 있다는 사실에 자신이 얼마나 공포를 느끼게 됐는지를, 그런 상실 속에서 어떤 교훈도 의미도 찾지 못하고 오로지 고통만 느꼈을 뿐임을 도무지 설명할 길이 없었다. 도대체 이걸 그에게 어떻게 설명할 수 있을까?

미나는 계산대에서 물건을 스캔하고 번호를 입력하면서 손님이든 주변 사람들이든 모두 건성으로 보아 넘겼다.

"무슨 일이라도 있으세요?" 다니엘이 물었다.

미나는 억지 미소를 지어 보였다. **"아무 일도 없어."**

하지만 미나는 그에 대한 생각을 멈출 수 없었다. 뭐라도 그를 위해 할 수 있는 일이 있으면 좋겠다고 생각했다. 그의 사무실에 뭔가를 놓아두고 오고 싶었다. 하지만 뭘 둔단 말인가? 그에게 필요한 게 뭘까? 자신이 그걸 어떻게 알겠는가? 어쩌면 그건 중요하지 않을지도 몰랐다. 그저 무엇이건 표현하는 것 자체가 중요할지도 몰랐다.

일이 끝나고 농산물 코너에서 아시아 배 하나를 골라 계산한 다음 부리나케 매장 뒤쪽으로 갔다. 전에 한 번도 들어가본 적 없는 그의 사무실에 들어가 책상 위에 배를 올려두었다. 사무실은 종이와 잉크 때문에 퀴퀴하고 약간 달콤한 냄새가 났다. 얼핏 등 뒤에서 기척이 느껴져 뒤를 돌아보니 그가 문간에 서 있었다.

"그거 저 주시는 거예요?" 그의 갈색 눈이 한층 부드러워졌다.

"네." 미나는 숨을 골랐다. "전 그냥, 죄송해요. 제가 여기 오면 안 되는 건데."

"고마워요. 근데 미나 씨는 저한테 아무것도 하실 필요 없어요."

"그냥…… 너무 피곤해 보이셔서……."

그는 시선을 떨구었다. 뭘 어디까지 말해야 할지 고민하는 듯한 표정이었다. "요즘 신경 쓸 일이 좀 많아서요."

그의 뒤에서 발소리가 들리더니 박 사장이 나타났다. 박 사장은 두 사람을 보며 말했다. "안녕하세요, 안녕하세요. 제가 방해라도 한 건가요?" 미스터 김이 눈썹을 치켜올렸다. 미나는 속으로 움찔했다. 갑자기 사무실이 더 작게 보였다.

"아뇨. 미세스 리가 스케줄로 상의할 게 있다고 해서요."

"아, 무슨 문제라도?" 박 사장이 목을 쭉 빼고 미스터 김 뒤에 서 있던 미나를 슬쩍 보았다. "별일 없으신 거죠, 미세스 리?" 그가 거의 무의식적으로 윙크했다.

"아무 일도 없어요." 미나는 단호히 대답했다. "그저⋯⋯ 제 업무 시간에 대해 의논을 좀 드리려고요. 일을 좀 더 하고 싶어서요."

"아, 그렇군요." 그가 미스터 김을 보고 씩 웃더니 그의 등을 툭툭 쳤다. 그리고 자리를 떠나며 이렇게 덧붙였다. "어쨌든 지금 잘하고 계세요, 미세스 리. 아주 좋아요."

"고맙습니다."

박 사장은 뒷문을 열고 나갔다. 담배를 피우러 가거나 퇴근하는 길일 터였다.

미스터 김이 다시 미나를 쳐다봤다. "사과 고마워요." 그가 웃으며 말했다.

"배예요."

"아, 그러네요."

"음⋯⋯." 미나가 손가락 끝으로 책상 모서리를 만지작대며 머뭇거렸다. "혹시 아직도 같이 저녁 식사 하고 싶으세요?"

마고
2014년 가을

지난밤 마고와 미겔은 엄마의 시신을 발견한 지 일주일여 만에 처음으로 아파트에서 잤다. 마고는 엄마 방에서, 미겔은 마고 방에서였다. 마고는 여러 해 전에 자신이 엄마에게 사다 준 프렌치프레스로 커피를 내리고 식탁에 앉아 창밖 건물 사이 골목을 바라보고 있었다. 엄마는 프렌치프레스를 한 번도 사용하지 않았다. 한국 슈퍼마켓에서 산, 설탕과 크림을 미리 섞어놓은 인스턴트커피를 더 좋아해서였다. 엄마는 그걸 마치 누군가를 위해 보관해두듯 상자째 두었다.

자라오면서 이 창밖을 얼마나 많이 응시했던가?

마고 모녀는 이 식탁에 앉아 조용히 아침과 저녁을 먹었다. 마고는 엄마가 자신에게 기분이 어떤지 자주 물어봐주길 얼마나 바랐는지 몰랐다. 그날 무슨 일이 있었는지, 좋은 일이었는지 나쁜 일이었는지, 놀라운 일은 없었는지 물어봐주길 얼마나 갈망했는지 몰랐다.

하지만 그런 질문들 자체가 엄마에겐 두려웠을 것이다. 딸을 신경 쓰지 않아서가 아니라, 스스로에게 절대 묻거나 대답하고 싶지 않은 질문들이어서였다. 요즘 어떻게 지내? 기분은 어때? 이런 질문에 대답을 떠올리자면 마음이 너무 아플 것 같았다.

마고는 머그잔에 남은 커피를 마저 들이켜며 아직 녹지 않은 설탕을 씹었다. 순간 자신이 며칠 동안 샤워를 하지 않았다는 생각이 떠올랐다. 바닷가를 걷고 그 얼음장처럼 차가운 물에 들어갔다 나온 뒤에도 말이다. 마고는 이제 미겔의 커피를 내리기 위해 스토브에 주전자를 올렸다. 전기 코일이 오렌지색을 냈다가 점점 빨갛게 변했다.

미겔이 짐 가방에서 면도기를 꺼내 들고 화장실로 갔다. 마고의 전화벨이 울렸다.

"아, 안녕하세요?" 최 순경이었다. 수화기 너머로 그가 서류 넘기는 소리가 들렸다. "제가 너무 이른 시간에 전화한 건 아닌지 모르겠네요. 약간의 성과가 있어서요."

"좋은…… 소식인가요?"

"음, 몇 가지 소식이 있어요. 집주인하고 연락이 닿았어요. 그래서 어제 오후에 이야기를 좀 나눠봤어요."

"아, 잘됐네요."

"안타깝게도, 그분 기억으론 마고 씨 어머니가 돌아가시던 주에 별 이상한 점이 없었다고 하네요. 어머니 목소리를 닮은 비명 소리에 관해선 자신은 전혀 모르는 일이라고 하고요."

"네에?"

"그냥 다른 주말과 다를 바 없었다고 했어요. 어머니는 늘 조용한 세입자였고요."

"그럼 제가 말을 상상으로 지어냈단 말씀인가요?"

"그래서 이웃집들을 돌아다니면서 문을 두드려봤어요."

"그래서요?" 마고는 부엌을 왔다 갔다 했다.

"그중에 한 분만 탐문에 응했는데, 그분은 주말 내내 집에 없었다네요. 그 건물에 몇 년째 살고 있는데 어머니는 항상 아주 조용했다고 하고요."

"세상에, 정말 말도 안 돼." 마고가 혼자 중얼거렸다. "맹세코 그분이 저한테 말했어요. 주차장 차고에서요. 그분이 한 말을 또렷이 기억해요. 왜 최 순경님한테 그 얘길 안 하려고 하는지 도무지 모르겠네요."

하지만 그가 경찰에 그 이야기를 하지 않은 것을 마고가 따지자 그가 말했던 게 떠올랐다. 뭐 하려요? 그날 내가 좀 피곤한 상태였고, 소리를 지른 게 다른 사람일 가능성도 얼마든지 있는데. 경찰이 이 근방을 헤집고 다니는 게 나한테 좋을 것도 없고요. 당신은 그게 좋아요? 동네 사람들이 그걸 좋아할 것 같아요? 경찰이 당신을 위해 뭐라도 해줄 거라 생각해요? 경찰이 당신 엄마를 신경이나 쓸 것 같아요?

"제기랄. 그분이랑 다시 얘기해봐야겠네요. 전부 헛소리예요."

"저희로선 이제 달리 할 수 있는 일이 없는 것 같네요."

"분명 그 비명을 들은 사람이 또 있을 거예요." 마고는 이를 악

물었다.

　마고는 붉고 뜨거운 전기 코일을 노려봤다. 이윽고 주전자에서 물이 끓어오르는 소리가 들렸다.

　"부고 기사도 봤어요."

　"그러셨어요?" 마고는 약간 안도했다.

　"어머니 애인이었다는 김창희 씨는 밸리에서 꽤 잘 나가는 사람이었더군요. 부자였어요. 성당에 기부도 많이 하고. 슈퍼 샌이라는 작은 슈퍼마켓 체인도 갖고 있었더라고요. 혹시 그 마켓 이름 들어보셨어요?"

　"아뇨." 마고는 스토브 옆 싱크대 모서리에 몸을 기댔다. "제가 밸리 쪽은 잘 몰라서요."

　"유족으로 부인이 있고 아이는 없더군요." 그가 말을 멈췄다. "췌장암으로 10월에 별세하셨고요."

　"그렇군요." 사진을 보니 자신과 그분이 좀 닮은 것 같더라고 말을 해야 할까? 아니다. 어쩌면 그것은 자신의 어리석은 바람일지도 몰랐다.

　"부인이 칼라바사스에 살아요. 그분 집이 거기였어요."

　그건 마고도 이미 알았다. 여행사 직원이 주소를 알려준 덕분이었다.

　"근데 마고 씨 어머니나 그 죽음에 관련된 단서는 딱히 발견된게 없어요. 그냥 마고 씨 혼자 집에서 그 기사를 발견하신 거예요? 아무 설명도 들은 바 없이?"

　"네……. 그냥 서랍을 정리하다가 우연히 발견한 거예요."

"그러니까 제 말은—"

"이름이 뭐죠? 그 부인요."

"메리 김이에요."

"음, 평범하고 좋은 이름이네요. 혹시 전화번호도 아세요?"

"제 생각엔, 그건 썩 좋은 생각이 아닌 것 같은데요."

"무슨 뜻이에요?"

수화기 너머로 남자들 목소리가 들렸다. "마고 씨 어머니는—" 최 순경이 목소리를 낮췄다. "연인이 있었고, 그 연인이 죽었어요. 그리고 그 뒤엔 어머니도 돌아가셨죠." 그가 말을 멈췄다. "정말 끔찍하고 슬픈 일이에요. 하지만 그렇다고 다른 사람까지 상처를 줄 이유는 없지 않을까요? 안 그래요? 제 말은, 이런 걸 안다고 해서 마고 씨 어머니가 다시 살아나는 건 아니잖아요."

"다른 사람을 상처 준다고요?"

"그 유족분요. 미스터 김의 부인인 메리 김이요. 왜 그분을 끌어들여야 하는 거죠? 애초에 그 관계에 대해선 아예 모르고 있을 수도 있는데."

"하지만 만약 안다면요?"

"그걸 우리가 어떻게 알아내죠? 직접 물어볼까요? 우리가 무슨 구실로 당신 어머니에 대한 질문을 합니까? 그걸 어떻게 설명하지요?" 최 순경이 한숨을 내쉬었다. "솔직히 이제 제가 뭘 더 할 수 있는지 잘 모르겠어요. 어머니의 죽음에 관한 한, 물론 너무 비통한 일이긴 하지만, 무척 단순 명백한 케이스라서요. 그건 사고였고, 제가 더 할 수 있는 게 별로 없—"

마고는 전화를 끊었다. 주전자가 비명을 질러댔다.

마고가 스토브를 끄는데 미겔이 산뜻하게 면도한 얼굴로 민트 향을 풍기며 욕실에서 나와 부엌으로 어슬렁어슬렁 걸어왔다.

"들었어?" 마고가 프렌치프레스에 뜨거운 물을 부으며 물었다.

"응, 들었어." 미겔이 고개를 흔들었다. "그러니까 집주인은 이 제 아무 소리도 못 들은 척한다는 거지. 예상했던 대로."

마고는 커피 물을 저으며 말했다. "그 사람하고 다시 이야기해 봐야겠어. 오늘 오후에."

"집주인?" 미겔은 부엌 싱크대에 몸을 기댔다. "내가 같이 갈 까? 혼자는 좀 불안하지 않아?"

"괜찮겠지, 뭐." 마고는 프레스 손잡이를 꾹 누르고 머그잔에 커피를 따랐다. "너도 처리할 일이 많잖아. 오늘 그 사람은 나 혼 자 만날게. 대신 이번 주에 칼라바사스에는 같이 가줄 수 있지?"

"그럼. 내일 어때? 아니면 금요일?"

"금요일 좋아." 마고가 말했다. "세상에, 거짓말을 하다니, 어 떻게 그럴 수가 있지? 너무 황당하네."

"지금 한번 가볼래? 내가 같이 갈게. 아님, 그 사람 전화번호 있어?"

"있어." 마고가 다시 전화기를 집어 들었다. "분명히 어딘가에 있는데. 아, 여기 냉장고 문에 있을 거야, 아마." 엄마는 비상시를 대비해 마고, 집주인, 성당, 알마, 벼룩시장 매니저의 번호가 적힌 종이를 테이프로 붙여두었다. 마고는 집주인의 번호를 눌렀지만, 자동응답으로 넘어가는 소리를 듣고 그냥 끊었다. 그가 자신을 피하는 것 같았다.

"오늘은 좀 쉬는 게 어때? 난 오늘 아파트를 몇 군데 보기로 했어. 같이 둘러보고 나서 뭐든 먹으러 가는 건 어때? 여기서 잠깐 벗어나서 버뱅크 주변을 드라이브하는 것도 좋을 것 같고."

마고는 고개를 끄덕였다. "지금은 모든 게 지긋지긋해."

"그 섹시한 최 순경 정말 실망이네."

"뻔하디 뻔한 전개지 뭐. 집주인도 그렇고 이 모든 게 전부 다 너무 뻔해."

"그 사람들을 깜짝 놀라게 만들면 어때?" 미겔이 커피를 호로록 마셨다. "우리가 그 사람들한테 충격을 좀 줘야 할 것 같아. 안 그래?"

"그게 무슨 말이야?"

"우리가 직접 나서서 알아보자고. 그 집주인이란 작자는 어차피 아무 도움이 안 되잖아. 그러니까 이제 그 사람은 없는 셈 치자고."

그가 옳았다. 마고는 최 순경도 집주인도 필요 없었다. 애초에 둘 다 자신이나 자신의 엄마 편이 아니었다. 엄마가 돌아가시고 나서든 살아계셨을 때든 말이다. 보통 때라면 마고도 그들 의견을 따랐을 것이다. 그들의 회의적인 태도가 마고의 지성과 자신이 옳다고 여기는 것을 옹호하려는 마고의 본능을 교묘히 파고들었을 것이다. 하지만 마고는 이제 알았다. 그들의 힘은 마고가 스스로를 얼마나 깎아내리느냐에 달려 있었다. 그리고 그녀는 스스로를 깎아내리는 데 지칠 대로 지쳐 있었다. 엄마와 자신은 더 많은 것을 요구할 자격이 있었다. 마고는 이제 엄마의 삶과 죽음에 대한 진실을 찾아낼 때까지 절대 멈추지 않을 생각이었다.

*

이틀 동안 아파트를 보러 다닌 미겔은 금요일 이른 오후에 침실 하나짜리 현대식 아파트를 구했다. 마고와 미겔은 미겔의 새 보금자리에서 몇 블록 떨어진, 칠판에 메뉴를 적어놓은 이탈리아 식당에서 늦은 점심을 먹었다. 그런 다음 101번 도로를 타고 얼추 40킬로미터를 쉬엄쉬엄 달려 샌페르난도밸리 서쪽 칼라바사스 언덕으로 갔다. 일단 죽은 미스터 김의 배우자가 살고 있는 집을 확인할 계획이었다. 마고는 그 부인과 대면하지 않고 미스터 김 부부에 대해 가능한 한 많은 정보를 알아내고 싶었다. 안 그러면 최 순경 말대로 자신이 불필요하게 그 부인에게 불륜 사실을 폭로하는 결과가 될지도 몰랐다. 게다가 지금까지는 메리 김이 유일하게 자신의 엄마를 해칠 동기를 가질 만한 사람이라고 생각했지만, 자신이나 최 순경에게 거짓말을 한 집주인도 점점 의심스러웠다. 이제 그의 자동응답기에는 자신이 집안에 급한 일이 있어 집을 비운 상태라는 메시지가 남겨져 있었다. 얼마나 편리한 회피 방법인지!

"일요일 저녁에 우리 집에서 잘래? 그땐 내가 이사 들어가니까. 혼자 그 아파트에 있는 거 좀 불편하지 않겠어?"

"괜찮을 거야. 거기 있으면서 집주인도 찾아야 하고. 마저 정리할 것도 있고. 버뱅크는 우리 아파트에서 너무 멀어."

미겔이 새로운 터전을 찾게 돼 마고도 당연히 기뻤지만, 한편으론 부럽기도 했다. 그 정돈된 삶이. 삶의 세부 계획을 짜고 실현해나가는 일이 그토록 쉬워 보일 수 있다는 것이. 미겔은 자신의 열정, 자신의 꿈을 추구하는 데 더 많은 선택권이 있는 주에서 더 나은 직장을 구했다. 그리고 이제 일터와 연기 학원, 상점, 식당이 가깝고 납 안전 인증을 받은 스테인리스스틸 가전제품을 갖춘 아파트까지 있었다. 왜 내 인생도 그렇게 가지런히 정돈되지 못할까?

대체 뭐가 잘못된 걸까?

조명이라곤 달랑 먼지 낀 책상 램프 하나인 코딱지만 한 붉은 벽 사무실에서 데이터를 입력하고, 교정을 하고, 광고 책자를 제작하는 사무보조원 일에는 신물이 났다. 시애틀 날씨도 견딜 수 없었다. 평생을 엘에이에서 살았기에 그 우중충한 겨울에 도무지 적응이 되질 않았다. 자신이 원하는 것들(더 창의적인 일, 미술 수업, 직장 밖에서의 더 강한 공동체 의식)을 슬쩍 엿보고 있자면 미처 만지기도 전에 사라져버리고 어느새 혼탁한 마음으로 되돌아왔다. 남자 문제 같은 다른 삶에 이끌려 정신이 산만해지기 일쑤였다. 지난해 조녀선과 사귄 두 달은 그야말로 재앙이었다. 마고의 사려 깊음과 따뜻한 마음, 지성에 대한 칭찬으로 이루어진 아첨 식의 말과 그의 자기 몰두, 이 두 가지의 결합은 매혹적이었다. 조녀선은 아내의 죽음과 중독으로 고생하는 아들 때문에 비탄에 잠겨 있었고, 마고는 자신이 그를 끊임없이 지지할 수만 있다면, 죽을 때까지 그의 관심과 경탄이라는 보상을 얻을 수 있을 것만 같은 느낌에 강렬히 이끌렸다. 그의 주변에 있으면 자신이 사라진 채로도 스스로에 대해 좋은 기분을 느낄 수 있었다.

하지만 당연히 그는 자신의 마음을 아프게 했다. 그는 "네 마음을 아프게 해서 나도 마음이 아파" "널 사랑하지만 너한테 홀라당 빠진 건 아냐"라는 식의 남자였다. 결국 칙칙하고 뻔한 관계일 뿐이었다.

이제 엄마가 돌아가셨으니, 자신이 누군가로부터 도망쳐야 한다면 그건 오직 자기 자신뿐이었다. 자신은 더 이상 누군가의 딸도 아니었다. 그러니 이제 다른 사람이 되어야 했다.

브레이크를 조종하던 발에서 쥐가 났다. 마치 느리고 비참한 가두 행진에 나선 기분이었다.

"저 노을 좀 봐." 미겔이 말했다.

마고의 마음이 도발적이고 매혹적인 분홍과 오렌지색 하늘로 옮아갔다. 언제나 마고는 모든 것의 시작과 끝을 알리는 그 숭고한 색들을 사랑했다. 엘에이의 태양은 온종일 스모그 뒤에서 조용히 빛나다가 저녁이 찾아와 이제 비켜달라고 하면 그제야 활활 불타오르는 매력이 있었다.

어둑어둑 땅거미가 내려앉을 무렵 두 사람은 101번 고속도로를 빠져나와 지중해식, 튜더식, 케이프코드식 등 다양한 건축 스타일의 저택들이 보이는 구불구불한 언덕길을 지났다. 저마다 좋고 나쁜 취향이 뒤섞인 집들은 대체로 넉넉한 은행 잔고와 철옹성처럼 안전한 삶, 권력을 드러내고 있었다. 떨어진 나뭇잎이

나 나뭇가지 하나 없이 깔끔하게 정리된 초록 잔디밭은, 저 먼 밸리와 엘에이의 가난한 지역에서 날마다 출퇴근하는 일꾼들이 몇 시간이고 땡볕에서 일하며 관리한 것이었다.

엄마가 코리아타운에서 50킬로미터나 떨어진 이런 부촌에 사는 연인을 두고 있었다니, 마고는 믿을 수가 없었다. 정말 그 사람이 내 아버지일 수도 있을까? 마고는 내심 메리 김에 대해서만이 아니라 미스터 김이 자기 아버지인지도 알아내고 싶었다. 사실 그렇게 자세한 이야기를 밝히고 싶은 충동은 터무니없어 보였다. 하지만 그렇지 않다면 엄마가 이 먼 칼라바사스에 사는 부유한 남자를 만날 이유가 대체 뭐란 말인가? 과거의 인연이 아니라면 서로에게 무슨 공통점이 있었겠는가?

마고는 자라면서, 엄마가 처음 미국에 왔을 때 한 슈퍼마켓에서 일했고, 거기에서 한 남자를 만났으며, 엄마가 임신하고 나서 남자는 사라져버렸다는 사실만 들어 알았다. 엄마는 그 이유를 설명해주지 않았으며 남자의 이름이나 성격, 얼굴 같은 세세한 사실도 절대 말해주지 않았다. 결국 마고도 더는 캐묻지 않았다.

마고는 아버지를 한결같이 식품점에서 일하는 조용하고 별 특징 없는 사람으로, 아마 자기 아이들과 가족이 있거나, 영영 독신으로 살면서 만나는 사람마다 가슴을 찢어놓는 사람이리라 상상했다. 사실 후자가 더 좋았다. 그가 무정한 사람이라면 모녀가 과일 껍질처럼 버려진 이유를 궁금해할 필요가 전혀 없으니까.

하지만 지금은 이 이야기, 즉 미스터 김이 자기 아버지이고, 엄마가 돌아가시기 전에 사랑하는 사람을 다시 만났으며, 복수심에 불탄 그의 부인이 엄마에게 따지다가 고의로든 사고로든 엄마를 죽게 했으리라는 가능성을 도저히 떨쳐낼 수가 없었다. 남들에겐 이 시나리오가 터무니없을지 몰라도, 마고가 보기엔 엄마가 생뚱맞게 자신의 아파트에서 쓰러져 죽은 지 며칠이나 지나 다른 도시에 사는 딸에게 발견된 일보다는 더 말이 되었다. 물론 삶과 죽음에는 아무 논리도 개연성도 없다는 건 마고도 알았다. 하지만 엄마의 이야기를 더 알고 싶었다. 게다가 이제 엄마가 돌아가신 이상, 어떤 진실도 더는 두렵지 않았다.

마고와 미겔은 마고가 주 초에 여행사 직원에게 받은 주소 앞에서 차를 세웠다. 건물 주변 잔디가 전문가의 손길로 빽빽이 잘 관리돼 있고 야자수가 하늘거리는 지중해 양식의 이층집이었다. 저녁 어스름 속에 모든 조명이 환히 켜져 있었다. 마치 가뭄이든 뭐든 세상 어떤 문제도 이 축복받은 집과 영토를 건드릴 수 없다는 듯, 층층으로 된 석조 분수는 쉴 새 없이 물을 뿜어냈다. 진입로에 선 신형 렉서스 SUV와 벤츠 세단이 흡사 휴일의 자동차 광고에서 막 튀어나온 것처럼 멋졌다.

"한 블록쯤 떨어진 곳에 차를 세우는 게 어때? 그 사람들 눈에 안 뜨이게."

"그래. 내 차가 여기완 살짝 안 어울리는 느낌이긴 해." 마고는 보도 가까이에 차를 바짝 붙인 채 천천히 앞으로 갔다. 그리고 위엄에 찬 목소리로 말했다. "여보세요, 거기 911이죠? 지금 밖에 아주 평범한 자동차가 한 대 보여요."

"가사도우미일 수도 있잖아."

마고는 가슴이 쿵쿵 뛰었지만 피식 웃었다. 혹시 이웃이 보면 어떡하지? 우리가 지금 이 시트러스 꽃냄새와 새 차 냄새가 진동하는 동네에 무단 침입하는 걸까? 마고는 자신과 전혀 어울리지 않는 곳에 있는 느낌이었다.

둘은 멀찍이 주차한 다음 천천히 보도를 걸어 그 집의 활짝 열린 청동 대문 안으로 들어갔다. 방금 자동차가 하나 들어갔다가 금방 나올 예정이거나 아니면 이 동네 사람들은 항상 이렇게 대문을 약간 열어놓는지도 몰랐다. 좀 이상했지만 어쨌든 그들에겐 행운이었다. 집 건물이 가까워지자 두 사람은 몸을 수그리고 재빨리 잔디밭을 가로질러, 가지런히 심어놓은 회양목 뒤에 숨었다. 거기서 큰 창 너머로 고요하고 텅 빈 실내를 훔쳐보았다. 벽난로 위 선반엔 은색 사진 액자들과 백금색, 흰색으로 칠한 솔방울과 나뭇가지를 올려두어, 우아한 황량함을 자아내는 단색 계열로 크리스마스 장식을 해놓았다. 그 앞에는 깔끔하고 세련된 아이보리색 체스터필드 소파와 암체어가 놓여 있었다.

"멋지구만." 미겔이 말했다. "완전 안나 윈투어(미국의 하이패션 잡지 『보그』의 편집장으로 패션계 거물이다—옮긴이) 분위긴데."

"그러게, 잡지에 나오는 집 같아."

"뒤쪽도 한번 둘러볼래?"

"아니. 그럴 필요는—"

돌연 거실 중앙에 나이를 짐작하기 어려운 진주 빛 피부의 여자가 등장했다. 순간 마고는 얼어붙었다. 여인은 긴 크림색 나이트가운을 입고, 손톱을 검붉게 칠한 가느다란 손가락으로 크리스털 위스키 잔을 들고 있었다. 가녀린 몸매의 그는 눈을 내리뜬 채, 우리에 갇힌 동물처럼 거실을 불안하게 오가며 시야에서 나타났다 사라졌다 했다.

마고는 기절할 것만 같아 눈을 감았다. 당장 도망쳐 모든 걸 잊고 싶은 충동이 일었다. 자신에겐 아버지가 있어본 적이 한 번도 없었다. 필요한 적도 없었다. 적어도 엄마가 있었으니까. 종종 필요할 때 곁에 있지 않았지만 그럼에도 엄마는 자신을 보호해줬다. 지나칠 정도로. 하지만 그건 마고가 얼마나 예민하고 감정에 잘 휘둘리는지 누구보다 잘 알아서였다. 그런데 이제 엄마가 돌아가셨으니 엄마를, 아니 자신들을 객관적으로 바라보지 않을 수 없게 된 것이다. 스스로 살아남은 두 여자가 정말 누구인지를. 모녀는 모녀만의 나라에서 아주 잘 살아남았다. 바깥세상에서 볼 땐 어땠는지 몰라도, 자신들은 어떤 면에서 아쉬울 게 없었다.

미겔이 마고의 팔을 두드렸다. 사십 대쯤으로 보이는, 영화배우처럼 말쑥하게 꾸민 잘생긴 남자가 거실로 들어왔다. 검정 크루넥 스웨터에 몸에 딱 붙는 짙은 색 청바지를 입은 그는 홍콩 배우 양조위 같은 표정으로 담배를 피우고 있었다. 그는 긴장을 풀지 못하거나 너무 편안해지지 않으려는 듯 흰 소파 가장자리에 걸터앉았다. 그들은 인상을 썼다가 중간중간 길게 침묵하며 무언가에 대해 몹시 진지하고 격렬하게 논쟁했다.

"젠장. 저 남자 정말 끝내주네." 미겔이 말했다.

"이제 그만 가야 해. 아무래도—"

남자가 재떨이에 담배를 비벼 끄며 자리에서 일어섰다. 마고

와 미겔은 덤불 뒤로 바짝 몸을 숙였다. "여기서 나가자." 마고가
말했다.

마고가 살짝 고개를 드는 찰나 그들이 끌어안고 키스하는 모
습이 스치듯 눈에 들어왔다.

"가자." 마고는 그의 소매를 끌어당기며 허리를 숙이고 허겁지
겁 그곳을 빠져나왔다. 그들은 대문을 나서자마자 마치 동네에
서 유일하게 저녁 산책을 나온 사람들처럼 가능한 한 자연스럽
게 천천히 걸었다. 차가운 밤공기에 폐가 시릴 지경이었다. 속이
울렁거리더니 그게 가슴팍까지 밀고 올라왔다. 목구멍에서 시큼
쏩쓸한 담즙 맛이 느껴졌다.

"휴." 미겔이 차 문을 닫으며 말했다. "남편 잃은 여자가 잠깐
즐기나 보네?"

"옛날 차를 팔고 새 차로 바꿨네."

마고는 차를 빼 출발하면서 혹시 뒤에 누가 따라오지 않는지
확인했다.

가로수 길을 따라 내려오자니 위풍당당한 저택들 사이로 나뭇
가지들이 환영등처럼 밤하늘을 수놓고 있었다. 하지만 두 남녀
가 키스하는 장면, 그리고 비현실적일 정도로 완벽한 천국 같은
집에서 여자가 음침한 표정을 짓고 있는 모습이 마고의 머릿속
에 또렷이 새겨져 있었다.

"그 여자 몇 살쯤 됐을까?" 마고가 물었다. "부인 맞겠지? 최
순경이 그 사람, 아이가 없다고 했지?"

"남편은 몇 살이었어?"

"예순네 살이었을 거야, 아마."

"여자는 기껏해야…… 마흔? 아니면 쉰?"

"네가 보기에 이 남자, 만난 지 얼마 안 된 사람 같아?"

"아마도. 어쩌면 진작부터 애인이었을 수도 있고."

"남편이 살아 있었을 때부터?"

"뭐, 잠깐잠깐 즐기는 상대였을 수도 있지."

"그러면 우리 엄마랑 싸울 이유가 없는 거 아니야? 내 말은, 그 여자가 뭐 하러 신경을 쓰겠냐고."

"돈 때문에?"

"그게 무슨 뜻이야?"

"나도 잘 모르지만 그것밖에 생각이 안 나서."

그들은 곧 무거운 침묵에 빠졌고, 차 안에선 오로지 방향 지시등 똑딱이는 소리와 윙윙대는 자동차 엔진 소리밖에 나지 않았다. 마고는 어둠을 뚫고 집으로 달려가는 내내 여자의 얼굴을 떠올렸다. 진주처럼 은은하게 빛나는 그 완벽한 달걀형 얼굴을. 그리고 여자의 허리를 붙잡고 있는 남자의 손을.

메리 김과 마고 엄마의 삶은 그처럼 달랐다. 하지만 마고는 메리 김이 유리병에 갇힌 완벽한 표본처럼, 그 환한 불빛 아래서 숨막혀 하는 소리가 들리는 것만 같았다.

미나
1987년 가을

벨벳 의자가 장착된 미스터 김의 파란색 스테이션 왜건 백미러에는 종이 소나무가 한 그루 매달려 있었다. 엷은 구름 사이로 은빛 달이 환하게 고개를 내밀었다. 미나는 컴컴한 창밖을 응시하며 몸에 스웨터를 둘렀다. 마지막으로 루페의 집에 간 날, 미스터 김이 자신에게 거절당한 뒤로 자신을 피해온 몇 주 동안 미나는 자기가 얼마나 침울했는지를 깨달았다. 그래서 자신이 얼마나 불행한지, 때로는 삶이 얼마나 종잡을 수 없는 것인지를 생각하지 않으려고 스페인어를 배우게 된 것이었다.

소나무 방향제는 꼭 부적처럼 매달려 있었다. 미나는 너는 지금 잘하고 있어, 라는 우주로부터의 어떤 신호를 갈망했다.

"그래서 어디로 가고 싶으세요?" 미스터 김이 침묵을 깨고 물었다. "특별히 먹고 싶은 거라도 있으세요?"

"아뇨. 전 아무거나 다 괜찮아요."

"제가 좋아하는 식당이 하나 있어요. 한옥 하우스라고. 거긴 갈비, 찌개— 모든 음식이 다 있어요."

그를 만지고 싶다는 생각이 슬금슬금 밀려왔다. 옆에 있는 남자는 덩굴처럼 이 세상에 자신을 밀착시켰다. 그 새싹과 덩굴손을 소각해버릴 수도 있지만 그러면 자신까지 파괴할 위험이 있었다. 지금 내가 뭘 하는 걸까? 남편과 딸이 죽은 지, 그들을 땅에 묻고 한 묘비에 새긴 지 고작 일 년이 지났다. 미나는 그들, 그리고 그들과 함께 살던 집에서 멀리 떨어진 이곳, 이 차 안에서 자신이 지금 대체 뭘 하는 건가 싶었다. 미스터 김에게 다시 돌아가 달라고 부탁하고 싶었지만 그를 보자마자 입 안이 바싹 마르는 느낌이 들었다. 도저히 입이 떨어지지 않았다. 자신은 지금 여기에 있고 싶었다.

좁은 주차장으로 들어간 순간 미나는 한국 전통 가옥을 닮은 식당을 보고 하마터면 박수를 칠 뻔했다. 그 장식용 나무 기둥과 날렵하게 둥글린 회색 기와지붕은 엘에이의 칙칙한 콘크리트와 낙서투성이 회벽에 비하면 너무도 멋지고 아름다웠다. 실내로 들어가니 각종 해산물, 고춧가루, 양파, 마늘, 참기름 냄새가 가득했고, 짙은 빛깔의 나무 테이블이 놓인 칸막이 자리 벽에는 하회탈이 활짝 웃고 있었다. 아직 저녁 시간 전이라 손님은 저 구석의 한 커플과 혼자 소매를 걷어 올린 채 팔팔 끓는 찌개를 조심스레 떠먹는 나이 든 남자 하나뿐이어서 식당은 대체로 텅 빈 느낌이었다.

두 사람이 자리를 잡고 앉자 여종업원이 찐득거리는 코팅 메뉴판 두 장을 내밀며 인사를 건넸다. 미나는 미스터 김과 눈을 마주치지 않으려 애쓰며 메뉴판을 살폈다.

"저는 매운탕이요. 항상 이것만 시켜요."

"아, 맛있겠네요."

"미나 씨는 뭐가 맛있어 보여요?"

"알찌개요." 생선 알을 두부와 양파, 무와 함께 끓인 얼큰한 국물을 떠올리자니 군침이 돌았다. "정말 오랜만에 먹어보네요."

"저도 참 좋아하는 음식이에요." 미나의 손을 잡고 싶은 충동을 억누르려는 듯 그의 팔이 테이블 위에서 머무적거렸다.

종업원이 보리차 주전자를 들고 돌아왔다.

"엘에이에 온 지 얼마나 됐어요?"

"아, 한 십 년 넘었죠, 아마. 대학 졸업하고 바로 왔으니까요." 그가 검은 머리카락을 쓸어 넘겼다. "원래 석사과정을 하려고 온 건데 얼마 못하고 중간에 그만뒀죠." 그가 싱긋 웃으니 부드러운 갈색 눈가에 주름이 졌다. 미나는 그를 바라보고 있는 게 좋았다.

"왜요?"

"적성에 안 맞았어요. 공부는 순전히 여기 오기 위한 핑계였으니까요." 그가 윙크했다. 그의 입술은 완벽한 크기였다. 보드라운 새초록 이파리에 내려앉은 햇살처럼 따스한 기운이 미나의 가슴을 지그시 눌렀다. 마치 수액이 온몸을 타고 흐르는 느낌이었다. "그렇게 말하면 어머니가 좋아하실 것 같아서요. 불쌍한 어머니." 그가 고개를 저으며 미나에게 차를 따라주었다. "당신은요?"

"저요?"

"여기 어떻게 오게 됐어요? 아니면 가족들은 당신이 왜 여기 있다고 생각해요?"

미나의 보리차 잔에서 김이 모락모락 피어올랐다. 미나는 눈을 감았다. 엄마가 자기 손을 꽉 잡는 느낌이 들었다가 갑자기 그 손이 거두어진 듯 허전해졌다. 몇 년 동안은 자신에게도 가족이, 남편과 딸이 있었지만, 이젠 자신이 이 세상에 속하지 않는 사람 같았다. 정말로 그랬다.

"말씀 안 하셔도 돼요. 미안해요."

종업원이 돌아와 막김치와 무김치, 콩나물무침과 시금치무침, 연근조림 등의 반찬을 테이블에 쫙 펼쳐놓았다. 미스터 김은 쇠젓가락으로 시금치를 집어 먹었다. 마늘, 파, 간장, 참기름 등의 양념을 하나하나 음미하듯 천천히 씹었다. 미나는 평소대로 막김치부터 집었는데 그 톡 쏘는 맛이 입맛을 북돋웠다. 그다음엔 아삭아삭하고 쫀득쫀득한 연근조림을 베어 물어 김치 맛을 중화시켰다. 왠지 모르게 그 반찬들에서 놀랍도록 친숙함이 느껴졌다. 마치 각 반찬을, 그 제각기 다른 맛과 식감을 최근 다른 어딘가에서 똑같이 맛본 듯했다.

"무슨 공부를 하셨어요?" 미나가 차를 따라주며 물었다.

"경제학요. 결국 경제학을 전공한 거나 다름없게 됐죠, 뭐. 비즈니스를 배웠으니까." 그가 다시 웃었다.

"그래도 애초 기대와는 다른 거죠."

"그렇죠. 그래도 괜찮아요. 다 그런 거 아니겠어요." 그가 한숨을 쉬었다. "여기 올 땐 다들 뭔가를 열심히 해보겠다고 생각하죠. 그게 결실을 볼 수도, 그렇지 못할 수도 있죠. 그게 인생 아니 겠어요."

"그쪽은 아직 젊잖아요."

그가 얼굴을 붉혔다. "젊다고요? 글쎄요. 적어도 십 년 전부턴 아니에요."

"아뇨, 충분히 젊어요. 새로 시작하려면 얼마든지 할 수 있는 나이예요."

"맞아요. 제가 어디 묶여 있는 것도 아니니까요."

"결혼은 했어요?" 미나는 저도 모르게 입에서 이 말이 흘러나 왔다.

"네." 그가 차를 한 모금 홀짝였다. "한 일 년 됐어요. 얼마 안 됐죠."

미나는 떨리는 손으로 주전자를 들어 그의 잔을 다시 채웠다.

"근데 지금은 세상을 떠나고 없어요." 그가 시선을 떨구었다. "위암이었어요."

"아, 정말 안됐네요." 미나가 크게 한숨을 내쉬었다. "정말 힘 들었겠어요."

종업원이 도미와 알, 조개, 호박, 생강, 마늘 등의 육지와 바다 냄새 물씬 풍기며 넘쳐흐를 듯 팔팔 끓는 뚝배기 두 개를 가져와 내려놓았다. 미나가 제 뚝배기에서 국물이 끓어오르는 모습을 지 켜보는 동안 미스터 김은 자신 있게 국물을 한 숟가락 떠서 후후 불어 입에 넣었다. 미나는 얼른 알찌개를 먹어치우고 싶은 생각 에 입술을 깨물었다. 한국 음식 중에는 화산처럼 끓어오르는 국물이 잠잠해질 때까지 그 붉은 고추와 파의 선명한 색과 냄새로 식객의 기대감을 북돋우며 인내심을 요구하는 음식이 많았다.

"맛있어요?"

"네. 좀 드셔보세요." 그가 자기 뚝배기를 미나 쪽으로 슬쩍 밀었다.

"저는 조금만 더 있다가요. 어서 드세요."

국물에 혀가 데었지만, 서울에 있는 여느 식당과 다를 바 없는 맛이 났다. 곤이의 깊고 짭짤한 맛도 그만이었다. 입 안에서 부서진 알을 투명하게 푹 익은 무 한 술과 함께 씹어 넘겼다.

"그쪽은요?" 그가 뚝배기를 향해 고개를 숙인 채로 물었다.

"네?"

"결혼하셨어요?" 그는 매운 국물 때문에 코를 훌쩍였다.

"네." 미나는 자신의 대답에 스스로도 놀랐다. "근데 그 사람도 세상을 떠났어요." 자신의 말에 미나는 가슴이 미어졌다. 딸 이야기까지 하면 완전히 무너져버릴 것 같았다. 비명을 지르며 거리로 뛰쳐나가, 땅속에 갇힌 딸을 풀어주기라도 할 듯이 주먹으로 땅을 내리칠 것 같았다. 미나는 마치 자신의 삶과 가족을 앗아간 비극이 부끄러운 일이기라도 한 것처럼 남편과 딸에 대해선 일절 말할 생각이 없었다. 서울에서 사람들 대부분이 자신을 그렇게 대하지 않았던가. 마치 자신의 슬픔이 전염병이라도 되는 것처럼 말이다.

"미안해요." 그가 말했다.

미나는 당장 그 자리를 벗어나고 싶었지만 차마 그럴 수가 없었다. 벽에 걸린 하회탈이 자신을 비웃는 것 같았다. 지금 어떻게 나간단 말인가?

"괜찮아요?"

"실례지만 잠깐 화장실 좀 다녀올게요."

미나는 세면대 앞에 서서 눈물을 닦았다. 차가운 물로 세수한 다음, 마음이 진정되고 얼굴에 붉은 기가 가라앉을 때까지 몇 분 기다렸다. 안 될 것 같았다. 이건 도저히 안 될 것 같았다. 자신은 이런 삶, 이런 꿈에 어울리는 사람이 아니었다. 남편과 딸의 죽음이 그 증거였다. 자신은 악몽에나 어울리는 사람이었다. 성당에 다니며 열심히 일하다가 때가 되면 죽어 천국으로 가면 되었다. 자신이 바랄 것은 그것뿐이었다. 이 세상에서 바랄 수 있는 건 그 게 다였다.

테이블로 돌아가니 미스터 김이 음식을 먹지 않고 기다리고 있었다. 알찌개는 미지근하게 식은 채였다.

두 사람은 차를 타고 말없이 집으로 돌아왔다. 소나무 방향제 가 진자처럼 흔들렸다. 그날은 깊어가는 밤하늘에 별이 하나도 보이지 않았고, 자동차 강판과 유리 위로 호박색 가로등 불빛만 빛났다. 미나는 그의 가는 근육질 팔이 핸들을 조종하고 그의 다 리가 액셀을 밟는 모습을 옆에서 지켜봤다. 뭐든 말할 수 있을 것 이다. 그에게 모든 걸 다 말할 수도 있을 것이다. 하지만 무엇을? 무슨 말을 할까? 완전히 무너져내리면서, 자신이 지금 얼마나 망 가지고 사랑받기 어려운 존재가 됐는지를 드러내지 않고서 무슨 말을 할 수 있을까? 게다가 이미 그에게 너무 많이 말해버렸다.

그가 컴컴한 미나의 집 앞에 차를 세우자 미나가 말했다. "미안해요. 전 그냥……."

"걱정하실 것 없어요. 충분히 이해해요."

"사실 저한텐…… 모든 게 너무 낯설어서……." 이제 자신은 망가진 사람이었다. 그렇지 않은가? 외식 한번 제대로 즐기지 못하는 사람이 됐으니.

"네, 알아요. 전혀 신경 쓰지 않으셔도 돼요."

"미안해요." 미나는 얼른 차에서 뛰쳐나가고 싶었다. "저녁 식사 고마웠어요."

미나가 차 문을 닫으려는데 그가 말했다. "미나 씨는 참 좋은 분이세요. 아름다우시고요."

미나는 무슨 말을 해야 할지 몰랐다.

"정말이에요. 미나 씨는 참 좋은 분이에요."

"아, 네." 미나는 울음이 나오려는 걸 꾹 참았다. 제 아이와 남편을 먼저 떠나보낸 자신이, 혼자 전쟁에서 살아남아 가족도 없이 아무도 원치 않는 여자아이로 자라던 때처럼 또다시 투명 인간이 된 것만 같았다.

"우리 다시 같이 저녁 먹을 수 있을까요? 다음 토요일에요."

미나는 고개를 끄덕였다. 그리고 "굿나잇" 하고 인사했다.

미나는 제 방 침대에 누워 미스터 김을 생각했다. 그의 따뜻한 미소와 슬퍼 보이는 눈, 부드러운 팔을. 그다음엔 날마다 출근길에 자신에게 입을 쪽 맞추던 남편을 생각하며 이불에 얼굴을 묻었다.

눈물이 쏟아졌다. 미나는 거울같이 잔잔한 해질녘 보랏빛 습지 위를 파닥파닥 날다가 제 손으로 이불을 찢어버렸다. 일부러 그런 것이 아니라 꽉 움켜쥐다가 그렇게 된 것이었다. 그러다 지쳐, 벌레들이 수면 위를 스치듯 날아다니는 잠이라는 부드러운 기적 속으로 저도 모르게 빠져들었다.

*

도시는 가을이 완연했다. 밤공기가 제법 차가워져 10도까지 떨어지는 날도 있었고 그러면 단열이나 난방 시설이 미비한 집에선 냉기가 느껴졌다. 미나가 사는 집도 외풍이 심해 밤에는 바깥보다 춥게 느껴지는 터라 미나는 스웨터와 담요를 걸치고 한국 라디오를 듣거나 스토브 앞에서 음식을 조리했다. 잎을 다 떨군 나무도 있지만, 거리에 늘어선 야자수는 본래 모습 그대로 축 처져 스모그 가득한 밝은 하늘 속에서 흔들렸다.

슈퍼마켓에서 아무도 안 볼 때면 미스터 김이 거의 코믹한 표정으로 윗입술을 씰룩 들어 올리며 윙크했다. 미나는 당장 그에게 키스하고 따뜻한 동물적 숨결을 느끼고 싶었지만 대신 입을 가리고 웃기만 했다. 미나는 얼굴이 간질거리고 가슴이 쿵쾅거리길 바랐다. 거칠게 흙바닥에 몸을 비비거나 꽃을 뜯어 머리에 꽂고 싶었다.

이 어색한 첫 데이트 후에도 그는 여전히 미나의 사물함에 허쉬 초콜릿 바, 땅콩 한 봉지, 알맞게 익은 예쁜 발렌시아 오렌지

등 자신의 얼굴과는 달리 토끼털처럼 부드러움을 자아내는 물건을 선물로 놓아두었다. 그가 가까이에 있고 자신을 생각한다는 사실이 좀 이상하긴 해도 놀라운 안도감을 주어, 미나는 하루하루의 고단함을 잊었다.

길고 섬세한 얼굴과 편안한 눈빛, 장난기 어린 미소를 가진 남편은 만남 초기에 꼭 미국 영화 속 주인공처럼 자신에게 꽃과 초콜릿을 선물했다. 그는 결혼 생활 내내 다정함을 잃지 않았지만, 당연히 그 강도는 전과 같지 않았다. 딸을 키우며 오랫동안 함께 살면서 그들의 삶은, 어떻게 아이에게 최고의 삶을 줄 수 있을지, 뭘 희생해야 할지 같은 더 실질적인 문제를 고민하는 쪽으로 바뀌었다.

그렇게 로맨스는 사라졌지만 사랑만은 그대로였다. 아침마다 남편은 바다로 뛰어드는 갈매기처럼 미나에게 뽀뽀를 하고 현관문을 나섰다. 미나가 혼자 아침을 먹고 있거나 화장실에서 외출 준비를 하고 있으면 볼에 쪽 뽀뽀를 하거나 어쩔 땐 농장 동물처럼 애처롭게 작별 인사를 했다.

그런데 미스터 김이 두고 간 이 작고 평범한 선물을 볼 때마다 미나는 그동안 잊어버린 무언가가, 완전히 꺼져버렸다고 믿은 지 오래인 작은 불씨가 되살아나는 느낌이었다. 이제 집 근처 약국에서 산 연분홍색, 베리색 립스틱을 바르기 시작했다. 여전히 같은 블라우스와 바지를 입었지만 온종일 작은 거울을 지갑에 넣어 다니며 수시로 머리를 다시 빗는 등 매무새를 가다듬었다. 검정 아이라인으로 눈꼬리를 살짝 올려 그리기도 했다. 이 모든 일이 일주일 사이에 일어났고, 누구에게든 외모 이야기를 좀 처럼 하는 법이 없는 집주인까지 알아차릴 정도였다.

"누가 이제 살아났네." 집주인이 놀랐다.

목요일은 쉬는 날이었다. 전날 늦게까지 일하느라 지친 미나는 정오까지 늦잠을 자다가 부엌에서 달그락거리는 소리에 잠에서 깼다. 미나는 큰 소리, 특히 갑작스러운 소음이 싫었다. 온 세상이 무너져내릴 듯한 기분에 어느 쪽으로든 도망치고 싶어졌다. 파자마 바람으로 방을 나와 언제나처럼 마늘과 파 냄새 풍기는 부엌을 빼꼼히 들여다보았다. 미세스 백이 티셔츠 스타일의 회색 잠옷을 입고 창백하고 앙상한 다리로 서서 스토브를 켜고 있었다. 말아 올린 곱슬머리가 뒷목 위까지 축 처져 있었다. 햇살이 반쯤 뒤덮은 부엌에서 그의 이마와 코가 반짝였다.

"아, 오랜만에 보네." 미세스 백이 팬에 기름을 두르며 말했다.

미나는 애써 미소 지었지만 얼른 다시 침대로 돌아가고 싶은 마음뿐이었다.

"배고파? 뭘 좀 만들려던 참이야."

"저도 기다려도 돼요?" 미나는 자기 배에 손을 얹었다.

"정말? 그럼, 거기 앉아 있어." 미세스 백이 카운터에 놓인 큰 보울을 집어 들었다. "전 좀 부치려고. 신선한 오징어로."

미나는 고향 노천 시장 골목에서 파는 뜨겁고 바삭바삭한 파전이나 빈대떡을 좋아했다. 그 익명의 북적거림과, 작은 플라스틱 의자에 앉아 편안한 마음으로 음식을 기다리는 시간이 좋았다. 음식을 만드는 노점의 여자들은 항상 좀 지치고 퉁명스러워 보였지만 무심한 태도 못지않게, 마치 이 세상을 보호하고 부양할 책무를 짊어진 사람처럼 다정한 모습도 똑같이 지니고 있었다. 그 여자들은 강하고 영향력이 컸으며 스스로도 그걸 알았다.

"어제 해놓은 밥이 있는데 꺼내서 데울까요?" 미나는 냉장고에서 크고 둥근 밀폐용기 통을 꺼내 뚜껑을 살짝 열고 전자레인지에 넣었다. 그리고 그 자리에 서서 스토브 앞의 미세스 백을 쳐다봤다.

"요전 날 저녁에 너 온 거 봤어." 미세스 백이 낮은 목소리로 말했다. 그러면서 팬을 기울여 기름을 펼치며 빙긋 웃었다.

"어디서요?"

"한옥 하우스에서."

"거기서 일해요?" 미나는 시금치와 콩나물무침, 아삭한 연근조림 같은 반찬에서 친숙한 맛이 느껴졌던 일이 떠올랐다.

"응. 그때 주방에 있었어. 네가 어떤 남자랑 자리에 앉는 걸 봤는데 방해하고 싶지 않아서 그냥 아는 척 안 했지."

"그랬군요." 미나는 카운터에 엉덩이를 기댔다. "어쩐지 반찬들이 죄다 어디서 많이 먹어본 맛이다 싶었어요."

"그 사람 누구야?" 미세스 백이 물었다. 그가 반죽을 떠서 뜨거운 팬에 넣자마자 가장자리부터 바로 익어갔다.

"같이 일하는 사람이에요. 그 사람이 제 상사예요." 배 속에서 꾸르륵 소리가 났다.

"아, 그렇구나. 뭐, 그럴 수 있지." 미세스 백이 팬에서 시선을 떼지 않고 대답했다.

전자레인지에서 땡 소리가 났다. 미나는 식기 건조대에서 밥공기 두 개를 꺼내 뜨거운 밥을 퍼 담았다.

"그 사람 좋아해?" 미세스 백이 파전이 달라붙지 않도록 뒤집개를 밀어 넣었다.

"모르겠어요. 어쩌면요." 미나는 식탁에 앉았다. 방석을 깔아두었는데도 나무 벤치가 차가웠다. 뜨겁고 바삭바삭한 오징어파전 냄새가 온 부엌을 가득 채웠다. 창백한 새 다리에 빨간 실내용 슬리퍼를 신은 미세스 백이 무거운 접시와 작은 종지를 들고 미나 쪽으로 어기적어기적 걸어왔다. 파전은 적당히 노릇노릇하게 잘 구워져 네 조각으로 잘려 있었다.

"얼른 먹어. 난 이것만 금방 치우고 먹을게."

미나는 미세스 백이 자기 앞에 앉을 때까지 기다렸다.

"어서 먹어."

"아녜요. 언니가 먼저 드셔야죠. 맛있게 잘 먹을게요."

미세스 백이 쇠젓가락으로 파전 한 조각을 집어 자기 밥그릇 위에 올렸다. "그 사람 잘생겼던데?" 미세스 백이 눈썹을 치켜올렸다.

미나는 빙긋 웃으며 파전 한 조각을 집어 간장 식초 소스에 콕 찍었다. "네, 맞아요."

"사람은 괜찮아?"

"지금까지는요. 근데 이젠 도무지 누굴 믿기가 어려운 것 같아요." 미나가 한숨을 내쉬었다.

"나도 그래." 미세스 백이 미나가 좋아하는 막김치를 슬쩍 밀어주었다. "남자는 겉만 보곤 절대 알 수가 없잖아, 그치?"

미나는 고개를 끄덕이며 잘 익은 막김치의 톡 쏘는 맛을 음미했다.

"나는 이제 남자는 두 번 다시 못 믿을 것 같아."

미나는 미세스 백에게 어떤 기막힌 과거가 있는지 궁금했지만, 그의 말에 맺힌 응어리로 보아 여기서 그 경험을 되살려봤자 가족도 없이 외국을 떠도는 두 여자의 안전과 위태한 판단력만 흐트러질 것 같았다.

몇 분 동안 조용히 먹기만 하다가 미나가 말했다. "언니가 한 음식은 다 너무 맛있어요."

"혼자 먹을 음식은 잘 안 하게 되지 않아?"

"맞아요. 저도 요즘엔 맨날 라면이나 똑같은 찌개만 만들어 먹어요."

미나는 딸이 좋아하던 음식이 떠올랐다. 가을이면 칼국수, 수제비, 고등어조림, 여름이면 냉면을 즐겨 먹었더랬다. 그때 얼마나 시간과 정성을 들여 음식을 만들어 먹였는지! 미나는 딸이 아무 고통도 겪지 않고 풍요로운 삶을 누리기를, 그래서 자신이 견뎌야 했던 모든 시련과 결핍을 스스로 망각할 수 있기를 바랐다.

하지만 아직 대답하지 않은 질문과 시인하지 않은 잘못이 너무 많았고, 둘로 찢긴 나라는 수십 년째 전쟁 상태를 유지하고 있기에 과거는 어떤 식으로든 불쑥불쑥 되살아났다. 산 자와 죽은 자 모두 영영 불안한 상태로 서로 헤어져 있게 되었다.

"결혼한 적 있어?"

지금쯤 서울은 나뭇잎들이 회색 하늘을 배경으로 가장 화사하고 아름다운 모습으로 매달려 있을 것이다. 샛노란 은행잎과 붉은 단풍잎이 온 거리와 산등성이를 환히 물들이고 있을 것이다. 청명한 가을 공기가 입 안, 목구멍, 폐 속까지 뚫고 들어올 것이다. 미나는 딸과 함께 낙엽 더미 위를 정신없이 뛰어다니며 장난치고 까르르 웃었더랬다.

하지만 이젠 그 붉은 잎들도 남편과 딸을 앗아간 계절도 다 싫었다.

"그 사람 죽었어요."

"아, 미안해." 미세스 백이 젓가락을 내려놓았다. "병 때문에?"

"아뇨. 사고였어요."

미세스 백이 미나의 손을 꽉 잡았다. 미나에겐 타인의 이런 따뜻한 손길이 참으로 오랜만이었다. 가슴 속에서 무언가가 새로 돋아나는 느낌이었다. 미세스 백의 온정은 마치 하루하루 길어지는 호박색 봄 햇살 같았다.

하지만 아직 계절은 가을이었고, 가을은 죽음의 계절이었다. 지금 이 순간 환하게 불타오를 그 나무들을 생각하면, 난폭한 운전자가 치어 죽인 가족의 피로 붉게 물든 길만 떠오를 뿐이었다.

마고
2014년 가을

아치 모양 천장, 아주 희미한 아침 햇살조차 아름다운 보석 빛깔로 변주해내는 스테인드글라스 아래서 마고는 나무에 발라놓은 마음을 안정시키는 레몬 오일, 타오르는 향, 예배 의식, 주문, 노래로 가득한 성당이 얼마나 아름답고 안전한 공간인지 느꼈다. 성당은 오랜만이었다. 십 대 때는 억압적이라 느낀 부분과 지루한 예배 때문에 엄마와 싸운 일이 많았다. 하지만 지금 저 창들을 보고 있자니, 어린 시절 저 스테인드글라스를 가만히 바라보면서 졸리랜처 사탕을 떠올린 일이 기억났다. 그때, 저 유리창을 핥으면 무슨 맛이 날지 궁금했더랬다.

아일랜드인 신부가 회중에게 한국말을 섞어가며 인사했다. 파이프오르간 소리가 흘러나왔고 성가대가 맑은 목소리로 노래했다. 그 아름다운 소리에 몸속 세포 하나하나가 진동하는 것 같았다. 가사는 이해할 수 없지만, 그 의미와 마음을 잡아끄는 부드러움, 그들에게 상을 내리고 언제나 이 세상에 질서와 평화를 회복시켜줄 신 앞에서 머리를 조아리는 마음을 느낄 수 있었다.

마고는 눈을 감았다. 엄마는 이걸 하나라도 믿었을까? 아니면 그저 어딘가에 소속되길 바랐던 걸까? 혹은 단지 일요일마다 이곳에 와서 영혼과 마음을 다잡아야 했던 걸까? 엄마는 평생 온갖 근심과 외로움에 시달리고, 몸이란 건 언제라도 빼앗길 수 있는 취약한 것이며 그저 고통을 겪다가 여느 동물처럼 땅속으로 스며들어 사라질 뿐이란 걸 이미 확인한 마당이었다. 사후에 천국이 있다고 믿은들 하나도 이상할 게 없어 보였다.

엄마의 유골은 어떻게 할까? 엄마는 어떻게 하길 바랄까?

엄마가 천국에 갔든 그냥 영영 사라진 것이든 마고는 엄마가 너무 불쌍했다. 엄마……. 눈물이 볼을 타고 주르륵 흘러내려 턱으로, 가슴팍으로 떨어졌다. 입술에 묻은 짭짤한 눈물을 핥았다. 여기저기에서 아멘 하는 소리가 낮게 들렸다. 신부가 시냇물처럼 차분하고 유려한 한국말로 성경 말씀을 봉독하는 동안 마고는 고개를 숙이고 마음을 추슬렀다. 그 말을 다 알아들을 수 있다면 얼마나 좋을까 싶었지만, 이 한국말은 물처럼 자신의 온몸을 씻어냈다. 마고는 유향 냄새 때문에 머리가 빙글빙글 돌아 더는 가만히 앉아 있기 힘들었다.

설교와 기도가 끝나고 영성체를 받으려 자리에서 일어난 마고는 불현듯 제단 앞이 아니라 정문 쪽을 향해 도망치듯 걸어갔다. 마고는 건물 밖 아침 햇살의 품에 안기고 나서야 비로소 한숨 돌릴 수 있었다. 안개와 스모그 사이로 태양이 꺼져가는 불씨처럼 빛났다. 마고는 차가운 콘크리트 계단에 앉아 참새들이 나무들 사이를 날아다니며 지저귀는 소리를 들었다. 처마 아래에선 비둘기들이 구구거렸다.

행여 딸이 지옥에 떨어질까 봐 두려워한 엄마와 그토록 싸우고 또 싸웠던 자신이 지금 다른 모두가 찾는 것, 즉 해답과 안전, 안도감을 찾아 이곳에 와 있는 것이다.

예배가 끝난 후 신부님이나 부제님과 만나 엄마의 유골을 어떻게 하면 좋을지 상의하고 싶었다. 그러면서도 엄마에게 제대로 된 안식처를 마련할 돈이 수중에 없다는 사실이 부끄러웠다. 일단 엄마의 가게와 차부터 파는 게 급선무였다. 갑자기 아버지 없이 가난하게 자란 스스로가 뼛속 깊이 수치스러웠다. 다른 한국계 미국인들 사이에 있으면 항상 그런 감정을 느꼈다. 그들 다수가 기독교인이었고, 체류 신분을 엄격히 규정하는 이민법 때문에 주로 중산층이나 상류층이었다. 머나먼 남의 나라에 건너와 살면서 가족적 성공이 삶의 전부인 사람들 사이에서, 아버지가 없는 혼외 자녀는 특히나 수치스러운 존재였다. 실패한 사람은 누구든 결함 있는 존재였다. 마고 모녀가 그랬다. 꿈도, 관습적 형태의 가족이나 성공도 이루지 못한 불량한 사람들이었다.

그들은 존재 자체가 죄악이었다. 미혼모인 자신의 엄마는 서류미비자이고 마고는 아버지가 없었다. 부끄럽고도 부끄러운 일이었다.

육중한 목재 문이 우르르 열리고 신자들이 모습을 드러냈다. 마고는 제 주변에 쏟아져나오는 군중을 주의 깊게 살폈다. 그러다 미세스 백이 잰걸음으로 지나가는 모습을 발견하곤 가슴이 철렁했다. 마고는 무슨 말을 하려다 말고 혼잡한 일방통행 주차장으로 가는 그를 뒤따라갔다. 주차장에선 대부분 중년층이나 노년층들이 삼삼오오 모여 잡담을 나누고 여기저기에서 차들이 조심스레 후진해 빠져나갔다.

미세스 백이 자기 차로 가서 문을 열려는 찰나 마고가 가까이 다가갔다.

"미세스 백."

그는 손에 열쇠를 뾰족하게 쥔 채로 펄쩍 뛰며 뒤돌아봤다. 붉은 입술 사이로 이가 사납게 드러나 있었다. 그 모습에 깜짝 놀란 마고는 스스로를 보호라도 하듯 가슴 위로 손을 올렸다. 아주머니는 뭐가 그리 두려운 걸까?

"어머!" 눈을 크게 뜬 미세스 백이 숨을 골랐다. "놀랐잖아."

"죄송해요. 반가워서 그만. 전 여기 아는 사람이 하나도 없어요. 이 성당에 다니세요?"

"다닌 지 얼마 안 됐어." 미세스 백은 꼭대기까지 말아 올린 머리를 가다듬으며 열쇠를 쥐고 있던 손에 살짝 힘을 뺐다. "여태 제대로 다녀본 적 없는데 지난주부터 처음 다니기 시작했어."

"그렇군요." 마고는 그 이유가 궁금했다.

"너도 엄마랑 성당에 다녔어?"

"어렸을 때요. 근데 요즘엔 안 다녀요."

미세스 백이 고개를 끄덕였다. "추도 예배 드리려고?"

"아마도요. 사실 어떻게 할지 아직 생각 중이에요. 유골이 아직 영안실에 있는데, 엄마 가게나 차를 팔아야 가능할 것 같아요. 아마 이번 달 말이나 1월 초쯤이 되지 않을까 싶어요."

미세스 백은 주차장의 갈라진 아스팔트에 시선을 고정했다. "생전에 하신 말씀은 없으신 거지? 이렇게 저렇게 해주면 좋겠다든지 하는."

"네, 제가 알기론 없었어요."

"네가 그렇게 많은 돈을 쓰는 건 엄마가 원치 않으실 거야." 그가 손을 내밀어 마고의 팔을 꽉 잡았다. "이제 넌 혼자가 됐으니까 스스로를 잘 돌봐야 해, 알았지?"

마고는 고개를 끄덕이고는 갑자기 터져 나오는 눈물을 거두려 고개를 젖히고 눈을 깜빡이다가, 하늘에 상처 자국처럼 그어진 흰 비행운을 보았다. 다시 미세스 백을 보니 그의 눈동자가 아침 햇살에 빛나는 진갈색 웅덩이처럼 부드러워져 있었다. 새빨간 입술에도 불구하고 얼굴에서 깊은 영혼의 울림이 느껴졌다. 그는 마고가 언젠가 되고 싶은, 멋스럽고 진실되며 침착하고 자신감 있는 여자였다.

"엄마를 조용히 추모할 방법이 있지 않을까? 내 생각엔 그게 합리적일 것 같아. 추도 예배를 드리면, 너도 알겠지만, 아마 나랑 알마 정도가 참석할 거야. 어쩌면 성당 사람 몇이랑." 그가 싱긋 웃었다. "어쨌든 엄만 네가 쓸데없이 돈을 많이 쓰는 건 바라지 않을 거야."

마고는 갑자기, 금요일 저녁 칼라바사스 집 주변을 기웃거리다 돌아오는 길에 미겔이 메리 김에 대해 한 말이 떠올랐다. 만약 그 여자가 자기 남편과 바람을 피운 엄마와 싸웠다면 그 유일한 동기는 돈일 거라는. 그 여자에겐 이미 애인이 있었다. 그러니 남녀의 감정으로 질투할 까닭이 없었다. 하지만 그게 만약 돈 때문이었다면, 즉 재정적으로 스스로를 보호하려는 본능 때문이었다면 그건 미스터 김이 마고의 아버지일 가능성에 대해 뭔가를 말해주는 걸까? 혹시 엄마가 재정적 지원을 받으려 했던 걸까? 미세스 백은 알지도 몰랐다.

마고가 물으려는 순간 미세스 백이 자기 차 쪽으로 돌아섰다. 그리고 문을 열며 말했다. "네 엄마가 보고 싶어." 그는 떨리는 목소리로 말하며 시선을 떨구었다. "어쩌면, 어쩌면 그래서 내가 여기 왔나 봐. 불쑥 여기 오고 싶더라고." 그는 마고를 힐끗 쳐다보더니 두 뺨 위로 흘러내리는 눈물을 훔쳤다. "혹시나 네 엄마를 볼 수 있을까 싶어서. 바보 같은 생각이지만. 엄마가 일요일마다 온 곳이니까."

마고는 망설이다가 지금은 그런 걸 물어볼 때가 아니라고 판단했다.

미세스 백은 차 문을 닫고 시동을 건 다음 후진으로 그 자리를 빠져나갔다. 마고는 자동차 앞 유리를 한참 바라봤다. 흐린 아침 하늘에 뜬 폭신한 구름 한 점이 반사된 탓에 미세스 백의 얼굴이 흐릿하게 보였다. 그의 길고 가는 손가락이 운전대를 조종하고 있었다. 갑자기 타이어에서 끼이익 소리가 났다. 참새들이 황갈색 깃털을 파닥이며 날아올랐다가 다시 아스팔트 위에 내려앉아 아무거나 눈에 보이는 대로 정신없이 쪼아 먹었다.

*

　다음 날 늦은 오후 마고는 벼룩시장에 가서 알마와 이웃 가게 주인들을 찾아다니며 엄마의 가게를 바로 매입할 만한 사람을 수소문했다. 그날 이른 아침엔 엄마의 사망 증명서를 들고 은행에 다녀왔다. 마고가 수혜자로 올라 있는 덕분에 엄마가 예금한 562달러를 모두 인출하고 계좌를 닫을 수 있었다. 하지만 엄마의 화장 비용과 각종 미납 대금을 충당하기엔 모자랐다.

　벼룩시장 주차장에 놓아둔 대형 스피커에선 반다 음악이 쿵쿵 울려 퍼졌고, 카우보이모자를 쓴 남자는 뿌연 연기 속에서 맛있는 냄새를 풍기며 닭고기를 굽고 있었다. 낡은 창고 건물 안 통로는 상품으로 넘쳐났고 사람들은 세일하는 물건을 골랐다. 다행히 엄마 가게는 맹꽁이자물쇠로 잠가둔 그대로였다. 엄마가 돌아가신 사실을 아는 누군가가 가게에 침입해 물건을 몽땅 훔쳐갔을까 봐 걱정했는데 말이다. 엄마가 돌아가신 지금, 옷이며 이동식 행거며 진열장이며 옷걸이를 포함한 이 가게가, 엄마가 이십 년 넘는 세월 동안 일해 모은 것의 값이 얼마나 나갈지 궁금했다. 저축해둔 돈으로 시애틀 집 월세는 낼 수 있지만 연말 휴가 기간 이후에도 엘에이에 계속 머무를 만한 여유는 없어서였다.

　아코디언 셔터를 여는데, 산타 모자를 삐딱하게 쓴 알마가 크리스마스 장식으로 꽉 찬 가게에서 나왔다. 형형색색으로 깜빡거리는 전구 장식과 금속 빛깔 갈란드가 형광등 불빛 아래서 눈부시게 반짝였다. 알마는 마고를 껴안고 뺨에 키스하며 축복했다. "이리 와." 알마는 마고에게 머그잔에 담은 참푸라도를 건넸다. 그 익숙한 냄새, 몇 시간 동안 따뜻하게 보관해둔 핫초코, 시나몬, 마사의 맛에 잡다한 생각이 싹 사라졌다.

함께 앉아 있던 알마가 엄마의 가게를 가리키며 말했다. "내 여동생이 가게를 사고 싶어 해."

"여동생이요?"

"육천 달러 어때?"

마고는 엄마의 가게가 실제로 값어치가 얼마나 되는지 알지 못했지만, 지금은 다른 방도가 없었다. 자신에겐 남은 시간과 에너지가 얼마 안 되는 탓이었다. 육천 달러면 엄마의 화장 비용과 자신의 무급 휴가 비용을 충당하기에 충분한 돈이었다. 게다가 알마 자매라면 분명 가게와 고객을 잘 지켜나갈 것이다.

"돈은 다음 주에 줄 수 있어. 어때?"

"네, 알겠어요. 혹시 나중에 전화 드려도 될까요?" 마고는 남은 참푸라도를 마저 마신 다음 알마에게 자신의 전화번호를 입력하라는 손짓을 했다. "다음 주에 오면 되죠?"

돌연 슬픔의 파도가 밀려왔다. 마고는 엄마가 가게를 지키고 키우며 보낸 그 모든 세월이 결국 이렇게 됐다는 사실이 도무지 믿기지 않았다. 가게 문을 나서는 여자들의 뒤통수에 대고 아미가! 아미가! 하고 외치고, 바닥을 쓸고, 옷을 입어 본 낯선 이들에게 **예뻐요, 어려 보여요** 하고 칭찬해대던 그 모든 시간이. 탈의실 거울 앞에 서서 다양한 각도로 제 모습을 훑어보고 자신이 누군지, 어떻게 보이는지를 점검하는 모든 여자에게 엄마는 그렇게 말해주었다.

알마가 마고를 끌어안으며 등을 문질렀다. 엄마는 이렇게 되길 바랐을 것이다. 결국 얼마나 깔끔하게 해결됐는지.

마고는 엄마의 수첩과 영수증, 삼십 센티미터 크기의 성모마리아상을 눈에 보이는 가장 큰 골판지 상자에 담아 나온 뒤 가게문을 잠갔다.

이제 돈이 좀 생겼으니 이번 주엔 미세스 백에게 저녁을 대접해야겠단 생각이 들었다. 한옥 하우스에 한 번 더 가도 좋을 것같았다. 미겔과 칼라바사스에 다녀왔어도 메리 김에게 벌써 다른 애인이 있다는 사실 외엔 미스터 김에 대해 딱히 알아낸 게 없는데, 어쩌면 미세스 백이 알지도 몰랐다. 그 사람이 마고의 아버지인지 아닌지에 대해서도 대답해줄 수 있을지 몰랐다.

마고는 반짝이 갈란드와 깜빡거리는 크리스마스 전구로 장식한 상점들이 미로처럼 이어진 길을 천천히 걸었다. 아이들이 까르르 웃고 꺅꺅대며 달렸다. 저쪽 다른 구역 스피커에서 찌렁찌렁 울려대는 〈펠리스 나비다드(Feliz Navidad)〉가 다양한 전기 장난감 음악 소리와 뒤섞였다.

마고는 이곳과 이 일, 통로에 쌓인 쓰레기와 더러움을 혐오하고 원망하며 보낸 세월을 떠올렸다.

"일하러 가기 싫어." 십 대 시절 마고는 이렇게 외쳤다. "집에있을래. 내 주말이잖아."

"엄마는 하고 싶겠니?" 엄마가 갈라진 목소리로 말했다. "네가도와줘야 해. 도저히 혼자서는 다 못 해."

"엄마가 일하러 가야 하는 게 내 잘못은 아니잖아. 내가 왜 거기 가야 하는 거야? 혼자서도 얼마든지 잘하잖아."

"엄만 네 도움이 필요해. 알겠어? 혼자서 모든 걸 다 할 순 없다고."

그러면 번번이 마고가 굴복했다. 모녀는 서로를 이해하기 힘든 건 물론이고, 가난한 이민자 아웃사이더인 자신들에게 냉정하기만 한 이 세상에 대해 얼마 있지도 않은 통제력을 유지하느라 늘 쩔쩔매며 살았다. 마고는 그런 자신들의 집에서 한 줌도 안 남은 온전한 정신과 질서를 지켜야 했다. 하지만 마고는 이제야 깨달았다. 엄마가 일주일에 6일을 보낸 이 가게, 이 벼룩시장이 집의 연장이었고, 알마를 포함해 이곳에서 일하는 모든 사람의 집이었으며, 그건 단순히 돈 때문만이 아니라, 이곳 남의 나라에서 키우고 지지해온 자신의 가족과 친구들에 대한 사랑 때문이기도 했다는 것을. 사랑의 형태는 각양각색이기에 이런 모양일 수도 있다는 것을.

마고는 양말과 속옷이 한가득 쌓여 있던 선반과 진열 카트가 텅 비어 있는 모습에 발걸음을 멈췄다. 여자 몸통의 모양 철제 옷걸이에 걸려 있던 란제리를 비롯해 모든 물건이 흔적도 없이 사라져 있었다. 벽에는 '임대'라고 적힌 간판이 걸렸다.

"젠장." 마고는 저도 모르게 허공에 대고 외치다, 하마터면 상자를 떨어뜨릴 뻔했다. 미세스 백의 가게가 사라져버린 것이다.

마고는 곧장 한옥 하우스로 갔다. 오늘 첫 출근을 한 미겔을 만나 같이 저녁을 먹기 위해서였다.

이제 그곳 사람 중 하나를 붙들고 미세스 백을 어떻게 찾을 수 있는지 물어야 했다. 그가 올 초까지 일한 곳이라 정보를 얻기엔 그만한 곳이 없을 듯했다. 가게 문을 닫았으면서 왜 어제 성당에서 만났을 땐 일언반구도 없었을까?

소매를 걷어 올린 남자는 혼자서 국수를 먹고 있고, 다른 테이블의 가족들은 낮은 목소리로 조용조용 이야기를 나눴다. 연말 연시가 가까워질수록, 주로 소매업을 하거나 서비스 업종에서 장시간 일하는 한국인 이민자들은 눈코 뜰 새 없이 바빴다. 사람들이 외식과 쇼핑을 가장 많이 하는 이때 번 돈으로 한 해를 근근이 버티기 때문이었다. 축하하며 즐기는 사람은 아무도 없는 듯했다. 불에 그슬려 기름이 뚝뚝 떨어지는 고기 냄새가 남아 있었지만 오늘 밤은 찌개, 칼국수, 육개장 같은 든든하고 저렴한 음식을 위한 밤이었다. 유난히 고된 하루를 보낸 후 속을 채우러 와서, 음식에서 위안과 안식처를 찾는 밤이었다.

"혹시 사장님 지금 여기 계시나요?" 마고가 지난주에 이야기를 나눴던 종업원에게 물었다. "박 사장님요? 아뇨. 오늘은 안 계세요." 음식 열기에 맨얼굴인 그의 두 뺨과 코 주변이 분홍빛으로 물들어 있었다. 검정 불투명 스타킹과 세련된 플랫슈즈 차림의 그가 뒤쪽 부엌으로 성큼성큼 걸어갔다.

여기 드나드는 손님이 한둘이 아니라. 제 눈엔 전부 비슷비슷해 보여요. 마고가 엄마에 관해 물었을 때 식당 주인은 이렇게 말했다. 그러곤 그 폴 버니언 동상처럼 차고 냉소적인 이를 드러내 보이며 씩 웃었다.

마고가 어렸을 땐 이 쫀득쫀득한 멸치볶음이 그 작은 눈과 부러진 아가미, 죽으며 뒤틀린 몸통 때문에 역겨웠지만, 지금은 짭짤하고 달콤한 맛이 더할 나위 없이 좋았다. 마치 바다를 달달하게 조려낸 듯한 고급스런 맛이었다.

미겔도 먹어보려고 했지만 젓가락에서 작은 멸치 한 마리가 톡 떨어졌다.

"일은 어땠어?"

미겔은 테이블에 떨어진 멸치를 손가락으로 집어 자기 입에 넣었다. "음, 나쁘지 않았어. 우리 팀 사람들을 전부 다 만났어." 그는 물을 한 모금 마셨다. "오늘은 할 일이 별로 없었어. 노트북이랑 필요한 물품들을 받았는데 그중에 펜이 그렇게 많더라고." 그가 눈을 크게 떴다. "펜 종류가 그렇게 다양한 줄 처음 알았어. 롤러 볼펜, 젤 펜, 클래식 볼펜……."

"비영리단체에서 일하는 거랑은 좀 다르지?"

종업원이 보글보글 끓는 뚝배기 순두부찌개 두 개를 가지고 나타났다.

"저, 실례 좀 할게요." 마고가 말했다.

"네?" 종업원이 허리를 굽혔다.

"혹시…… 미세스 백과 연락하려면 어떻게 해야 하는지 아세요? 올 초까지 여기서 일한 걸로 아는데."

그는 순간 멈칫하더니 숨을 깊게 들이마셨다. 그리고 얼른 주위를 살폈다.

"오늘 그분이 하시던 벼룩시장 가게에 들렀는데 아예 문을 닫았더라고요. 그분은—"

"아뇨. 저는 아무것도 몰라요." 그는 마고의 말이 미처 끝나기도 전에 대답하고 입을 앙다문 채 미소 지었다. 그러더니 "죄송합니다"라는 말과 함께 쟁반을 들고 뒤돌아 갔다.

마고는 그를 다시 불러 세우고 싶은 충동이 들었지만, 꾹 참았다. 다른 종업원들에게 물어볼 수도 있을 텐데 싶었다. 마고는 실망감을 추스르며 다시 음식에 집중했다. 찌개의 붉은 고추, 양파, 해물 육수가 뿜어내는 김 사이로 달걀 하나를 톡 깨 넣었다. 그리고 시금치나물, 숙주나물 같은 반찬을 집어 먹으며 펄펄 끓는 열기가 좀 가라앉을 때까지 기다렸다. 이 찌개는 한국의 추운 밤을 따뜻하게 녹여주기에 딱 맞는 음식이었을 것이다. 경제적 사정이 여의치 못한 탓에 한국에 직접 가본 적은 없지만 겨울이 얼마나 매서운지와 함께 이런 위안이 필요한 역사와 문화까지도 상상할 수 있었다. 자신은 지금 당장 이 음식을 먹어야 했다. 미세스 백은 지금 어디 있을까? 이번 일요일에도 성당에 나올지도 몰랐지만, 그때까지 남은 일주일을 어떻게 기다린단 말인가? 만약 나타나지 않으면 또 어떡한단 말인가? 마고는 아주 작은 물고기 떼처럼 반짝이며 그물 사이를 들락날락했다.

"칼라바사스나 메리 김에 대해선 어떻게 할지 생각해봤어?"

마고는 한숨을 내쉬었다. "막다른 골목에 들어선 느낌이야. 그냥 그 여자한테 직접 가서 남편에 대해 대놓고 물어보지 않는 이상 내가 알아낼 수 있는 건 별로 없는 것 같아. 무엇보다 미세스 백까지 사라진 마당이니." 마고는 찌개에 숟가락을 집어넣고 조개와 홍합, 새우, 호박, 양파를 휘휘 저어 섞었다.

마고는 누가 어깨를 살짝 치는 느낌에 고개를 들었다. 조금 전 그 종업원이 몸을 앞으로 숙여 물었다. "밖에서 이야기 좀 할 수 있을까요?" 그러더니 고개를 까딱하며 문 쪽을 가리켰다. 마고는 그를 따라 나갔다.

두 사람의 입에서 하얀 김이 뿜어져 나와 꼭 쉬는 시간에 같이 담배를 피우는 여자들 같았다. 종업원은 동그란 빈 쟁반을 방패처럼 꽉 끌어안고 있었다. 마고는 양손을 모두 호주머니에 찔러넣은 채였다. 손가락에 보푸라기가 들러붙었다.

"미세스 백을 찾으시는 건가요?"

"네." 마고의 가슴이 또다시 쿵쿵 절구질을 해댔다.

"무슨 일 있는 건 아니죠?" 마스카라를 칠한 그의 속눈썹 끝이 날렵하게 올라가 있었다. 우중충한 주차장 여기저기에 버려진 담배꽁초가 깨진 유리 조각처럼 반짝였다.

"아뇨." 마고는 고개를 저었다. "저희 엄마가…… 돌아가셨어요."

"네?"

"저희 엄마가 돌아가셨어요. 한 2주 전에요. 그래서, 미세스 백한테 엄마에 관해 물어볼 게 좀 있어서요. 두 분 아주 오랫동안 친구였거든요. 그러니 엄마에 대해 잘 아실 것 같아서요."

종업원이 마고를 위로하는 동시에 스스로를 다잡으려는 듯 무심결에 마고의 팔을 어루만졌다.

"오늘 그분 가게에 갔었는데 거기 안 계시더라고요. 가게를 팔고 떠난 것 같아요. 혹시 그분 전화번호나 주소 아시면 좀 가르쳐 주실래요? 아니면 다른 연락할 방법이라도?"

종업원은 쟁반을 다시 한번 꼭 끌어안더니 고개를 저었다. "제가 그쪽한테 연락처를 드려도 될지 잘 모르겠어요. 죄송해요."

"왜요?"

"그만두실 때 자기가 어디 사는지 아무한테도 말하지 말아 달라고 부탁했거든요."

"왜요? 저희 엄마는 정말 오래전부터 그분과 친구였어요. 아무리 그랬다 해도 무슨 문제가 될지 잘 모르겠네요."

"이해해요. 그래도······." 그는 자기 목에 하고 있던 작은 십자가 목걸이를 슬며시 옷 안으로 집어넣었다.

"그래도 뭐요? 말이 안 되잖아요. 저는 미세스 백과 아무 문제도 없어요. 바로 어제도 심지어 엄마가 다니던 성당에서 그분을 봤어요. 우린 서로 아무 문제가 없어요. 그냥 몇 가지 물어보고 싶은 게 있어서 그래요." 마고의 음성에서 점점 쉰 소리가 났다. 눈물이 나오려는 걸 간신히 참고 말했다. "지금 저한테 남은 사람은 그분밖에 없어요. 저는 가족도 없어요. 도와줄 사람이 아무도 없다고요."

종업원은 눈을 감더니 얼굴을 찌푸렸다.

"절 도와줄 사람이 아무도 없어요. 제발요."

그는 눈을 뜨고 마고와 시선을 마주쳤다. "미세스 백이 왜 여길 떠났는지 아세요?" 종업원이 바닥을 가리키며 물었다. 이 식당을 말하는 것이었다.

"저한텐 온종일 일이 너무 바빠서 그만뒀다고 했어요."

"실은 박 사장이 이 식당을 인수해서 그만둔 거예요."

"잠깐만요, 박 사장이 누구죠?"

"박 사장이 그분과 더 가까이 있으려고 이 식당을 인수했어요." 종업원이 설명했다. 그러니까 박 사장은 마고가 요전날 잠깐 이야기를 나눈 그 식당 주인을 말하는 것이었다. 자신을 지나치다 싶을 만치 지긋이 쳐다봤던. "아마 몇 번 데이트한 것 같은데 그분은 박 사장한테 별 관심이 없었어요. 박 사장은 그분 가까이에 있으려고 식당까지 인수했고요. 이미 몇 년 전에 은퇴한 사람이었는데도요."

"젠장." 마고가 잽싸게 자기 입을 가렸다.

종업원이 시계를 흘끗 보더니 "이제 가봐야 해요"라고 말했다.

"잠깐만요." 마고가 그의 팔꿈치를 살짝 만졌다. "그러니까 그 사람이 미세스 백을 쫓아다녔다는…… 아니, 스토킹했다는 말이죠?"

종업원은 고개를 끄덕였다. "이사까지 해야 했어요. 지금 어디 사는지 아무한테도 말하지 말아달라고 했어요. 지난번에 오셨을 땐 박 사장이 와 있어서 아무 이야기도 못 했어요."

"그분 어디 사는지 알아요? 절대 아무한테도 말 안 할게요. 약속해요. 박 사장이든 누구든 맹세코 입도 뻥끗 안 할게요. 그분을 위험에 빠뜨리는 그런 짓은 절대 안 해요."

"저는—"

"저는 정말 그분 도움이 필요해요."

"떠나시기 전에 적어드릴게요." 그의 눈에 두려움이 가득했다. "그분한텐 제가 박 사장에 대해 한 이야기 절대 하지 마세요. 아무한테도요. 아셨죠?" 그는 마고의 팔을 꽉 잡더니 식당으로 다시 들어갔다.

마고는 숨이 가빠오며 흰 김이 마구 뿜어져 나왔다. 가로등 불빛에 주차장 자동차들의 유리가 밝게 빛났다.

테이블로 돌아와 보니 미겔이 널브러진 자세로 누군가에게 열심히 문자를 보내고 있었다. 찌개는 이미 싹싹 비운 뒤였다.

"미안." 마고가 자리에 앉으며 말했다. "세상에."

"무슨 일이라도 있어?"

마고는 손바닥으로 이마를 꾹 누르고 속삭였다. "여기 주인 박 사장 있지? 그 사람이 미세스 백을 스토킹했대. 가게를 접은 것도 그 때문인지 몰라. 그 사람이 거기 있는 걸 찾아내서."

"와, 젠장."

"그치? 어쩐지 그 사람 뭔가 이상하다고 생각했어."

"미세스 백이 무사해야 할 텐데."

"그러게. 종업원이 주소를 준다고 했어. 지금 적고 있을 거야."

"어떻게 하려고?"

"그분 집에 찾아갈 거야. 오늘 밤에."

"또 어디론가 사라지고 없으면?"

"그분이 미스터 김에 대해 뭘 알고 있는지 알아내야 해. 그 사람에 대해 알 만한 사람은 그분뿐이야. 그분은 분명히 알 거야. 확실해."

종업원이 마고 앞 테이블에 작게 접은 쪽지 하나를 슬쩍 놓고
갔다.

찌개는 다 식어 있었지만 마고는 더는 먹고 싶은 생각이 없었
다. 너무 늦기 전에 미세스 백부터 찾아야 했다.

미나
1987년 가을

    나지막이 걸린 해, 어스름히 녹아내려 층층의 줄무늬를 이룬 구름, 역광을 받아 검은 실루엣으로 변한 야자수를 배경으로 미나와 미스터 김은 두 번째 데이트를 했다. 미스터 김의 스테이션왜건은 이 도시에서 가장 긴 도로 중 하나인 올림픽대로를 타고 서쪽으로 달렸다. 올림픽대로는 상점과 식당, 쇼핑센터가 즐비한 코리아타운을 지나 단독주택가로 접어들면서 급격히 좁아지며 크렌셔 대로와 만났다.

    미나는 창밖을 내다보며 미국으로 온 이후 지난 몇 달 동안 자신의 삶이 얼마나 변했는지를 생각하며 새삼 놀랐다. 따뜻한 날씨에 표층은 자동차, 속도, 금속, 유리처럼 차가운 것들로 이루어진 이 외국 땅에선 세상이 너무도 거대하고 낯설었다. 한국이 그리웠다. 비록 쿠데타와 군부독재, 전쟁으로 얼룩지고 국경이 아문 자국이 아닌 벌어진 상처로 남은 곳이지만 그 조용한 골목길

216

과 눈 녹은 맑은 물, 겨자색 은행잎, 너울진 기와지붕이 아련히 떠올랐다. 상실과 그 끔찍한 고통의 기억 때문에 물리적 아름다움의 기억이 사라진 건 아니었다. 그 부재는 시시때때로 출몰했다. 천둥처럼 폭탄처럼 떨어졌다. 이제 미나가 누릴 수 있는 건 이 매력 없는 건물들, 지루한 도로, 낡아빠진 버스, 시들어 축 늘어진 야자수처럼 우중충하고 볼품없는 풍경과 지루하게 웅웅대는 소리가 화려한 불빛으로 변신한 모습뿐이었다.

"추워요?" 미스터 김이 온도조절기를 돌려 실내 온도를 조정했다.

"약간요. 많이 춥진 않아요."

"이따가 온도를 더 올리고 싶으면 말씀하세요."

"네, 그럴게요."

"오늘 어떻게 보냈어요?"

조금 전 그의 차를 타면서 미나는 슈퍼마켓 사람 눈에 띌까 봐두려웠다. 온종일 일에 집중이 되지 않아, 같은 물건을 두 번 계산하거나 거스름돈을 엉터리로 내주기도 했다. 전날 밤 잠을 제대로 자지 못한 탓이었다.

"그럭저럭 잘 보냈어요. 당신은요? 종일 안 보이던데."

"오늘은 좀 쉬었어요." 그가 목을 가다듬었다. "아침에 컨디션이 별로 안 좋아서요."

"지금은 괜찮으세요?"

"네, 완전히 괜찮아요. 위장이 좀 안 좋았어요. 가끔 그래요." 그가 한숨을 내쉬었다. "그동안 가게 일이 너무 바빴죠."

"네, 그런 것 같아요."

"좋은 일이죠, 뭐. 손님이 많으면 돈도 더 많이 버는 거니까요."

"그냥 일만 더 많은 걸수도 있죠."

그가 껄껄 웃었다. "네, 그 말이 맞네요. 언젠간 저도 제 가게를 차릴 거예요."

"어떤 가게요?"

"식품점요. 전 식품점 사람이니까요."

미나가 웃었다. "그게 운명이라도 되는 것처럼 말하시네요."

"왜 아니겠어요? 제 말은, 그거 말고 달리 뭘 할 게 있냐는 거죠. 제가 음식보다 더 좋아하는 거라곤 책밖에 없는데요. 근데 그걸로 뭘 하겠어요? 성경책 장사? 코리아타운에서 무슨 책들을 사겠어요?"

"마켓 근처에 서점이 하나 있어요."

"거기 가보셨어요?"

"그럼요." 미나는 몇 주 전에 산 스페인어 교재를 떠올렸다.

"거기 파는 건 죄다 성경책 아니면 영어, 스페인어 교재예요. 다른 책도 좀 있겠죠. 하지만 이제 아무도 책 읽을 시간이 없어요. 다들 먹고사는 일에 매달리느라 바쁘죠……. 근데 먹지 않고 살 수 있는 사람은 없으니까요."

"부디 그래야 할 텐데." 미나는 농담을 던졌다.

"식품점이 미래예요."

"식품점은 현재죠." 미나는 손으로 입을 가리며 웃었다.

"돈을 모으고 있어요. 아마 몇 년 안에 다른 데서 가게를 시작할 수 있을 거예요. 밸리나 그런…….”

“지금 사장과 직접 경쟁하지 않는 데서요.” 미나가 이어받아 말했다.

그가 씩 웃었다. “맞아요.”

드넓은 하늘에 청량한 분홍 주름이 이글거리는 풍경을 안고 올림픽대로를 달리던 그들은 이제 초록 잔디밭이 딸린, 작지만 단정한 집들이 옹기종기 모인 주거지로 접어들었다. 도로를 따라 펼쳐진 앞마당들엔 여태 활짝 피어 있는 장미, 단정하게 깎은 관목, 멋진 모양으로 다듬어진 가지를 활짝 뻗은 나무가 어우러져 있었다. 그는 주위를 유심히 살피며 그 예쁜 집들에 경탄하는 표정을 지었다. 그러다 피코 대로가 나오자 거기서 우회전하여 계속 서쪽으로 달렸다. 미나는 엘에이 공항에 내린 7월의 어느 날 이후로 코리아타운에서 가장 멀리 벗어난 것이었다.

“우리 어디 가는 거예요?” 미나가 물었다.

“바닷가에요.”

“바닷가요? 밤에 거기서 뭐 하게요?”

“아, 거긴 식당도 있고, 게임도 있고, 탈것도 있고 별게 다 있어요. 아직 안 가봤어요?”

“네.”

“여기 온 지 얼마나 되셨다고 했지요?”

“몇 달 안 됐어요.”

“음, 차가 없으시니. 그래도 그렇지, 친구하고도 안 가보셨다니.”

미나는 미세스 신과 그의 아이들, 그의 일을 생각했다. “다들 너무 바쁘니까요."

"바닷가 좋아하세요?"

"그럼요." 미나는 남편과 낙산해수욕장의 뜨겁고 부드러운 모래 위에 앉아 딸이 파도 속에서 노는 모습을 지켜보던 기억을 떠올렸다. 그때 연분홍 수영복에 보드라운 흰색 모자를 쓴 딸이 얼마나 쪼끄매 보였던지. 답답한 도시 생활의 열기를 식혀줄 꼭 필요한 주말여행이었다. 미나는 바다 냄새를 사랑했다. 하지만 자신이 아무리 가족을 사랑해도 무슨 이유에선지 혼자 있고 싶은 마음이 들어 죄책감을 느낀 적도 있었다. "바닷가 정말 좋아하죠. 미스터 김은요?"

"제가 가장 좋아하는 곳 중 하나예요." 그가 웃었다. "어린 시절이 떠올라서요."

바닷가 근처엔 벌써 가로등이 켜져 길을 따라 주르륵 늘어선 야자수들을 희미하게 비추고 있었다. 미스터 김이 주차하자 미나는 묵직한 차 문을 열었다. 순간 이가 딱딱 부딪힐 정도로 시린 바람이 훅 불어와 미나의 머리카락이 사방으로 휘날렸다. 미나는 스웨터로 몸을 감쌌다. 공기가 차긴 해도 그 코를 찌를 듯 강렬한 소금, 해초 냄새에 머리와 가슴이 뻥 뚫리는 것 같았다. 여기선 훨훨 타고 남은 재처럼 거무튀튀하게 물든 엘에이 하늘을 잊을 수 있었다. 여기에서라면 다시 숨을 쉴 수 있을지도 몰랐다.

"제 재킷 좀 걸치실래요?" 미나 옆에서 걸어가던 그가 물었다.

"아뇨. 괜찮아요. 곧 익숙해질 거예요."

"정말 괜찮으시겠어요?"

미나는 고개를 끄덕였다. 바다 가까이로 갈수록 널찍한 진입로 위에 산타모니카, 요트 하버, 스포츠 피싱 보우팅, 카페 같은, 미나에겐 그 뜻이 분명히 와 닿지 않는 단어들로 된 아치형 네온사인이 어둑한 밤하늘에 등불처럼 걸려 있었다. 미나는 피싱, 보우팅, 카페 같은 단어는 알겠는데 요트는 무슨 뜻일까 싶었다. 누구 이름인가?

"부두에 가면 아마 먹을 게 있을 거예요." 그가 말했다. "핫도그나 햄버거처럼 간편하게 먹는 거 괜찮아요?"

"그럼요." 머리 위로 갈매기가 끼룩끼룩 날아다녔다.

"그다음엔 좀 걷고 대관람차도 타봐요."

"저는 높은 데는 잘 못 가요." 미나가 당황한 얼굴로 웃었다.

"오, 정말요?"

"네, 떨어질까 봐 무서워요."

"그래도 이건 한번 타보세요. 야경이 얼마나 멋진데요."

온갖 연령대와 인종이 북적대는 부두로 걸어 내려가면서 미나는 딸이 네다섯 살 즈음 처음이자 마지막으로 대관람차를 탔던 때를 떠올렸다. 그때 미나는 줄곧 눈을 감고 있었는데, 그동안 자신들이 저 아래 군중 속으로 곤두박질치는 모습만 자꾸 그려졌었다. 비명 소리와 쿵 부딪히는 소리도. 자신들이 앉은 칸이 바람에 흔들려 삐걱거리는 소리도 끔찍했다. 앞으로 다시는 그렇게 높은 곳에 가지 않겠다고 다짐했다. 그 후론 자신이 있어야 할 땅위에 서서 지켜만 보았다.

"뭐 드시고 싶으세요?"

"음, 아무 거나요."

"여기 저 옆쪽에 아주 괜찮은 데가 있어요. 고급 식당은 아니지만 햄버거도 있고 핫도그도 있어요."

미나는 한국에서 몇 번 미국 음식을 먹어본 적이 있지만 퍽퍽한 고기와 빵에 치즈와 텁텁한 토마토, 흐물흐물한 상추 맛이 영별로였다. 하지만 오늘 밤엔 어쩐지 모험심이 발동해 평소와 다른 무언가에 뛰어들 태세가 되어 있었다. 게다가 미국이 아니라면 미국 음식을 또 어디서 먹어보겠는가? 마켓에서 몇 블록 떨어진 곳에 있는 타코 트럭에서 멕시코 음식도 이미 맛있게 먹은 터였다. 촉촉하고 부드러운 토르티야에 라임을 짜 넣은 고기와 알록달록한 살사 소스를 넣은 타코가 생각나 침이 고였다.

"뭐 드실래요?" 부둣가의 비바람에 시달린 흔적이 완연한 단순한 사각 건물 메뉴판 앞에 서서 그가 물었다.

"뭐가 맛있어요?"

"정말 다 맛있어요. 저는 치즈버거 먹으려고요."

"저도 그걸로 할게요."

그가 카운터에서 주문하는 동안 미나는 그 자리에 가만히 서서 그를 지켜보았다. 뒷주머니에서 지갑을 꺼내려고 팔을 굽히는 모습, 목덜미로 갈수록 짧아지는 숱 많은 검은 머리카락, 부드럽게 굴곡져 내려온 등과 허리를. 그가 돌아섰을 때 미나는 시선을 그대로 둔 채 빙긋 웃을 수밖에 없었다.

"밤인데 꽤 북적이네요. 사람들이 이렇게 많다니."

"네, 다들 여길 좋아해요."

"미스터 김도 여기 자주 오세요?"

"전엔 시도 때도 없이 왔는데 요즘엔 어쩌다 한번씩 와요. 그냥 부둣가를 거닐다가 가곤 하죠. 바다 보는 게 좋아서요. 바다를 보면 머리가 맑아져요. 언제 불이 다 꺼진 뒤에 또 옵시다. 느낌이 아주 다른데 그건 또 그거대로 좋아요."

카운터 뒤에서 자신들 번호를 부르는 여자 목소리가 들렸다. 그는 카운터로 가서 치즈버거 두 개와 감자튀김 한 움큼, 콜라 두 캔이 담긴 쟁반을 들고 왔다. 빈 창가 자리에서 그들은 해가 수평선 아래로 떨어지는 모습을 지켜보았다.

"죄송해요. 제가 깜빡 잊고 마실 건 안 물어봤네요. 그냥 콜라를 가져왔는데 다른 거 드시고 싶으면 말씀하세요. 갖다 드릴게요."

미나는 캔을 따고 한 모금 마셨다. "좋네요."

미나는 치즈버거를 어떻게 먹을지 몰라 그걸 집어 들고 손가락으로 한 조각씩 뜯어 입에 넣었다. 빵 사이에 든 상추와 토마토, 기름진 고기와 치즈가 일품이었다. 미스터 김은 버거에 머리를 박고 입으로 우적우적 베어 먹었다. 미국 음식은 상당히 야만적인 느낌이었다. 대체 수저는 어디로 간 건지!

자신도 미스터 김처럼 버거를 한 입 베어 먹어보았다. 음식이 입 안 가득이라 씹는 동안 손으로 입을 가렸다. 미나는 스스로가 우스꽝스럽게 느껴졌지만 웃지 않으려 용을 썼다.

"괜찮으세요?"

미나는 손가락으로 잠깐 기다려 달라는 시늉을 했다. 그리고 음식을 다 삼키고 물었다. "미국인들은 어떻게 이렇게 먹어요?"

"맛있어요? 안에 든 것 중에 입에 안 맞는 건 없으세요?"

"아뇨. 다 맛있어요. 근데…… 좀 깔끔하진 못하네요." 미나가 활짝 웃었다.

"곧 익숙해질 거예요. 저도 이걸 너무 많이는 안 먹으려고 노력해요. 건강한 음식은 아니지만 감자튀김을 정말 좋아해요." 그가 감자튀김을 한 움큼 집어 먹으며 미나에게도 먹어보라는 시늉을 했다. 미나는 감자튀김 하나를 작은 컵에 담긴 케첩에 찍어 입에 넣었다.

"이건 자주 먹을 것 같은데요."

"하, 그렇죠. 저도 조심해야 해요." 그가 자기 배를 두드렸다.

"미나 씨는 걱정 안 하셔도 돼요. 워낙 날씬하셔서." 그가 웃었다. "그렇게 생각해요?"

"그럼요."

"말랐다고요?"

"아뇨. 마른 게 아니라 딱 보기 좋으시다고요." 미나가 얼굴을 붉히며 치즈버거를 한 입 더 베어 먹었다. 주제를 얼른 바꾸고 싶은 마음에 이렇게 물었다. "그니까 어렸을 때 바닷가에 자주 가셨다고요?"

"네. 제가 저 남쪽 부산에서 자랐거든요."

"아, 너무 좋으셨겠어요. 전 부산엔 한 번도 안 가봤어요."

"좋았죠. 고향 생각 많이 해요." 그가 미나의 눈을 지그시 바라보았다. 미나는 시선을 돌리며 짐짓 모른 체했다. "근데 여기도 나쁘지 않아요." 그는 창밖으로 시선을 돌려 카니발 불빛 풍경을 음미했다.

"맞아요. 여기도 좋아요." 미나는 그를, 자신들을 안심시키고 싶었다.

"일은 고되지만요."

"그렇긴 하죠." 미나는 시선을 소금, 후추 통에 두었다가 다시 감자튀김으로 옮겼다.

"미국에서 쭉 살기로 마음을 정하신 건가요?"

"아직 잘 모르겠어요."

"제가 깨달은 게 하나 있다면 이거예요. 어디로 가는지는 몰라도 조금은 즐기면서 갈 수 있다."

미나의 눈에 눈물이 차올랐다. 미나는 남은 감자튀김 하나를 집어 입에 넣고 천천히 씹었다.

음식을 다 먹고 나자 미스터 김이 쓰레기를 치웠다. 낡은 나무 바닥이 깔린 부둣가로 다시 나오니 짙은 안개와 바람이 두 사람을 훅 덮쳤다. 울퉁불퉁한 땅바닥을 걷고 있자니, 온종일 서서 일하느라 욱신거리던 발바닥 통증이 되살아났다.

"여기요, 제 재킷 좀 걸치세요." 그가 입고 있던 바람막이 재킷을 벗었다.

"아녜요, 전 괜찮아요. 그러다 감기 걸리시면 어떡하려고요."

"제발 입으세요." 그가 완강히 건넸다. 미나는 할 수 없이 손을 뻗어 재킷을 건네받으려 했지만 그가 뒤에서 재킷을 입혀주었다. 미나는 그 큰 재킷에 팔을 쑥 집어넣고 지퍼를 끝까지 올렸다. 온기가 미나를 감쌌다.

그가 웃음을 참는 표정을 지었다. "그렇게 입으니까 너무 웃겨요." 그가 말했다.

"으음, 고마워요."

"아니 제 말은, 귀여워 보인다고요."

미나는 그만 웃음을 터뜨렸다. 장난기가 발동해 그의 팔이라도 한 대 치고 싶었다. 하지만 자신들이 얼마나 가까이에 서 있는지를 의식하지 않을 수 없었다. 카니발 게임들과 정신없이 깜빡이는 불빛, 동물 인형 모양 네온사인 옆을 지나가다가 그가 손을 뻗어 자기 손을 잡을지도 몰랐다. 자신의 손가락 사이에서 그의 손가락이 어떻게 느껴질지 궁금했다.

농구 골대가 있는 천막 앞에서 그가 멈춰 섰다. "이거 한번 해보실래요?"

"아, 전 이런 거 잘 못해요."

"우리 한번 해봐요. 자, 제가 매직 존슨이에요." 그가 드리블하다가 어설프게 점프슛 하는 시늉을 했다.

미나가 하하 웃었다. "전 진짜 잘 못해요. 제가 하면 돈만 버리는 거예요."

"그냥 한번 해보자고요." 그가 빨간색과 흰색 줄무늬 천막에서 토큰 한 줌을 구입했다. 두 사람은 그걸 농구 천막 주인에게 건넨 다음 신나게 공을 던졌다. 미나는 제 공이 옆 골대에 들어가려 할 때마다 꺅 소리를 질렀다. 두 사람은 몇 번의 실패 끝에 마침내 하나씩 공을 넣었고 그때마다 어린아이처럼 팔짝팔짝 뛰며 하이파이브를 했다.

그들은 가슴에 빨간 하트가 들어간 작은 흰색 곰 인형을 하나씩 얻어냈다.

　"우리 서로 바꿔 가질까요?" 그가 물었다.

　"왜요? 저는 제 것이 더 좋은데요."

　"두 개 다 똑같아요."

　"아녜요. 제 게 더 대칭이 맞아요."

　"네, 맞아요. 미나 씨 게 더 대칭적이에요." 그가 장난스레 삐죽거렸다.

　"농담이에요. 그거 주세요." 미나는 그의 곰 인형을 받고 자기 곰 인형을 그의 손에 쥐어줬다. 둥그렇게 튀어나온 주둥이와 반달 모양 귀가 달린 우스꽝스런 얼굴과 앙증맞은 하트가 너무 사랑스러워 그들은 잠깐 동안 곰 인형을 꽉 끌어안았다.

　"땡큐 베리 마치." 그가 영어로 말했다.

　"유어 웰컴 베리 마치." 미나는 웃음이 터져 나왔다.

　대부분 자신들보다 젊은 사람들 사이를 헤집고 다니려니 미나는 여러 생각이 꿈틀대는 게 느껴졌다. 곰 인형을 안고 있던 손에 힘을 꽉 주었다. 지금 내가 바람을 피우는 걸까? 십오 년간의 결혼 생활 동안 다른 남자를 생각이라도 해본 건 손에 꼽을 정도였다. 실제로는 아무 일도 일어난 적이 없었다. 매력적인 새 동료를 만나거나 길에서 괜찮은 남자를 보면 그 사람과 저녁 식사를 하고 포옹하고 키스하면 과연 어떤 느낌일지 상상해보기는 했다. 하지만 그런 상상은 영화 속 장면처럼 스쳐 지나갔을 뿐이었고, 그런 순간들을 생각하면 자신이 싫어졌다. 하지만 왜 그래야 한

단 말인가? 과연 남편은 한 번도 다른 여자를 생각해본 적 없을까? 지나가는 여자의 다리에, 예쁜 미소에 시선을 둔 적 없을까? 인간으로서 어떻게 그런 가능성을 상상하지 않을 수 있을까? 미나는 이런 의문들을 떠올리며 숨이 가빠오는 것을 느꼈다. 머릿속이 촘촘한 그물망처럼 주변의 모든 소리를 걸러냈다. 웃음소리, 아이들의 비명, 바리톤의 남자가 스페인어로 노래하는 소리, 스피커에서 쿵쿵 흘러나오는 비트까지 전부 다.

"무슨 생각을 그렇게 하세요?"

어느새 두 사람은 대관람차 앞에 와 있었다.

"타보실래요?" 그가 짙은 눈썹을 치켜올렸다. 하지만 그의 눈은 미나의 마음을 이해한다는 듯 순순히 물러설 태세를 하고 있었다.

미나가 하늘을 향해 고개를 들자 그 모든 질문이 순식간에 사라졌다. 머릿속이 조금 시원해졌다. 관람차가 꼭 쇠와 빛으로 만든 거미줄처럼 부드러워 보였다. "좋아요."

"정말요? 내키지 않으면 안 타셔도 돼요." 그가 빙긋 웃었다.

"괜찮을 것 같아요."

그가 매표소로 걸어갔다. 미나는 여전히 곰 인형을 끌어안은 채 그를 바라보며 기다렸다. 검은 구슬 눈. 빨간 심장. 미나는 딸의 곰 인형을 생각하며 그 곰을 꽉 끌어안았다. 울음이 날 것 같아 더는 딸을 생각하고 싶지 않았다. 혹시 그것도 배신일까? 앞으로 이렇게 가슴이 무너져내리지 않고 사람을 사랑하고 경탄의 시선으로 볼 수 있을까? 어떻게 하면 이런 감정을 저버리지 않고도 그 때문에 스스로 망가지거나, 감히 떠올린 모든 가능성과 희망이 갈기갈기 찢기지 않을 수 있을까?

그가 표를 사 들고 돌아왔다. "괜찮아요?"

"네, 괜찮아요."

그들은 줄 맨 끝으로 걸어갔다. "아직도 추워요?"

"약간요."

"옷을 더 껴입고 올 걸 그랬어요. 더 벗어드리게."

"아이고, 괜찮아요."

"잠깐 기다려요. 몸 좀 녹일 만한 걸 가져올게요."

그는 벌떼 같은 군중 속으로, 한 떼거리의 낯선 얼굴과 팔다리들 사이로 사라졌다. 순간 미나의 머릿속에서 펑 하고 폭발이 일어났다. 다리에 힘이 빠져 하마터면 바닥에 주저앉을 뻔했지만 간신히 정신을 부여잡고 버텼다. 여태 엄마의 손을 잡고 있다 생각했는데 갑자기 엄마가 보이지 않았다. 길을 잃은 거였다. 겁에 질린 어린 미나는 정신없이 자기를 밀치고 가는 사람들을 향해 비명을 질렀다. 그러다 유황 가스가 자욱한 땅바닥에 쓰러졌고, 바닥에 널브러져 있던 파편에 온몸이 찔렸다. 그길로 사람들의 발길에 밟혀 죽나 보다 싶었는데 모르는 남자 하나가 미나를 안아 들고 자기 어깨에 둘러멨다. 남자의 머리에선 피가 철철 흘러내리고 있었다.

미나는 스티로폼 컵 두 개를 가지고 나타난 미스터 김의 모습에 문득 정신이 들었다. "핫초코 드셔본 적 있어요?"

"아뇨. 한 번도 안 먹어봤어요." 미나는 그가 돌아온 것에 안도하며 대답했다.

"아마 좋아하실 거예요."

미나는 후후 불고 나서 한 모금 마셨다. "음, 맛있네요." 미나는 한입에 꿀떡꿀떡 삼켜버리고 싶었지만 그러기엔 너무 뜨거웠다.

"단 거 좋아하시나 봐요."

"지금 보니 아마 그런가 봐요." 미나는 초콜릿을 좋아했지만 음료 형태로 먹는 건 이번이 처음이었다. 한결 마음이 편안해진 미나는 고개를 뒤로 젖힌 채, 대관람차의 흔들리는 차들과 세상을 향해 윙크하며 춤추는 불빛에 넋을 빼앗겼다.

"저 위는 추울 거예요. 재킷 다시 입지 않을래요?"

"전 괜찮아요." 그가 대답했다. 차례가 다가오자 관리자가 말했다. "음료는 버리고 타셔야 해요."

미나가 마지막으로 한 모금 마신 뒤 그가 두 사람의 컵을 근처 쓰레기통에 버렸다. "들고 탈 수 있으면 했는데."

"그러게요."

차에 오르자마자 차체가 뒤집힐 듯 흔들리는 바람에 미나는 자리에 앉으며 비명을 질렀다. "걱정 마세요." 그가 미나의 손은 부드럽게 잡았다. 차가 검은 하늘 위로 점점 높이 올라가자 미나는 그의 손을 꽉 움켜쥐었다. 아래에 있던 사람들이 점점 멀어지며 개미처럼 작아졌다. 미나는 덜덜 떨면서 그와 바싹 붙어 앉았다. 서로 엉덩이가 닿을 정도로 가까이 앉은 건 처음이었다.

"눈 좀 감고 있을게요."

"그래요. 걱정 마세요."

커다란 바퀴가 회전하며 위로 올라갔다 다시 내려왔다 하는 동안 미나는 눈을 감은 채 그의 손을 더 세게 붙들었다. 가슴 속에서 심장이 쿵쿵 뛰었다. 두 사람은 이를 딱딱 부딪치며 서로에게 밀착했다. 그가 팔을 뻗어 미나의 어깨를 감쌌다. 차들이 부드럽게 삐걱대는 소리가 들렸다.

"괜찮아요?"

"네. 그냥 계속 눈을 감고 있어요." 미나는 웃었다. "어린애 같다는 거 알아요."

"걱정 마세요. 미나 씨는 큰 용기를 낸 거니까. 이 정도도 아주 대단한 거예요."

"그러니까 제가……."

"대관람차에 오른 것 말예요. 굳이 그럴 필요 없었는데도 어쨌든 용기를 내 올라탔잖아요."

미나의 귀와 목에서 그의 숨결이 느껴졌다. 미나는 고개를 돌려 그를 바라봤고 그가 미나의 입술에 자기 입술을 포갰다. 미나는 그에게 키스했다. 그에게서 초콜릿 맛이 났고 그들을 둘러싼 공기에선 짭짤한 맛이 났다. 순간 미나는 온전히 몸으로만 존재하는 기분이었고 그 몸은 훨훨 날아갈 듯 가벼웠다. 그가 고개를 들었을 때 미나는 눈을 뜨고 저 아래 세상을 가만히 내려다봤다. 환하게 반짝이는 불빛과 사방에 깔린 깊은 어둠이 극명한 대조를 이루며 숨 막힐 듯한 장관을 연출하고 있는 모습을.

마고
2014년 가을

꽉 닫힌 창과 얇은 커튼 뒤로 전등 불빛이 꿋꿋이 실내를 밝히는 동안 텔레비전 화면이 연신 깜빡거렸고, 간간이 들려오는 사이렌 소리에 담장 너머 개들이 합창으로 짖어댔다. 어디에선가 달큼한 마사 굽는 냄새가 났다. 엘에이에선 기온이나 계절에 상관없이 항상 무언가가 타고 있었다. 베이컨을 만 핫도그, 종이에 만 대마초, 지글거리는 갈비구이, 열기를 머금은 고무 타이어, 7월이면 온 동네에서 벌어지는 불꽃놀이, 불타오르는 숲. 그 불길들은 절대 잊히지 않는다. 다육식물과 선인장을 심어놓은 빛바랜 도자기 화분들과 군데군데 허옇게 죽은 잔디밭 앞에선 동네 아이들이 춥고 어두운 밤거리를 뛰어다니며 폭죽처럼 비명과 웃음을 터뜨렸다

마고는 담장 없는 앞마당을 지나 미세스 백의 아파트 계단을 올라갔다. 211호. 똑똑 노크를 했다. 매끄러운 회색 표면에 손끝

이 동물이라도 만지듯 조심스레 머물렀다.

도어렌즈에 그림자가 졌다. "누구세요?" 미세스 백이 거칠고 퉁명스러운 목소리로 물었다.

"미나 딸 마고예요."

끼익 현관문이 열리며 놋쇠 사슬이 미세스 백의 얼굴을 반으로 갈라놓았다. 화장기 없는 창백한 얼굴에 머리에는 연어 빛깔 수건을 두른 모습이었다. 미세스 백은 눈을 가늘게 뜨고 물었다. "여긴 뭐 하러 온 거야?"

"얘기 좀 할 수 있을까 해서요."

"이 늦은 밤에? 주소는 어떻게 알았어?"

"구글로 검색해서요."

미세스 백은 한숨을 쉬며 체인을 풀었다. "막 마스크 팩을 하려던 참이었어."

비좁은 거실은 먼지로 뒤덮인 종이와 잉크 냄새 같은 헌책방 냄새와 진한 오이 콜드크림 냄새가 났다. 탁자 위에는 책과 신문 더미가 꼭 이내 와르르 무너질 듯한 고층 건물들처럼 쌓여 있었다. 화재 위험. 마고는 푹신한 낡은 진초록 벨벳 소파에 앉았다. 누가 버린 걸 주워 와 닦아놓은 것 같은 소파가 전엔 사무실이나 창고와 다름없어 보였을 공간에 생기를 불어넣어 주고 있었다. 거실과 부엌 사이에 놓인 평면 텔레비전에서 나오는 한국 뉴스는 음소거 상태였다.

해진 끝자락이 앙상한 무릎까지 내려온 잠옷 위에 비둘기 색 로브를 걸친 미세스 백은 가슴 아래로 팔짱을 끼고 손에는 리모

컵을 들었다. 빨간 립스틱과 조각달처럼 그린 눈썹으로 무장하지 않은 그는 흡사 깃털이 뽑혀 나간 열대 새 같았다.

"몇 가지 여쭤볼 게 있어서요."

미세스 백이 팔짱을 꼈다. "뭐에 관해서?"

갑자기 마고에게 폐소공포증이 몰려왔다. 도대체 나는 무슨 생각으로 여기에 온 걸까? 하지만 마고는 자신이 찾고 있는 것을 생각하며 마음을 다잡았다.

"미스터 김과 저희 엄마에 관해서요."

미세스 백은 머리에 두르고 있던 수건을 더 단단히 고쳐 맸다.

"오늘 벼룩시장에 갔었어요. 그런데 아주머니 가게가 사라지고 없더라고요."

미세스 백은 마고 앞에 식탁 의자를 가져와 앉았다. "이제 끝이야."

"일 말씀이세요?"

"그래, 당분간은." 그는 손거스러미를 물어뜯었다. "거기 손님이 한 사람이라도 있었어?"

"아뇨."

"한동안 계속 적자였어."

오늘도 손님이 별로 없었어. 시내에 있는 한국 가게도 전부 문을 닫는 판이니, 뭐.

식당 종업원은 마고가 박 사장에 관해 언급하지 않기를 바랐지만 마고는 미세스 백이 안전한지 알고 싶었다. 아무리 장사가 안 된다 해도 연중 가장 벌이가 좋은 연말 장사를 앞두고 문을 닫은 것이 잘 납득이 되지 않는 터였다.

"혹시 다른 이유는 없으세요? 너무 서둘러 문을 닫으신 것 같아서요."

"사실…… 꽤 오래전부터 생각한 거였어."

"이제 어떻게 하실 거예요?"

"잘 모르겠어. 하지만 어떻게든 살아남을테니 내 걱정 마."

"다시 한옥 하우스로 가실 건가요?" 마고는 대답을 뻔히 아는 질문을 했다. 어떤 반응을 보일지 궁금해서였다.

"아니. 거긴 안 가. 절대로." 미세스 백은 로브 끈의 매듭을 다시 매만졌다.

마고는 탁자에 놓인, 미세스 백이 고등학교와 대학교 때 읽었던 소설책들을 살펴봤다. 조지 엘리엇, 이디스 워튼 같은 어려운 책, 아름다운 책들이었다. 꼭 치아처럼, 한때 하얬을 페이지들이 전부 누렇게 변해 있었다. 책은 얼마나 입과 닮았는지. 이야기들이 잘못된 기대를 심어주어 우리를 계속 살아가게 하거나 죽게 했을까? 그건 누가 썼는지에 따라 달랐으리라.

"이런 책들 읽으세요?" 마고는 책 더미 속에서 자신이 좋아하는 토마스 하디의 『더버빌가의 테스』를 발견하고 물었다. 그 이야기와 결말을 생각하니 저릿한 슬픔이 밀려왔다. "엄마는 책을 읽지 않으셨어요."

"네 엄만 책을 싫어했지." 미세스 백이 의자에 등을 기댔다. "믿거나 말거나 나도 너처럼 영어를 전공했단다."

너처럼이란 말이 마고의 가슴에 있는 무언가를 쥐어짰다. 엄마는 나에 관해 얼마나 이야기했을까? 나를 자랑스러워했을까?

미세스 백이 무릎에 손을 올리고 일어설 채비를 했다. "밤이 너무 늦었어. 내 마스크 팩이 날 부르는구나."

"저, 미스터 김에 관해 물어봐도 될까요?"

"솔직히 나도 아는 게 별로 없어." 그의 목소리가 살짝 떨렸다. "이미 말했다시피, 그분이 돌아가시고 나서도 네 엄마는 그분에 대해 나한테 아무 말도 하지 않았어."

"그분이 제 아버지였나요?" 마고의 심장이 쿵쿵 펌프질해댔다.

미세스 백은 깜짝 놀라 눈을 동그랗게 떴다.

"저희 아파트에서 그분 부고 기사를 발견했어요. 거기 사진도 실렸는데 저랑 닮았더라고요."

미세스 백은 입술을 깨문 채 아무 말도 하지 않았다.

"그렇지 않다면 두 분이 같이 있었던 게 도무지 말이 안 돼요. 칼라바사스에 있는 그분 집에 가봤거든요. 너무 멋진 집에서 멋진 삶을 사셨더라고요. 그분 아내도 정말 끝내주고요. 저희랑은 완전히 딴 세상 사람이었어요. 그런 분이랑 엄마가 어떻게 만났겠어요? 과거 말고 대체 무슨 공통점이 있겠냐고요."

미세스 백은 무릎을 내려다보며 깊이 숨을 들이쉬었다.

마고는 다시 손을 벨벳 소파에 올린 채 뒤로 기댔다. "그분은 슈퍼마켓을 몇 개 운영하셨더군요. 엄마가 처음 미국에 와서 슈퍼마켓에서 일할 때 아버지가 같은 슈퍼마켓에서 일했다고 말해준 적이 있어요. 그게 아니라면 어떻게 그분이, 두 분 사이에 달리 무슨 연결 고리가 있겠어요? 물론 당시에 두 분이 그냥 친구였을 수도 있죠. 근데 그분 사진을 볼 때마다—" 마고의 목소리가 흔들렸다. "맹세컨대—"

"맞아." 미세스 백이 인상을 쓰며 불쑥 말꼬리를 잘랐다. "네 말이 맞아. 그 사람이 네 아버지였어, 마고."

"왜 아무도 제게 그 얘길 안 해준 거죠?" 마고는 가슴이 무너져 내렸다. 숨이 막혔다.

미세스 백이 고개를 저었다.

"왜 아무도 내게 말해주지 않았어요?" 마고는 엄마와 미세스 백, 세상에 분노하며 소리쳤다. 그리고 울면서 자리에서 일어났다.

"네 엄만 네가 알 이유가 없다고 생각했어. 그 사람은 죽어가고 있었으니까. 그 사람한테도 네 얘기를 할 이유가 없었어. 그런다고 무슨 소용이 있었겠냐고." 미세스 백이 머리에 두른 수건을 조여 맸다. "네 엄마가 한 결정이야."

"그건 온당치 않은 결정이에요. 제가 알았다면 훨씬 나았을 거예요. 그분이 죽어가고 있든 말든 전 별로 신경 안 썼을 거예요."

"어쩌면 그냥 그 사람한테 말을 안 하고 싶었는지도 모르지." 미세스 백이 격렬히 대꾸했다. "아픈 사람이 감당하기엔 힘든 이야기니까. 그 사람은 암에 걸린 상태였어. 네 엄마는 너와 그 사람 둘 다 보호하려고 한 거야." 미세스 백이 눈물을 흘리며 흐느꼈다. "네 엄만 널 보호하려고 한 거야. 모두를 보호하려고 한 거야." 그는 회색 로브 소매로 코를 닦았다.

마고는 다시 소파에 풀썩 주저앉았다. 미세스 백이 자리에서 일어나 어딘가로 가더니 휴지 상자를 들고 와 마고에게 건넸다.

"전 아직도 이해가 안 돼요." 마고가 코를 풀었다. "이제 어쩌죠? 이렇게 다 알게 됐으니 이제 뭘 해야 하는 거죠? 두 분 모두 죽고 없는 지금에 와서 그런 걸 알아봤자 이제 아무 소용도 없는 걸요."

미세스 백이 마고 옆으로 와 앉으며 마고의 손을 잡았다. "과거는……." 미세스 백이 얼굴을 찡그리며 카펫에 시선을 고정했다. "가끔은 그냥 잊어버리는 게 좋을 때도 있어. 네 앞엔 아직 창창한 세월이 기다리고 있어. 넌…… 우리는 앞을 보고 가야 해. 알았지?"

"아뇨, 전 그러기 싫어요. 그게 정말 단순한 사고였는지 제대로 납득할 때까지는 절대 그럴 수 없어요."

"엄마의 죽음에 대해서 말이니?"

마고가 고개를 끄덕였다. "제가 완전히 이해할 때까진 절대 그냥 넘어가지 않을 거예요. 전 도저히 그럴 수 없어요."

"언제까지? 그게 네 잘못이 아니라는 걸 깨달을 때까지?" 미세스 백의 눈이 반짝였다. "혹시 죄책감 때문에 그런 거니?"

마고는 뺨이 확 달아올랐다. "제가 더 자주 확인했어야 했는데, 더 자주 찾아갔어야 했는데……. 그랬다면 제가 뭘 막진 못해도 엄마 인생에 무슨 일이 벌어지고 있는지는 알았을 거예요. 그랬다면 제가……."

"그건 네 잘못이 아니야, 마고." 그가 마고의 손목을 꽉 잡았다. "그건 사고였어. 아주 끔찍한 사고." 그는 눈가를 닦으며 말했다. "다들 '그때 내가 다르게 행동했다면 좋았을 텐데' 하고 후회를 해. 하지만 그래봤자 좋을 게 하나도 없어. 누군들 다른 선택지들을 저버리지 않았겠어." 그는 앞에 쌓인 책 더미를 물끄러미 바라봤다. "기억이란 게 그래서 문제야."

마고의 엄마는 현재가 그저 깨기 쉬운 얼룩진 달걀 껍질에 불과한 양 순간을 툭 깨뜨려 기억을 활짝 열어젖힐 수 있었다. 십대 때 마고는 엄마에게 콘서트에 가게 해달라고 조른 적이 있었다(지금은 그 밴드 이름조차 기억나지 않지만). 친구의 부모님이 차로 바래다주기로 했다는 거짓말까지 했지만, 엄마는 밤 외출을 허락하지 않았다. "내가 얼마나 열심히 일하는지 알아?" 엄마는 한국말로 소리쳤다. "내가 얼마나 열심히 일하는지 아냐고! 나는 몇 년째 재미라곤 한 번도 못 느껴봤어. 흥, 재미?"

"왜 내가 행복하게 살게 내버려두지 않아요?" 마고는 이웃은 아랑곳하지 않고 영어로 소리쳤다.

"학교 공부해야지. 얌전히 집에 있으면서. 너는 네가 얼마나 운이 좋은 아인지 알기나 해? 엄만 네 나이 때 뭘 했는지 알아?" 엄마는 검지로 자기 가슴을 쿡 찔렀다. "엄만 어렸을 때 하루 종일 공장에서 일했어. 그게 어떤 건지 네가 알아? 나는 안 아픈 때가 없었고, 우리 같은 아이들한텐 날마다 끔찍한 일이 벌어졌어. 우린 그냥 전부 다 짐이고 먹여 살릴 입이었다고. 나는 일찌감치 자신을 먹여 살리는 법을 배워야만 했어. 재미라니. 이 세상에 재미 같은 건 없어."

하지만 엄마의 가혹함은 그가 피난처도 순수한 친절도 없다고 여긴 세상으로부터 딸을 보호하기 위한 것이었다. 당연히 엄마는 세상을 그렇게 볼 수밖에 없었고 정체성 대부분도 과거와 관련된 것이었다. 엄마는 우리 모두와 마찬가지로 역사 속을 떠다녔다. 하지만 엄마의 경험은 유난히 고약하고 어두웠으며 연기와 불꽃이 가득했다.

마고의 얼굴에 눈물이 흘러내렸다. 당장 이 방을 빠져나가야 했다. 신선한 공기가 필요했다. 마고는 소파 팔걸이를 잡고 일어나 현관문 쪽으로 갔다.

"늦은 밤에 찾아와서 죄송해요." 마고는 문고리에 손을 얹었다.

"네 엄마는…… 처음 여기 왔을 때 정말 외로웠어." 미세스 백이 말했다. 아마 마고가 스스로를 용서하고 마침내 제 엄마를 용서하도록 도우려는 생각에 작별 인사를 대신해 한 말이었을 것이다.

하지만 마고는 돌아보지 않았다. 마고는 외롭다는 말이 싫었다. 묻고 싶었다. 나는요? 엄마가 외로웠던 건 제 잘못이 아니잖아요. 제가 태어난 것도 제 잘못이 아니잖아요. 저도 외로웠어요. 외로웠다고요. 아무도 날 원치 않았으니까요. 하지만 마고는 이를 악물고 말을 삼켰다.

"네 엄마도 다른 사람들처럼 외로우셨어. 하지만 그게 우리 같은 여자들의 인생이야. 그래서…… 우리가 그렇게 살았던 거고. 그래서 그런 결정들을 내렸던 거야. 살아남아야 하니까. 우린 어떻게든 살아갈 수 있어. 서로를 보호할 수 있으니까." 그가 한숨을 내쉬었다. "네 엄마는 널 위해서라면 뭐든지 다 했을 거야. 결국 네가 엄마를 보호한 거야. 네가 엄마를 살린 거야."

마고는 더는 가만히 듣고 있을 수 없었다. 숨 쉴 공기를 찾아 간신히 아파트를 나와 계단을 뛰어 내려온 다음, 앞마당을 지나 거리로 달려 나갔다. 그리고 차 안에 들어가 숨을 고르며 기다렸다. 가로등 하나가 텅 빈 보도를 비추었다.

우리 같은 여자들.

야생동물이 마고의 머릿속을 할퀴어대는 것만 같았다. 발목을 칭칭 감고 있던 그물이 마고를 바다로 끌고 가려 했다.

네가 엄마를 살린 거야.

하지만 마고는 그러지 못했다. 너무 늦게 도착한 탓이었다.

마고는 불빛이 검은 호수에 반사되어 반짝이는 맥아더 공원을 우회해 10번가 쪽으로 가면서, 지금까지 엘에이에서는 한 번도 자신의 차를 가져본 적이 없단 사실을 깨달았다. 열여덟에 집을 떠날 때까지 평생 버스와 보도, 엄마와 함께 다니던 길에 갇혀 살았던 것이다. 하지만 자신은 늘 고속도로를, 적어도 10번 도로는 찾을 수 있었다. 마치 자기 모녀를 향한 표지판들이 자신의 기억 지도에 새겨져 있기라도 한 것처럼. 손과 발의 뼈들이 알아서 바다를 향해 차를 몰고 가는 지금처럼 말이다.

부두까지 차를 몰고 간 적은 한 번도 없었다. 그곳은 마치 저 드넓은 바다로 이어진 도로처럼, 벼랑처럼 툭 튀어나와 있어서였다. 덱 위로 진입하니 울퉁불퉁한 나무 바닥이 그대로 느껴졌다. 문득 영화 〈델마와 루이스〉의 마지막 장면처럼 전속력으로 질주해 쇠 난간을 뚫고 날아가는 상상을 했다. 그러면 잠깐 무중력 상태의 자유를 맛보다가 어마어마한 심연 속으로 풍덩 떨어

질 것이다. 소금과 물을 들이마시며 종말과 절대 평안을 동시에
맞이할 것이다.

　부두 주차장에서 시동을 끄고 검은 바다와 대관람차를 가만히
바라봤다. 그 찬란한 조명등은 마치 이곳의 심장처럼 고동치며,
꿈결처럼 위아래로 빙글빙글 돌면서 거기 올라탄 사람들을 삶에
다시 담갔다 뺐다 했다. 차에서 내려 매표소로 갔다. 늦은 밤이라
매표소는 한산했다. 혼자 줄을 서 있자니 소금기 가득한 공기와
카니발 음식이 머리를 깨끗이 씻어주었다. 흔들리는 대관람차에
올라타고 다른 사람들도 모두 탑승하길 기다렸다. 그러다 곧 캄
캄한 밤과 불빛 속으로 올라가며 신선한 밤공기를 꿀떡꿀떡 들
이마셨다.

미나
1987~1988년 겨울

　미나는 대관람차에서 처음 키스한 밤을 떠올렸다. 일정한 속
도로 돌고 도는 관람차를 타고 까딱까딱 흔들리며 밤하늘을 떠
다녔던 일. 이가 딱딱 부딪힐 정도로 차고 소금기 가득한 공기와
따끈한 핫초코. 귀와 목에서 느껴지던 그의 숨결. 기구가 고장 나
거나 저 아래로 훅 떨어질까 봐 파랗게 질린 채로 그와 몸을 밀착
하고 키스한 순간을.

　그가 자신에게 친절했던 순간들을 하나하나 떠올려보았다. 자
기 재킷을 벗어준 일, 몸을 데울 수 있도록 따뜻한 음료를 가져다
준 일, 관람차가 움직이기 시작했을 때 눈을 꼭 감은 것을 놀리
지 않은 일. 남편이라면 분명 놀리는 말을 했을 터였다. 악의에
서가 아니라 원래 무해한 농담과 웃음을 좋아하는 사람이어서였
다. 매사에 진지한 미나는 사실 남편의 그런 점이 좋았다.

　하지만 혹시라도 나와 미스터 김 사이에 일어난 일들이 어떤

책략에 불과한 거라면 어쩌지? 혹시라도 그에게 더 가까이 다가 오도록 허용하고 사랑을 보여줬을 때 그가 돌변해버린다면? 또 다시 감정에, 행복의 가능성에 대한 환영에 자신을 잃어버리고 만다면? 혹시라도, 혹시라도, 혹시라도…….

대관람차를 탄 날 이후로 두 사람은 밤 데이트를 이어갔다. 어느 주말엔 화려한 네온사인이 어지러이 깜빡이는 라스베이거스 까지 가서 휴일을 즐겼다. 미나는 슬롯머신을 하며 돈을 잃었다 따기도 하고, 카우보이 광대들이 서로를 잡으러 다니는 서커스 링에서 캥거루와 사람이 복싱하는 광경도 구경했다. 저녁 뷔페 에서 두 사람은 프라이드치킨, 스테이크, 마카로니 앤드 치즈, 온 갖 종류의(찌고 튀기고 구운) 감자 따위의 미국 음식을 실컷 퍼먹 었다. 미나는 술은 마시지 않았다. 그러고 싶은 마음이 들지 않기 도 했지만, 또다시 정신을 잃고 헤맬까 봐 두려웠다.

남편과 딸의 죽음 이후로 미나는 거의 일주일 동안 완전히 통 제 불능 상태에 빠져 아파트를 엉금엉금 기어 다니다가 화장실에 서 먹은 걸 몽땅 게워내기 일쑤였다. 고통에 대처하기 위해 사용 한 유일한 도구가 술이었다. 술에 취하면 분노를 표출할 수 있었 다. 옷을 찢고 접시를 던져버릴 수 있었다. 술을 사러 갈 기력마저 없을 땐 약장 속 기침약이 억지로나마 밤새 마음을 달래줬다.

하지만 이제 이렇게 미스터 김과 함께 침대에서 시트를 휘감 고 있거나 식당에 가거나 모텔 수영장에 있으니 모처럼 기분이 날아갈 것 같았다. 지나가다 본 거울 속에는 이유 없이 방긋 웃는 제 얼굴이 보였고 그때마다 머리와 화장을 매만졌다.

미세스 백과 집주인 모두 미나의 표정과 행동과 습관이 바뀐 걸 알아차렸다. 집주인은 미나에게 알 듯 모를 듯한 미소를 짓거나 이따금 고개를 끄덕였다. 하지만 미세스 백은 미나가 아직 그에 대해 말할 준비가 됐다고 여기기도 전에 대놓고 물었다.

미나는 저녁에 도저히 미세스 백을 피할 에너지가 없는 날이 더러 있었다. 부엌도 화장실도 같이 쓰고 서로의 방문이 1미터도 떨어지지 않은 마당이니까.

"고등어 좀 구웠어. 고등어 좋아해?" 새해를 사흘 앞둔 날 미세스 백이 물었다.

"네, 좋아해요." 미나는 고등어의 기름지고 끈적이는 냄새, 그 아름다운 검은 줄무늬, 바삭하게 구운 껍질을 좋아했다. 미세스 백은 시금치무침과 콩나물무침, 배추김치와 무김치, 깻잎장아찌와 두 종류의 찌개를 준비했다. 평소 반찬 두세 개와 국 하나로 먹던 것에 비하면 잔칫상과 다를 바 없었다.

"어서 먹어." 미세스 김이 미나에게 먹으라는 시늉을 했다.

미나는 젓가락을 집어 들고 김치부터 맛보았다. 깊고 톡 쏘는 맛에 배와 새우 향이 살짝 났다.

"애인은 어때?" 미세스 백이 자세를 고쳐 앉으며 물었다.

미나는 애써 미소 지었다. "그럭저럭 괜찮아요."

"잘해줘?"

"뭐, 네. 무척 자상한 사람이에요." 고등어 뼈에서 살점이 미끄러져 나와 미나의 입 속에서 버터처럼 녹아내렸다. 이 생선은 어떻게 이곳 엘에이에서도 겨울밤의 위로 같은 맛이 나는지. "언니는요? 누구 관심 가는 사람 없어요?" 미나는 미세스 백이 전에 '두 번 다시 남자를 믿을 수 없을 것 같아'라고 했던 게 그제야 떠올랐다.

"아니." 미세스 백이 혼자 웃었다. "난 책이 있잖아. 음악도 있고. 애인은 필요 없어. 나는 바쁜 사람이니까."

"그게 무슨 말이에요?"

"전엔 네가 참 지루해 보였단 소리야. 일밖에 안 했으니까. 난 지루하지 않아. 전혀."

"그렇겠네요. 언니는 재미있는 사람이니까요." 미나는 식탁에 두 손을 올려놓았다. "교육받은 사람이라."

"아, 그런 뜻이 아니었어." 미세스 백이 말했다. "사실 네가 아니라 나 자신에게 한 말이야."

미나는 자리에서 일어나 자신이 먹은 자리를 치웠다.

"그냥 둬. 미안해."

"아뇨. 제가 미안하죠. 이 국은 손도 안 댔으니까 다시 담아둘게요."

"아니야, 그냥 있어."

미나가 국그릇을 집어 들자 미세스 백이 그걸 다시 빼앗았다.

"제발 앉아 있어. 내가 미안해."

미나는 그간 자신이 미세스 백을 볼 때마다 그의 재빠른 생각과 입, 조심스레 그린 눈썹, 도시처럼 거침없고 여유만만한 모습에 약간 겁에 질렸음을 깨달았다. 하지만 동시에 그는 무척 너그럽고 도움이 됐다. 그랬다. 자신의 삶에 들이는 걸 거부하기엔 너무도 흥미롭기까지 했다. 게다가 정말 맛있는 반찬까지 만들 줄 알았다. 발효시킨 이파리 한 장처럼 단순한 무언가로 일종의 집 밥을, 집과 같은 순간을 만들어낼 줄 알았다.

미나는 도로 식탁에 앉아 고등어 찌꺼기를 응시했다. 배의 갈색 부분과 살을 말끔히 발라낸 그 뼈를.

"어쨌든 내가 말을 잘못한 거야. 알았지? 내가 하려던 말은 그게 아니었어. 너랑은 아무 상관없는 말이었다고. 나는 앞으로 절대 남자를 믿지 않을 거란 뜻이었어. 이제 더는 그 방법을 모르겠어서."

"혹시 결혼한 적 있으세요?"

"응. 했었어." 미세스 백의 얼굴이 빨개졌다. "정말 끔찍한 사람이었어."

"아직도 연락하세요?"

"아니. 절대 안 하지." 그의 콧구멍이 커졌다. "그 사람은 텍사스에 살아."

"거기서 도망쳐온 거예요?"

"응. 달리 선택의 여지가 없었어." 그의 목소리가 떨렸다. 미세스 백이 이렇게 약한 모습을 보인 건 처음이었다.

미나는 손을 뻗어 엄지손가락으로 그의 손목을 문질렀다.

"그냥 내가 한 번씩 좀 삐딱해지는 것 같아. 인생을 너무 낭비했어. 뭐, 그렇다고 이제 와 뭘 어쩌겠어."

"아직도 살아 있잖아요." 미나가 미세스 백만이 아니라 자신을 향해 말했다. "그게 바로 기적 아닐까요? 우리가 아직 여기 있다는 게요?" 미나는 눈물이 차올랐다. "우리가 이렇게 멀쩡히 살아 있으리라 기대한 사람은 아무도 없을 거예요. 다들 깜짝 놀랐을 거예요. 우리 자신도 마찬가지고요."

집주인이 부엌으로 들어오며 말했다. "냄새가 아주 좋네요."

"저희랑 같이 좀 드실래요?" 미세스 백이 미나에게서 슬며시 팔을 빼며 물었다. 미나는 고개 숙여 얼굴을 닦았다.

"아뇨. 괜찮아요. 전 이미 먹었어요. 그냥 내일 먹을 국이나 좀 끓여놓으려고요."

식사를 마치고 미세스 백은 일종의 화해의 제스처로 노란 사과 두 개를 깎았고 두 사람은 그걸 말없이 나눠 먹었다. 가지에서 막 딴 것처럼 아삭하고 새콤달콤한 게 입에서 사르르 녹았다. 남의 나라에서 홀로 삶을 꾸리려 안간힘을 써온 그들이지만 서로에게 서로가 필요한 건 부인할 수 없는 사실이었다. 그들은 음식과 말을 함께 나누며 서로에게 상기시켰다. 삶은 대체로 지루하고 때론 고통스럽기까지 하지만 그럼에도 여전히 경이로 가득 차 있다는 것. 특히 미스터 김이 미나에게 대관람차를 타자고, 자신과 함께 다른 삶을 상상해보자고 한 것처럼, 두려움을 무릅쓰고 스스로를 경계선 너머로 밀어붙인다면 눈부신 광경이 펼쳐질 수도 있다는 것을.

*

미나와 미스터 김은 일이 끝나고 나면 코리아타운 노르망디가에 있는 그의 침실 하나짜리 아파트에서 함께 저녁을 먹고, 허벅지를 맞대고 앉아 서로의 몸에 팔을 두르고 손가락을 건 채로 한국 뉴스를 시청했고 가끔 미국 방송도 봤다. 그리고 방에 들어가 사랑을 나누었다. 그 뒤엔 나란히 누워 미스터 김은 코를 골며 잠들었고 미나는 종종 천장을 바라보며 자기 삶이 대체 어떻게 된 건지, 어떻게 이렇게 빨리 변하게 된 건지를 종잡을 수 없어 했다.

두 사람이 만난 지 두세 달쯤 됐을 때 한국 방송에서, 한국전쟁 이후 수십 년간 남과 북으로 헤어져 소식이 끊긴 채 살아온 가족들을 짧게나마 상봉시켜주는 프로그램을 방영했다. 결국 수백만 명의 목숨을 앗아간 폭력과 죽음을 피해 도망치는 과정에서 수많은 가족은 뿔뿔이 흩어져 죽거나 서로를 잃어버렸다. 언젠가 나라가 둘로 찢겨 다시 만날 기약도 없이 자신들의 부모와 형제자매, 아이들과 헤어져 살게 되리라는 것을 그때 이들이 어떻게 알았을까? 게다가 가까운 시일에 남북이 통일될 가능성은 희박했다. 수만 명의 가족이 생전에 사랑하는 사람들을 다시 만날수 있을지 없을지 모르는 채로, 흡사 복권에 당첨되길 바라는 심정으로 지원자 명단에 이름을 올렸다.

미나는 눈을 감았다. 어서 채널을 돌리고 싶다는 생각뿐이었다. 화면 속 같은 가족 구성원들이 자신들이 잃어버린 그 긴 세월에 대한 복잡한 심경을 거의 폭력적일 정도의 날것으로 겪어내는 모습을, 그 감정의 홍수를 보기가 힘들었다. 한복을 곱게 차려입은 할머니들이 주름이 자글자글하고 얼룩덜룩한 손으로 서로의 얼굴을 부여잡고 울었다. 할아버지들은 전쟁과 국경이 자기들을 영영 갈라놓을 줄 모르고 남겨두고 온, 이제 어른이 된 제 아이들의 발치에서 울며 용서를 빌었다.

하지만 미스터 김은 목과 얼굴이 붉게 달아오른 모습으로 화면을 뚫어져라 쳐다봤다.

미나는 탁자에 놓인 상자에서 티슈를 한 장 꺼내 그에게 건넸다. 가슴이 미어졌다.

"채널 좀 바꿀게요." 미나가 말했다.

"아뇨, 난 이거 계속 보고 싶어요."

텔레비전에선 노인들이 보고 싶은 이들에 대해, 그리고 죽기 전에 그들 소식을 듣거나 다시 만나고픈 마음이 얼마나 간절한 지를 이야기했다. 저마다 눈물범벅이었다. 상봉 가족들은 자신이 가진 가장 좋은 정장이나 한복을 차려입고 손에는 손수건이나 휴지를 꽉 쥔 채 바닥에 풀썩 주저앉아, 지금 이렇게 잃어버린 가족을 만난 게 꿈이 아님을 확인이라도 하듯 서로를 부여잡았다. 한 사람의 인간이 고통과 근심과 갈망으로 전 대륙을 채울 수 있음을 보여주면서.

"부모님이 아직 북한에 살고 계실지도 모른다는 생각 안 해봤어요?" 미스터 김이 물었다.

"그게 무슨 말이에요?"

"어디서 부모님을 잃었는지 기억해요?"

"아뇨. 기억 안 나요. 언덕, 흙먼지, 사람들이 도망치는 모습 같은 것들만 떠올라요. 그게 내가 기억하는 전부예요."

"그분들이 남한으로 못 건너왔는지도 모른다는 생각은 안 해봤어요?"

"아뇨. 그런 생각은 한 번도 안 해봤어요." 속에서 열이 차올라 폐와 목구멍까지 확 올라왔다.

"사실 그래서 그분들이 당신을 못 찾았는지도 모르잖아요." 그가 항변하듯 말했다.

"그런들 이제 와 뭘 어쩌겠어요." 미나는 채널을 돌리려고 자리에서 일어났다.

"아니, 아직 돌리지 마세요."

"이거 더 이상 보기 싫어요."

"제발 마저 좀 보게 해줘요."

"그럼 저는 방에 들어가 있을게요."

미나는 침실에 들어가 누웠다. 눈물이 주르륵 흘러내려 베개를 적셨다. 이 남자는 내게 왜 이러는 걸까. 우리 부모님에 대해 자기가 뭘 안다고. 어떻게 감히 그분들이 남한에 오지 못했으리라 생각하는 걸까. 내가 지금 이 순간까지 살아 있을 수 있었던 건 그분들이 무사하리라고 생각해서였다. 그분들은 나 없이 새 삶을 찾고 어쩌면 아이도 새로 낳았을 것이다. 어쨌든 무사히 잘 지내고 계실 것이다.

그분들은 틀림없이 남한 어딘가에서 평범하게 살아가고 계신다. 새 삶을 찾아 잘 지내고 계신다. 별일 없이. 무사히.

미나는 그에게 이렇게 외치고 싶었다. 그가 방에 들어와 침대 발치에 앉자 등을 돌리고 누워 있던 미나의 몸이 카누처럼 기우뚱 흔들렸다. 그가 미나의 다리에 손을 올리고, 제 삶에 미나가

실재하는지 확인이라도 하듯 부드럽게 다리를 움켜쥐었다.

"미안해요."

"괜찮아요." 미나는 울음을 숨기려 애쓰며 말했다.

"정말 미안해요."

그러더니 그가 딸꾹질하듯 갑자기 날카롭게 흐느끼는 소리를 냈다. 미나는 몸을 돌려 일그러진 그의 얼굴을 올려다봤다. 그는 얼른 손으로 얼굴을 가렸다. 미나는 그의 얼굴을 만지고 싶었지만 그 순간엔 방법을 몰랐다.

"진작…… 진작 말을 해야 했는데." 미스터 김이 부드럽게 말했다. "혹시 아버지를 볼 수 있을까 싶었어요. 텔레비전에서 북한 이야기가 나올 때마다 아버지가 그리워져요."

미나가 일어나 앉았다. 그는 고개를 숙이고, 그들 사이의 경계선이 된 미나의 다리를 빤히 바라봤다.

"어머니는 저를 임신한 몸으로 당신 부모님, 오빠와 함께 북한을 떠났어요. 아버지는 일 때문에 거기 남아 계셨어요. 집이든 뭐든 가진 걸 다 제대로 정리해놓고 떠나려고요. 하지만 어머니는 그 뒤로 두 번 다시 아버지를 못 보게 됐죠." 그가 말을 멈추고 흐르는 눈물을 닦았다. "아버지가 어떻게 됐는지는 아무도 몰라요. 어머니가 수소문해봤지만 누가 알겠어요. 당시에 거기 있던 사람들은 죄다 빠져나오려고 했으니까요. 아버지 역시 탈출에 성공했을 수도, 못했을 수도 있는 거죠." 그가 소매로 코를 훔쳤다. "어쨌든 나는 그분 얼굴을 보면 딱 알아볼 거라 믿고 싶어요. 저기 우리 아버지가 있네, 하고요. 그래서 내가 텔레비전을 보는 거예요."

미나는 그를 만지려 손을 뻗었다. 주르륵 눈물이 흘러내렸다. 그를 위해 단단한 모습을 보이고 싶었지만 정신을 추스르기가 힘들었다.

"어머니는 혼자서 저를 키우셨어요." 그가 말을 이었다. "정말 힘들게 사셨어요. 닥치는 대로 일해 간신히 입에 풀칠했죠. 나를 임신했을 때 먹을 게 너무 없어서 하마터면 유산까지 할 뻔했대요. 내가 이렇게 살아 있는 것 자체가 기적인 거죠. 정말 좋은 어머니셨어요."

"지금은 어디 계시는데요?"

"부산에요. 이제 많이 늙으셨죠."

"재혼은 안 하셨어요?"

"안 했어요. 내가 좀 크고 나서 재혼하시라고 설득은 해봤는데 어머니는 항상 언젠가 아버지를 만나게 될 거라고, 그러면 자기가 재혼했다는 말을 어떻게 하겠냐고 생각하는 것 같았어요. 아직도 기다리고 계신 것 같아요. 대기자 명단에 들어간 지 꽤 오래됐는데 그분이 여태 살아 계신지 어떤지도 모르세요. 모든 게 미스터리죠."

그는 눈물을 닦고 침대에 누웠다. 미나도 따라 누웠다. 그의 뺨에 손을 올렸다. 손에서 까슬까슬한 면도 자국이 느껴졌다. 그러니까 이 남자의 친절은 지뢰와 철조망으로 폐허가 된 들판에서 부화한 새처럼 잔혹한 삶에서 나온 것이었다. 미나는 자신도 친절하고 다정해지고 싶었다. 그렇게 노력해보는 것도 괜찮다는 걸 그가 자신에게 보여주고 있었다.

"어느 날 부자가 되겠다고 생각했어요." 그는 내심 스스로를 비웃기라도 하듯 눈이 반짝였다. "미국에 가서 부자가 돼 돌아오겠다고요. 돈만 충분히 있으면 아버지를 찾을 수 있을 것 같았거든요. 근데 그것도 다 헛된 생각인 것만 같아요. 문득 여기 갇혀버린 기분이 드네요."

"우리 둘이 같이 갇혔네요." 미나가 빙긋 웃으며 말했다.

"그래도 당신을 만났잖아요."

"아직 시간이 있어요."

"그래요. 그래도 우린 점점 늙어가고 있어요. 우리 전부 다. 특히 어머니는요."

"연세가 어떻게 되세요?"

"오십 대예요."

"아직 젊으신데요?"

그가 눈동자를 떨구었다. 그의 손가락 끝이 천천히 미나의 팔을 따라 내려갔다.

"기도해본 적 있어요?" 미나가 물었다.

"네. 하지만 신은 제 기도에 귀 기울이지 않더군요."

"그렇지 않아요." 하지만 스스로도 늘 그렇게 느껴온 터였다.

"아까 한 말 사과할게요. 당신 가족은 틀림없이 무사할 거예요."

샤워기가 돌아가는 동안 벽 안 파이프에서 똑똑 소리가 났다. 옆 아파트에선 이웃이 코 고는 소리가 들렸다.

미나는 다시 잠들지 못했다. 그의 말에 마음이 잔잔한 물결에 이리저리 뒤집히는 자갈처럼 갈피를 못 잡고 달그락대는 탓이었다. 어머니는 항상 언젠가 아버지를 만나게 될 거라고, 그러면 자기가 재혼했다는 말을 어떻게 하겠냐고 생각하는 것 같았어요.

그의 아버지가 이미 돌아가셨다면 어쩐단 말인가? 어머니가 혼자 흘려보낸 그 모든 세월은 어쩐단 말인가? 하지만 역으로, 새 삶을 꾸릴 필요가 없으리라는 희망이야말로 그분을 계속 살아가게 한 동력이었는지도 모른다. 어쩌면 기다림이 유일한 생존법이었는지도 모른다.

미나는 생각했다. 나는 과연 저승에서 남편을 똑바로 볼 수 있을까? 그이가 미스터 김에 대해 화를 내지는 않을까?

모두 천국에 간다면 어색하게 서로 만나야 할까? 아니면 천국이 있단 건 혹시 거기서 두 가지 삶을 살 수 있단 뜻일까? 천국은 두 삶을 따로따로 다 살 수 있는 세상일까? 미나는 궁금했다. 한 가지 노래를 다르게 연주하듯 다르게 변주되는 삶을 자신의 뇌와 심장이 제대로 감당이나 할 수 있을지 궁금했다. 그 노랫말의 변화를, 박자와 속도의 변화를.

미스터 김은 미나가 아직 자고 있다고 생각하는지 발끝으로 살금살금 옷장으로 가 그날 입을 외출복을 꺼냈다. 즐겨 입는 폴로셔츠와 카키 바지였다. 겨우내 창문을 열지 않아 약간 퀴퀴한 내가 나던 방 안이 깔끔하고 상쾌한 유칼립투스 애프터쉐이브 향으로 가득 찼다. 미나는 눈을 게슴츠레 뜨고 그가 속옷과 바지를 입는 모습을 지켜보며 그의 등과 어깨 근육에 새삼 감탄했다.

"셔츠 좀 더 자주 벗고 있어야겠어요."

"오, 일어나 있었군요." 그가 뒤돌아 침대 가장자리에 앉으며 미나의 다리에 손을 올렸다. "내가 잠을 깨웠나 봐요."

"아녜요. 그냥 계속 잠이 안 와서……."

"몸이 안 좋아요? 그럼 오늘 아파서 출근 못 한다고 전화하세요." 그가 셔츠를 입으며 말했다.

"그럴 수만 있다면 얼마나 좋겠어요."

"내가 대신 일할 사람 찾아볼까요?"

"아뇨. 됐어요. 아마 괜찮을 거예요. 아직 다섯 시간이나 남았으니. 지금부터 좀 자면 돼요."

그가 키스하며 미나의 빰을 촉촉하게 만들었다.

"으으." 미나가 얼굴을 닦으며 웃었다.

현관문이 닫히고 문이 잠겼는지 확인하는 소리를 듣고 나서 미나는 눈을 감고 그를 생각했다. 그와 자신들, 자신의 다리에 닿은 손의 감촉, 자신의 손가락에서 느껴진 그의 얼굴 감촉에 계속 집중하려 애썼다. 하지만 이게 절대 지속될 리 없다는 예감을 도무지 떨칠 수가 없었다. 좋은 일이건 나쁜 일이건 그 무엇도 그런 적이 없었으니까.

*

십오 분 일찍 일터에 도착한 미나는 배가 무지근하게 아파 세븐업 한 캔을 집어 들고 매장 뒤쪽으로 갔다. 아직 점심 식사 전이었지만 허기가 느껴지지 않아, 집에서 싸 온 햄 샌드위치와 후지 사과를 사물함에 넣어두고 계산대로 돌아갔다.

미나는 자신이 기억하는 한 아주 어렸을 때부터 화가 나거나 우울할 때면 억지로라도 음식을 먹을 수가 없었다. 몇 끼 굶는 건 예사고, 가슴을 짓누르는 슬픔이나 자신을 갉아먹는 우울한 감정에서 좀처럼 벗어나지 못했다. 감정은 곤충이나 나비를 고정하는 긴 핀처럼 자신을 그렇게 통제할 수 있었다.

보육원에 들어간 첫날 콩이 섞인 보리밥 앞에서 자신의 위는 마치 자신의 가장 중요하고 신비로운 부분을 보호하듯, 움켜쥔 주먹처럼 꽉 닫혔다. 할 수 있는 일이라곤 두 시간 뒤에 수녀님이 식탁을 떠나도 된다고 허락할 때까지 물만 꼴딱꼴딱 마시며 앉아 있는 것뿐이었다. 며칠에 걸쳐 일상과 주변 사람들에게 적응하고 나서야 마침내 애호박을 넣고 팍팍 끓여낸 묽은 된장찌개 그릇을 다 비울 수 있었다. 그때는 첫술에 온몸이 머리부터 발끝까지 얼얼하도록 감각의 축제를 벌이는 것이, 꼭 땅속에서 혹독한 겨울을 버텨낸 구근이 여름의 이글거리는 열기를 쐬는 것 같았다. 그래서 밥과 국을 짐승처럼 게걸스럽게 먹지 않으려고 안간힘을 써야 했다.

미스터 김이 오전 내내 뛰어다닌 사람처럼 땀에 흠뻑 젖은 머리카락을 이마 위로 흩날리며 가게 앞쪽에 나타났다. 미나와 눈이 마주치자 그는 예의 은근한 미소를 보낸 뒤 고객 불만, 배송지연, 3번 통로 바닥에 깨져 있는 병 따위를 수습하러 총총 사라졌다. 아마 유독 일손이 부족한 날이었을 것이다.

257

미나는 그가 자기 소유의 슈퍼마켓을 운영하는 모습을 상상했다. 이제 그는 어머니를 도울 수 있을 테니 얼마나 늠름해 보일까? 그의 어머니가 미국으로 오시게 될지도 모르고 그러면 자기와 함께 그분을 돌볼 수도 있을 것이다. 그분이 한국에 남아 있겠다고 하면 미스터 김이 좋은 집을 사드리고 매년 새 신발과 옷, 초콜릿 같은 선물을 잔뜩 들고 방문할 수도 있을 것이다.

그는 요즘 얼마나 자주 한국에 갈까? 한 번이라도 갔을까? 그는 늘 자기 어머니를 애틋하게 여기지만 고향에 간 이야기는 한 번도 한 적이 없었다. 시간 여유가 없었을까? 아니면 신분 제약 때문에 마음대로 여행할 수 없는 처지인 걸까? 우리는 서로에 대해 얼마나 알게 될까?

파 두 단. 된장. 큰 통에 든 참기름. 마른미역. 멸치. 밀가루.

여섯 캔짜리 하이트. 마른오징어. 초코파이 두 박스.

몇 시간이 지났을 때 미나는 어지러움을 느껴 잠깐 카운터를 붙들고 서 있었다. 속에서 목구멍까지 신물이 올라왔다. 마침 손님이 뜸해진 때였다. 미나는 쓰러지거나 토할 것 같아 얼른 가게 뒤쪽으로 갔다.

들락거릴 때마다 방풍용 고무 밴드가 털썩 입을 닫는 출입문으로 바깥 어둠과 시원한 공기를 쐬니 좀 살 것 같았다. 미나는 허리를 숙여 앞 허벅지를 붙잡고 숨을 고른 다음 화장실로 갔다. 거기서 고개를 뒤로 젖히고 숨을 깊게 들이쉬면서 지금 그냥 집에 가야 하는 건 아닐까 하고 걱정했다. 어쩌면 자기 방의 침대에서 혼자 쉬는 것만이 약인지도 몰랐다.

그러다 느닷없이 박 사장 사무실 문 뒤에서 의자가 먼지 자욱한 바닥으로 세차게 미끄러지는 소리가 났다. 여자의 비명 소리도 들렸다.

미나는 무언가 제 목을 잡아채는 듯한 공포에 그 자리에서 얼어붙었다. 도저히 소리가 나는 쪽으로 갈 수 없어 미스터 김을 찾으러 매장으로 돌아갔다. 그는 계산대 근처에 한 노인과 함께 서 있었다. 그러다 미나의 얼굴을 보자마자 노인에게 양해를 구하고 미나를 따라 뒤쪽으로 갔다. 미나는 사무실 문을 가리켰다. 그가 안에서 나는 소리를 가만히 듣다가 외쳤다. "박 사장님." 조용했다. "박 사장님!" 그는 문을 확 열고 안으로 들어갔다.

안이 잘 보이지 않는 각도로 사무실에서 오 미터쯤 떨어져 서 있던 미나의 귀에 또 여자의 비명 소리가 들렸다. 남자들이 소리쳤고 곧이어 몸싸움 벌이는 소리가 들렸다.

미나는 어떻게 해야 할지 몰랐다. 얼른 안으로 들어가고 싶었지만, 겁에 질려 몸이 말을 듣지 않았다. 어디든 숨어야 할까? "개새끼." 박 사장이 숨을 헐떡이며 소리쳤다. "넌 해고야! 여기서 당장 나가!"

미스터 김은 고통에 허리를 숙인 여자의 어깨에 팔을 두르고 절뚝거리며 사무실을 나왔다.

루페였다.

미나는 가슴이 철렁했다. 머리가 빙글빙글 돌고 목구멍으로 신물이 올라왔다.

"여기서 나갑시다." 미스터 김이 미나에게 속삭였다. "저 사람이 당신을 보기 전에."

"네?"

"어서요." 그가 미나의 손을 잡았다. "루페, 어서 가요."

그들은 뒷문을 열고 잔인하도록 환한 햇살 속으로 빠져나왔다. "내 지갑." 미나가 말했다. "내 열쇠."

"나중에요. 대니얼한테 전화해서 소지품을 전부 챙겨와 달라고 하면 돼요. 나중에 다 찾아올 거예요. 알았죠?"

미나는 스테이션왜건 문을 열고 루페에게 앞자리에 앉으라는 시늉을 했다. 루페는 차에 올라탄 뒤 손에 얼굴을 묻고 하염없이 울었다. 미스터 김의 턱 옆으로 붉은 피가 흘러내려 어깨 위로, 아침에 미나 앞에서 입었던 폴로셔츠 위로 떨어졌다. 뒷자리에 앉은 미나는 냅킨이나 뭐든 피를 닦을 만한 것을 찾아 차 안을 뒤졌지만 아무것도 없었다. 그래서 스웨터를 벗어 그의 머리에 갖다 댔다.

"정말, 정말 미안해요." 루페가 영어로 말하며 거의 숨을 못 쉴 정도로 기침을 했다.

"아녜요, 아녜요. **집으로 모셔다드릴게요.**" 그가 말했다.

미나는 루페의 어깨를 꽉 잡았다. 당신 잘못이 아녜요. 당신 잘못은 하나도 없어요. 미나는 이렇게 말하고 싶었지만 스페인어로도 영어로도 표현할 줄 몰랐다.

미나는 미스터 김의 상처를 돌보지도, 루페를 위로하지도 못한 채 뒷자리에서 옴짝달싹 못하는 상태로 방금 일어난 일을 헤아리느라 마음과 생각이 줄달음을 쳤다. 목구멍까지 올라온 쌉쌀한 신물을 삼키며, 지금이든 나중이든 내일이든 자신들에게 일어날 일에 대해선 애써 생각하지 않으려 했다. 숨을 고르려 애쓰며 눈을 감았다.

"개자식." 미스터 김이 혼자 씩씩거렸다.

아파트에 다다르니 루페가 소매로 얼굴을 훔치며 진정하려 애썼다. 미나는 자동차 문을 열자마자 보도 옆 잔디밭에 구토했다. 하지만 루페도 미스터 김도 그 사실을 알아차리지 못했다. 미나는 긴 개미 떼가 으스러진 달팽이를 덮쳐 정신없이 먹어대는 모습에 잠깐 시선을 빼앗겼다.

미스터 김은 온몸이 멍투성이에 이마와 손엔 덕지덕지 밴드를 붙인 채 침대에 누워 천장을 바라보고 있었다.

"이제 어떻게 되는 거예요?" 미나가 물었다.

"나도 모르겠어요." 그는 미나에게 자초지종을 설명했다. 자기가 박 사장 사무실에 들어가니 그가 루페의 몸을 누르고 있었다고 했다. 그는 바로 박 사장을 밀어 루페에게서 떼어놓았고, 순간 루페는 책상 모서리에 부딪히며 땅바닥에 내동댕이쳐졌다. 미스터 김은 손에서 피가 날 때까지 박 사장 얼굴을 주먹으로 때렸다. 그러고 나서 그가 루페를 부축해 일으키려는데 박 사장이 그를 책장으로 홱 밀쳤고 순간 책장에 있는 물건들이 그의 머리 위로 우수수 쏟아졌다.

"개새끼. 넌 해고야!" 박 사장은 피 묻은 입으로 내뱉었다.

미나는 루페가 얼마나 공포스러웠을지, 자신이 덫에 걸린 걸 알고 얼마나 무섭고 역겨웠을지를 상상하니 박 사장을 죽여버리고 싶었다. 커터 칼로 목을 찔러버리고 싶었다. 박스를 옮겨 실을 때 그가 자기 사무실에서 나와 도와주려 했던 일을 떠올렸다. 그때 그의 옆구리에서 권총 손잡이가 반짝 보였더랬다. 그 일 진짜 괜찮으세요? 그가 윙크하며 말했다. 등골이 오싹했다. 미나는 저도 모르게 주먹을 쥐었다. 진짜 열심히 했죠. 그래서 지금 이렇게 여기 주인이 된 거예요. 이게 전부 다 제 거가 됐다고요. 미나는 그를 상자처럼 찌그러뜨려 그의 말을 그 입에 도로 처넣고 싶었다. 그의 인생은 더할 나위 없이 비참하게 끝장나 마땅했다.

미스터 김이 한숨을 내쉬었다. "만에 하나지만……."

"만에 하나지만 뭐요?"

"박 사장이 우리를 경찰에 고발할 수도 있어요." 그가 눈을 지그시 감았다.

"당신들을요? 왜요?" 미나의 목소리에서 쇳소리가 났다.

"그놈한테는 친구들이 있어요."

"그게 무슨 말이에요?"

"그놈을 돕는 자들이 있어요. 그러니까……. 그놈이 마음만 먹으면…… 우리를 몽땅 제거할 수도 있다는 말이죠."

"하지만 이미 당신을 해고했잖아요." 미나의 심장과 머릿속이 쿵쿵 방망이질해댔다.

"그걸로 만족하면 좋으련만."

"그건 또 무슨 말이에요?"

"확실한 건 아니지만 내 직감으론 그놈이 마리오가 본국으로 추방당한 것과 무슨 관련이 있는 것 같아요."

"네에?"

"증거는 없어요. 어쩌면 지나친 상상인지도 모르죠." 그가 고개를 흔들었다. "요전 날 그놈이 루페가 얼마나 일을 잘하는지 아냐는 거예요. 그러더니 마리오가 말썽을 일으키고 다녔다고, 영리하지 못하게 남의 일에나 참견하고 다녔다며 뭐라 하더라고요." 그의 눈에서 눈물이 흘러내렸다. "하고 싶은 말이 뭔지 더 캐묻진 않았지만, 왠지 저한테 경고를 하는 것 같다는 느낌을 받았어요."

"당신은 루페를 도우려던 사람인데 그놈이 어떻게 당신을 경찰에 고발할 수가 있죠? 범죄자는 바로 자기데?"

"루페가 경찰에 신고하지 않으리란 걸 알기 때문이죠. 추방당할 위험이 있으니까. 놈은 내가 자길 폭행한 데 대해 얼마든지 이야기를 지어낼 수 있어요. 루페는 아이들 때문에 절대 경찰에 가지 않을 거고요."

"내가 증언하면 돼요. 뭐라도 말할 수 있을 거예요. 일이 벌어지는 내내 거기 있었으니까."

"놈은 우리보다 힘이 세요." 그의 콧구멍이 커졌다. "보나 마나 경찰은 놈이 하는 이야기만 들을 거예요."

미나는 그의 이마에 붙인 밴드에서 떨어진 접착제 부분을 꾹 눌렀다. 솜이 갈색으로 변해 있었다. 미나가 눈을 감자 머릿속에서 폭발이 일어났다. 일말의 자비도 없었다. 침묵조차 끔찍하디 끔찍한 소리를 위한 준비 시간에 불과했다. 미나는 혼비백산하여 제 곁을 스쳐지나 달아나는 사람들을 보면서 엉엉 울었다. 엄마아아, 비명을 지르면서. 엄마아아. 미나는 그 비명 소리와 폭탄날아다니는 소리를 도저히 머릿속에서 몰아낼 수 없었다. 땅바닥에 쿵 쓰러졌을 때 날카로운 무언가가 무릎을 찔렀다.

미나는 박 사장의 목에서 피가 솟구치는 상상을 했다.

"아무래도 당분간 몸을 낮추고 있는 게 좋을 것 같아요." 미스터 김이 미나의 손을 잡았다. 미나는 퍼뜩 정신이 들었다.

"그게 무슨 말이에요?" 미나는 그의 팔을 살짝 치며 자기 곁에 누우라는 시늉을 했다.

"숨어 있어야 할 것 같아요." 그가 눈을 크게 떴다. "일단 루페한테 전화해서 괜찮은지부터 확인해보고요."

"네에? 어디로 가려고요? 말도 안 돼."

"그건 모르겠어요." 그가 손을 들어 올려 얼굴을 감쌌다.

"혹시 다른 도시로 도피할 생각이에요?"

"모르겠어요."

"다른 도시로 가지 말아요." 사실 미나는 이렇게 말하고 싶었다. 이렇게 날 떠나지 말아요.

"지금 체포되면 곤란해요. 지금은……."

"아무 일도 없을 거예요. 왜 자꾸 그런 일이 일어날 거라 생각해요?"

그가 미간을 문질렀다. "당신한테 이 말은 한 번도 한 적이 없지요. 처음 이 나라에 왔을 땐 학생 비자로 왔는데 그게 만료될 때까지 별다른 방도를 구하지 않았어요. 완전히 자포자기한 상태였거든요. 그러다가 나중에 이 일을 찾게 됐죠……."

"그러니까 여기 있으면 안 되는 상태란 거죠?"

그건 미나도 마찬가지였다. 미나에겐 이곳에 있어도 되는 사람과 그렇지 않은 사람이란 개념이 당혹스러웠다. 그는 쭉 여기서 일해오지 않았던가? 세금까지 내면서. 자기 가족과 삶의 터전을 파괴한 전쟁과 봉기와 거리에서 벌어지는 학살만으론, 자신들이 다른 나라 곳곳에 떨어뜨린 폭탄들로부터 끄떡없이 안전한 이 나라로 사람들이 흘러들어온 이유가 충분치 않단 말인가? 게다가 왜 법은 박 사장 같은 최악의 인간은 감옥에 보내지 않고 다른 사람들의 공포와 노동력을 착취해 부자가 되게 내버려두고, 그 외 사람들은 감옥에 가두거나 내쫓을 기회만 호시탐탐 노리는 걸까?

미나는 화장실로 달려가 변기 앞에 무릎을 꿇은 채 구역질을 했다. 입 안에 있던 침 외에 아무것도 나오지 않았다. 그날 먹은 게 하나도 없어서였다. 자리에서 일어서려 하자 갑자기 네모난 분홍 타일들이 빙글빙글 돌았다. 미나는 남편과 딸이 죽은 후의 며칠 동안을 떠올렸다. 손바닥과 무릎으로 젖은 바닥을 엉금엉금 기어 다니고, 가족들의 칫솔을 몽땅 쓰레기통에 갖다버린 탓에 검지로 이를 닦던 날들을. 약장 속 약을 꺼내 마른입에 삼키려 했던 일을. 그랬던 자신이 1만 킬로미터 떨어진 이곳에서도 여전히 갈피를 못 잡고 헤매고 있었다. 살아생전 안식처를 찾을 수는 있을까?

미나는 방에 들어서자마자 미스터 김이 희미한 조명 속에서 작은 무광 검정색 권총을 손에 쥐고 침대 가장자리에 앉아 있는 모습에 소스라치게 놀라 펄쩍 뛰었다.

"지금 뭐 하는 거예요?" 미나는 숨을 헐떡이며 물었다. "그거 저리 치워요."

"이걸 가지고 있어요. 내가 어떻게 사용하는지 가르쳐 —"

"아뇨. 싫어요. 내가 그런 게 왜 필요해요. 됐어요. 난 괜찮을 거예요. 제발 그거 좀 치워줘요."

그는 총을 한참 바라보더니 머리를 흔들며 도로 권총집에 넣은 다음 그걸 침대 위에 올려둔 가방에 집어넣었다.

"대체 그런 걸 왜……." 미나는 구태여 질문을 끝맺지도 않았다. 물론 그는 총을 가지고 있었다. 미나는 미국에 오기 전까진 현직 군인이 아닌 사람 중에 총을 가진 사람을 그렇게 많이 본 적이 없었다. 다들 무엇으로부터 자신을 지키고 있는 걸까? 그는 다른 사람이 아니라면 스스로를 해칠 수도 있었다. 어떻게든 그에게서 총을 뺏어야 했다. 자칫하면 누구든 다칠 수 있었다. 그를 잃을 수는 없었다. 두 번 다시 누군가를 잃을 수 없었다. "제발 그거 좀 딴 데로 치울 수 없어요? 그게 거기 있으니까 도저히 이 방에 못 있겠어요."

그는 협탁 서랍을 열고 거기에 가방을 쑤셔 넣었다.

미나는 눈을 감고 숨을 깊이 들이쉬었다. 그리고 손으로 머리를 감쌌다. "나는 내일 출근해야 할까요?"

그가 한숨을 내쉬었다. "네, 미나 씨는 해야 할 것 같아요."

"못 가겠어요. 다시는 못 돌아갈 것 같아요." 미나의 입술이 바르르 떨렸다. 더는 눈물을 참을 수 없었다.

"미나 씨는 거기 없었던 것처럼 행동하는 게 좋을 것 같아요. 미나 씨는 무슨 일이 벌어졌는지 전혀 모르는 거예요. 혹시 놈이 당신을 봤어요?"

"모르겠어요. 아마 못 봤을 거예요."

"잘됐어요." 그가 잠깐 말을 멈췄다. "당신이 아무 일도 없었던 것처럼 시치미를 떼고 있으면 놈도 당신이 거기에 없었다고 생각할 테니, 그렇게만 하세요. 알았죠?"

"그럴 수는 없어요."

"그래야 해요." 그의 눈동자가 촉촉해졌다. 두려움 때문이거나 깊은 체념 때문이거나 혹은 둘 다인지도 몰랐다. "놈 얼굴에 피가 흘렀어요. 아마 나한테 맞아 코가 깨진 것 같아요. 내일은 출근을 안 할 확률이 높아요. 뭔가 안전하지 않다는 느낌이 들면 얼른 나오세요, 알았죠? 하지만 출근을 안 하면 다들 당신이 어떤 식으로든 연루됐다고 생각할 거예요. 지금은 그런 의심을 받지 않는 게 좋아요. 당신은 여기서 빠져야 해요. 그렇게 할 거예요. 알겠어요?"

"왜요? 내가 왜 가야 해요?"

"지금 당신한텐 그 일이 필요하잖아요." 그의 목소리가 갈라졌다. "우리 다 나중에는 다른 일을 찾을 수 있겠지만 지금 당신에겐 그 일이 필요해요. 알았죠? 그래요. 이건 정말 끔찍한 상황이에요. 나도 알아요. 그래도 누군가는…… 우리 전부 다 한꺼번에 출근하지 않을 수는 없어요."

"나도 알아요."

"할 수 있겠어요? 내일 다시 출근할 수 있겠어요?"

마고
2014년 가을

마고가 헌책방과 오이 콜드크림 냄새가 나는 좁은 아파트 거실에서 미세스 백을 만난 뒤 혼자 부두에 가 대관람차를 탄 다음 날이었다. 마고는 아침 일찍 일어났다. 주중이라 교통체증으로 거의 한 시간이 걸릴 칼라바사스에 다시 가보기 위해서였다.

엄마의 죽음에 관한 질문이 끊임없이 머릿속을 맴돌았다. 미세스 백은 가게를 닫은 것이 경제적 상황 때문이라고 했지만, 스토커 박 사장의 가짜 미소와 끈적한 시선은 갈수록 위험하게 느껴졌고 자칫 누군가에게 신체적 위해마저 가할 수도 있을 것 같았다. 하지만 아직은 엄마가 돌아가신 날 밤에 집주인이 들었다는 고함 소리와 박 사장을 연결할 수 없었다. 만일 자신이 박 사장의 삶을 더 파고들어간다면, 어떻게든 그와 맞선다면 그는 미세스 백과 그의 행동을 발설한 그 종업원에게 보복할지도 몰랐다. 이들 여성은 거친 환경과 남자들이 떠들어대는 이야기 속에서 어떻게든 제 삶을 꾸려나가느라 최선을 다하고 있었다. 자신은 그들도 보호해야만 했다.

마고는 엄마가 아버지의 죽음을 앞두고도 자신을 아버지와 연결해주지 않고 끝끝내 혼자 비밀을 끌어안고 있었던 것에도 여전히 화가 났다. 아마도 모두를 위해 그랬을 테지만 그런 결정을 왜 엄마가 내린단 말인가? 그러다 결국 자신은 이 엉킨 그물을 혼자서 풀어내야 하는 처지가 되고 말았는데.

이제 발을 가속페달 위에 올려놓은 만큼 마고는 아버지에 대해 알아야 했다.

그분이 엄마를 떠난 뒤로 뭘 했는지, 그전엔 왜 엘에이를 떠났는지 알고 싶었다. 사실 이건 스스로도 대놓고 물을 준비가 됐는지 확신하지 못하는 어려운 질문들이었다. 하지만 지금 자신에게 이 흔치 않은 기회가 왔고 어떤 면에서 자신은 평생 그 대답을 들을 준비를 해온 터였다.

어쩌면 마고는 여태 진실을 받아들일 훈련을 해온 건지도 몰랐다. 어떤 질문은 애초에 답이 없지만, 이상적으로라면 그 해답을 찾아다니면서 적어도 자신이 얼마나 스스로를 소중히 여기는지, 그 이야기들이 아무리 조각조각 흩어져 있어도 자기만의 이야기를 해야 한다는 사실을 알게 될 것이었다. 가끔은 불가능한 것을 갈망해도 괜찮았다. 그 안에서 스스로에 대해 무언가를 발견할 수만 있다면. 게다가 이젠 자신도 인정하게 되었다. 아버지가 누군지는 관심도 없고 그 존재 자체를 애써 외면하려 했던 그 모든 세월이 실은, 자신이 진짜 원하는 것을 부정하기 위해 썼던

가면에 불과했다는 것을. 마고는 아버지와 엄마를 더 알고, 자신이 어떻게 만들어졌는지 이해하고 싶었다. 사랑이었는지, 하룻밤의 만남이었는지, 불륜이었는지.

우리의 실수조차 얼마나 인간적이고 아름다울 수 있는가?

청동 대문은 여전히 열려 있었다. 진입로에는 전에 봤던 반짝거리는 새 자동차 두 대가 진흙투성이 조경 트럭과 함께 주차되어 있었다. 멀리서 제초기가 윙윙댔다.

낮의 크림색 이층집은 더 꿈결처럼 보였다. 햇살에 주변 나뭇잎들이 벌꿀색으로 물들고 토실토실한 새들이 빽빽한 잔디 위를 날아다니며 놀았다. 층계식 석조 분수대에서 물이 뿜어져 나왔고 산들바람에 야자수 이파리들이 서로 부벼대며 바스락거렸다.

마고는 무거운 놋쇠 손잡이를 두드렸다. 저번에 본 말쑥하게 꾸민 잘생긴 남자가 부드러운 회색 캐시미어 스웨터, 그것과 꼭 어울리는 짙은 색 슬랙스 차림으로 나왔다. 그에게선 돌체 앤드 가바나 광고에서 풍길 법한 냄새가 났고, 그에 걸맞은 몸매를 갖고 있었다.

"무슨 일이시죠?" 그가 물었다.

마고는 긴장한 나머지 하마터면 그 자리에 주저앉을 뻔했다. "메리 김을 좀 뵈러 왔어요."

"누구신지 여쭤봐도 될까요?" 그는 눈썹을 찡그렸다.

마고는 침을 꿀꺽 삼켰다. "저는…… 그분 남편의 과거와 관련된 사람이에요."

"그러니까 친구나 친척이란 말씀이세요?"

271

"그런 셈이죠. 음, 네, 친척이에요."

"잠깐만요." 그가 문을 닫았고 마고는 그 자리에서 기다렸다. 뒤에서 조경사가 갖다 버릴 마른 가지들을 트럭에 담고 있었다. 마고는 손을 흔들었고 야구 모자를 눌러쓴 그는 까딱 고개 인사로 화답했다. 차가운 아침 공기에서 갓 깎은 잔디 냄새가 났다.

조금 뒤 남자가 다시 나타났다. "들어오세요." 그가 말했다.

마고는 여자 신발이 있는 현관을 지나 걸어 들어가면서 우중충한 양말이 부끄러웠다. 마고는 요전 날 훔쳐봤던 거실의 아이보리색 체스터필드 소파 가장자리에 앉았다. 실내 공기가 믿기 힘들 정도로 쾌적하고 깨끗했다. 꼭 완벽한 온도와 습도와 빛의 진공 공간 속에 봉인된 것만 같아 신기하면서도 으스스했다.

"무슨 일이시죠?" 메리 김이 거실로 들어오며 물었다. 그가 반들거리는 검은 머리카락을 귀 뒤로 꽂으니 무지개 빛깔이 어른거리는 은색 진주가 꼭 보름달처럼 사람을 홀릴 듯이 드러났다. 손톱은 적갈색으로 반짝였다. 그는 풍덩한 순백색 스웨터와 헤더그레이색 레깅스를 입고, 실용성이라곤 없어 보이는 벨벳 소재의 세련된 뮬 슬리퍼를 신고 있었다.

"정말 아름다우세요." 마고는 빅토리아시대 소설 속 구혼자처럼 벌떡 일어서며 저도 모르게 외쳤다.

메리 김이 자기 얼굴을 두드리며 웃더니 발그레한 얼굴로 1인용 소파에 앉았다. "피부 관리에 신경을 좀 쓰는 편이에요. 어서 앉으세요." 그가 눈썹을 치켜올리며 말했다. "마실 것 좀 갖다 드릴까요?"

"아, 아네요. 지금은 괜찮아요. 감사합니다."

"제가 도와드릴 일이라도 있나요? 제 운전기사가 당신이 남편과 관련된 사람인 것 같다고 하던데. 혹시 친척인가요?"

"그렇다고 할 수 있겠죠." 마고는 여자의 애인이 운전기사란 걸 깨달았다. 이 사실을 얼른 미겔에게 말해주고 싶었다.

"그럼 우린 한 번도 만난 적 없는 건가요? 그런데 어쩐지…… 낯이 익네요." 여자의 얼굴은 정말 아름다웠다. 주름 하나 없이 반짝이는 피부에 가느다란 턱과 코, 사슴 같은 눈매에 쌍꺼풀이 있는 전형적인 한국 미인이었다. 하지만 그는 더는 아무 감정도 느끼지 못하는 양, 혹은 피부 뒤에 갇힌 사람인 양 시종일관 꼼짝도 하지 않았다. 꼭 모피로 뒤덮인 이 화려한 외계 행성에서 완벽하게 빚어낸 여성 같았다. 문득 마고는 자신의 양말과 화장기 없는 맨얼굴, 다듬은 지 오래인 손톱 발톱이 신경 쓰였다.

마고는 심호흡을 한 뒤 말문을 열었다. "이걸 어떻게 말해야 할지 잘 모르겠지만—"

메리 김의 운전기사이자 연인이 다시 나타났다. "마실 것 좀 드릴까요? 차를 끓이는 중이에요."

"아뇨, 전 됐어요. 감사합니다." 마고가 대답했다. "아, 혹시 무슨 차 드세요?"

"녹차요. 드실래요?"

"네."

그가 고개를 끄덕였다. 메리 김은 어디선가 본 적이 있다는 듯한 표정으로 마고의 얼굴을 빤히 쳐다봤다.

"그러니까 두어 주 전에……." 마고는 목청을 가다듬었다. "코리아타운에 있는 저희 엄마 아파트에서 엄마 시신을 발견했어요. 그러곤 그렇게 돌아가신 엄마 유품을 정리하다가 그쪽 남편부고 기사가 든 봉투를 발견하게 됐어요."

"네에?" 메리 김은 입을 떡 벌렸다.

"음, 저희 집 얘기를 좀 해보자면……. 저는 아버지를 모르고자랐어요. 코리아타운에서요. 엄마는 1980년대에 한 슈퍼마켓에서 일하시다가 같이 일하던 동료와 만나 저를 임신하셨고 그 직후에 그분은 엄마를 떠나셨어요. 저는 그분에 대해 아무것도 아는 게 없었는데 부고에 실린 사진을 보는 순간—"

메리 김은 눈을 동그랗게 뜨고 그 자리에 얼어붙어 있었다.

"그 뒤에 엄마 친구분이, 그분이 제 아버지가 맞다고 확인해주셨어요."

"어머니 성함이 어떻게 되세요?"

"미나. 미나 리예요."

"세상에." 그는 소파 쿠션을 툭 내리치며 말했다. 얼굴이 붉게달아오르고 턱에 힘이 들어갔다. "그분을 그렇게 만난 거군요."

운전기사가 다시 나타났다. "여기 차 드세요." 그가 받침 접시가 딸린 고급 본차이나 잔을 마고에게 건넨 다음 방을 나갔다.

잠깐 어색한 침묵이 이어지다가 마침내 메리 김이 말문을 열었다. "남편과 저는, 꽤…… 전형적인 부부는 아니었어요."

"아, 네."

"우린 늘 아주 개방적이었어요."

"그 말은……."

"다른 사람과의 관계에 대해서요."

마고는 하마터면 입 안에 든 차를 뱉을 뻔했다. "스와핑 같은 걸 한단 말씀이세요?"

"아뇨, 그런 건 아니고." 그는 피식 웃었다. "뭐랄까, 우리 관계는 좀…… 유연한 편이었어요."

"열린 관계?"

"기본적으로 그렇다고 할 수 있죠."

"와, 완전 신식이시네요." 마고는 유리 탁자 위에 기념비처럼 가지런히 쌓아둔 리처드 애버던, 샤넬, 흑백으로 찍은 파리 등의 뻔한 책들 옆에 찻잔과 잔 받침을 내려놓았다.

"어쨌든 남편은 여름 내내 무척 아팠어요. 암 때문에요. 그런데 그 사람이……." 여자의 목소리가 갈라졌다. "시도 때도 없이 미나라는 여자 이름을 들먹이더라고요. 알고 보니 그쪽 어머니 이름이었네요. 아무튼 나는 별로 신경 쓰지 않았어요. 죽을 날이 얼마 안 남은 사람인데 그게 무슨 대수겠어요. '그래요. 가서 좀 즐겨요' 이런 생각이었죠." 여자의 목에서 맥박이 고동치는 게 보였다. "근데 남편이 죽고 나서 알게 됐죠." 여자의 눈이 커졌다. "남편이 그 여자한테 얼마나 썼는지 알아요?"

"저희 엄마한테요?"

"그래요. 그쪽 어머니요. 미안해요. 어머니를 잃은 데 대해선 정말 유감이에요. 그러니까 제 말은—" 여자는 그 완벽한 이를 악물었다. "남편이 대체 얼마나 썼는지 알아요?"

"아뇨. 전 몰라요. 무슨 말씀을 하시는 건지 전 전혀 모르겠어요." 마고는 가슴이 무거워졌다. 무슨 돈을 말하는 건가? 마고는 도무지 이해되지 않았다.

"남편은 자기 일 때문에 썼던 사설탐정을 그분 일로 다시 고용했어요. 이건 나중에 영수증을 발견해서 알게 됐어요."

"네에?" 숨을 참고 있던 마고는 너무 놀라 폐 속에 남아 있던 공기를 모조리 내뱉었다. 그리고 다시 찻잔을 집어 들고 다 식은 차를 한 모금 마셨다. 차에서 살짝 금속 맛이 났다. "엄마가 사설탐정이 왜 필요했겠어요?" 마고가 고개를 저었다. "그분이 엄마한테 무슨 물건 같은 걸 사 드린 건 아니잖아요. 엄마가 사시던 곳에는 값나가는 물건 같은 건 없었어요."

"이 탐정은 한국에서 실종된 사람이나 가족을 찾아주는 일을 해요. 이를테면 전쟁 때 헤어진 가족이라든지 그런 사람들을요. 남편은 자기 아버지를 그렇게 찾았어요." 여자가 한숨을 내쉬었다. "그쪽 어머니나 어머니 가족이 중요하지 않다는 게 아니라 제겐 그 여자분이 그냥 생판 남이잖아요. 안 그래요? 그냥 남편이 어쩌다가 만난 여자잖아요."

"혹시 엄마가 뭘 찾아냈는지 아세요? 어떤 정보라거나?"

"아뇨. 전부 다 찢어버렸어요. 더는 쳐다보고 싶지 않았거든요." 여자는 짜증이 밀려오는 듯 미간을 꼬집었다. 마고는 그 탐정이 뭘 찾아냈는지 절대 알지 못하리라는 사실에 자책감이 들어 가슴이 찌르르 아렸다. "왜 그렇게 돈을 많이 썼을까?" 메리 김이 물었다. "어쨌든 이제야…… 이제야 모든 게 이해가 되네."

"그분이 저에 대해선 모르셨던 것 같아요."

"하지만 당신의 어머니는 남편 과거 사람이었죠. 말하자면 더 깊은 관계였어요. 어쩌면 남편이 그분을 사랑했는지도 몰라요." 여자가 수치스러운 듯 입술을 깨물며 말했다.

마고는 무슨 말을 해야 할지 몰랐다. "왜 그분이랑 결혼하셨어요?" 마고가 물었다. "서로 사랑했었나요?"

"네. 그런 것 같아요. 하지만 가장 합리적인 선택이기도 했어요. 그는 부자였고 나는 안정감을 원했어요. 그전에 마음을 너무 많이 다쳤거든요."

"다른 남자들한테요?"

"온갖 사람들한테요. 전엔 감정이 풍부한 여자였거든요. 하지만 감정은 위험해요."

"그렇다고 감정이 없으면 삶이 무의미하지 않을까요?"

"하, 상당히 감상적이시네요. 꼭 아버지처럼." 메리 김은 고개를 끄덕였다. "솔직히 그 사람을 이해하기 어려웠어요. 다른 사람들하곤 너무 달랐거든요."

"어떻게요?" 마고는 둘의 공통점이 무엇이건 아버지에 대해 이렇게 조금이라도 알게 된 것에 안도감이 들었고 그 때문에 긴장돼 있던 근육마저 스르르 풀리는 기분이었다. 몇 초 동안 덜 외롭기까지 했다. 누군가와 닮았다는 것, 피와 뼈에 생면부지 타인의 흔적을 품고 다닌다는 것은 실로 경이로운 일이었다. 나는 그들을 품고 다녔고, 내 안의 그들 역시 어떻게든 나를 품고 다닌 거였다.

"아, 여러모로요. 지금은 이런 이야기를 하기가 좀 그러네요."
여자는 손끝으로 눈 안쪽을 조심스레 닦았다. "남편이 그립네요."
여자가 크게 한숨을 내쉬었다. "미안해요. 제가 또 두통이 와서."

"뭘 좀 갖다 드릴까요?"

"아뇨, 아뇨, 괜찮아요." 여자가 고개를 저었다. "혼자가 되고
보니 너무 힘들어요." 여자가 눈을 떴다. "여태 그 사람이 모든 일
을 다 알아서 처리했거든요. 재정 관련 일이며 각종 청구서며. 이
제 어떻게 해야 할지 모르겠어요. 아마 슈퍼마켓들을 전부 다 정
리해야겠죠. 근데 그다음엔 또 뭘 어떡해야 할지……."

운전기사가 큰 출입문 옆에 서서 마고를 지켜보며 기다리고
있었다. 뒷목 근처 머리털이 쭈뼛 서는 느낌이 들었다.

"싹 다 팔아치우고 세계 여행이나 다닐까요? 마추픽추에도 가
고. 늘 거기 한번 가보고 싶었거든요. 혹시 가보셨어요?"

"아뇨. 안 가봤어요."

"아마 환상적일 거예요."

"혹시 전화번호 좀 알 수 있을까요?" 마고가 물었다. "상황이
어느 정도 정리되고 나면 아마 다시 이야기를 나눌 수 있을 거예
요. 마추픽추로 떠나시기 전에요. 그분에 대해 좀 더 알고 싶어
요. 그 얘길 하자면 이야기가 복잡해진다는 거 알지만 제가 아직
모르는 게 너무 많아요. 그분이 코리아타운을 떠난 뒤에 쭉 뭘 하
고 사셨는지, 애초에 왜 엄마를 떠났는지, 궁금한 게 한두 가지가
아니에요."

"솔직히 우리가 결혼하기 전 일에 대해선 나도 모르는 게 많아

요. 성민 씨, 이 분한테 내 전화번호 좀 알려줄래요?"

운전기사 성민이 고개를 끄덕였다.

"이렇게 찾아와줘서 고마워요. 이름이 뭐라고 하셨죠?"

"마고 리예요." 마고는 자리에서 일어섰다.

"고마워요. 정말 예쁜 이름이네요." 여자가 말했다. "성민 씨가 배웅해드릴 거예요." 여자는 관자놀이를 문지르며 방을 나갔다.

마고는 성민을 따라 현관으로 가서 운동화 끈을 묶은 뒤, 그에게 핸드폰을 내밀었다. 성민은 메리 김의 번호를 입력한 뒤 현관문을 열었다. 마고는 충동적으로 물었다. "혹시 저희 아버지에 대해 아는 게 있으신가요? 언제부터 아버지와 일하셨어요?"

성민은 고개를 저었다. "그냥 가주세요." 그는 애써 정중하게 미소 지었다. "저희가 오늘 할 일이 좀 많아서요."

그는 안내인처럼 대문 쪽으로 손짓했다.

마고는 현관문 앞에 서서 벌꿀색 아침 햇살에 뒤덮인 진입로를 바라봤다. 순간 어깨에 손길이 닿는 느낌이 들더니 그 손길이 마고를 슬쩍 떠밀었다.

마고가 화들짝 놀라 뒤돌아보니 현관문을 닫는 그의 모습이 보였다. 그가 마고의 몸을 만진 거였다. 그 모든 게 너무 순식간에 일어난 일이라 무슨 반응을 할 새조차 없었다. 층계식 석조 분수대는 쉴 새 없이 물을 뿜어내고 있었다. 공기 중에는 갓 자른 잔디 냄새와 거름이나 퇴비 냄새 같은 썩은 내가 자욱했다.

그 사람이 마고를 민 것이었다. 세게는 아니지만 그래도 소스라치게 놀랄 정도로 불쑥. 입 안에는 아직도 차의 야릇한 금속 맛이 남아 있었다.

성모마리아는 얼굴이 반쯤 뭉개져 뼈의 안쪽 색이 드러났다. 그 꿈꾸는 듯한 한쪽 눈과 섬세한 복숭아색 입술은 세상 태연해 보였다. 드레스와 주름진 하늘색 망토 아랫단엔 금색 테두리를 둘렀고 두 팔은 앞으로 내밀고 있었다. 그리스 여신이 입고 있을 법한 하늘하늘한 흰 드레스 아래로 삐져나온 발가락은 혀를 내민 뱀을 밟고 있었다.

마고는 지난 이틀간 꼼짝도 못 하고 침대에 누워 있었다. 어지러움과 쓰라림, 피로가 겹친 데다 대체 어디서부터 시작해야 할지 몰라 아득한 느낌에 짓눌린 터였다. 지칠 대로 지친 마고는 거실 소파에 앉아 손에 든 성모 마리아상을 빤히 쳐다보고 있었다. 그러다 남편이 미나의 가족을 찾는 데 많은 돈을 써서 메리 김이 얼마나 화가 났는지를 떠올렸다. 메리 김에게 전화를 걸면 그 사설탐정의 전화번호를 알려줄까? 그러면 아버지가 어떤 정보를 찾아냈는지 알 수 있을까? 과연 내 한국말 실력으로 그 탐정과 이야기를 나눌 수 있을까?

현관문 계단 위에서 운전기사가 자신을 떠민 일도 떠올랐다. 왜 그랬을까? 어떤 경고였을까? 녹차에서 금속 맛이 난 것은? 독을 넣었을 가능성은 너무 억지스러운 생각이지만, 게다가 아직 자신은 살아 있지만 타이밍이 이상했다. 이 모든 게 다 돈 때문이었을까? 메리 김이 복수를 하러 나선 거였을까?

다시 최 순경에게 전화해야 할까? 하지만 그는 자신들이 메리 김과 접촉해선 안 된다고 말하지 않았던가? 게다가 그의 손은 묶여 있었다. 더는 개입할 수 없었다. 솔직히 이제 제가 뭘 더 할 수 있는지 잘 모르겠어요. 어머니의 죽음에 관한 한, 물론 너무 비통한 일이긴 하지만, 무척 단순 명백한 케이스라서요. 그건 사고였어요.

마고는 손에 든 마리아상을 이리저리 돌려 보면서, 이 주 전 엄마 시신을 발견한 뒤로 동시에 밀려온 슬픔과 무거운 책임감을 느끼며 숨을 깊이 들이마셨다. 마치 이제 두 사람의 몫을 사는 것처럼 머리가 빙글빙글 돌고 심장이 빠르게 뛰었다. 하지만 만약 아무 해답도 찾지 못하면 어떡한단 말인가?

전화벨이 울렸다. "좀 어때?" 전화를 받자 미겔이 물었다.

"괜찮아. 죽진 않았어."

"그동안 충분히 많은 일을 했어. 미세스 백도 만나고 메리 김도 만나고. 이제 좀 쉬어."

"안 그래도 몸이 좀 안 좋아서 그래야 할 것 같아."

"뭐 필요한 거 없어? 오늘 저녁에 들를 수 있는데."

"아니, 괜찮아. 내일도 안 좋으면 그때 병원에 가볼게. 아마 곧 나아질 거야."

마고는 전화를 끊은 뒤 자기 방으로 가서 책상 서랍에서 오래된 새 공책을 하나 꺼냈다. 그리고 거기에 부서진 마리아의 얼굴, 발가락, 발밑에 있는 뱀 혀를 조각조각 그려 넣었다. 크고 푸른 눈, 가느다란 반달 눈썹, 큐피드의 화살처럼 완벽한 곡선의 입을 연필로 꾹꾹 눌러가며 그렸다. 실로 몇 년 만에 무언가를 그리고 싶은 강렬한 충동이 그를 찾아왔다. 기술적인 실력은 부족했지만, 마고는 이미지들을 색다르게 조합하는 재주가 있었다. 스스로도 늘 더 삼차원적인 어떤 것, 더 많은 공간을 요하고 설명하기 어려운 혼합 매체나 조립 등에 재능이 있는 것 같다고 생각했다. 핵심은 작품이 저만의 이야기를 하고 저만의 차원과 시간을 만들어내는 것이었다. 하지만 이 모든 것은 자신처럼 가난하게 자랐고 인생의 대부분을 집에 불을 밝히고 식탁에 음식을 올리느라 분투하는 사람들에 둘러싸여 지낸 여성이 쫓기엔 너무 고상하고 어쭙잖아 보였다.

하지만 예술은 누구에게나 필요했다. 그렇지 않다면 왜 엄마가 과일을 자를 때 껍질을 끈처럼 길게 깎으며 천천히 부드러운 속살을 드러내는 식으로 정성을 들였겠는가? 거울을 보며 완벽한 각도로 아이라이너를 그리고, 배열에 신경을 써가며 가게 벽에 옷을 거는 일도 마찬가지였다. 또 다른 삶에서 의상디자이너였던 엄마는 가끔 마고가 그림 그리는 모습을 지켜보았다. 단출한 자기 가족이 이상적인 가족과는 얼마나 거리가 먼지 아직 모르던 6학년 때, 어느 날 마고는 엄마의 얼굴을 스케치하고 있었다. 툭 튀어나온 광대뼈, 좁은 턱, 곧 눈물을 터뜨릴 듯 호숫가 잔물결처럼 반짝이는 부드러운 갈색 눈을 차례로 그렸다.

"어디 보자." 엄마가 그림을 집어 들었다. 그리고 눈을 가늘게 뜨고 식탁 위 노란 불빛에 비추어 보았다. "내가 벌써 이렇게 늙었니?"

마고는 아무 대답도 하지 않았다. 엄마는 세상에서 가장 아름다운 사람이었으니까.

마고는 점점 뭘 만들어야 할지 이해하기 어려워졌다. 어렸을 때 엄마의 비위를 거스르기가 싫어 주야장천 꽃이나 나무만 클로즈업해 그렸다. 겨울이면 상록수를 그렸고, 가을이면 갈색, 겨자색, 블러드오렌지색 이파리들을 그렸다. 아니면 벽걸이 달력을 모사한 목가적 풍경을 그렸다. 지루한 작업이었지만 달리 뭘 할 수 있었겠는가? 자기 얼굴은 절대 그리기 싫었다. 엄마 얼굴에서도, 텔레비전이나 영화에서도 닮은 구석이라곤 찾아볼 수 없는 이방인, 외국인의 얼굴, 평범한 아무개의 얼굴이었으니까. 이후 십 대 때는 루스 아사와, 리 본테쿠 등의 추상 조각, 조립, 설치가 상상력을 자극했다. 쓰레기통을 뒤집어엎고 재료를 찾아 헤매고 싶은 충동이 일었지만 이런 걸 어떻게 엄마에게 설명한단 말인가? 그 모든 작품은 또 어디에다 둔단 말인가? 자신이 사는 아파트는 너무 좁았다. 하루빨리 이곳을 도망쳐야 했다.

하지만 졸업 후 마침내 집을 떠나 시애틀로 갔을 땐 늘어난 학자금 융자 빚 때문에 일을 시작해야 했다. 마고가 처음으로 찾아낸, 사회에도 도움이 되는 일이었다. 그 비영리조직은 고객 전부와 동료 직원 다수가 맹인이거나 저시력 시각장애인들이었다. 그들이 세상을 돌아다니는 방식은 놀랍기 짝이 없었다. 흰 지팡이와 GPS, 점자 시계, 화면을 소리로 읽어주는 소프트웨어 등을 활용했다. 마고는 처음 일 년 정도는 경이로울 정도로 영감을 많이 받았지만, 곧 책상 위에 쌓인 엄청난 파일과 죽도록 반복적인 일에 지쳐갔다. 생활이 프린터 토너 냄새와 정수기 꿀꿀대는 소리, 복사기 돌아가는 소리로 채워졌다. 물론 그 후로 삼 년이 지난 작년, 동료 조녀선과 사귀는 동안은 그 따뜻한 동물적 숨결, 맥박이 고동치고 팔에 난 솜털이 쭈뼛 솟는 느낌이 더없이 짜릿했다. 자신에겐 위험이 필요했다. 자극적인 섹스는 끈질기고 고통스런 질문들을 잠재웠고, 행여 눈길만 돌렸다면 실제로 목숨을 위협할 수도 있었을 진짜 위험을 대신해주었다. 대체 자신은 누구였을까? 스스로를 두려워하지 않았다면 무슨 일이 일어났을까?

마고는 늘 제 삶의 다른 부분들, 이를테면 엄마, 친구, 과거 애인, 동료를 모두 분리해 서로 넘나들지 않게 했다. 만일 이 영역들을 건드리지 않는다면, 따로따로 관리할 수만 있다면, 상처받거나 완전히 파괴되지 않으리라 생각해서였다. 그래서 제 주변에 꾸준히, 그러나 조용히 분리된 방들을 만들어나갔다. 하지만 그 어둡고 답답한 구조물 한복판에서 대체로 혼자라고 느꼈다.

엄마의 죽음은 마고가 살아오며 구축한 이 구조물을 완전히 허물어뜨렸다.

마고는 이제 다시 빈 종이에 엄마 얼굴을 그려보았다. 그 부드러운 갈색 눈동자와 좁은 턱, 단발머리를 마지막으로 봤던 기억을 더듬어 그렸다. 그리고 반대쪽에는 아버지 얼굴을, 부고 기사에서 본 기억을 최대한 되살려 그렸다. 연필로 얼굴 형태를 대략 그린 다음 눈가 주름과 미간 주름도 그려 넣었다. 그러다 지쳐 좀 쉬려고 멈췄을 때 깨달았다. 자신이 공책을 덮으면 양 페이지가 맞닿아 두 사람이 키스하는 모양이 되리라는 것을.

미나
1988년 겨울

박 사장과 루페, 미스터 김이 종적을 감춘 그날은 조용하고도 몹시 음울하게 지나갔다. 소문이 퍼져나갔고, 아무도 입도 뻥끗하지 않았지만, 무슨 일이 있었는지, 있을 뻔했는지 아무도 인정하지 않았지만 미나는 이 도시의 스모그만큼이나 짙고 피할 길 없는 슬픔과 긴장감을 느꼈다.

루페도 미스터 김도 절대 돌아오지 않을 것이며, 자신들도 일자리를 잃고 싶지 않다면 박 사장 일엔 끼어들지 않는 게 낫다는 걸 모두가 알았다. 아마 쭉 그런 분위기였을 텐데 미나는 순진하게도 이제야 그걸 알아챈 것이다. 사람들끼리의 상호작용과 박 사장을 둘러싼 공기를 떠올려보면, 슈퍼마켓이라는 이 작은 우주에서조차 모두가 이미 권력자 주변 사람들이 흔히 그러듯 매우 조심스럽게 행동하고 있었는데 말이다. 아마 그들은 자신들의 위치가 항상 취약하며 언제든지 누군가의 먹잇감이 될 수 있음을 암암리에 알았을 것이다.

　미나는 곡물 자루처럼 무거운 몸으로 계산대에 서서 미스터 김이나 루페, 아침에 그에게서 빼앗은 총에 관한 생각을 떨쳐버리려 애썼다. 아침엔 그의 미간에 잡힌 주름을 펴주고 싶다는 간절한 마음으로 그의 아침 입 냄새를 들이마시며 그 자리에 키스했더랬다. 그 냄새는 그의 평안과 휴식의 냄새였기에 조금도 신경 쓰인 적이 없었다. 침대 옆 협탁 서랍을 열었다. 총은 생각보다 가벼웠다. 버스를 타고 출근하면서 자신의 큰 갈색 핸드백을 무릎 위에 올려놓고, 마치 그 안에 지금은 얌전하지만 사납고 예측 불가인 야생동물이나 뱀이라도 들어 있는 양 조금이라도 가방을 누르지 않으려 조심했다.

　삐— 바코드 찍는 소리를 들으며 허공을 응시하다가 고객에게 현금을 받고 잔돈을 거슬러줄 때만 간신히 주의를 기울였다. 그나마 이제 물건 값을 대부분 외웠고 숫자판을 보지 않고도 코드를 입력할 수 있는 덕분에 가능한 일이었다.

　쉬는 시간에 슈퍼마켓 밖 공중전화로 미스터 김에게 전화를 걸었다. 아무도 전화를 받지 않았다. 지금 그가 무슨 일을 겪고 있는지 누가 알랴? 혹시 이미 유치장에 갇힌 건 아닐까? 루페에게 연락해보고 싶었지만 번호를 몰랐다. 루페도 이제 뭘 어떻게 해야 할지, 마리오를 돕고 아이들을 먹일 일자리를 어떻게 찾을지 궁리하느라 마음이 여간 복잡하지 않을 터였다.

　바깥에 나와 있을 핑계로 삼을 담배라도 한 대 있었으면 싶었다. 미나는 무언가를 기다리는 것처럼 몇 분 서 있다가, 자신이 대체 뭘 기다리는 건지 자문하며 안으로 들어왔다. 가게 뒤쪽은 눈길도 주지 않았고 화장실조차 가지 않았다. 집에 갈 때까지 온종일 참을 작정이었다.

그날 저녁 미나는 어지럽고 메스꺼운 상태로 버스 정류장 환승 사인 옆에 홀로 서 있었다. 핸드백에 총이 들었단 사실은 거의 잊은 채였다. 이제 모든 게 전과 같지 않으리란 걸, 미스터 김은 새 일자리를 찾고 더는 박 사장을 똑바로 볼 수 없는 자신도 그래야 하리라는 걸 알았다. 대체 어떻게 이리도 빨리 이런 재난에 말려들 수 있단 말인가? 미국에 온 지 고작 일 년도 되지 않았는데.

버스의 헤드라이트가 가까이 다가오자 갑자기 발을 앞으로 내딛고 싶은 충동이 일었다. 딱 한 발만.

아무것도 모르고 길을 건너는 사슴처럼. 그렇게 단순하고 순수하게. 영안실의 또 다른 시신으로 삭제되는 것.

버스가 획 방향을 틀며 끼익 멈추었다. 버스 기사가 눈을 동그랗게 뜨고 입을 떡 벌린 모습으로 충격과 안타까움, 이어 분노 어린 표정을 지었다.

잠깐 미나는 도망칠까 생각했지만 갈 곳도, 계속 달릴 자신도 없었다.

결국 고개를 푹 숙이고 시선을 바닥에 떨군 채 버스에 탔다.

"대체 지금 무슨 짓을 한 거예요!" 기사가 따져 물었다. "죽을 작정이었어요? 우리 전부 다 죽이려고 한 거냐고요!"

미나는 귀를 쫑긋 세우고 자신을 쳐다보는 승객들을 지나 통로를 걸어갔다. 그리고 무심한 표정의 승객과 충격에 빠진 표정의 나이 든 여자 사이에 끼어 앉았다. 흘끗 앞을 보니 기사가 격분한 듯 양손을 번쩍 들었다가 제 허벅지 위에 털썩 내려놓았다. 백미러 속에선 어느새 짠한 표정이 되어 "젠장" 하고 내뱉는 모습이 보였다. 그는 묵직한 출입문을 닫고 다음 정류장을 향해 차를 몰았다.

부엌 쪽에서 미세스 백이 가스레인지 앞에 서서 냄비를 젓고 있었다.

미나는 조용조용 신발을 벗고 몰래 방으로 들어가려고 했다. 어디론가 사라지고만 싶었고 지난밤에 한숨도 못 잔 터였다. 하지만 미처 방 문간에 도달하기 전에 미세스 백이 물었다. "저녁 먹었어?"

"아뇨, 아직. 근데 지금 너무 피곤해요."

"안색이 영 안 좋네. 어디 아파?"

"그런 것 같아요."

"같이 좀 먹을래?"

"괜찮아요. 전화할 데가 있어서요."

미세스 백은 나무 숟가락을 꼭 행진 악대 지휘봉처럼 허공에 올리고 있었다. "통화 끝나고 나서 먹으면 되지."

"어……."

"기다릴게. 얼른 가서 전화해."

미나는 기력이라곤 없는 상태로 방문을 열고 안으로 들어가자마자 소지품을 모두 바닥에 떨구었다. 협탁에 놓인 수화기를 집어 들고 미스터 김 번호를 돌렸다. 아무도 받지 않았다.

미나는 화장실에 다녀온 다음, 식탁에서 보리차를 홀짝이며 기다리는 미세스 백의 맞은편에 앉았다.

"안색이 너무 안 좋아 보여."

"일을 너무 많이 해서 그런가 봐요. 속도 좀 안 좋고요."

"어떻게 안 좋아?"

"제가 스트레스를 받으면 밥을 잘 못 먹어요. 억지로라도 먹으면 토하고 싶어지고요."

"애인은? 다 괜찮은 거야?"

"네."

"정말이야?" 미세스 백이 제 손을 미나의 손 위에 올렸다. "장염에라도 걸렸나. 지금 얼굴이 너무 창백해."

"아마 그런가 봐요."

"흰죽이라도 쒀줄게." 미세스 백이 자리에서 일어서며 말했다.

"아녜요, 그러실 거 없어요. 정말이에요."

"금방 되니까 걱정 말고 일단 가서 누워 있어. 다 되면 부를게."

미나는 지친 몸을 이끌고 방으로 돌아가 침대에 누워 울었다. 담요로 눈가를 닦아가면서. 미세스 백의 눈에 자신이 혼자 방구석에서 홀짝이는 또 하나의 여자로 비치는 게 싫었다. 하지만 그게 바로 자신의 모습이었다. 그렇지 않은가? 미나는 두 번 다시 미스터 김을 보지 못할 것 같은 치명적인 예감에 사로잡혔다. 대체 어떻게 이런 감정에 빠지게 됐을까? 어떻게 이런 일이 일어나게 그냥 됐을까?

미나는 깜빡 잠들었다가 노크 소리에 눈을 떴다. 십 분쯤 지났을까? 아니면 삼십 분? 미나가 대답하기도 전에 미세스 백이 방문을 열고 불쑥 고개를 내밀었다.

"깨워서 미안해. 죽 다 가져왔어."

"아, 아녜요, 언니. 고마워요." 미나는 팔꿈치를 지지대 삼아 침대에서 일어나려 했지만 도로 쓰러지고 말았다.

"어머." 미세스 백이 달려 들어왔다. "마지막으로 뭘 먹은 게 언제야?"

"기억 안 나요. 아마 어제부터 안 먹었을 거예요."

"그럼 일단 좀 먹고 나서 다시 자."

미나는 간신히 몸을 일으켜 침대 옆 벽에 기대앉았다. 미세스 백이 죽이 담긴 그릇을 쇠숟가락과 함께 들고 미나의 얼굴을 가만히 살폈다.

"자, 한 입 먹어봐." 미세스 백이 숟가락을 미나의 입 가까이에 갖다 댔다.

그 다정한 몸짓에 미나의 눈에서 또다시 눈물이 차올랐다. 두 뺨 위로 눈물이 흘러내렸고 마치 타인의 친절로부터 스스로를 보호라도 하듯 제 얼굴을 감쌌다.

침대에 누워 몇 시간 동안 이리저리 뒤척이고 슬픔과 분노에 사로잡혀 주먹으로 매트리스를 내리치다가 간신히 깊은 잠에 빠진 미나는 전화벨 소리에 다시 잠에서 깼다. 퍼뜩 정신이 들어 수화기를 들었다.

"미스터 김?"

"네." 그가 지친 목소리로 대답했다.

"별일 없는 거예요? 지금 어디예요? 어디냐고요! 이제 날 떠나는 거예요?"

그가 숨을 깊이 들이쉬었다가 다시 내뱉었다. "여기는…… 여기는 공항이에요."

"네? 거기서 지금 뭐 하는 거예요?" 미나는 정신이 혼미했다. 그가 무슨 말을 할지는 불 보듯 뻔했다. 예정된 수순이었다. 스스로를 벌하기 위해, 스스로에게 교훈을 주기 위해 얼마나 하고 또 해온 일이었던가. 보육원에서 말을 안 듣거나 물건을 훔치거나 대들면 그곳 여자 어른들이 자신에게 그랬던 것처럼 말이다. 미나는 이런 일이 일어나리라 예상했었다. 그래서 아무도 널 원하지 않는 거야. 그들은 말했다.

"지금 길게는 얘기 못 해요. 어제 루페 집에 들렀는데 루페는 이제 괜찮아요. 성당 사람들이 도와주고 있으니 더는 그 사람 걱정은 안 해도 돼요, 알았죠? 루페는 별일 없을 테니 당신은 오로지 당신만 생각하면 돼요. 알았죠?"

"당신은요? 지금 어디로 가는 거예요?"

"시카고에 사촌이 살아요. 한동안…… 거기 가 있을 거예요."

"얼마나 오래요?"

"아직은 모르겠어요."

"잠깐 동안요?"

"아마도요."

"나도 같이 가면 안 돼요?"

"아뇨, 지금은 그게 최선이 아닌 것 같아요."

"왜 날 데려가지 않는 거예요! 왜요!" 미나의 목소리에 온 집이 쩌렁쩌렁 울렸다. 누가 듣건 말건 상관하지 않았다. "왜 날 안 데려가냐고요!"

"그게 그렇게 간단한 일이 아녜요. 나도 그러고 싶지만 지금 당장은…… 너무 위험해요. 미안해요." 그가 우는 소리가 들렸다. "당신에게 절대 상처 주고 싶지 않았는데. 누구한테도 상처 주고 싶지 않았는데. 내가 그러리라곤……."

"그럼 날 데려가요. 난 여기 아무것도 없어요. 날 데려가요."

"그럴 수 없어요. 나 혼자 숨는 게 더 나아요. 이렇게 해야 당신이 더 안전해져요." 그가 숨을 삼켰다. "총 가져갔어요?"

미나는 대답하지 않았다. 심장이 쿵쿵 방망이질해댔다.

"조심해서 다뤄요. 이미 장전된 상태니까. 알았죠? 필요할 때 말고는 케이스에서 꺼내지 말아요. 스스로를 잘 지키고 항상 조심해요. 알았죠?"

"나 혼자서도 그놈을 상대할 수 있어요." 미나의 목소리가 꼭 지진이라도 난 것처럼 바르르 흔들렸다. 몸속 뼈 하나하나가 다 떨렸다.

"그저 조심하란 말밖에 할 말이 없네요. 정말, 정말 미안해요. 사랑해요." 그가 전화를 끊었다.

미나는 벽을 향해 냅다 수화기를 집어던졌다. 뚜뚜거리는 신호음 소리에 수화기를 도로 집어 들어 텅 빈 플라스틱 울리는 소리가 들리도록 전화기에 쾅 내려놓았다. 부서졌든 말았든 신경 쓰지 않았다. 이제 정말 때가 된 거였다. 그 모든 것을 끝낼 때가. 그냥 방 안에서 목을 매면 되었다. 방문 위에 시트를 묶고 한쪽 끝을 목에 칭칭 감아 모든 걸 끝장내면 되었다. 사실 이 낯선 나라로 오기 전에, 박 사장이 그 모든 걸 망치기 전에 끝장을 냈어야 했다. 진즉에, 일찌감치……

대관람차를 타고, 소금기 어린 공기 냄새와 핫초코 맛을 알고, 다시 한번 세상의 눈부신 속임수에 넘어가기 전, 가슴이 발그레 물들고 그 안에서 꽃이 피기 전에.

하지만 스스로 목숨을 끊기 전에 박 사장부터 죽일 수도 있었다. 놈의 사무실로 찾아가면 되었다. 자신에겐 총이 있으니, 마음만 먹으면 모두가 보는 앞에서 놈을 끝장낼 수 있었다. 놈이 얼마나 많은 여자를 공포에 떨게 했는지 어찌 알겠는가? 자신의 이익을 위해 얼마나 많은 동족을 이용했는지, 그들 중 얼마나 많은 이들을 다치게 했는지, 앞으로 얼마나 많은 이들의 인생을 망쳐놓을지 어찌 알겠는가? 미나는 이제 더는 잃을 게 없었다.

누가 똑똑 방문을 두드렸다.

미나가 소리쳤다. "지금은 좀 곤란해요."

"괜찮아?" 미세스 백이 물었다.

"제발 가주세요."

분명히 미세스 백은 아직도 문밖에서 기다리고 있을 터였다.

"좀 가시라고요." 미나는 꽥 소리를 질렀다. 미나는 베개를 집어 들어 방문 쪽으로 던졌다.

미세스 백이 문고리를 잡고 돌리려 했다. 잠긴 걸 안 그는 그 엉성한 합판 문을 몸으로 확 밀고 들어왔다.

바닥에 나동그라져 있는 미나의 모습에 그는 충격과 공포로 얼굴이 일그러졌다.

미나는 그의 눈에 비친 자신의 모습에 더 죽고 싶어졌다.

미세스 백은 바닥에 무릎을 꿇고 주저앉아 미나를 일으켜 세우려 했다.

"저리 가세요!" 미나는 갑자기 구역질이 났고 노란 액체가 가슴 위로 흘러내렸다.

미세스 백은 미나를 감싸 안고 화장실로 끌고 갔다. 미나는 변기 옆 바닥에 널브러져, 간밤에 간신히 몇 모금 삼킨 흰죽을 몽땅 게워냈다. 미세스 백은 수건을 집어 들고 아이처럼 눈물 콧물 범벅이 된 미나의 얼굴을 닦았다. 그런 다음 그 수건을 건넸고 미나는 코를 풀었다.

미나는 울음이 멈춰지지 않아 숨을 헐떡여가며 계속 울었다.

변기 옆에 주저앉은 두 사람 모두 알았다. 미나가 임신했다는 사실을.

마고
2014년 겨울

크리스마스를 앞둔 월요일에 마고는 마침내 기분이 조금 나아졌다. 일터와 집을 바쁘게 오간 생활의 흔적으로 아직도 끈적끈적한 찬장과 서랍을 비우며 엄마의 부엌을 청소했다. 참기름 병에는 고소한 냄새를 풍기는 걸쭉한 짙은 호박색 참기름이 반쯤 남아 있었다. 안에 든 꿀이 설탕 결정으로 변질된 눌러 짜는 식의 플라스틱 꿀 병은 달콤한 짙은 색 타원형 자국을 남기며 찬장 깔개 위에 들러붙어 있었다.

마고는 평생 부엌에 있었던 물건을 만지면서 실제적인 친밀감을 느꼈다. 거기에는 어떤 비밀도 다른 삶도 끼어들지 않았다. 그런데 지금은 뒤죽박죽으로 섞인 스테인리스 수저조차 날카로웠다가, 후회스러웠다가, 들쭉날쭉 갈피를 못 잡았다가 휘었다 하는 감정을 기리는 작은 상징물처럼 느껴졌다.

어렸을 때 마고는 젓가락을 쓰기 싫어했다. 엄마에게 그걸 쓰지 않겠다고 고집부리며 포크를 집어 들면, 고작 몇십 센티미터 거리에 마주 앉은 모녀 사이가 마치 대륙의 분수령이나 대양의 컴컴한 협곡처럼 쩍 벌어졌더랬다. 사실 모녀가 서로에게 낯선 자세로 밥을 먹으며 이런 균열과 파열을 겪는 일이 일상이었다. 그럼에도 마고는 엄마가 자신에게 먹인 밥과 반찬과 찌개, 단정하게 깎아 자른 과일을 기억했다. 음식은 마고가 엄마 안에 흐르는 온갖 이야기와 추억이라는 수액에 접근할 수 있는 가장 실질적이고 필수적인 매개체인지도 모른다는 생각도 했다.

두 사람은 서로 다른 언어를 썼고, 그 때문에 마고가 자랄수록 둘의 거리는 점점 더 멀어졌다. 마고의 엄마는 코리아타운에서 영어를 별로 배우지 못했고 그럴 필요도 없었다. 가게에서 장시간 일할 때를 제외하곤 엄마와 그리 시간을 보내지 못한 마고는 이방인과 가난, 전쟁을 떠올리는 한국 문화와 스스로 거리를 두었다. 마고는 텔레비전에 나오는 '진짜 미국인'처럼 살고 싶었다. 그들은 하나같이 바닥은 깨끗하고, 벽에는 금이 가거나 페인트가 벗겨진 자국 하나 없고, 식기세척기와 반짝이는 가전제품을 갖춘 집에 살았다. 자신도 책에 나오는 사람들처럼 살고 싶었다. 미세스 백의 아파트에서 보았던 그 위태위태하고 허약한 스카이라인, 한때 하얬다가 지금은 노랗게 변한 치아 같은 책장 속 인물들처럼, 아름답고 복잡한 감정들을 느끼고, 주체적으로 행동하며, 선택이 운명에 저지당하거나 그 반대의 일이 펼쳐지는 삶을 살고 싶었다. 하지만 엄마의 삶은 자기결정이라곤 없이, 죽도록 일한들 결코 그 아파트를 벗어나지 못하리라는 걸 알면서도 오로지 그 삶의 무게를 꾸역꾸역 버텨내는 것이 목적인 삶처럼 보였다. 실제로도 딱 그렇지 않았던가? 엄마는 절대 그 자리를 벗어난 적이 없었다. 홀로 비극적인 운명에 갇혀버린 여자. 여자를 떠나 망가뜨려놓은 남자. 그런 이야기.

네 엄마도 다른 사람들처럼 외로우셨어. 하지만 그게 우리 같은 여자들의 인생이야.

시신에서 풍기던 그 악취. 담즙과 썩은 과일 냄새.

그것은 사고였을까, 아니면 고의에 의한 것이었을까? 아무래도 메리 김과 그의 운전기사 성민이 마음에 걸렸다. 자신을 무슨 떠돌이 동물 취급하는 듯한 그 소름 끼치는 손길이. 게다가 집주인은 지금 도대체 어디로 간 걸까? 그 역시 믿을 수 없기는 마찬가지였다.

마고는 소파로 가서 공책 한 페이지에 포크 하나를, 다음 페이지엔 젓가락 한 쌍을 그려 자신이 두 형태 사이를 넘나들도록 했다. 비둘기가 날갯짓하듯 그 움직임 속 어딘가에 살고 싶었다.

엄마에겐 절대 설명할 수 없는 것들이 무척 많았다. 설령 같은 언어를 쓴다고 해도 두 사람 사이의 간극은 컸다. 어떤 면에서 이 나라에서 마고의 성공과 자립은 엄마와 엄마의 가난, 이질성, 소외된 삶, 아무 보람도 없이 죽도록 고생만 하는 일, 세상에 무시당하고 매도당한 매 순간들과 얼마나 거리를 두느냐에 달려 있었다. 게다가 두 사람 사이에 가로놓인 골짜기를 더듬어가노라면 숨이 턱 막히고 가슴이 무너져내릴 때가 너무 많았다. 하지만 만약 마고가 자신들의 관계에 더 충실한 모습을 보였더라면, 그러길 두려워하지 않았더라면, 적어도 이 페이지, 이 그림들을 보고 엄마가 이해했을지도 몰랐다. 마고는 절대 엄마를 떠나지 않으리라는 것을. 두 사람 사이에 놓인 거리가 아무리 멀지라도 절대 엄마의 손을 놓지 않으리라는 것을.

부엌 정리를 끝낸 마고는 다음으로 엄마 방을 치웠다. 그 방에서, 가는 흙먼지로 뒤덮인 운동화와 침대 밑에 떨어진 콘돔 포장지를 다시 마주했다. 버려지고 잊힌 물건들을 처리하고 이제 엄마와 아버지인 미스터 김이 재회한 잔재임을 알게 된 신발은 쓰레기봉투에 집어넣었다.

엄마 침대 위엔 세월에 빛바랜 그 슬픈 곰 인형이 만화에서처럼 동글동글하게 생긴 발로 새틴 천으로 된 빨간 하트를 꽉 붙잡고 있었다. 무심코 하트를 꾹 눌렀는데 안에서 딱딱한 무언가가 느껴졌다. 맥박이 빠르게 뛰었다. 마고는 엉성하게 손바느질해놓은 봉제 선을 뜯었다.

그러자 대여금고 번호와 은행 이름이 적인 종이 한 장과 작은 열쇠 하나가 툭 떨어졌다.

인형의 나머지 부분도 뜯어봤지만 다른 건 나오지 않았다. 엄마의 소지품들도 샅샅이 뒤져보았다. 혹시나 싶어 이제 호주머니며 안감 속을 더 주의 깊게 살폈다. 머릿속을 기어 다니는 고통, 질문의 홍수를 제거하지는 못해도 조금이라도 잠재워줄 만한 단서를 단 한 가지라도 찾아내고 싶어서였다. 이제 답을 원했다. 엄마가 살아 계셔서, 평소 늘 묻고 싶었던 것들을, 전엔 두려움 때문에 물어보지 못했던 그 모든 것들을 물어볼 수 있다면 얼마나 좋을까 싶었다. 엄마의 삶과 엄마의 과거는 언제나 단단한 장막에 가려져 있었다. 엄마는 늘 조금만 잘못 다가가거나 보거나 만지면 돌이킬 수 없이 부서질 것만 같았다.

네다섯 살 때쯤 마고는 도브 비누 향 가득한 미지근하고 희뿌연 물속에 앉아 욕조 바닥의 미끄럼 방지 스티커를 긁으며 물었다. "아빠는 어디 있어?"

욕실 바닥에 무릎을 꿇고 앉아 있던 엄마는 움찔하고 놀라더니 잠깐 동작을 멈추고 곰곰이 생각하는 표정을 지었다. "엄마도 몰라. 우릴 떠난 지가 하도 오래돼서."

"어디로 간 거야?" 마고가 발장구치며 천장을 보고 물었다.

"나도 모르지." 엄마는 자세를 고쳐 앉은 다음 손을 거품 속에 집어넣었다. "엄마도 아빠를 가져본 적이 없었단다. 마고는 궁금한 게 너무 많은걸." 엄마의 얼굴 위로 왈칵 눈물이 쏟아져 볼을 타고 조용히 흘러내렸다.

엄마가 마고의 얼굴에 물이 튀지 않도록 조심조심 위에서 물을 붓는 동안 마고는 고개를 뒤로 젖힌 채 엄마의 눈물이 눈 안으로 도로 쏙 들어갔으면 좋겠다고 생각했다. 날마다 지칠 줄 모르고 묵묵히 일하던 엄마가 한순간에 감정에 북받쳐 속내를 드러내는 것을 보는 게 괴로웠다. 이 드물게 찾아오는 여리고 연약함이 드러나는 순간, 정신이 마치 지진에 달그락거리는 찬장 유리컵들처럼 흔들리는 순간, 마고는 가족이 가장 큰 고통의 원천이라는 걸 깨달았다. 그들이 우리를 잃어버렸든, 버렸든, 아니면 그저 우리 머리를 북북 문지르든 간에.

이 모든 감정은 마고가 십 대가 되면서 일종의 분노로 바뀌었다. 세상은 답을 요구했다. 아빠는 어디 계셔? 아빠가 없다고? 엄마는 무슨 일을 하셔? 그 아파트에 얼마나 오래 산 거야? 이런 질문들로 자기 모녀가 선택하거나 통제할 수 없는 것들을 평가했다.

모든 게 통제에 관한 것이었다. 그렇지 않은가?

돈이 세상을 완벽하게 만들 수 있다고들 생각하지만 그건 환상에 불과했다.

마고는 카펫 위에 무릎을 꿇고 앉아 엄마 침대 옆 협탁에 올려놓은 그 작은 열쇠를 가만히 바라보았다. 열쇠는 명백한 상징이었다. 때로 진실은 늘 거기에, 우리 코앞에 있었다. 우리가 그 형태와 모든 모서리를 삼킬 준비가 될 때까지, 그 무게를 스스로 충분히 감당할 수 있단 걸 알 때까지.

마고가 시애틀로 떠난 세월이 팔 년이었다. 그 팔 년 동안, 모녀는 전화 통화와 연휴 기간의 짧은 귀향으로 서로 절반쯤만 알아듣는 대화를 해왔다. 마고는 자신들이 평생 이렇게 살 수 있으리라, 이만큼의 거리가 자신들에게 가장 상처를 덜 주리라 믿었다. 하지만 이제 마고는 너무도 많은 진실이 숨겨져 있단 걸 알았다. 이파리를 모두 떨군 나무처럼 바람과 추위에 맞서 조용히 스스로를 보호하면서도, 안으로는 제대로 된 조건만 갖춰지면 언제든지 그 부드러운 초록 이파리를 다시 한번 돋아나게 할 수액을 품고 있다는 것도.

엄마의 대여금고 열쇠와 메모지를 핸드백에 넣은 마고는 아파트 현관문을 나서다 말고 집 안 상태를 다시 돌아보았다. 사방에 기부 가방이 놓여 있고 거실 한가운데는 쓰레기 더미가 쌓여 있었다. 그 모습을 보노라니 만족감과 두려움이 동시에 밀려왔다. 마침내 슬픔과 가난으로, 더러운 창문과 어그러지고 빛바랜 소파와 링 모양의 머그 자국들로 얼룩진 탁자로 자신을 조롱해온 이 아파트를 벗어날 방법을 찾은 것이었다. 하지만 마음 한편에선 그 더미 위로 몸을 던진 채 엄마가 돌아올 때까지, 이 세상이 어떻게든 자신이 결정을 내리고 그럭저럭 다른 사람들처럼 살아가는 데 필요한 대답을 해줄 때까지 기약 없이 기다리고만 싶었다. 마고는 현관문을 잠갔다.

어둡고 퀴퀴한 냄새가 나는 계단에서 집주인이 난간을 붙잡고 올라왔다.

"저기요. 제가 저희 엄마 일로 메시지를 남겼는데요."

"아, 네, 네. 미안해요. 요새 일이 좀 바빠서 —"

"왜 경찰한테 거짓말했어요?" 마고가 잽싸게 말했다.

"거짓말요?"

"경찰한테요." 마고는 팔짱을 꼈다. "최 순경한테요. 그쪽이 엄마 아파트에서 아무 소리도 못 들었다고 했다면서요? 전에 저한테 —"

그는 재미있다는 듯 미소를 지으며 풍성한 반백 머리카락을 손가락으로 빗어댔다. "거봐요. 경찰이 아무것도 안 할 거라고 했지요? 그 사람들이 개입할 필요가 없어요. 그 사람들이 건물 주위를 어슬렁거리며 돌아다니면서 세입자들을 불안하게 할 필요는 없다고요. 그래봤자 당신 어머니한테 좋을 게 대체 뭐예요?"

"하지만 생각해보세요—"

"경찰이 여기에 올 필요가 없다고요."

"네, 하지만 저희 엄마는요? 만약 누군가가 엄마를 죽였을 수도 있다면 세입자들이 그 사람을 찾는 일에 대단히 관심을 가질 거라 생각하지 않으세요?"

"쉬이이이." 그가 짜증 난다는 듯 말하면서 계단을 올라와 바짝 마고 가까이 왔다. "난 그저 내 사업에 신경 쓰는 것뿐이에요, 알겠어요? 무관심한 게 아니라고요."

몇 초 동안 마고는 그를 계단 밑으로 확 밀어버리는 상상을 했다. 그의 마른 몸이 바닥으로 통통 굴러 떨어지며 머리가 깨지는 장면을. 마고는 머릿속에 떠오른 그 잔인한 장면에 순간 움찔했다. 하지만 그것도 결국 사고처럼 보이리라.

"경찰은 못 믿어요. 왜 위험을 감수하려고 해요? 왜 굳이 개입하려 해요? 이미 충분히 많은 사람이 다쳤다고 생각 안 해요? 이미 다들 다칠 만큼 다치지 않았냐고요."

"저를 거짓말쟁이로 만드셨잖아요."

"이봐요, 그건 정말 미안하게 됐어요. 난 그냥—" 그의 목소리가 갈라졌다. "모든 일이 평화롭게 해결될 수 있도록 노력하는 거예요. 정말이에요. 그동안 내가 이 건물을 잃을 위험에 처한 적이 한두 번이 아네요." 그의 눈에 눈물이 고였다. "경찰한테 그렇게 말해서 당신 어머니를 도울 수만 있다면 그렇게 했을 거예요.

진짜예요. 근데 솔직히 그런다고 뭐가 달라지냐고요. 내가 평생
봐온 게 있어요."

마고는 주저했다. 어쩌면 엄마도 똑같이 행동했을 것이다. 똑
같이 느꼈을 것이다.

"내가 이 동네에서 일을 제일 잘하는 사람은 못 될지언정 적어
도 최선은 다하는 사람이에요." 그가 말을 이었다. "세상에 집주
인 좋아하는 사람 없다는 거 나도 알아요. 애초에 이런 일은 하
고 싶지도 않았다고요. 근데 아내 때문에 할 수 없이 시작했다가
다른 사람들처럼 이렇게 빼도 박도 못하는 상황이 돼버린 거예
요. 이제 와 내가 달리 무슨 일을 하겠어요? 이제 날 고용해줄 사
람은 없을 텐데. 나 같은 사람은 아무도 원하지 않아요. 아시다시
피, 우리 같은 사람은 아무도 좋아하지 않는다고요."

"그게 무슨 말이에요?" 마고가 물었다.

"그 사람들이 마음만 먹으면 전부 다 뜯어내고 멋진 콘도나 뭐
그런 걸 만들 수 있어요. 우리를 몽땅 치워버리는 거죠. 그 사람
들은 우리가 하는 일은 좋아하지만 우리 얼굴이나 말은 안 좋아
하잖아요. 이건 큰 음모고 이제 우리 전부 다 거기에 갇혔어요.
아마 그쪽은 기억 못 하겠지만, 〈트와일라잇 존〉 시리즈에 그런
에피소드가 있어요. 장난감들이 전부 무슨 커다란 원통 같은 것
안에 갇혀 있게 되는. 그게 바로 우리예요."

"음, 그런 것 같네요." 마고가 말했다. 집주인이 엄마의 죽음에
관해 제공할 수 있는 것은 여기까지임이 이제 분명해졌다. 그 사
람이 딱히 큰 잘못을 저지르거나 남을 해칠 사람은 아니리라는

사실도. 이제 마고는 곰 인형의 심장에서 뜯어낸 대여금고 열쇠와 메모지를 들고 은행 문이 닫히기 전에 그곳에 가야 했기에 서둘러 그의 옆을 지나 계단을 내려갔다. "뭐든 기억나는 게 있으면 알려주세요. 알았죠?"

"엄마한테 친구가 있으셨죠? 빨간 립스틱을 바르고 다니는 여자분. 어쩌면 그분이 도움이 될 수도 있을 거예요."

마고는 멈춰 서서 그의 얼굴을 쳐다봤다. "맞아요. 이미 도와주셨어요."

"그 사람도 이런저런 문제가 있는 것 같던데. 안 그래요?"

"무슨 말씀이신지?"

"언젠가 한번, 그러니까 9월인가 10월쯤에 여기 왔었어요. 길에 주차하는 걸 봤는데, 나이가 제법 더 많아 보이는 남자가 자기 차에 앉아서 그 여자를 기다리고 있더라고요. 꼭 미행이라도 하는 것처럼."

"나이가 더 많아 보이는 남자요?"

"네. 다른 남자요. 당신 엄마 애인이 아니라."

"그 사람 혹시…… 각진 얼굴에 이가 유난히 크고 새하얀 데다 큼직한 금색 시계를 차고 있던가요?"

"맞아요."

"그러니까 그 사람이 빨간 립스틱 여자를 따라 이 아파트로 왔다는 말씀이시죠?"

"그런 것 같아요. 제 생각엔 틀림없어요."

마고는 갑자기 심장이 쿵쿵 뛰었다. 박 사장이 엄마가 어디에 사는지 알고 있었다니! 하지만 만약 엄마가 어떤 식으로든 그의 행동을 막으려 하지 않았다면, 그에 맞서 싸우려 하지 않았다면 과연 그 사람이 엄마를 해치려 했을까? 어쩌면 그 사람이 엄마 아파트로 가서 엄마에게 미세스 백이 어디에 사는지, 혹은 지금 어디서 일하는지 물었고 엄마가 대답을 거부했는지도 몰랐다. 미세스 백을 보호하기 위해서라면 엄마는 무슨 일이든 다 했을 터이니.

이 정도 이유면 그 사람이 엄마와 싸울 수도 있었을까? 확 밀 쳐버릴 수도 있었을까?

마고는 당장 식당으로 달려가 그와 맞설 수는 없었다. 그건 너 무 위험하고 그 종업원의 안전까지 위태롭게 만들 수 있었다. 박 사장에게 질문할 필요가 있을 땐 그를 다른 곳에서 찾고, 만약의 경우를 대비해 미겔한테 같이 가달라고 해야 할 것이었다. 과연 식당 외에 어디에 있을까? 분명 누군가는 알 터였다. 미세스 백 에게는 물어볼 수 없었다. 마고의 안전을 지나치게 걱정할 테니 말이다. 아마도 일을 끝내고 식당을 나서는 그의 뒤를 미겔과 함 께 따라가는 게 나으리라.

마고는 주차장으로 달려가 차 문을 열었다. 숨을 고르며 얼른 백미러로 주변에 누가 얼쩡대진 않는지 확인했다. 자신의 어깨를 민 운전기사의 손길이 떠올라 등골이 오싹해졌다. 어쩌면 그렇게 단순하게 일이 벌어졌는지도 몰랐다. 이어서 엄마의 뇌 속에 피 가 고이고 그게 뇌를 압박한 것이다. 엄마는 너무 가까이 다가갔 고, 박 사장은 엄마 아파트로 들어가는 미세스 백을 따라 들어간 것이다. 엄마의 발목을 칭칭 감고 있던 그물이 마침내 풀렸다.

대여금고. 은행은 곧 문을 닫을 것이었다. 문이 닫히고 있었고, 마고는 혼자였다.

이제 엄마에게 화가 났을 수도 있는 사람이 너무 많았다. 메리 김과 그의 운전기사 겸 애인 성민 그리고 박 사장까지, 엄마를 해치고 싶어 했을 만한 사람이 너무 많았다. 어쩌면 그것이 엄마 같은 여자, 가난하고 여러 면에서 힘은 없지만 그럼에도 기적처럼 꿋꿋이 살아가는 여자, 평생 온 세상과 맞서 싸우며 살아가는 사람의 삶인지도 몰랐다.

어쨌든 그중에 가장 엄마의 죽음을 바란 사람은 누구일까?

미나
2014년 봄

된장찌개와 멸치볶음, 김치를 반찬으로 식사를 마친 미나는 무심코 텔레비전을 켰다. 민머리를 가리려 쓴 모자 밑으로 주름 지고 고통에 찌든 할아버지들, 안경 너머로 눈물을 훔치는 한복 차림의 할머니들이 등장하자마자(지난달, 삼 년 만에 처음으로 남북 의 이산가족이 하루 동안 상봉하는 모습을 담은 화면이었다) 부엌으로 달 려가 장판 바닥에 풀썩 주저앉았다. 평생을, 때로는 육십 년이 넘 는 세월을 서로 기다려온 가족이 고작 점심 식사와 오후 시간을 함께하는 게 전부인 이 짧은 상봉을 위해 남북 양측 정부가 끝도 없이 협상하는 뉴스를 보면서, 그 어느 때보다 벼랑 끝에 몰린 느 낌이 들었다. 미나는 부엌 캐비닛에 이마와 손을 기대고, 이곳에 서 보낸 그 모든 세월을 들이마셨다. 마치 어언 이십 년 이상을 함께해온 이 아파트가, 아무 판단도 내리지 않고 제 슬픔에도 불 구하고 묵묵히 자신에게 어떤 힘을 주고 안식처가 되어주는 연인이라도 되는 양.

시간이 미나를 지치게 했다. 이제 일흔을 바라보는 미나는 관자놀이 주변 머리카락이 하얗게 센 상봉 노인들의 얼굴에서 자신을 보았다. 그 상봉 속에서 취약하고 고통에 찬 자신의 모습을 보며, 세월의 흔적 가득한 얼굴을 문질러 슬픔을 털어냈다.

몸은, 심장은 얼마나 더 견딜 수 있을까?

이십육 년 전 엘에이에 도착하고 얼마 되지 않았을 때, 미나는 시금치나 배추된장국 같은 소박한 음식으로 저녁을 먹은 뒤 미스터 김과 함께 그의 소파에서 이 희귀한 가족 상봉 노력을 보여주는 비슷한 텔레비전 스페셜 프로그램을 얼핏 본 적이 있었다. 그는 마치 스멀스멀 기억이 떠오르듯 목과 얼굴 피부가 점점 붉어지더니 눈에 눈물이 차올랐고 미나는 그 눈물을 거두어주고 싶었다.

부모님이 아직 북한에 살고 계실지도 모른다는 생각 안 해봤어요? 미스터 김이 물었다. 아뇨. 그런 생각은 한 번도 안 해봤어요.

사실 그래서 그분들이 당신을 못 찾았는지도 모르잖아요.

헤어지기 전날 그와 나눈 말들이었다. 이제 미나는 부엌 바닥에 주저앉아 캐비닛에 기댄 채, 눈을 감고 입으로 숨을 거칠게 몰아쉬면서 과거 장면들을 하나하나 떠올렸다. 루페가 박 사장에게 공격당한 날 지었던 표정과 그가 스테이션 왜건 앞자리에 앉아 흐느끼던 모습, 미스터 김의 얼굴 옆으로 흘러내리던 피와 쇠냄새, 그가 희미한 조명 속에서 작은 무광 검정색 권총을 쥐고 앉아 있던 모습을.

미나는 아직도 그 총을 갖고 있었다.

그 뒤로 루페에게선 두 번 다시 소식을 듣지 못했다. 그와 마리오가 어떻게든 다시 만났기를 기도했지만 사실 여부는 아무도 알지 못했다. 슈퍼마켓 사람 누구도 그들 이야기를 꺼내지 않았다. 마치 침묵이 보호의 한 형태이기라도 한 것처럼.

박 사장은 대체로 미나를 무시했다. 이따금 자신을 힐끗 쳐다봤지만, 미나는 투명 인간이나 무생물이라도 된 양 한마디도 하지 않았다. 그가 루페 일에 자신이 연루된 사실은 아는지 어떤지 모르지만, 분명 미스터 김과의 관계를 의심하고 있었을 것이다.

미나는 양수가 터지던 그날까지 쭉 슈퍼마켓, 그의 슈퍼마켓에서 일했다. 6월 말 아침은 여느 때와 다름없이 시작됐다. 어슬렁어슬렁 화장실로 걸어 들어가고, 주방 한구석에서 혼자 아침을 먹고, 불안한 잿빛 스모그를 헤치고 버스 정류장으로 갔다. 버스에 올라탄 뒤 앞쪽 빈자리에 편히 앉았다. 가만히 차창 밖을 바라보고 있노라니 메스꺼움이 좀 가라앉았다.

계산대에 선 지 고작 한 시간이 지났을 때, 진작부터 빵빵하고 불편한 상태였던 배가 주먹처럼 단단해졌다. 찌릿한 통증이 또렷하게 느껴지더니 양수가 터졌다. 미나는 어기적어기적 매장 뒤쪽으로 갔다. 따뜻한 물이 다리를 타고 흘러내려 바닥으로 떨어졌다. 화장실에서 대형 생리 패드를 착용한 미나는 소지품을 챙겨 뒷문으로 나갔다. 그리고 건물을 빙 돌아 슈퍼마켓 앞 공중전화 부스로 가서 미세스 백에게 전화를 걸었다. 통증 때문에 숨을 몰아쉬면서, 자신을 시내 병원으로 데려가 줄 미세스 백이 올 때까지 희뿌연 세탁 물 빛깔 햇살 아래서 삼십 분을 기다렸다.

이틀 동안 미세스 백이 퇴근해 자신의 손을 잡고 위로해준 몇 시간을 제외하곤 주로 혼자서 고통을 견뎠다. 미나는 날마다 자신을 찢어놓겠다고 위협하는 세상을 향해 비명을 질렀다. 몸이 마치 말뚝에 묶여 화형당하는 성자처럼 화염에 휩싸였다. 그러다 마침내 흰 밀랍을 뒤집어쓴 채 울부짖는 벌건 아기를 안았다.

괴물이었다.

자신처럼 가족도 없고, 이모도 삼촌도 사촌도 조부모도 없고, 심지어 그들의 것이라 부를 묘비조차 없는 텅 빈 세상에 태어난 괴물이었다.

미세스 백은 아기 이름을 마고라고 지었다. 평소 그가 좋아한 이름이었다.

미나는 이미 몇 달 전부터, 전구처럼 볼록해진 자신의 배를 알아챈 슈퍼마켓의 다른 한국 여자들에게 시달림을 받아온 터였다. 아니나 다를까 그들은 문란한 사십 대 한국 미혼 여성이 임신했다며 이런저런 소문을 떠들어댔다. 미나는 몸에 임신한 티가 나자마자 더는 성당을 나가지 않았다. 그곳 여자들 사이에서 수치를 당할까 두려워서였다. 자신이 신뢰하는 미세스 신인들, 과부가 되어 혼자 이 나라에 온 여자가 불쑥 사랑에 빠졌다가 결국 다시 혼자가 되고 만 심정을 이해하리라 기대할 수는 없었다.

집으로 돌아온 미나는 미세스 백이 아기를 돌보는 동안 침대에서 하염없이 울었다. 도무지 울음을 멈출 수 있을 것 같지 않았다. 울다 지쳐 그렇게 죽을 것만 같았다. 몇 주가 지난 뒤에도 불쑥불쑥 눈물이 나와 일도 못 하고 근근이 하루하루를 버텼다. 다행히 수중에 몇 달 동안 집세와 식료품, 분유, 기저귀 비용을 댈 돈이 있었고, 미세스 백과 집주인이 음식을 만들어주고 잠깐 눈을 붙이는 동안 아기도 돌봐줬다.

도저히 침대 밖으로 나오지 못하는 날도 종종 있었다. 하늘은 푸르고 뒷마당에선 새들이 열심히 지저귀는 소리가 들려왔다. 세상은 자기 없이도 잘 돌아가는 것만 같았다. 자신은 아기는커녕 자신조차 씻기지도 먹이지도 못한 채 울고만 있는데 말이다. 아기를 안전한 어딘가에 남겨두고 도망가버릴까 하는 궁리도 해봤지만 여기서 또 어디로 간단 말인가?

아르헨티나? 샌프란시스코밸리? 뉴욕?

도무지 더는 그럴 에너지가 남아 있지 않았다.

하지만 대체 어떻게 혼자 이 아기를 키운단 말인가? 미세스 백도 집주인도 온종일 자기 일을 하고 저만의 걱정거리가 있는 사람들인데 영원히 그들의 친절에 기댈 수는 없는 노릇이었다.

두 달 가까이 집에만 있던 미나는 딸을 동네 할머니에게 돈을 주고 맡겼다. 그리고 일 년 동안 설거지 일을 하다가 그 뒤엔 한 패스트푸드점에서 칠리 핫도그와 콘도그 튀김 같은 괴상한 미국 음식을 만들었다. 그렇게 앞으로 뭘 하며 먹고 살지를 고민하며 죽도록 일만 했다. 그러나 세월이 흘러 집주인은 죽고 그 자녀들이 집을 팔았고, 미나는 폭동으로 자신의 첫 가게를 잃었으며, 미나와 미세스 백은 각자의 길을 가면서 연락이 끊어지게 되었다. 딸은 팔다리가 길어지면서 그림 그리기를 좋아하는 아이가 되었고 얼굴에는 질문과 생각이 가득해져 갔다. 미나는 미스터 김의 얼굴을 잊어버렸다.

마고에게서도 오직 자신만 보았다. 마치 아이를 온전히 바라보는 것을 참을 수 없다는 듯, 아이가 조각 몇 개가 영원히 빠진 퍼즐인 양. 끝끝내 딸의 모습 전체를 보려 하지 않으며 살았다. 열심히 돈을 모아 다시 가게를 샀을 무렵엔 더는 방과 후에 아이를 돌봐줄 사람이 필요치 않았다. 일터로 데리고 오면 됐으니까. 그렇게 데려와 자신을 돕도록 가르쳤다. 마고는 벼룩시장에서 친구들을 사귀었다. 언젠가 마고도 여자가 될 것이고 역시 자신을 떠날 것이었다. 전부 다 떠날 예정이었다. 영어로 말하는 미국인 딸은 한국말로는 깊이 있는 소통을 하지 못했고 곧 시애틀에 있는 대학으로 떠날 것이었다. 미나는 딸이 자신을 잊진 않았지만 잊고 싶어 한다는 걸 알았다. 일과 고통으로 점철된 그 세월을 잊고 싶지 않을 사람이 어디 있을까. 딸에게 자신의 이 아파트는 지저분할 뿐 아니라, 새로운 취향과 진짜 미국인으로 살아갈 새로운 삶에 어울리지 않았다.

이 나라의 무언가가 우리에겐 서로가 필요하다는 사실을 잊기 쉽게 만들었다.

전화벨 소리에 미나는 부리나케 거실로 달려가 수화기를 집어 들었다. 딸 마고였다. 미나는 마고의 음성에 마치 죽어가던 몸이 되살아나는 것처럼 온몸이 따끔거렸다. 한국어와 영어를 섞어가며 말하느라 고군분투하는 그 목소리가 미나를 다시 이 세상에 단단히 붙들어 매주었다.

"저녁은 뭐 먹었어?"

"파스타 같은 거. 스파게티. 엄마는?"

"된장국." 오랜 세월 미나는 컴컴한 새벽에 일어나 딸이 그날 먹을 국이나 찌개를 한 솥 가득 끓였다. 학교에서 돌아온 딸이 영양가 있는 음식을 먹지 못하는 건 용납할 수가 없었기에 호박이며 당근이며 고추며 양파 같은 채소를 있는 대로 썰어 넣고 음식을 만들었다. 딸이 미국 음식을 먹고 싶어 해도 미나는 딸이 언제나 자신들의 집을 가장 편안한 곳은 아닐지언정, 적어도 먹을 것은 절대 떨어지는 법 없는 보금자리로 여기길 바랐다. 세상 어느 부모라도 그게 가장 마음 아프지 않을까? 제 아이가 배가 고픈 것 말이다. 때로는 이런 생각도 들었다. 어쩌면 엄마와 헤어진 덕분에, 고생고생하다 결국 폭탄이나 군홧발에 부서질 뼈가 되어 흙 속에 파묻히는 모습을 서로 지켜보는 고통을 견디지 않아도 된 게 아닐까 하는.

하지만 그건 아니었다. 서로를 잃는 것보다, 서로에게 잃어버린 사람이 되는 것보다 더한 형벌은 없었다. 그것은 마치 자신과 자신의 부모가 모두 반쯤 죽은 상태로 서로의 주위를 떠도는 것만 같았다. 그런 연옥에 갇히는 건 차라리 죽느니만 못한 것이었다.

"별일 없어요?"

"없어. 다 괜찮아. 너는?"

"바빠요. 일이 너무 많아서." 마고가 한국말로 대답했다.

"잘됐네. 바쁜 건 좋은 거야."

"가게는 좀 어때요?"

미나는 딸에게 걱정을 끼치고 싶지 않았다. 어려운 환경에서 자랐고 자신이 해준 것도 별로 없건만 딸은 제힘으로 대학에도 가고 근사한 사무직 일자리도 얻었다. 딸은 이제 대출받은 대학 학자금을 갚고 집세와 각종 공과금도 내야 했다. 딸이 자랑스럽기도 했다. 그래서 성당이나 벼룩시장에선 늘 딸 자랑을 했다. 자신을 버리고 도망친 딸에게 받은 상처는 깊숙이 숨긴 채로.

"별로 신통친 않지만 괜찮아. 근데 지루해 죽겠어. 요즘 손님이 너무 없어서."

"영어나 배우지 그래요? 공부할 책이라도 좀 사다 드릴까요?"

"이제 나한텐 너무 어려워."

"한번 해보세요. 얼마든지 배울 수 있어요." 마고가 영어로 말했다. "엄마는 시간이 많잖아요."

딸은 왜 자기 엄마가 자신을, 특히나 이 나이가 된 자신을 결코 받아들일 리 없는 언어를 배우지 않는지 절대 이해하지 못하리라. 그게 무슨 소용이 있으랴? 예순이 넘은 지금, 어차피 벼룩시장이나 코리아타운의 식당밖엔 달리 일을 할 수 있는 데도 없을 터인데. 고작 일 년에 한 번 집에 오는 딸을 제외하곤 지인 중에 영어를 하는 사람은 단 한 명도 없었다. 나를 원치도 않는 세상 속으로 데려다줄 언어를 배우는 게 무슨 소용이란 말인가? 미나는 물었다. 이 세상이 나를 원했던가? 아니었다. 세상은 결코 내 목소리를 좋아하지 않았다.

"네가 한국말을 배우는 게 어때?" 미나가 날카롭게 물었다.

"나는 지루하지 않아요." 마고가 멈칫하더니 한국말로 말했다.

"시간이 없어요. 배워봤자 쓸 데도 없고."

미나의 머릿속에 미세스 백의 웃음소리가 스쳐 지나갔다. 나한텐 음악이 있잖아. 애인은 필요 없어. 나는 바쁜 사람이니까. 난 지루하지 않아. 전혀.

미나의 지루하다는 말이 실은 외롭다는 말이란 걸 마고가 이해했을까? 지루하다는 말이 훨씬 내뱉기 쉬웠다. 그렇지 않은가? 미나는 이제 딸에게 엘에이 집으로 돌아오라며 말다툼을 벌이는 데 지쳤다. 더는 딸의 장광설을 듣고 싶지도 않았다. 이미 들을 만큼 들었으니까. 미국에서 태어난 딸이 시간에 대해, 생존에 대해, 쓸모 있음에 대해 뭘 알겠는가? '지루함'에 대해, 외로움에 대해 뭘 알겠는가?

미나는 오랜 세월 오직 가게 일에만 전념하며 살았다. 마치 정원을 가꾸듯 정성스레 품목을 골라 채우고 관리하며, 자신이 소유한 무언가로부터 자부심을 얻었다. 하지만 이제 손님이 영 뜸해져 신경 쓸 일도 별로 없었다. 더는 망가지거나 낡은 행거를 교체할 여유도 없고, 빽빽했던 옷걸이도 한결 헐렁해졌다. 이젠 정말 가난한 고객들만 남았다. 그들은 열심히 흥정만 하다가 주인의 절박한 사정을, 이 나이에 또다시 먹고 살 다른 방도를 찾아야 하리라는 두려움을 감지하곤 빈손으로 떠났다. 다른 고객들은 차를 몰고 대형마트에 가서 생필품을 구매했다. 그곳에선 언제나 가장 좋은 가격으로 물건을 살 수 있었고, 어떤 면에선 마침내 미국인이 될 수도 있었다. 샴푸나 첫 데이트 때 입을 새 드레스, 시럽 감기약, 할머니 스웨터 따위를 어떤 정서적 반응이나 친밀

315

감, 유대감도 없이 구매하는 사람이 되는 것이다.

스멀스멀 찾아온 슬픔에 짓눌린 미나는 그동안 자신이 일군 모든 것이, 이제 자기 아이와 다름없어진 것이 곧 사라져버리리란 걸 깨달았다. 그리 되면, 남은 돈도 시간도 턱없이 부족한 자신은 이제 또 어떻게 살아간단 말인가?

"그래, 몸조심하고. 얼른 푹 쉬어." 미나는 이렇게 말한 뒤 전화를 끊었다. 평생을 일에만 몰두해온 그였다. 한국말도 잘 알아듣지 못하는 딸에게 자신이 겪고 있는 일을, 자신이 왜 영어를 배울 수 없는지, 왜 이런 삶을 택했는지, 얼마나 딸을 사랑하는지, 영리하고 예민하고 강한 자기 딸이 얼마나 자랑스러우면서도 두려운지를 어떻게 말할 수 있을까? 딸의 상황도 충분히 이해할 만했다. 환경이 그랬으니까. 어떤 면에서 둘은 서로를 키웠다. 자신은 딸을 사랑했고, 딸을 위해서라면 뭐든지 다 할 것이었다.

하지만 영어만큼은 절대 배우지 않을 셈이었다. 그러고 싶지 않았다. 그 언어는 입안에서 나는 소리도, 만드는 입 모양도 세상 어색하고 어린아이 같은 게 도통 마음에 들지 않았다. 게다가 전화 통화를 하거나 도로교통국 같은 데 가서 무슨 말을 할라치면 상대들은 차갑고 불쾌한 시선으로 쏘아보거나 사람을 내려다보는 듯한 태도로 대하기 일쑤였다. 미나는 자신에게 관대하지 않은 언어가 필요치 않았고 제 안에 그런 언어를 위한 공간을 만들고 싶지도 않았다. 지금까지 겪은 것만으로도 충분했으니까. 자신에겐 성당도, 신도 있었다. 그것만으로도 충분히 잘 지낼 수 있었다. 다른 사람은 아무도 필요 없었다. 이것이 자신의 언어였다.

이것이 자신이 살아남기 위해 스스로에게 들려준 이야기였다.

*

그날도 뜬눈으로 밤을 보낸 미나는 화장실에서 씻은 커피 머그잔과 주방 세제를 손에 들고 서둘러 가게로 돌아오는 길에, 작지만 강렬한 인상을 풍기는 인물과 마주쳤다. 그가 지진처럼 갑자기 나타난 것이다.

미나의 마음이 천장에 매달린 전등처럼 흔들렸다. 머그잔이 손에서 툭 떨어졌다. "미세스 백 언니?"

두 사람은 몸을 구부려, 페인트칠 된 통로에 흩어진 잔 조각을 같이 수습했다. 통로에는 물건들이 주렁주렁 걸려 있거나, 아이들 장난감부터 운동화며 다이어트 녹차며 염색용 약초 같은 물건들을 빽빽이 진열해놓은 카트들이 줄줄이 놓여 있었다.

미나는 반쯤 부서진 머그잔에 잔해들을 주워 담아 한 손에 들고, 다른 손으론 저도 모르게 미세스 백의 팔을 붙잡았다. 이제 남과 다름없어진 사람을 그렇게 꽉 움켜쥔 스스로에게 놀랐지만 미세스 백은 꿈쩍도 하지 않았다. 그는 그렇게나 강했다.

"여기서 일해?" 미세스 백이 눈이 동그래져서 물었다.

"네." 미나는 수면 아래로 미끄러져 내리는 기분이었다. 오랫동안 자신들의 과거를 생각하지 않으려 그토록 노력했건만, 바로 지금 여기에 그가 있었다.

"나는 저 모퉁이에 가게를 하나 열었어. 양말 가게야."

그들이 서로 마지막으로 본 게 언제였던가. 무려 이십 년이 넘었다. 그 다급하고 허스키한 목소리는 여전했지만 얼굴은 놀라울 정도로 완숙한 아름다움을 풍겼다. 새빨간 립스틱으로 또렷해진 입술 선 덕분에 그 아름다움이 배가됐다. 그 입술은 마치, 엘에이의 스모그처럼 묵직한 회색으로 물든 미나의 마음속에 초현실적인 물체처럼 나타나 그를 향해 둥둥 떠오르는 것만 같았다. 아마 그는 미나가 이십 대 때부터 지금까지 줄곧 달고 살았던 눈밑 다크서클을 감추려고 화장을 했을 것이다. 아니면 축복받은 유전자를 타고났거나, 밤에 잘 자는 능력을 타고났거나, 아이가 없어서인지도 몰랐다. 함께 지내는 세월 동안 그는 미나의 인생을 속속들이 알았고 미나의 아기까지 돌봐줬지만, 정작 자신은 그에 대해 제대로 알았던가?

그동안 그는 어디에 살았을까? 지금 여기서 뭘 하는 걸까?

"한옥 하우스는 그만뒀어요?" 미나는 가슴이 먹먹해졌다. 미스터 김과의 첫 데이트 때가 떠올랐다. 그 짙은 색 나무 상판 테이블과 방긋 웃는 하회탈, 오돌토돌한 식감의 생선 알이. 나중에 마고가 태어나고 나서 미세스 백이 종종 모녀를 그 식당으로 불러 진한 육수로 끓여낸 뜨끈한 찌개와 탕으로 정성껏 보신을 시켜줬던 일도. 그곳이 바로 집이 아니었을까? 그곳은 두 사람 중 누구도 갖지 못했던 안식처였다. 그곳에서 음식은 이 세상의 어둠, 영혼 없는 노동의 시간, 언제든지 한순간에 그 모든 것을 빼앗길지도 모른다는 두려움으로부터 잠시나마 안전한 피난처가 되어주었다.

"응. 거긴 그만뒀어. 올 초에."

미나는 이유를 묻고 싶었지만 그러지 않았다. 여자가 떠나는 이유는 다양했다. 지루함 때문일 수도, 두려움이나 좌절, 성공하고 싶은 욕망 때문일 수도 있었다. 하지만 미세스 백에게 양말 가게 주인이 질적으로 더 나은 삶을 뜻하는 건지 아니면 일종의 추방을 뜻하는 건지 선뜻 파악하기가 어려웠다. 적어도 먹을 것 걱정은 하지 않아도 됐던 한옥 하우스보다 여기서 훨씬 더 벌지 못할 것만은 분명했다.

"늘, 늘 네 소식이 궁금했더랬어." 미세스 백이 말했다.

미나는 설움이 북받쳐 올라 고개를 끄덕였고 미세스 백은 눈물을 글썽였다. "우리가 또 같은 지붕 밑에서 만났다니 너무 희한해요."

"우리 같은 개인이 마땅히 장사할 만한 데가 이제 몇 군데 안 남았으니까."

"맞아요, 그건 그래요. 이제 그만 가게로 가봐야 해요." 미나는 가슴이 두근거리고 속이 울렁대고 목에 식은땀이 흐르는 것을 가리려고 억지 미소를 지었다. "조만간 또 봬요!"

미세스 백이 자신에게 무슨 잘못을 저질러서가 아니라, 그는 자신이 다시 떠올릴 이유가 없는 시절, 약해질 대로 약해져 있던 시절을 고스란히 대변해서였다. 과거로부터 도망칠 수 있다고 생각할 정도로 천진했던 이민 초창기 때, 남편과 딸을 잃은 슬픔을 마고의 아버지인 연인을 잃는 슬픔으로 대체하고, 삶의 모든 슬픔이 자신을 망쳐놓겠다고 위협하던 그 시간 동안, 그는 너무도 야무지고 자신감 넘치고 교양 있고 사려 깊은 사람처럼 보였다.

미나는 자신의 가게로 돌아가자마자 카운터 뒤쪽 바닥에 주저앉아 지난 일들을 한 장면 한 장면 떠올렸다. 박 사장에게 공격당한 날 루페의 표정, 그가 스테이션 왜건 앞자리에서 훌쩍이던 모습, 미스터 김의 옆얼굴에 흘러내리던 피, 미스터 김이 희미한 조명 속에서 작은 무광 검정색 권총을 쥐고 앉아 있던 모습을.

미세스 백은 물을 휘젓고 지나가는 배처럼 다시 한번 자기 인생에 들어온 것이다. 하지만 아마도 미나를 가장 두렵게 한 것은 이미 일어난 일, 일어날 수도 있었던 일, 절대 일어나지 않은 일이 재연되는 것이 아니라 그가 또다시 주겠다고 위협하는 것, 바로 우정이었다.

언니는 왜 한옥 하우스를 떠났을까? 지금 내게…… 언니가 필요할까?

미나는 그날 오후 늦게 그의 양말 가게를 찾아 나섰다. 알고 보니 일 분도 걸리지 않는 거리에 있었다. 건물 뒤쪽으로 이어진 통로 중 자신은 한 번도 지나다닌 적 없는 통로의 한 모퉁이 근처였다. 미나의 가게처럼 외벽에 걸어놓은 격자무늬 패널에는 보수적인 파자마 세트와 레이스가 잔뜩 달린 속옷이 함께 걸려 있었다. 유리 카운터 근처에서 운동용 양말을 정리하는 그의 모습이 보였다.

"언니." 미나가 통로 한가운데서 미세스 백을 불렀다. 심장이 쿵쿵 뛰었다. 마치 파도에 휩쓸려 해안으로 헤엄쳐오지 못하는 사람을 구하러 거친 물결 속을 저벅저벅 걸어 들어가는 심정이었다. 여기 오기 위해 미나는 지난 몇 시간 동안 간신히 마음을 다잡았다.

미세스 백이 고개를 들어 미나를 보자마자 안으로 들어오라는 손짓을 했다.

미나는 떨리는 마음으로 속옷이 잔뜩 쌓인 테이블 사이를 지나 카운터로 걸어갔다.

미나는 빨간 립스틱을 완벽하게 바른 입술에 시선이 이끌렸다. 이제야 언젠가 본 적 있는 그림 하나가 떠올랐다. 희미한 뱀가죽 무늬 구름이 뭉게뭉게 펼쳐진 드넓은 하늘에 입술이 길게 가로놓여 있는 그림이었다. 자기 같은 여자들은 빨간 립스틱을 잘 바르지 않았다. 그걸 바르면 오랜 노동으로 주름진 얼굴에 너무 시선이 집중될 뿐더러, 저도 모르게 손으로 만져 립스틱이 입 주변으로 번지곤 했다. 또 입가가 잘 갈라지는 자신이나 미세스 백 같은 사람들은 또 그 사이로 색이 스며들지 않도록 무척 신경을 써야 하기 때문이었다.

하지만 그가 명백히 자신을 위해 기울인 노력에 미나는 감탄했다. 자신은 무슨 색으로 꾸미면 좋을지 궁금했다. 빨간색은 아니었다. 항상 연분홍과 베리색을 좋아해서 젊은 시절에도 그런 색만 발랐더랬다.

"별일 없는 거지?" 미세스 백이 물었다.

미나는 발에 아무 감각이 없어졌다. 꼭 다리 없이 몸통과 머리만 칙칙한 회색 카펫 위에 둥둥 떠 있는 느낌이었다. 유리 카운터 위에 놓인 영어 소설에 잠깐 시선이 갔다. 토마스 하디의 『더버

빌가의 테스』였다.

"정말 오랜만이에요. 언제, 언제 같이 저녁 하실래요?" 미나는 수줍은 자신의 목소리에 스스로도 놀랐다. 뭐가 그렇게 두려웠던 걸까?

"그럼, 물론이지." 그는 꼭 미나가 그렇게 물어봐주길 평생 기다린 사람처럼 대답했다.

미나는 마음이 한결 가벼워졌다. "오늘 저녁이나 내일 저녁 어때요?"

"그래, 그래, 난 아무 데나 다 좋아." 미세스 백이 말했다. "단—"

"한옥 하우스만 아니면." 미나가 웃었다.

"그래. 거기만 빼고." 미세스 백이 히죽이 웃었다. "난 오늘 저녁 괜찮아." 그의 목이 살짝 붉어졌다. "사실 저녁엔 저 책이나 마저 읽으려던 참이었어." 그는 카운터 쪽으로 슬쩍 고갯짓했다.

"그거 재밌어요?" 미나는 미세스 백이 그렇게나 많은 영어 단어를 읽을 수 있다는 것에 감탄하며 엄지로 책장을 스르륵 넘겨보았다. 그만큼 소설을 사랑하는 사람은 한 번도 본 적이 없었다.

"응. 오래전, 대학생 때 한 번 읽은 책이야. 슬프지만 아름다운 이야기지."

미나는 책을 도로 내려놓고 표지 위에 가만히 손을 얹었다. 마치 제 살갗을 통해 친구의 일부를 흡수라도 할 수 있을 것처럼.

"근데 끔찍한 남자들이 잔뜩 나와." 그가 고개를 절레절레 흔들며 말했다. "결말도 항상 마음에 안 들었고."

설탕, 깨소금, 마늘로 양념한 갈비가 불꽃 위에서 지글지글 졸 아들며 구워지고, 그 옆에는 뚝배기에서 김치찌개와 생선탕이 보글보글 끓었다. 미나는 마지막으로 외식을 한 게 언제인지 까 마득했다. 지난 크리스마스 때 딸과 식당에 간 이후로 처음이었 다. 콩나물무침, 도토리묵, 감자 샐러드, 두부조림, 어묵볶음, 조 기구이, 무김치 같은 반찬들이 파종한 밭에 청명한 햇살이 내리 쬐듯 미나의 오감을 자극했다.

"내가 늘 집에 가져왔던 반찬들 기억나?"

"물론이죠. 그 반찬들 정말 맛있었어요." 감자 샐러드가 미나 의 입 안에서 아이스크림처럼 부드럽게 녹아내렸다.

"거기서 일하는 게 좋은 면도 있었어. 딴 데 신경 안 쓰고 그냥 요리만 하면 됐으니까. 모든 게 더 단순한 시절이었던 것 같아."

"그래도 일은 무척 힘들었죠?"

"힘들었지. 그래도 난 상관없었어."

미나는 콩나물을 한 입 집어 먹어봤다. 아삭한 식감에 마늘과 파의 매운맛이 살짝 느껴지면서 고소한 깨소금 향이 침샘을 자 극했다. "근데 왜 떠났어요? 저는 이제 언니가 그 식당이 지겨워 졌나 보다 했어요."

미세스 백은 얼음물을 홀짝이며 유리잔 끝에 립스틱 자국을 남겼다. 어디를 가든 그는 자신의 흔적을 남겼다. 미나는 입술이 건조한 느낌이라 앞니로 죽은 피부를 떼어냈다.

"말하자면 좀 복잡해." 그는 젓가락을 테이블 위에 톡톡 쳐서 가지런히 키를 맞춘 다음 무김치 한 조각을 집어 입에 쏙 넣었다.

대화가 잠깐 멈추었고 두 사람 사이에 점점 불편한 마음이 끼어들었다.

"마고는 요즘 뭐 하고 지내?"

"지금 시애틀에 살아요. 거기 있는 대학에 갔거든요. 무슨 비영리단체 사무실에서 일해요."

"와, 멋진데?"

종업원이 초록 유리병에 담긴 소주와 잔 두 개를 테이블로 가져왔다.

"반찬 좀 더 갖다주시겠어요?" 미세스 백이 물었다. 그는 두 손으로 술을 따랐다. "마고가 엘에이로 다시 올 것 같아?"

미나는 한국을 떠난 뒤로 술을 마시지 않았지만, 지금은 가슴이 설레고 손바닥에서 땀이 났다. 맑은 액체를 꿀꺽 한 모금 마시니 순식간에 마음이 무뎌지며 한결 편안해졌다.

"모르겠어요. 걘 거기가 좋은가 봐요."

"요즘 애들은 다 저 좋은 대로 사니까. 그래도 마고는 분명 돌아올 거야. 나도 다시 보고 싶네." 그가 빙긋 웃었다. 머리 위 조명 때문에 그의 눈이 숯처럼 어둡고 흐릿해 보였다.

미나가 둘의 잔을 채웠다.

"걔 아버지 소식은 들은 적 있어?" 미세스 백은 조기구이 접시를 미나 쪽으로 밀었다. 미나는 고개를 저었다. 생선의 벌어진 입에 잔잔한 이빨이 드러나 있었다. "요즘 어떻게 지내?"

"일하고, 성당에 가고 그게 다예요. 언니는요?"

"나도 똑같지, 뭐. 물론 성당은 안 다니지만." 그는 젓가락으로 껍질을 찢고 뼈에 붙은 살점을 발라냈다. 그는 웃었다. "대체 네가 그 여자들이랑 어떻게 어울릴 수 있는지 도무지 이해가 안 가. 그렇게들 사람을 멋대로 재단해대는데." 그는 투명한 뼛조각을 입에서 슬쩍 뱉어냈다.

미나는 자세를 고쳐 앉았다. "딱 일요일에만 보니까요."

"그렇구나." 그가 고개를 끄덕였다. "그때 그 친구는 어떻게 됐어? 서울에서부터 친했다는 그 친구."

"미세스 신요?" 미나가 물었다. 저릿한 슬픔이 밀려왔다. "내가 임신했을 때 한동안 성당에 안 나갔잖아요. 기억나요?" 미나는 한숨을 내쉬었다. "결국 다른 성당으로 옮겼어요. 그 뒤론 서로 연락을 안 했고요." 미나의 배가 점점 불러오면서 미세스 신과의 사이에도 알게 모르게 긴장감이 생겨났다. 수치심 때문이었다. 미세스 신은 미나를 아꼈지만 그렇다 해도 미나 같은 여자가 자기 아이들에게 영향을 끼치도록 내버려둘 수는 없었다. 누가 봐도 미나는 망가진 여자였으니까. 하지만 미세스 백과 있을 때만큼은 미나도 인간다운 대접을 받았다. 두 사람은 서로의 결점이나 별난 면들에도 불구하고 서로를 아꼈다. 어떤 면에서 그들은 미세스 백의 빨간 립스틱처럼 아주 사소한 표현에서조차 반항적이고 용감하다는 점에서 남들과 달랐다. 그들은 서로에게 자신을 지울 필요가 없었다.

"곧 은퇴할 생각이야?" 미세스 백이 물었다.

"솔직히 잘 모르겠어요. 아마도 늙어서 일을 더 이상 못하게 될 때까지 해야 할 것 같아요. 은퇴를 생각할 여유가 없어요."

"나도 그래." 미세스 백이 한숨을 내쉬었다.

종업원이 무거운 뚝배기에 담긴 순두부찌개 두 그릇을 가져왔다. 김이 오르자 김치, 참기름, 마늘, 멸치, 새우 냄새가 났다. 둘은 찌개에 달걀을 깨 넣었다. 찌개 위로 노른자가 찰랑 떨어졌다.

미나는 미간을 문지르며 얼굴을 살짝 가렸다. "솔직히 말할게요. 아까 처음 언니를 봤을 때 좀 무서웠어요. 그 기억들이 다시 떠오를까 봐. 마고가 떠난 뒤로 혼자 지내는 데 너무 익숙해졌거든요."

"그래, 이해해. 나도 그랬던 것 같아."

미나는 앉아 있던 나무 벤치를 꽉 붙잡았다.

"네가 이걸 알지 모르겠는데―" 미세스 백이 시선을 떨구며 말했다. "당시에 네가 한참 힘들 때 어떤 면에선 나도 너와 마고를 도운 덕분에 간신히 살아낼 수 있었던 것 같아. 그러다 보면 내 문제는 생각할 필요가 없어졌으니까. 내 문제에서 벗어난 기분이었고, 너희 둘을 위해 내가 강해져야겠다는 생각도 들었어."

미세스 백이 길게 한숨을 내쉬며 젓가락을 감쌌던 종이를 구겼다. 미나는 그때 자신을 도와준 데 대해 고마움을 전하고 싶었다. 혼자 아이를 낳아 키운다는 건 어쩌면 상상도 할 수 없는 일이었던 데다, 당시 미나는 침대에서 옴짝달싹도 못 하는 무기력한 상태였다. 그때 그가 도움의 손길을 내밀어 자신을 먹이고 마고를 돌봐준 것이었다. 어쩌면 미나가 그를 보고 불편한 마음이 됐던 것도 그 때문인지 몰랐다. 전엔 한 번도 경험해보지 못한 사랑이어서 말이다. 미나는 알았다. 이것이 바로 가족이라는 것을.

하지만 미나는 이 언니에 대해 별로 아는 게 없다는 사실을 깨달았다. 언젠가 텍사스에 사는 남편 이야기를 꺼낸 적이 있지만, 미나와 마고를 도운 덕분에 회피할 수 있었던 문제는 대체 무엇이었을까? 하지만 이제 와 물어볼 수 없는 노릇이었다. 아마도 언젠가는 물어볼 수 있겠지만. 미나는 그를 돕고 싶었다. 자신도 그에게 도움이 되는 사람이 되고 싶었다. 그 오래전 누구를 두고 떠나온 걸까? 아니면, 누구한테서 도망친 걸까?

"남편하고는 다시 연락한 적 있어요?" 미나가 물었다.

미세스 백의 눈빛이 석탄처럼 어두워졌다. "아니, 당연히 없지. 정말 끔찍한 사람이었어." 그가 한숨을 쉬었다. "둘 사이에 아이가 없는 게 얼마나 다행인지."

"아이를 갖고 싶었어요?"

"아니. 솔직히 아이를 갖고 싶었던 적이 한 번도 없어."

"그래서 그분을 떠난 거예요? 그분이 아이를 원해서?"

"그래, 원했지. 근데 그래서 떠난 건 아냐. 우리가 처음 만났을 때 그 사람 정말 재미있는 사람이었거든. 다들 그렇지 않아? 근데 일단 결혼하고 나니까 그렇게 나쁜 사람일 수가 없는 거야. 자기통제를 못 하는 사람이었어." 그가 고개를 저었다. "근데 시민권자가 될 때까진 빠져나올 방법이 없었어. 그래서 꽤 오랫동안 계속 그 사람이랑 살았지. 나도 살아남아야 했으니까."

"그럼요." 미나가 맞장구쳤다. 가슴에서 슬픔이 차올라 얼굴 위로 고개를 내밀었다. 그저 세상이 도저히 혼자서는 잘 살아갈 수 없도록 만들어진 탓에, 얼마나 많은 여자가 끔찍한 결혼, 끔찍한 직장, 견디기 힘든 환경의 덫에 갇혀 있을지 궁금했다. 그들은 늘 스스로를, 자신들의 몸, 기쁨과 욕망을 희생할 수 있느냐를 기준으로 결정을 내렸다. 저만의 탈출구를 상상한 여성은 으레 자신의 힘 때문에 배척당했다. 어느 날 무슨 마법이든 기적이든 신의 은혜든 조화를 부려 서로를 찾을 때까지. 그러기만 하면 그들은 대번에 안전해졌다.

미나의 눈에 눈물이 차올랐다. "잘 해냈어요." 미나가 말했다.

"내가?"

"네, 우리가 잘 해냈다고요. 안 그래요?"

미세스 백이 희미한 눈빛으로 미소 지었다.

그는 남은 조기 살을 발라내며 말했다. "너랑 나, 우리 둘은 항상 누구보다 강했지." 그는 생선 접시를 미나 쪽으로 살짝 밀었다. "적어도 우린 서로가 있으니까."

미나는 제 앞에 놓인 것들을 빤히 바라봤다. 반찬, 찌개, 쇠숟가락과 젓가락을. 미세스 백이 조심스레 국물을 떠먹는 동안 미나는 음식을 먹고 마셔도 입술 위에 희미한 분홍 얼룩만 남긴 채 여전히 그 선이 또렷하게 남은 무광 립스틱에 대해 잠깐 생각했다.

미나는 평생 다른 사람이 다른 사람을 위해 만든 세상 속에서, 오로지 살아남기 위한 삶을 살아오다시피 했다. 만일 아주 잠깐이나마 자신의 인생이 제 것이 된다면, 그래서 다시 한번 눈을 크게 뜨고 이를 드러내 보이며, 살아 있는 느낌, 그 두근거림을 느낄 수 있다면 세상은 어떤 모습으로 보일까? 물잔 테두리에 남아 있는 자국, 그 색깔은 나 여기 있어, 내가 여기 있었어, 라고 외치는 듯했다. 화장은 세상에 드러나 보이고 싶은 욕망의 표현인 동시에 일종의 위장이기도 했다. 그는 또 무얼 숨기고 있을까? 그리고 지금 어떻게 그를 도울 수 있을까?

마고
2014년 겨울

마고는 엄마의 침실 바닥에 앉아 대여금고에서 꺼내 온 것들을 자세히 살폈다. 커다란 봉투 안에 한글 서류와 대부분 흑백인 수십 년 전 사진이 몇 장 들어 있었다. 엄마의 어린 시절 모습은 난생처음이었다. 달걀 모양 얼굴에 초롱초롱한 눈망울의 엄마는 우아한 지붕에 짙은 색 나무 기둥으로 된 한국 전통 가옥 앞에서 혼자 포즈를 취하고 있었다. 십 대 시절 사진도 있었는데, 공동 식탁에서 무뚝뚝한 표정을 짓고 있는 모습이었다. 세월 속에서 희미하게 빛바랜 사진들을 보고 있노라니 은은한 회색 구름이 겹겹이 물든 시애틀의 겨울 하늘이 떠올랐다.

그것들을 보면서 마고는 엄마가 입양 기회도 얻지 못하고, 살면서 거의 입 밖에 낸 적도 없는 보육원에서 어떻게 생활했을지 상상해볼 수 있었다.

가장 눈에 뜨이고 마고를 충격과 의문의 도가니에 빠뜨린 것은 몇 장의 컬러 사진이었다. 특히 삼십 대 후반의 엄마가, 양 갈래로 땋은 머리에 빨간 티셔츠와 레깅스를 입은 어린 딸, 남편과 함께 찍은 사진이었다.

누렇게 바래고 휘어진 그 사진에는 걱정 돌(문지르면 걱정과 불안을 완화해준다는 타원형 돌―옮긴이)처럼 오랫동안 반복해서 만진 손자국이 나 있었다.

남편은 갸름하고 섬세한 얼굴에 편안한 미소를 띠고 느긋하고 떡 벌어진 자세로 서서, 한 손은 딸의 어깨 위에 올리고 다른 한 손은 미나의 몸을 감싸 안고 있었다. 통 넓은 청바지에 꽃무늬 블라우스를 멋지게 차려입은 미나는 주름 하나 없이 반짝이는 얼굴에 옅은 미소를 띠고 꼿꼿하게 서 있었다. 배경에는 나무로 뒤덮인 언덕과 그 위로 푸른 하늘이 살짝 담겨 있었다. 숲이나 시골의 어느 화창한 날이었고, 신발들이 모두 산책길에 묻은 듯한 흙먼지로 뒤덮여 있었다.

사진 속 소녀는 볼록 솟은 광대뼈와 좁은 턱이 마고보다도 더 미나를 닮았다. 이 낯모르는 남편과 아이는 미나의 보육원 시절이나 미래의 이민 시절의 고단함과는 동떨어진 순수하고 해맑은 모습이었다.

마고는 늘 한국인들이 일 중독자에 종교적이고 실용적이지만, 여유가 있을 땐 종종 과시적이고 지위를 추구하는 경향이 있다고 생각했다. 하지만 사진들 속 여유로운 얼굴과 흙먼지 자욱한 신발을 들여다보고 있자니 또 다른 한국인의 모습이 보였다. 칼라바사스 아버지처럼 고집스럽게 '성공'해 번드르르한 겉모양으로 내면의 공허와 소외를 감추거나, 엄마처럼 지치도록 일했지만 결국 홀로 긴 하루를 보내는 게 전부인, 거친 타향살이의 현실에 굳은살이 박인 한국계 미국인 이민자와는 전혀 달랐다.

이 나라는 우리가 무엇을 희생하길 바랐을까? 타인은 물론이고 우리 자신까지 제치고 앞으로 나아가려 사력을 다하던 우리가 감정이란 걸 가질 수나 있었을까?

엄마는 어떻게 이 다른 가족을 버리고 미국의 비좁은 아파트에서 힘겨운 삶을 살아갈 생각을 하게 됐을까? 빈손으로 가게를 떠나는 낯모르는 사람들에게 아미가! 아미가! 하고 외치며 영혼이 망가지는 경험을 시도 때도 없이 하면서, 하루 벌어 하루 먹고살며 홀로 마고를 키우면서. 어떤 이유에서든 이 사진 속 남편, 이 가족, 이 삶이 더 나쁘지 않았다면 결코 가능하지 않았을 이야기이다. 하지만 도대체 어떻게 그럴 수 있단 말인가?

물론 엄마는 언젠가는 마고에게 이 모든 것, 또 다른 가족과 나라, 어딘가에 있을 이부 자매에 대해 말해주고 싶었는지도 모른다. 하지만 언제, 어떻게 말하려 했을까? 어쩌면 엄마도 자신처럼 한번씩 어떻게 살아야 할지 갈피를 잡지 못하거나, 아직 아무 결정도 내리지 못한 건지도 몰랐다. 엄마는 대여금고 열쇠를 아무도 훔치거나 만지지 못하리라 생각한 곰 인형의 심장 속에 보관했다. 엄마 역시 결정을, 행동을 지연시키면 삶 또한 연장되리라는 주문과 환상 속에 살았는지도 몰랐다. 그러다 갑자기 죽음을 맞게 된 것이다.

이 모든 것을 이해할 수 있게 도와줄 사람이 누가 있을까?

층계참에서 집주인은 말했다. 9월인가 10월쯤에 미세스 백이 엄마 아파트에 왔고 그때 박 사장이 밖에서 그를 기다리고 있는 걸 봤노라고.

네가 태어나기 전 우리는 같은 집에 세 들어 살았어. 그러니까 네 엄마가 처음 미국에 왔을 당시에 우린 같이 살았어.

엄마를 잘 아는 사람은 오직 한 사람뿐이었다.

미나
2014년 여름

　미나는 화장실 거울 앞에서 미세스 백과 함께 벼룩시장 달러
스토어에서 산 어두운 분홍 립스틱을 발랐다. 그날 미나의 가게
진열대 위에서 밥과 남은 반찬들로 점심을 같이 먹으며 미세스
백이 말했다. "요즘 너무 피곤해 보여. 옛날에 네가 얼마나 외양
에 신경을 썼는지 기억나?" 그가 웃었다. "긴 플레어스커트 차림
으로 출근했었잖아. 그때 선반 정리 일 한 거 아니었어?"

　그때 얼마나 뭘 몰랐던지. 미나 스스로도 웃음이 났다. "사람
들에게 좋은 인상을 주고 싶었어요." 미스터 김을 처음 봤던 때
를 떠올리며 대답했다. 그가 자신의 손바닥에 차고 단단한 동전
거스름돈을 건네며 손가락이 스쳤던 때를. '구인'이라 적힌 분홍
종이와 미소 띤 그의 눈을.

　"화장 좀 하고 다니지 그래." 미세스 백이 밀폐용기 뚜껑을 닫
으며 물었다. "아직 젊은데 할머니 같아 보여."

"제가 몇 살인지 알아요?"

"그래서 뭐? 나는 몇 살인지 알아? 너보다 나이가 많다고."

"내가 꾸며서 뭐 하게요."

"거울 볼 때 만족스러운 거지, 뭐. 난 그래. 입술을 바르거나 눈썹을 그릴 때 살아 있다는 느낌, 나를 돌본다는 느낌이 들어. 어떻게든 삶을 통제하고 있는 기분이라고나 할까."

"어쩌면 언니 말이 맞는지도 모르죠."

"저쪽 달러스토어에 가서 색조화장품 좀 사자."

두 사람은 파운데이션이며 파우더며 블러셔로 같은 화장품이 가득한 진열대의 작은 립스틱 코너 앞에 서로 팔을 맞대고 나란히 붙어 서서 구경했다. 미나가 몇 가지 색을 골라 손등에 문지르자 그중 어두운 분홍색을 보곤 미세스 백이 대번에 "그거, 바로 그거야" 하고 외쳤다.

"정말요?"

"응, 그게 은은하니 예쁘지 않아? 일단 시작은 그 정도로 하는 게 좋아."

"나중엔 나도 빨간색으로 졸업할 수 있겠죠?" 미나는 주먹을 허리에 대고 엉덩이를 툭 내밀었다.

미세스 백이 깔깔 웃었다. "그럴지도 모르지. 근데 그때쯤이면 우린 이미 송장이 돼 있을 거야. 쌍둥이 송장."

이제 미나는 검지를 입에 넣고 입술을 오므렸다가 다시 쏙 뺐다. 미세스 백이 알려준, 이에 립스틱이 묻지 않게 하는 요령이었다. 손가락에 묻어나온 립스틱은 볼에 펴 발라 얼굴에 생기를 불어넣었다. 이제 눈 아래에 컨실러만 살짝 바르면 나이가 좀 들었어도 예뻐 보이거나 적어도 다시 생기 있어 보일 터였다.

열어놓은 창으로 이웃에서 시트러스와 마늘에 재운 카르네 아사다(멕시코식 바비큐 요리―옮긴이) 굽는 냄새가 났다. 뱃속에서 꼬르륵 소리가 났다. 미나는 휴지로 립스틱을 닦아냈다.

전화벨이 울렸다. 딸일까? 영어로 자신에게 무언가를 팔려는 성가신 판촉 전화일까?

미나는 거실로 달려갔다. "헬로우?"

"미세스 리?" 거친 남자 목소리였다. "미세스 리."

그 사람이었다. 그의 목소리는 어디서든 식별할 수 있었다.

미나는 깜짝 놀라 수화기를 쾅 내려놓았다.

미나는 예기치 않은 현관문 노크 소리에 덜컥 심장이 내려앉았다. 그 소리가 날 때마다 서울 아파트에 경찰이 왔을 때가 기억나서였다. 그래서 다음 날 노크 소리가 들렸을 때 잠시 뒤로 물러서서, 안에 사람이 없는 척하면 되리라 생각했지만 또다시 노크소리가 들렸고 그제야 깨달았다. 밖에 있는 사람이 누구든 그에게 자신이 켜놓은 텔레비전 소리가 들리리라는 사실을. 미나는 도어렌즈를 피해 현관 쪽으로 살금살금 다가갔다.

일 분여가 지났다. "누구세요?"

"저예요." 목청 가다듬는 소리가 났다. "미스터 김."

아, 안 돼, 안 돼, 안 돼. "그냥 가세요." 미나는 저도 모르게 이렇게 소리치고 나서 스스로도 놀랐다. "그냥 가시라고요."

미나는 바닥에 풀썩 주저앉았다가 침실을 향해 엉금엉금 기어 갔다. 그리고 욕실 수도꼭지에서 똑똑 떨어지는 물소리와 이웃의 변기 물 내리는 소리 외엔 아무 소리도 들리지 않을 때까지 방에서 기다렸다. 얼마나 오래 숨어 있었는지 몰랐다.

마지막으로 그를 본 게 언제였던가? 무려 이십육 년 전이었다. 과거에서, 대관람차에서 온 그가 자신에게 말을 거는 것만 같았다. 그 안에서 눈을 떴을 때 내려다본, 잠깐 자신을 해치지 않겠노라 약속한 세상은 너무도 아름다웠다. 자신의 삶도 그 대관람차처럼, 온 세상처럼 빛나고 탐스러운 모습으로 고동쳤고, 주변에 자욱한 바다 냄새는 자신을 밤마다 뜬눈으로 지새우게 한 그 모든 고통과 슬픔을 말끔히 씻어주었다.

이십육 년 전 미나는 미스터 김의 서랍에서 총을 꺼내 핸드백에 넣고 여느 날처럼 슈퍼마켓에 출근했다. 그때 박 사장을 죽일수도 있었지만 하필 그는 거기에 없었다. 이후 총 가방은 마고의안전을 위해, 그리고 인생의 그 부분을 최대한 묻어두기 위해 옷장 깊숙이 숨겨두었다.

한참 정적이 흐른 후, 미나는 도어렌즈로 문밖을 확인했다. 그는 사라지고 없었다.

문 밑으로 밀어 넣은 쪽지가 보였다.

제발 전화해줘요. 이제 내겐 시간이 별로 없어요. 암에 걸려서죽을 날이 얼마 안 남았어요. 내가 당신을 도울 수 있어요. 당신 가족을 돕고 싶어요.

미나는 탁자 쪽으로 몸을 돌려, 가게에 있는 것과 똑같은 성모

마리아상을 확 쳤다. 마리아상은 넘어지며 바닥에 굴러떨어져
부서졌다.

*

하늘이 자몽과 오렌지색으로 물들며 하루가 저물어갈 때 미나
가 그에게 전화를 걸었다. 그가 찾아오고 나서 얼추 두 주가 지난
뒤였다. 마음 한구석에선 그가 살아 있단 생각을 견딜 수 없어 얼
른 사라져 죽기를 바랐고, 다른 한구석에선 그가 아예 이 세상에
존재하지 않는다는 생각을 견딜 수 없었다. 두 주 동안 그에게 전
화해야 할지 말아야 할지 갈팡질팡하면서 미세스 백을 피했다.
결국 어떤 선택을 가장 후회할지를 두고 밤낮으로 고민하면서.
그가 나를 도와주겠다니, 그게 무슨 뜻일까? 과연 다시 그를 믿
고 내 삶에 들여도 될까? 아니면 혹시 이 모든 것이 전에 그가 나
를 버리고, 라스베이거스에서 바람을 맞혔을 때처럼 나를 모욕
하려는 수작일까? 그때 일에 대한 변명거리는 무엇이었을까? 나
는 얼마나 더 모욕을 감당할 수 있을까?

일주일 동안 라스베이거스에서 지내려고 해요. 그리로 와서
나를 만나주겠어요? 나는 이 호텔에 있을 거예요. 프런트 데스크
에서 날 찾으세요. 주변 사람 아무한테도 말하지 말고요.

미나는 당시 여섯 살인 마고에게 그를 소개해줄 작정이었다.
그가 베이거스에서 뭘 하고 있는지, 왜 거기에 있는지는 몰랐지
만 오래전 함께 그곳으로 여행을 떠났던 일이 떠올랐다. 그곳 뷔

페에서 미국 음식을 잔뜩 먹고, 1센트짜리 슬롯머신에서 날이 새도록 도박하고, 희미한 새벽 어스름 속에서 사랑을 나누고, 점심 때까지 푹 잤던 기억이.

당시 딸은 아무것도 모른 채 미나가 운전하는 자동차 뒷자리에 혼자 앉아 있었다. 미나는 마고에게 어떻게 설명해야 할지 몰랐고 일단 미스터 김에 대해서는 아무 말도 하지 않기로 했다. 만에 하나 무슨 이유에서든 그가 나타나지 않거나, 딴 사람으로 변했거나, 그들과의 인연을 받아들이지 않거나, 혹은 그 편지 자체가 끔찍한 실수일 경우를 대비해서였다.

미나가 고속도로를 운전한 것은 그때가 처음이자 마지막이었다. 주변 차들이 시도 때도 없이 빵빵댔지만 아랑곳하지 않고 쭉 제한속도 아래로 달렸다. 기억나는 거라곤 장거리 운전을 혼자 하며 느꼈을 두려움과 황량한 풍경이 아니라, 침대와 대관람차에서 그와 함께 있었던 시간, 남편과 딸을 잃고 나서 그로 인해 처음으로 느꼈던 기쁨을 생각하느라 심장이 터질 듯 뛰었던 일 뿐이었다.

하지만 그는 나타나지 않았다. 만나기로 한 호텔 측은 그가 투숙객 명단에 없다고 했다. 그 뒤로 그에게선 아무 소식도 없었다.

지금까지도. 미나는 손톱을 물어뜯으며 그가 현관문 아래로 밀어 넣고 간 쪽지에 적힌 다른 주의 번호를 돌렸다. 어떻게 그럴 수 있었을까? 아마 그 사람의 죽음이 임박했고 자신 역시 인생의 황혼기에 접어든 시점에, 그의 목소리를 다시 들어볼 필요가 있었기 때문일 것이다. 미나는 자신들이 함께한 시간이 자신의 머릿속 어딘가에 박힌 환상이 아님을 확인하고 싶었다. 그 모든 것이 어떤 면에서 진짜였음을 알아야 했다.

"전화할 줄 몰랐어요." 미나는 그의 지친 듯한 쉰 목소리에 깜짝 놀랐다.

내가 엉터리 번호를 돌린 건가?

"여보세요?" 그가 물었다.

미나는 계속 침묵했다.

"미세스 리?"

미나는 수화기를 무릎에 내려놓고 전화를 끊어야 할지 고민했다. 이 남자 없이 살았던 삶이 떠올라 견딜 수가 없어서였다. 하지만 또다시 그를 떠나보내는 것 또한 견딜 수 없기는 마찬가지였다. 세상이, 심지어 신마저 미웠다. 대체 신은 왜 인생을 단순 명쾌하게 만들 수 없었을까? 평생 고통이라면 겪을 만큼 겪지 않았던가? 순간, 제발 이제 그만! 하고 외치고 싶었다.

"미세스 리?" 무릎에 엎어둔 수화기에서조차 그의 목소리가 희미하게 울려 나왔다.

미나는 떨리는 손으로 수화기를 집어 들어 귀에 댔다. "네."

"이야기 좀 할 수 있을까요? 내가 당신을 도울 수 있을 것 같아요. 내가 도울 수 있어요."

"내 번호는 어떻게 알았어요? 날 어떻게 찾아냈어요?"

"당신이 전에 살았던 집 있죠? 거기 죽은 집주인 자녀들한테 전화해서요. 그 사람들한테 가게를 샀다고 들었어요. 그 사람들이 당신 집 주소와 전화번호를 알고 있었어요."

"그 사람들이 왜―"

"내가 지금 살날이 얼마 안 남았다고, 당신이랑 연락하고 싶다고, 죽기 전에 당신을 도울 수 있다고 사정했어요."

"난 당신 도움 필요 없어요."

"나도 알아요. 아마 오랫동안 궁금했을 거예요."

"라스베이거스 일은요?" 미나의 목소리가 갈라졌다. "그때 일은요?"

"네, 나도 알아요. 미안해요. 그때 우린…… 너무 젊었어요." 그가 목청을 가다듬었다. "그때 나는 시카고에서 사촌이 하는 무역 사업을 도우며 살았는데, 베이거스에서 컨퍼런스가 있었어요." 그가 한숨을 쉬었다. "근데 아내가―"

"알고 싶지 않아요." 미나의 심장이 두근거렸다.

그가 길게 한숨을 내쉬더니 말했다. "그래요. 하지만 너무 늦기 전에 당신을 돕고 싶어요. 당신 부모님 말예요. 만약 그분들이 아직 살아계시다면요?"

당신 부모님. 미나는 하마터면 수화기를 떨어뜨릴 뻔했다.

"이제 신경 안 써요." 미나는 목소리를 높이며 말했다. "이미 다 잊었어요. 그분들이 돌아가셨으면요? 그게 다 무슨 소용이죠?"

"그분들을 찾도록 내가 도와줄 수 있어요. 서울에 내가 고용한 사설탐정이 있어요."

"알고 싶지 않아요." 미나는 전화를 끊었다. "알고 싶었다면 내가 직접 시도했을 거라는 생각은 안 하나?" 미나는 다른 누구도 아닌 스스로를 향해 소리쳤다. "그랬다면 한국에 남아서 당신 엄마처럼 기다렸을 거라고. 내가 왜 지금 그분들을 알고 싶겠어! 뭐 하러! 세상 떠나시면 묻어드리게? 무덤에 찾아가게? 그게 다 무슨 소용이냐고!" 두 뺨 위로 주르륵 눈물이 흘러내렸다. 누군 가의 목을 졸라버리고 싶었다. 세상의 목을 졸라버리고 싶었다.

전화벨이 울렸다. "왜요?" 미나는 그가 다시 전화한 사실에 안 도하며 물었다.

"만납시다. 같이 어디 좀 가면 어때요?"

미나는 입으로 숨을 몰아쉬었다.

"이야기나 나누게요. 그게 다예요. 약속해요……. 내가 그리로 갈게요. 이번엔 다를 거예요."

미나는 그의 차를 타고 싶지도, 코리아타운에서 둘이 함께 있 는 모습을 남에게 보이고 싶지도 않았다. 그래서 일요일 저녁 부 두 끝에서 그를 만나기로 했다. 물론 미나도 알았다. 그가 그곳을 약속 장소로 고른 건 한적한 곳이어서가 아니라 추억 때문이라 는 것을. 짭짤한 바다 공기, 유혹적인 카니발 불빛, 발밑에서 삐 걱대던 거친 나무판자가 마치 물 위를 걷는 듯한 착각을 하게 했 던 추억들을 떠올리게 하기 때문이라는 것을.

그를 알아보지 못할지도 몰랐다. 너무 늦기 전에, 또다시 파도 처럼 자신을 바닷물 속으로 잡아당기려 하기 전에 도망쳐야겠다 는 생각만 들었다. 과거 이야기를 하지 않는다는 조건으로 만남 에 동의한 터였다. 엘에이를 떠나 어디로 갔는지, 어떻게 살았는 지, 거기서 얼마나 오래 살았는지, 왜 라스베이거스로 오지 않았는지는 말할 것도 없고, 무엇보다 아내 이야기는 가장 듣고 싶지 않았다. 그런 이야기는 한마디도 듣고 싶지 않았다. 오직 그가 지금 자신에게 뭘 제안하려는 건지, 무엇을 어떻게 아는지, 혹은 알 수 있는지만 알고 싶었다.

부두 끝을 향해 다가가니 롤러코스터에서 비명 소리가 들려왔다. 대관람차의 번쩍이는 붉고 흰 불빛을 가만히 올려다보는데 난데없이 눈물이 쏟아졌다. 부두에 온 것이 정말 오랜만이었다. 딸은 가끔씩 혼자 왔지만, 자신은 감정이 되살아나는 게 싫어 그 뒤로 두 번 다시 이곳에 발을 들여놓지 않았다. 그런데 이렇게 또 입 안을 바짝바짝 마르게 하는 감정에 휘둘려, 난생처음 먹어본 기억 속 달콤한 핫초코 냄새에 목말라하고 있었다. 주변 인파와 거리의 악사들 틈에서 잠깐, 이대로 돌아서거나 아니면 부두 옆으로 뛰어내려야겠다는 충동이 밀려왔다. 바다가 자신을 부르고 있었다.

하지만 어느새 부두 끝에 도착하고 말았다. 높다란 램프의 하얀 불빛 아래, 커다란 검정 모직 코트를 입은 한 남자가 벤치에 웅크리고 앉아 있었다. 미나는 그를 향해 가까이 다가갔다. 그가 돌아보았고 미나는 놀랍고도 간절한 마음, 슬프고도 행복한 마음으로 그의 얼굴을 엿보았다. 발밑 세상이 휘청했다. 두 사람은 서로에게 고개 인사를 건넸다.

미나는 그 자리에서 주저앉을 것 같았지만 재빨리 벤치 등받이를 잡았다. 그리고 서로 모르는 사람처럼 멀찌감치 떨어져 앉았다.

미나는 제 몸이 부끄러워 배 앞으로 팔짱을 낀 채로 흐느꼈다.

그가 자신을 달래주고 싶은 마음에도 불구하고 자기 쪽을 보지 않으려 애쓰는 게 느껴졌다. 그가 코트 호주머니에서 손수건을 꺼내 미나에게 건넸다. 미나는 아이라이너 화장을 건드리지 않으려고 눈가만 살짝 닦았다. 칠십여 년을 견뎌온 마음의 무게, 인생의 무게로부터 눈물이 쉴 새 없이 펑펑 쏟아졌지만, 누가 자신을 보든 말든 상관하지 않았다.

바다를 바라봤다. 물 위로 고요한 달빛이 드리워져 반짝이고 있었다. 미나 역시 그의 얼굴을 볼 수 없기는 마찬가지였다.

"여전히 귀엽네요." 그가 말했다.

그 말에 놀란 미나는 피식 웃을 수밖에 없었다.

"여전히 예뻐요. 여전히 상냥한지는 잘 모르겠지만요."

미나는 웃으며 그의 손수건으로 제 볼을 가볍게 두드렸다. "내가 왜 그래야 해요?" 미나가 반문했다.

"당신 말이 맞아요." 그가 한숨을 쉬었다. "정말 미안해요……. 모든 게."

미나는 목이 메어와 한동안 말없이 가만히 있었다. 곁눈질로 그가 다리를 꼬았다 풀었다 하는 모습을 지켜봤다. 발밑에선 바닷물이 기둥을 감싸고 있었다. 미나는 그 앞에서 떨지도 차가워 보이지도 않으려 노력했다.

그러다 마침내 물었다. "아버지는 찾았어요?"

"네, 찾았어요. 근데 이미 돌아가셨더라고요……. 아주 오래전에." 그는 목청을 가다듬었다. "사실, 우리를 남한으로 떠나보내고 얼마 안 돼서 돌아가셨어요. 집 근처가 폭격을 당하는 바람에."

미나는 숨이 턱 막혀 잠깐 눈을 감았다.

"어머니께는 차마 말씀을 못 드렸어요. 그냥 그대로 기다리시게 하는 게…… 최선이라 생각했어요. 그래서…… 어머닌 아버지가 어딘가에 살아 계신지도 모른다고, 천국에서 다시 만나리라 생각하시는 채로 돌아가셨어요. 어쨌든 도저히 그 긴 세월 동안 오매불망 아버지를 기다린 게 전부 헛된 일이었다고 말할 수는 없었어요. 그거야말로 가장 견디기 힘든 이야기 아니겠어요?"

미나는 그가 자신을 보고 있는 게 느껴졌다. 자신도 잠깐 그를 쳐다봤다. 롱코트를 입은 늙고 왜소한 그를 보니 가슴이 아렸다. 그의 팔이 떠올랐다. 그 팔을 얼마나 좋아했던지. 그랬던 그가 이젠 마른 몸이 되어 점점 쇠약해져가고 있었다. 반달 눈썹 아래의 부드러운 눈동자와 고운 입매를 제외하곤 그를 알아보기조차 힘들었다.

그가 목청을 가다듬었다. "당신은…… 진실을 알고 싶지 않아요? 당신 부모님에 대해서?"

당신 부모님이란 말이 가슴을 찌르며 가라앉아 있던 잿더미를 휘저었다. "이제 진실은 중요한 것 같지 않아요."

"왜요?"

미나는 눈물을 삼켰다. "나도 당신 어머니와 마찬가지예요. 그분한테 진실이 뭐가 중요했겠어요? 이제 와 무슨 소용이라고요."

"당신은 시간이 있으니까요."

"시간 별로 없어요." 사실은 이렇게 말하고 싶었다. 나도 일흔이 다 됐어요. 나한테 무슨 시간이 남았다는 거예요? 미나는 부드러운 흰색 손수건을 말아 쥐고 눈물을 훔쳤다.

"아직 시간 있어요."

우리에게 남은 시간을 대체 어떻게 측정할 수 있단 말인가? 며칠, 몇 년이 남았느냐가 아니라 기력이 얼마나 남았느냐의 문제였다. 그에게 남은 날은 숫자로 셀 수 있었다. 그는 올해가 가기전에 암에 잡아먹힐 거라 말했다. 미나는 그를 안아주고 싶었지만 이제 와 새삼 어떻게 그를 안을지 방법을 알 수 없었다. 그들의 몸은 너무도 많이 변해 있었다. 이십육 년이란 세월의 무게와 그것이 두 사람의 몸과 마음에 미친 영향 때문에 미나는 그도 자신도 알아보기 힘들었다. 그가 떨리는 손에 얼굴을 묻었다.

"진실보다 더 무서운 건 마음이 가는 곳이에요." 그가 말했다. "얼마나 제멋대로고 얼마나 집요한지. 일어날 수 있었던 일들을 끝없이 상상하게 만들어요. 적어도 당신은 답을 알 수 있어요. 적어도 당신은 밤에 생각하는 걸 멈출 수 있어요. 엄마는 더는 뭘 어쩌지 못하는 상태였고, 남은 거라곤 당신을 계속 살아가게 해줄 꿈뿐이었어요. 당신은 아직 시간이 있어요. 당신은 앞으로도 살날이 많이 남았고, 그렇지만 또 시간이란 게 누구에게도 충분치 않기도 하지요. 나는 단지…… 여기 좀 더 일찍 왔더라면 하는 생각뿐이에요. 내가 더 일찍 도울 수도 있었을 텐데……. 인생이참……."

"당신도 몰랐으니까요."

물론 이제 와 그에게 마고에 대해 말해줄 순 없었다. 그래봤자 무슨 소용이랴? 손가락에 낀 금반지로 보아 그는 지금 유부남이고 아이들도 있을 터였다. 마고에 대해 알게 된다면 그 생각으로 그가 산산조각이 나버릴지도 몰랐다. 그에겐 끝까지 그 사실을 숨길 것이다. 그가 자신의 엄마가 돌아가시기 전 엄마를 보호했던 것처럼, 그에게 그런 고통을 면하게 해줄 것이다.

마고에게도 지금 아버지가 생긴다 한들 무슨 도움이 되겠는가? 곧 세상을 떠날 참인데. 아버지 없는 슬픔을 아버지가 죽어가는 슬픔과 맞바꿀 수는 없었다. 적어도 전자에는 이미 익숙한 상태였다. 무섭고 낯선 감정보다 익숙한 슬픔이 차라리 나을 것이다. 자신은 두 사람 모두의 고통을 면하게 해줄 것이다. 미나는 이제 자기만의 방식대로 그를 제 삶에 받아들이기로 했다.

미나는 하얀 달빛 아래 섬광처럼 반짝이는 흑요석 같은 바다를 바라봤다. 한때 두 사람은 저 광활한 바다와 달을 뒤로하고, 푸른 밤하늘에 반짝이는 빛의 향연 속에서 대관람차를 탔더랬다. 그때는 모든 순간이 소중했다. 숨소리 하나하나까지도.

마고
2014년 겨울

월요일 저녁에 대여금고 내용물을 살펴본 마고는 당장 미세스 백의 아파트로 달려가고 싶은 유혹을 뿌리치고 아침이 될 때까지 뜬눈으로 기다렸다. 대여금고에서 나온, 삼십 대 후반쯤의 엄마가 남편, 아이와 함께 한국에서 찍은 그 사진을 이해할 수 있도록 도와줄 사람은 미세스 백뿐이었다. 또 다른 가족인 양 갈래 머리에 빨간 티셔츠와 레깅스를 입은 딸은 지금 어디에 있을까?

하지만 어제 마고가 미세스 백의 아파트 문을 두드렸을 때 그집에선 아무런 응답이 없었다. 수요일이자 크리스마스이브인 지금 마고가 찾아갈 곳은 한 곳밖에 없었다.

마고와 미겔은 차를 몰고 크리스마스 전구와 플라스틱 산타로 장식된 집들을 지나 엄마가 다니던 성당으로 갔다. 스페인어, 한국어, 영어 예배를 따로따로 드리는 성당이었다. 그 뒤에 두 사람은 오악사카 식당에서 저녁을 먹었다. 둘 다 처음이었지만, 기름

먹인 천 식탁보에 진한 몰레 소스와 라이브 음악으로 입소문이 난 곳이었다.

암울한 상황이었지만 두 사람 모두 이렇게라도 크리스마스를 즐길 필요가 있었다. 크리스마스 즈음에는 엘에이처럼 따뜻하고 극도로 건조한 곳조차도 특히 밤에는 꽤 쌀쌀해 다들 부츠에 다운재킷이나 스웨터 차림으로 다녔다. 축제 분위기 덕에 사람들이 모였다. 쇼핑, 요리, 되살아난 플라스틱 트리, 리본, 장식 조명이 넘쳐났다. 고기를 칠리와 허브를 넣고 푹 쪄낸 포솔레와 비리아(멕시코의 염소고기 스튜―옮긴이), 매콤한 김치와 찌개와 불고기 같은 한국 음식 냄새가 아파트 복도를 가득 채웠다. 크리스마스 선인장은 칙칙한 발코니를 자홍색으로 장식했고, 슈퍼마켓에서 파는 포인세티아는 뻔뻔할 정도로 새빨간 색을 자랑했다. 학교에서 돌아온 아이들은 온종일 바깥을 뛰어다녔다.

마고의 자동차 밖으로 자전거를 탄 사람들이 지나가고, 버스 정류장에선 통근자들이 식료품이 가득 담긴 비닐봉지를 주렁주렁 든 채 잡담을 나누고, 노점상들은 오렌지며 껍질을 벗겨 막대기에 꽂아놓은 망고부터, 반짝이는 붐박스와 곰 인형, 하트 만화 그림이 들어간 부드러운 폴리에스테르 담요에 이르기까지 온갖 물건을 팔고 있었다.

"최 순경한테 다시 전화해야 한다고 생각 안 해?" 조수석에 앉은 미겔이 물었다. "박 사장에 대해 우리가 아는 게 있잖아, 응? 그 사람이 그동안 쭉 미세스 백을 스토킹한 거잖아. 그자가 네 엄마 아파트에 있었던 것도 분명하고."

"미세스 백이 경찰이 개입하길 바랐다면 이미 그렇게 했겠지. 놈이 어떤 식으로든 복수할까 봐 겁이 났는지도 몰라."

"하지만 놈은 이미 네 엄마를 해쳤을 수도 있어. 그것만으로도 우리 다 충분히 위험한 상태인 거 아니야?"

"그건 아직 확실치가 않으니까. 난 오늘 밤 미세스 백이 성당에 나오기만 했으면 좋겠어. 그러면 집주인이 엄마 아파트에서 박 사장을 봤다는 이야길 해줄 수 있을 테니. 굳이 놈이 식당을 사고 미세스 백을 스토킹했단 이야기를 그 종업원이 해줬다는 말도 할 필요 없고. 안 그래? 그분한테 박 사장에 대해서도 물어 보고 경찰을 불러도 되는지도 물어볼게. 어쨌든 그분한테 해가될 수도 있는 일은 하고 싶지 않아." 마고가 한숨을 쉬었다. "이런 일이, 이런 일이 한꺼번에 일어나지 않았더라면 좋았을 텐데. 뭔가 뒤처지고 있는 기분이야. 내가 너무 느리게 움직이는 게 아닌가 싶어. 어쩌면 절대 —"

"지난주에 아팠잖아. 엄마가 돌아가셨고. 이제 막 아버지에 대해 알게 됐고. 진짜 누구라도 감당하기 힘든 상황이야."

마고는 눈물이 쏟아졌다.

"그런 일을 다 겪고도 이렇게 멀쩡히 서 있는 게 기적이지. 넌 정말 강한 사람이야."

누군가가 자신에게 그런 말을 해준 게 처음이었고, 마고는 그의 말을 믿었다. 마고는 늘 자신이 예민하고 겁이 많고 때로는 수동적이기까지 하다고 생각했지만, 그가 옳았다. 자신은 엄마에게 강인함을 물려받았다. 엄마는 언어도 규칙도 모르는 나라에 살러 와서 사랑에 빠지고 홀로 딸까지 키울 만큼 대담한 사람이었다. 지난 몇 주 동안 마고 역시 모르는 사람 집 대문을 두드리고, 엄마의 가게를 팔고, 경찰에 맞섰다. 한 달 전만 해도 상상조차 못 한 일들이었다. 당시 자신의 삶은 너무도 시시했다. 지난해에 사귀었던 조녀선을 피하려 애쓰고, 사무실에서 해묵은 서류를 분류하고, 데이팅 앱 프로필들을 하염없이 스크롤하고, 프로그램 소식지에 들어갈 클립아트를 편집하며 강박적으로 크기를 조정하는 일이 전부였다. 그랬던 자신이 이제 차를 몰고 온 도시를 돌아다니며 자신과 엄마에 관한 진실, 엄마가 살해됐는지 여부를 파헤치고 있는 것이다.

"근데 지난주에 내가 아팠을 때 갑자기 무서운 생각이 드는 거야. 이거 너무 망상처럼 들린다는 거 알지만 아무래도 그 남자, 그 섹시한 운전기사가 내게 독을 먹인 게 아닐까 하는 의심이 들었어……. 그 차 맛이 좀 이상했거든."

미겔은 너무 놀라 덥석 입을 막았다. "맹세컨대, 네가 나한테 그 말을 했을 때 나도 똑같은 생각을 했어. 네가 겁먹을까 봐 말 안 했지만."

"젠장. 그렇게 잘생긴 사람도 못 믿는다니."

"그 여자한테도 전화할 거야?" 미겔이 물었다. "메리 김 말야. 물론, 이건 전혀 다른 문제일 수 있겠지만, 만약 네가 아버지에 대해 더 알고 싶다면 다시 해봐야 하지 않을까? 아님, 이제 무서워서 도저히 못 하겠어?"

"전화할 거야. 그분이 마음을 좀 가라앉힐 시간을 갖도록 크리스마스 휴가 지나고 나서." 마고는 한숨을 쉬었다. "지금은 미세스 백을 찾는 게 급선무인 것 같아. 엄마의 다른 가족, 그 남편과 딸에 대해 알 법한 유일한 사람이니까. 그리고 혹시라도 박 사장 때문에 사라지거나 딴 데로 가버리기라도 하면 큰일이니까."

　같은 블록을 몇 차례나 돈 끝에 두 사람은 빛바랜 소화전 옆 작은 주차장에서 간신히 자리를 하나 찾았다. 스페인풍으로 지은 성당의 중앙 계단을 올라 실내로 들어가니 한껏 차려입은 가족들이 꽉 차 있었다. 아일랜드 신부가 한국말로 기도를 인도하는 동안 회중은 모두 고개를 숙이고 경청하고 있었다. 마고와 미겔은 뒤쪽에서 모르는 사람들 사이를 비집고 들어가 차가운 벽에 기대섰다. 향과 오래된 종이와 먼지 냄새가, 사람들에게서 풍기는 꽃과 소나무 향기, 향신료 향을 버무려 만든 자극적인 향수 냄새와 뒤섞여 났다. 이런 감각들, 이를테면 성경 구절을 낭독하는 소리와 노랫소리, 밤에는 잘 보이지도 않는 스테인드글라스 색 조각 따위에 이처럼 성심을 다하는 일은, 모르는 사람들끼리 모여 의례와 예배를 드림으로써 하나의 공동체를 만드는 이 공간과 잘 어우러졌다. 엄마가 일요일마다 이곳을 찾은 이유도 바로 이것이었다. 말 한마디, 눈길 한 번 주고받지 않아도 소속감을 느낄 수 있는 곳이기 때문이었다.

　마고가 성당 문제로 엄마와 마지막으로 언쟁을 벌인 것은 열대여섯 살 때였는데, 그땐 엄마를 겁먹게 할 정도로 반항적이고 목청이 컸더랬다. 한국어 학습을 완전히 포기한 것도, 반항이 살아 있단 느낌을 주는 유일한 것이었던 때도 그 나이 때쯤이었다.

이질성, 가난, 무력함 등 엄마와 관련된 것은 무엇이건 마고가 절대 되고 싶지 않은 것을 비추는 거울이 될 뿐이었다.

"나는 신을 믿지 않아." 마고는 저녁을 먹고 설거지를 하면서 영어로 말했다. "내일 성당 안 갈 거야."

"신을 안 믿는다고?" 엄마는 식탁을 닦으며 한국말로 대답했다. "신을 안 믿는 사람들한테 무슨 일이 일어나는지 알아?"

"물론 알지."

엄마가 다가와 마고를 압박했다. "너, 지옥에 가고 싶니?"

열두 시간 동안 시내를 돌아다니며 물건을 확보하고, 대부분 자신을 무시하고 때로는 자기 얼굴을 보고 웃으며 '중국'이라 부르는 고객들을 설득하느라 지칠 대로 지쳐도, 엄마는 우물처럼 깊고 깊은 두려움 속에서 할 말을 길어냈다.

"나는 지옥도 안 믿어요." 이미 지쳐버린 마고는 뜨거운 물로 냄비를 헹궜고 김이 피어올라 얼굴이 간질거렸다.

엄마는 카운터를 철썩 두드렸다. "너 정말 지옥에 가고 싶은 거야?"

"만약 신이 있다면 우리가 고통스러워하게 내버려두지 않았을 거예요." 마고는 소리치며 수도꼭지를 잠갔다. "이렇게 많은 사람이 가난하게 살도록 내버려두지 않았을 거라고요." 마고는 영어로 목소리를 높였다. 엄마가 얼마나 알아들을지는 몰랐지만 상관하지 않았다. 마고는 이걸 큰 소리로 말하고 싶었다. "신이 있다면 우리가 이렇게 힘들게 살게 하지 않았을 거야. 전쟁도 없었을 거고. 이렇게 많은 사람이 힘들게 살게 하지 않았을 거라고." 눈물이 솟구쳤고, 이제 멈출 수가 없었다.

"네가 죽으면, 어?" 엄마는 마치 사람들이 전부 이 베이지색 리놀륨 바닥 밑에 묻혀 있기라도 한 양 바닥을 가리키며 물었다.

"죽으면 흙으로 돌아가겠지. 그게 뭐가 중요해."

"네가 죽으면?" 엄마의 검지가 바르르 떨리며 마고의 가슴팍을 향했다. "사람들이 널 어떻게 찾아, 어? 네가 잃어버린 사람들은 어떻게 찾아?" 좀처럼 눈물을 보이는 법이 없는 엄마가 흐느꼈다. "잃어버린 사람들을 어떻게 찾아?"

엄마의 얼굴이 일그러지는 모습을 본 마고는 부리나케 욕실로 달려가서 변기에 앉아 울었다. 내내 독재적이다가 한 번씩 예기치 않게 투명해져서, 미혼모로, 고아로 살고, 전쟁을 겪고, 휴가도 없이 긴 시간 가게에서 일만 해온 재앙투성이 인생의 그림자가 새어 나오는 엄마와는 도저히 함께 살 수 없을 것 같아서였다.

마고는 자신 모두를 완전히 불태워버릴지도 모르는 엄마의 감당하기 힘든 본모습에 어떻게 대응해야 할지 몰랐다.

카펫 바닥이 삐걱대는 소리가 들렸다. 엄마가 욕실 바깥에 서서 마고의 울음소리를 듣고 있는 것 같았다. 마고는 이제 상상력을 동원해, 엄마가 닫힌 문에 손을 대고 고개를 앞으로 숙인 채 노크를 하려고 손을 말아 쥐었다가 다시 뒤로 물러서는 장면을 떠올렸다. 서로를 얼마나 두려워했는지. 함께 지내는 일이 얼마나 불가능해 보였는지. 하지만 엄마가 노크했더라면, 그리고 마고의 응답이 저리 가요만 아니었다면……. 서로 포용하고, 당신을 이해하진 못해도 최선을 다하고 있어요. 정말 최선을 다하고 있어요, 하고 서로에게 말하는 법만 알았더라면……. 그랬다면 사정이 조금은 달라졌을 것이다.

이제 엄마의 세계로 들어와 있자니 엄마가 절대 진압할 수 없었거나 어쩌면 나고 있는지조차 몰랐을 수도 있는 산불 속 혹은 그 가장자리에 발을 들여놓은 기분이었다. 죽은 덤불을 말끔히 없애고, 온전한 솔방울 속에 안전하게 보전된 씨앗을 땅속으로 가져올 희생 제물이라도 된 것처럼.

기도가 끝나자 신도들이 일어서서, 비닐 커버를 씌운 검정 책의 양파 껍질 같은 페이지를 넘기며 목청을 가다듬었다. 오르간 반주와 어우러진 부드러운 노랫소리가, 마치 그들의 영혼이 아치 천장을 훑으며 성당 전체를 꽉 채울 것처럼 본당을 고양시켰다. 마고는 노랫말을 알아듣지는 못하지만, 그 다정함과 소속감, 심지어 용서마저 담긴 듯한 소리에 저도 모르게 몸이 따라 움직였다. 눈물이 차올라 스웨터 소매로 얼른 눈가를 닦았다.

고개를 들어보니 육 미터쯤 앞에 낯익은 옆모습이 보였다.

빨간 립스틱을 바른.

마고는 황급히 미겔을 쿡 찔렀다.

"뭐?" 미겔이 속삭였다. 설교가 시작됐다. 제의를 갖춰 입은 신부가 온화하면서도 단호한 말로 성당을 불처럼 휘젓고 있었다. 마고는 나눔, 사랑, 하느님 같은 한국어 단어만 간신히 알아들을 수 있었다.

"미세스 백. 저기."

"어디?"

"회색 스카프." 마고 옆에 서 있던 남자가 마고를 노려봤다.

성찬식이 시작되고 자기 줄 순서가 되자 짙은 감색 블라우스를 입은 미세스 백이 자리에서 일어나, 쪽빛에 가까운 파란색 롱스커트를 펄럭이며 앞으로 걸어갔다. 그는 고개 인사를 하며 제병을 받아먹었다. 마고는 그 맛과 식감, 혀에 녹기 전의 건조함과 목구멍으로 내려가는 느낌을 상상했다. 벽에 기대서서 금빛 재단 위에 예수님이 창백하고 야윈 모습으로 양팔을 벌리고 십자가에 매달려 있는 모습을 바라봤다.

미세스 백은 자기 자리로 돌아오는 길에 잠깐 고개를 들었고 마고는 그가 자신과 미겔을 봤다고 생각했다. 당연히 그들은 눈에 띄었다. 하지만 미세스 백은 마치 아무 일도 없었다는 듯 태연히 찬송가를 집어 들고 자리에 앉았다.

예배가 끝났을 때 마고는 그가 검정 캔버스 가방에 소지품을 넣고 핸드폰을 꺼내는 모습을 지켜봤다. 그는 주위는 의식도 하지 않은 채 핸드폰 화면을 보면서 비틀비틀 신도석을 빠져나왔다. 마고는 미겔에게 신호를 보냈고, 두 사람은 거리를 유지하며 그를 따라갔다. 미세스 백은 건물을 빠져나오기 전에 방향을 틀어 성당 지하로 난 계단을 내려갔다. 마고와 미겔도 최대한 조용히 먼지투성이 창고로 내려가 기둥처럼 줄줄이 쌓아놓은 상자 뒤에서 기다렸다. 미세스 백이 누군가와 이야기하는 소리가 들렸다. 어디선가 들어본 듯한 목소리로 한국말을 하는 남자였다.

마고는 자기가 아는 몇 안 되는 한국어 단어와 문장을 조합해 뜻을 짐작했다. "나 좀 가만 내버려둬요……. 여기가 어디라고

와요……. 경찰에 신고할 거예요." 남자가 대꾸했다. "이제 와서? 신고 안 할 거 다 알아요. 오늘 저녁에 정말 예쁘네. 같이 저녁이나 먹어요. 크리스마스이브잖아."

마고와 미겔은 서로 쳐다보며 몸을 잔뜩 웅크렸다.

"내 번호는 어떻게 알았어요?" 미세스 백이 물었다.

남자가 웃었다. "왜 그래? 이리 와."

"저리 가세요. 다시는 나한테 전화하거나 이리로 찾아오지 마세요."

"일자리를 구하고 있는 것 같던데. 내가 새 일자리 찾는 거 도와줄 수 있어. 내가 다 알아서 해줄게."

"당신한텐 아무것도 필요 없어요. 제발 날 좀 내버려둬요."

"쉿, 목소리 낮춰. 짐승같이. 하, 주변에 남자가 없는 여자들이 그렇지. 꼭 짐승 같다니까."

"이미 나한테서 충분히 빼앗아갔잖아." 미세스 백이 이를 악물고 말했다.

"그게 무슨 말이지?"

"미세스 리 말이야." 목소리가 갈라졌다.

"하, 누굴 말하는 거야?"

"이미나."

"난 그게 누군지도 몰라." 그가 말했다. "이리 와."

미세스 백이 끙 하며 잽싸게 몸을 움직이는 소리가 났다. 남자가 고통스러운 듯 낑낑거렸다.

"나한테 손대지 마." 미세스 백이 침을 뱉었다. "죽여버릴 거야."

상자 뒤에 있던 마고가 고개를 내밀고 보니, 미세스 백이 뛰쳐나가고 박 사장이 정강이를 감싸 쥐고 그를 뒤따라갔다.

"젠장." 마고와 미겔은 서로를 바라봤다.

계단을 올라 건물 밖으로 나오니 밤공기가 찼다. 컴컴한 거리에는 어느새 인적이 거의 끊겨 있었다. 성당 주차장 반대편 끝에서 미세스 백이 회색 토요타 캠리 문을 쾅 닫고 주차장을 떠나는 모습이 보였다. 박 사장은 사라지고 없었다.

"집으로 가시는 걸 거야." 마고가 숨을 고르며 말했다. "괜찮으신지 확인해봐야겠지?"

박 사장이 충분히 뺏어갔다고 한 건 무슨 뜻이었을까? 엄마 이름은 왜 들먹였을까? 혹시 그자가 엄마를 죽인 걸까?

미세스 백의 아파트를 향해 차를 몰고 가면서 마고는 거실에 쌓여 있던 책과 잡지, 그 겹겹이 쌓인 종이와 글자의 빌딩 숲, 그리고 그의 화장기 없는 얼굴과 창백한 피부, 강렬하고 도전적이면서도 살짝 겁에 질린 눈빛을 떠올렸다. 잔잔한 충격을 끊임없이 받는 듯한 그 눈빛. 마고는 그가 그 아파트에서 온전히 혼자인 채로 열심히 책을 읽는 모습을 상상했다.

하지만 마고는 그에 대해서도 자신의 엄마에 대해서도 여태 잘못 생각하고 있었다. 그들의 고독이 특별할 것도, 다른 사람들의 고독보다 더할 것도 없었다. 사실 그들에겐 작지만 저만의 방식으로 구축한 세계가 있었다. 그들이 택한 방식과 플롯 때문에 그들이 다른 사람들과 다르다고 누가 감히 말할 수 있을까? 그동안 마고는 제 엄마를 오로지 한국말은 속사포처럼 쏟아내면서 영어는 부끄러울 정도로 더듬거리는 천생 외국인으로만, 제 이야기를 억압하는 인물로만 보았다. 하지만 실제로는 자기 엄마가 진정한 영웅임을 점점 깨달아가고 있었다. 엄마는 자기 삶을 만들고, 허물어뜨리고, 다시 만든 사람이었다. 그리고 결국엔 그 대가를 치렀을지도 몰랐다.

미나
2014년 가을

미스터 김이 세상을 떠난 지 한 달 가까이 지난 추수감사절 전
주 토요일, 미나는 접은 신문을 손에 들고 퀴퀴한 냄새가 나는 딸
의 방에 들어갔다. 그는 날마다 출근길에 물건을 하러 시내 도매
상에 들리면서 반드시 그날 신문을 한 부 집어오려 했다. 카운터
에 읽지 않은 신문이 놓여 있으면 그걸 핸드백에 집어넣거나, 최
근 친구가 죽었다며 주인에게 허락을 구하고 부고 란을 살폈다.
나중엔 도매상 주인 하나가 미나에게 새장 바닥 깔개용으로 모
아둔 지난 수개월 치 신문을 보여줬다. 미나는 주차장에 세워둔
차 안에서 신문 더미를 훑어보다가 마침내 10월자 신문에서 미
스터 김의 부고를 찾아냈다.

미나는 이제 자신의 장부와 계산서를 보관하는 마고의 책상으
로 가서 오랜 세월 쌓인 펜으로 꽉 찬 커다란 보라색 플라스틱 컵
에서 가위를 꺼냈다. 순간, 연필을 쥐고 책상에 앉아 스케치북 위

로 몸을 구부리고 있는 딸을 어깨너머로 들여다보는 상상을 했다. 미나는 그 책상 위에 신문을 펼쳐놓고 조심조심 페이지를 넘기다가 미스터 김, 김창희의 흑백 사진을 다시 찾았다. 두 달 전인 9월에 같이 그랜드캐니언을 여행했을 때보다 약간 젊어 보이는, 그러나 훨씬 생기 있는 모습이었다.

그때 두 사람은 손을 꼭 잡고 시야에 들어온 가장 큰 협곡을 응시했다.

수십억 년의 비바람에 죽죽 갈라진 불긋불긋한 모래색 암벽에 어두운 그림자가 드리워져 있었다. 보드랍고 흐릿한 담청색 하늘에서 맑디맑은 황금색 빛이 흘러나와, 단단한 광물질 벽에 매달린 거대한 상록수 군락지를 흠뻑 물들였다. 따뜻한 산들바람에 소나무 냄새가 실려왔고, 땅은 기름졌다.

이것이야말로 미나가 항상 바라던 것이었다. 티끌처럼 하찮지만 어떻든 안전하다는 느낌으로 다시 돌아가는 것. 이곳에서는 스스로가 너무 작게 느껴져서 자신이 견뎌온 잔혹한 현실을 피할 수 있을 것만 같았다. 이곳에서는 누구에게도 들키지 않을 수 있었다. 가장 극단적인 형태의 자연은 우리에게, 세상에는 우리보다 훨씬 대단한 창조물이 있고 우리는 그러한 세상 속에서 자신의 개성과 자존심을 잠깐이나마 내려놓을 수 있다는 것을 가르쳐줬다. 이 얼마나 다행인가?

일상에서 이와 가장 비슷한 느낌을 주는 곳은 아치형 천장이 있는 성당 안, 신의 지붕 아래였을 것이다. 아치는 그 안에서 온 세상이 기도와 노래의 형태로 흥얼거리는 하나의 피난처였다.

아름다움은 안전함을 뜻했다. 아름다움은 우리를 위험으로부터 지켜주었다.

짙게 드리워진 그림자 위로 뭉게구름이 피어올라, 산봉우리에 펼쳐진 장관이 더 극적으로 보였다. 겹겹의 단층들이 자아내는 그 화려한 색과 빛은 전날 라스베이거스에서 하룻밤 지내며 보았던 화려한 광경을, 세월이 이만큼 흐른 뒤에야 마침내 두 사람이 다시 함께 경험한 그곳 풍경을 한낮 웃음거리로 만들었다. 협곡 앞에 서 있으려니 마치 천국을 올려다보는 것 같다가, 이 땅의 가장 깊숙한 부분, 그 영혼과 수십억 년 동안의 폭력과 고통, 그 찬란한 결과물을 들여다보는 느낌이 동시에 들었다.

그로부터 삼 주가 지난 10월 초에 그에게서 깨끗한 마닐라 봉투 하나가 날아왔다. 미나 부모님의 소재에 관한 정보가 담긴 봉투였다. 미나는 그걸 대여금고에 넣어두었다. 보육원 시절 찍은 사진 몇 장과 한국의 옛 신원 증명 서류, 가족끼리 하이킹 간 날 찍은 유일하게 남겨둔 남편과 딸 사진 같은 과거의 흔적과 함께.

이제 이렇게 미스터 김의 흑백 사진을 보고 있자니 미나는 마음이 한결 가벼워지고 안도감이 밀려왔다. 이 부고로 몇 주 전 그가 더는 전화를 받지 않았을 때 알게 된, 그가 영영 떠나버렸단 사실을 확인한 덕분이었다. 사진 속 그의 얼굴은 여전히 환히 빛났고, 따뜻하고 부드러운 눈빛과 미소 지을 때 한쪽 입꼬리가 살짝 올라가는 것도 평소 모습 그대로였다. 이젠 자기 삶을 되돌려놓을 수 있었다. 지난 몇 달간 숨겨온 마고의 사진이나 다른 흔적들도 마고가 집에 오기 전에 원래 자리로 되돌려놓았다.

마고는 그 사람이 그곳에 있었다는 것도 그가 누군지도 절대 모를 것이었다. 그 사람 역시 마고의 존재를 모르고 떠났듯이.

미나는 부고 기사를 일직선으로 조심조심 오렸다.

두 사람은 몇 달 동안 함께 지냈다. 그의 몸이 몹시 쇠약해진 상태였음에도, 미나는 더 둥글둥글하고 부드러운 몸으로, 그는 더 앙상하고 각진 몸으로 변했음에도 둘은 서로 사랑했다. 그는 미나의 침대에서 미나에게 입을 맞추었다. 두 사람은 이제 막 미국에 당도한 사람들처럼 다시 젊어진 기분이었다. 어떻게든 과거는 말끔히 지울 수 있었다. 미나는 그를 용서했다. 진심으로. 그리고 누군가를 용서했다는 사실에 그렇게 마음이 편안해질 수가 없었다.

하지만 미스터 김의 죽음이 자기 인생에 남길 수도 있는 구멍에 대해서는 대책이 있을 리 만무했다.

미나는 빈 봉투를 하나 찾아 부고 기사를 접어 넣은 다음, 책상 서랍을 열고 딸의 미술 도구 정리함 밑에 밀어 넣었다. 미나가 아는 한 마고는 이제 그 책상 서랍을 열지 않았다. 사실 딸이 뭘 그리는 모습을 마지막으로 본 것이 아주 오래전이었다. 미나는 서랍을 닫고 딸 의자에 앉아, 책상 위에 펼쳐놓은 신문지 위로 눈물을 후드득 떨구었다. 미스터 김의 인생을 도려낸 빈 사각형 위로 얼굴을 갖다 댔다. 신문지는 어느새 축축해졌고, 뺨 가장자리에는 잉크 자국이 부드럽게 찍혔다.

*

"미나?" 수화기 너머로 미세스 백의 음성이 들렸다. 안도와 화가 뒤섞인 목소리였다.

"어디 있었어? 며칠 동안 연락이 안 돼서 걱정했어. 음성 메시지 확인 안 했어?"

지난주 신문 부고 기사를 잘라낸 뒤로 미나는 전화를 받지 않았다. 전화벨 소리만 들으면 심장이 두근거렸다. 오래전 남편과 딸이 죽었을 때, 전에도 수많은 삶의 파도가 자신을 패대기쳤을 때처럼 밤낮으로 슬픔에 빠져 지냈고, 내내 그 시절만 떠올리며 살던 미나는 이제야 간신히 최악의 상태에서 벗어난 터였다. 그런데 이제 그마저 영영 떠나버린 것이다. 미나는 얼음장같이 찬이 진실의 바다에 빠져 파도에 이리저리 떠밀리다, 간신히 해안가로 밀려와 숨을 헐떡이고 있었다. 지금은 잠이 필요했다. 따뜻한 휴식이 필요했다.

"가게를 일주일이나 닫은 거야?" 미세스 백이 물었다.

오늘까지만 해도 낮 기온이 21~27도 정도로 포근한 날씨가 이어졌다. 이제 바깥은 하늘이 검게 물들고 땅은 비에 젖어 반짝이고 있었다. 계절이 다시 바뀌고 있었다.

"저는 괜찮아요." 미나가 미간을 문지르며 말했다.

"정말이야? 곧 추수감사절이라 마고랑 같이 있거나 뭘 준비하느라 바쁜가 보다 싶다가도 너무 오랫동안 소식이 없어서. 사실 지난 몇 달 동안 네 걱정 많이 했어. 무슨 일이야? 혹시 나한테 얘

364

기해줄 수 있어?"

"언니는 이미 저한테 하실 만큼 하셨어요." 미나의 목소리가 갈라졌다. 오래전 언니가 자신의 방문을 열고 달려 들어와 화장실로, 변기로 자신을 부축해갔던 때가 떠올라서였다. 그렇게 언니가 내 손을 잡아준 때가 얼마나 많았는지. "제 걱정은 하지 마세요. 그냥 좀 쉬면 돼요. 요즘 너무 피곤해서요. 내일 다시 일하러 갈게요. 약속해요. 그때 얘기해요."

수화기 너머로 침묵이 흘렀다.

"여보세요?"

"아니, 아니. 내가 지금 갈게, 알았지? 뭐 좀 먹었어?" 미세스 백의 목소리가 한결 부드러워졌다. "목소리에 기운이 하나도 없어."

"아녜요. 그러실 필요……"

"먹을 것 좀 가져갈게. 한 시간 안에 도착할 거야, 알았지? 기다려. 금방 갈게."

부서진 성모마리아상이 지켜보는 가운데 두 사람은 나란히 소파에 앉았다. 미나는 이십육 년 만에 드디어 미스터 김이 도망간 이유를 털어놨다. 그날 슈퍼마켓 주인이 루페를 덮쳤고, 미스터 김이 그 일에 개입했으며, 그 때문에 강제 추방을 당하지 않으려 그가 종적을 감추게 됐다고 말이다. 그리고 그가 자기 앞에 다시 나타나 여름 동안 함께 지냈고, 같이 그랜드캐니언 여행을 다녀왔고, 사설탐정을 고용해 자신의 부모님에 관한 정보를 알아내줬으며, 얼마 전 세상을 떠났다는 이야기까지 전부 다.

"마고도 알아?" 미세스 백이 사이드테이블에 올려둔 마고의 예닐곱 살 때 사진 액자를 집어 들며 물었다. 마고는 앞머리를 일직선으로 자른 모습이었다.

"아뇨, 몰라요." 미나는 무거운 마음으로 대답했다.

"전엔 이 사진을 본 기억이 없는데." 미세스 백이 방을 한 바퀴 둘러봤다. "저기 하나 더 있네. 여름에 처음 여기 왔을 때, 마고 사진이 하나도 없어서 궁금했는데."

"전부 다 숨겨놨죠. 그 사람이 모르게 하려고."

"말을 안 했다고?" 미세스 백은 당혹스러운 것 같았다.

"네."

"세월 참 빠르지." 미세스 백은 손에 든 사진에서 시선을 떼지 않은 채 말했다. "근데 이 얼굴 좀 봐. 이 아이가 알고 싶어 할 거라 생각 안 해? 마고가—"

"차라리 이게 나아요." 미나는 남은 힘을 다 짜내 간신히 대꾸했다. 스스로 그 말을 진짜 믿었을까? 전엔 분명 그랬는데 지금은 어쩐지 확신이 들지 않았다.

미세스 백은 고개를 끄덕이며 액자를 도로 내려놨다. 그리고 눈살을 찌푸리며 저만의 생각과 기억 속으로 빠져드는 모습이었다. 거실엔 쥐 죽은 듯한 적막감이 감돌았다.

아버지가 다시 나타났다가 몇 달 되지 않아 죽었다는 사실을 마고가 아는 게 무슨 도움이 될까? 이미 오래전에 포기한 사람인데. 시애틀로 간 뒤론 아버지 없이도, 미나가 없이도 충분히 잘살고 있는데. 하지만 만약 자신의 판단이 틀린 거라면? 만약…….

미세스 백이 갑자기 일어서서 거실을 왔다 갔다 했다. 그러다 멈추고 미나를 돌아보고 물었다. "루페를 덮친 그 슈퍼마켓 주인은 어떻게 됐어?"

"박 사장요?" 미나가 한숨을 쉬었다. "제가 알기론 아무 일도 일어나지 않았어요. 마고를 낳고는 거길 바로 떠났고 그 사람에 대해선 떠올리기조차 싫어서, 그 뒤로 어떻게 됐는지는 저도 몰라요."

"그 사람 성이 박이야?"

"네, 왜요?" 미나는 미세스 백의 숨결이 거칠어짐을 느꼈다. "언니 괜찮아요?"

"그냥 방금 깨달은 게 있어서. 물 좀 마실게." 미세스 백은 부엌으로 달려갔다. 그가 식기 건조대에서 유리잔을 꺼내 수돗물 채우는 소리가 들렸다. 그의 입에서 슬픔의 신음이 흘러나왔다. 미나가 가보니 그가 장판 바닥에 풀썩 쓰러져 캐비닛에 기대어 있었다. 미나는 마치 자기 자신을 보고 있는 것만 같았다. 혼자 주저앉아 이 캐비닛에 기대어 있었던 일이 얼마나 많았던가.

"언니." 미나가 미세스 백 옆에 다가가 몸을 구부리며 말했다. "왜 그러세요?"

그는 얼굴을 감싸고 울었다. 미나는 생전 처음으로 그가 우는 모습을 보았다. 불현듯 그를 끌어안고 눈물을 닦아주고 싶다는 충동을 느꼈다.

"언니." 미나는 조심스럽게 그를 일으켜 세웠다. "언니, 거실로 가서 앉으세요."

미세스 백이 다시 소파에 앉아, 두 손으로 머리를 감싼 채 몸을 앞으로 숙였다.

"미안해요, 언니. 제가 한 말 때문이라면 정말 미안해요. 제가 한 말 때문에 ―"

"아니야. 너 때문이 아니야." 미세스 백이 고개를 저었다.

미나는 화장실에서 두루마리 휴지를 하나 가지고 와 그에게 건넸다.

"그냥, 방금 새로운 사실을 깨달아서." 미세스 백이 말했다. 그는 공포에 질린 얼굴로 호흡을 가다듬으며 미나의 눈을 바라봤다. "박 사장 말야."

"네?"

"나를 쫓아다니며 괴롭히는 작자가 바로 그 사람인 것 같아." 그는 입으로 숨을 몰아쉬었다.

"언니를 쫓아다닌다고요?"

그가 고개를 끄덕였다. "그놈이 내 인생을 지옥으로 만들고 있어. 네가 슈퍼마켓 주인이라고 했을 때 그놈이 바로 그놈이란 사실을 깨달았어. 그놈도 성이 박이고, 언젠가 자기가 슈퍼마켓을 했다고 말한 적이 있거든." 미세스 백의 목소리에서 점점 쉰 소리가 났다. "무슨 이유 때문인지 그 사실을 네가 처음 미국에 왔을 때 일한 슈퍼마켓과 연결을 못 지었어." 그의 두 뺨 위로 눈물이 흘러내렸다. "지금 이 순간까지도."

"그게 무슨 뜻이에요?"

"이 세상이 너무 좁다는 게 정말 싫지 않아?" 생전 처음 보는 서글프기 짝이 없는 눈으로 그가 물었다. 그의 오른쪽 입가에 빨간 립스틱이 번져 있었다. 미나는 손가락으로 그걸 닦아주고 싶은 충동이 일었다. 그가 무슨 말을 하는 건지 정확히 이해했다.

"그 작자가 한옥 하우스를 인수했어. 그래서 내가 거길 떠난 거야."

미나는 숨이 턱 막혔다. "박 사장이요? 저는 그냥…… 왜 진작 저한테 말 안 했어요?"

"몰랐으니까. 미처 그 사람이 그 사람이리라곤, 게다가─"

"그게 아니라," 미나가 고개를 저었다. "누가 언니를 쫓아다니며 괴롭힌다는 이야기를 왜 저한테 안 했냐고요."

"할 수가 없었어. 다른 사람은 개입시키지 않는 게 좋을 거라 생각했어. 너든 누구든 걱정 끼치고 싶지 않았어. 또 혹시 그 사람이 나한테 보복하거나 다른 사람이 경찰에 신고라도 할까 봐 두려워서. 그냥 어떻게든 혼자 해결할 수 있을 줄 알았어." 그가 코를 풀었다. "근데 갈수록 점점 더 심해지는 거야."

"그 작자, 언니가 어디 사는지 알아요?"

"식당 일 그만두고 나서 이사했어. 올 초에 전화번호도 바꾸고, 계속 숨어 지냈어. 이제 공원이나 호숫가 산책도 못 해. 약국에 갈 일 있으면 저 윌셔까지 운전해서 가. 장은 휴식 시간에 잠깐씩 짬을 내 보고. 시도 때도 없이 거울로 내 뒤에 누가 따라오는지 확인해." 그는 눈을 크게 떴다. "대체 이유를 모르겠어……. 그냥 자길 싫다고 거절해서 날 원하는 것 같아."

미나는 눈을 감았다. 루페의 얼굴에 가득했던 두려움이 떠올

369

랐다. 자신이 총을 핸드백에 넣고 슈퍼마켓에 간 일, 그곳 일을 그만두기 전에 그 작자를 죽일 수도 있었던 일도. 그때 끝장을 내버릴 수도 있었다. 미나는 침실로 들어가 불을 켰다.

잔뜩 긴장해 떨리는 손으로 최근 침대 옆 서랍에 옮겨놓은 권총집을 꺼냈다. 그걸 사용할 생각은 해본 적 없었지만, 미스터 김이 죽고 실의에 빠져 있는 동안 그 위력과 갈색 가죽 냄새, 손아귀에 느껴지는 촉감에 매혹되었다. 이 순간 오직 자신의 숨소리밖에 들리지 않았다.

그랜드캐니언에서 돌아오는 버스에서 두 사람은 서로 꼭 붙어 앉아 손을 잡고 있었다. 미스터 김이 물었다. "총은 어떻게 했어요?"

"아직도 갖고 있어요." 미나는 가슴이 뛰었다. "어떻게 처리해야 할지 몰라서."

그가 고개를 끄덕이며 앞자리 등받이를 응시했다. "사용하는 방법은 알아요?"

"아뇨. 몰라요. 필요하면 어떻게든 혼자 터득할 수 있으리라 생각했어요."

"언제 한 번 판매점에 가지고 가서 청소도 하고 점검도 받는 게 좋을 것 같아요. 내가 도와줄게요. 사용법도 알려주고."

이제 이 반들반들한 갈색 가죽을 손에 쥐고 있으려니 아무래도 이것은 남자를 위해 만들어진 물건처럼 보였다. 그걸 벨트에찬 서부의 카우보이가 연상됐다. 촉감도 여전히 낯설고 어색했지만 희한하게 복수 생각이 되살아났다. 이 총만 있으면 누구든지 될 수 있을 것 같았다. 다시 젊고 강한 존재가 될 수 있을 것 같았다. 이 나라에선 살아남기보다 타인을 해치기가 더 쉬웠다. 한 생명을 얻기보다 빼앗기가 더 쉬웠다. 드디어 내가 미국인이 된 것일까?

미나는 오래전 그날 밤 미세스 백이 얼마나 다정하게 자신을 챙겼는지를 기억했다. 그날, 아침에 미스터 김이 전화로 자신을 떠나기 전날, 미나는 간신히 자기 방 침대에 누워 울었다.

깨워서 미안해. 죽 가져왔어. 미세스 백이 말했다.

미나는 몸을 일으키려 했지만 팔에 힘이 달려 그만 도로 침대에 풀썩 쓰러지고 말았다.

자, 한 입 먹어봐. 미세스 백이 미나의 입으로 숟가락을 갖다댔다.

미나는 방문을 향해 돌아서다가 옷장 위에서 마고와 함께 찍은 마지막 인화 사진을 발견했다. 마고의 졸업식 때 함께 찍은 사진이었다. 마고가 곧 시애틀에서 혼자 살게 된다는 사실에 그날 얼마나 자랑스럽고도 겁이 났던지. 지난 팔 년 동안 모녀는 사진을 거의 찍지 않았다. 함께 있는 휴일 내내 벼룩시장에서 일만 했기 때문이다. 올해는 가게에서 같이 사진을 찍을 작정이었다. 또, 마고가 시애틀로 돌아가면 그걸 인화해 부쳐달라고 할 작정이었다. 손으로 만질 물리적인 무언가를 갖고 싶었다.

미나는 권총집을 들고 거실로 나갔다.

총을 본 미세스 백이 헉하고 놀라며 소파에서 벌떡 일어났다. 그때까지 바라보고 있던 깨진 성모마리아상이 카펫 바닥으로 떨어졌다. "그걸로 뭐 하려는 거야?" 미세스 백이 눈을 부릅떴다. "그거 저리 치워." 그의 목소리가 올라갔다. "너 미쳤니?"

미세스 백은 꼭 물속에서 말하듯 공기를 꿀떡 집어삼켰다. 미나는 권총집이 점점 무겁게 느껴졌다. 머릿속에 휘익 폭탄 날아오는 소리가 들렸다. 귓속이 웅웅거렸다. 화약 냄새, 자신을 어깨에 둘러멘 낯선 남자의 머리에서 뚝뚝 떨어지던 붉은 피 냄새가 났다. 미세스 백의 립스틱은 아직도 뺨 위로 번져 있었다.

"그 사람 아직도 그대로네요."

"미나야." 미나는 자신의 이름을 들어본 게 얼마 만인지 몰랐다. "미나야. 제발 그거 좀 치워." 미세스 백이 입술을 바르르 떨며 눈을 감았다.

"그놈이 얼마나 많은 사람을 다치게 했는지 누가 알겠어요?" 미나는 제 안의 무언가가 지진처럼 밀려 나오는 느낌이었다. 목소리가 캐비닛 안 유리잔처럼 떨렸다. "지금 언니한텐 이게 필요해요. 스스로를 보호하려면요. 난 언니가 스스로를 보호했으면 좋겠어요. 언니는 그렇게 생각 안 해요?"

미나는 제 삶에서 또 한 사람을 잃을 수는 없었다.

목구멍에서 신물이 올라왔다. 루페의 아파트 바깥에선 한 무리의 개미 떼가 납작 뭉개진 달팽이를 정신없이 먹어 치우고 있었다. 자신에게도 그럴 도구가 있었다. 그때 미나는 박 사장을 죽이는 짜릿한 순간을 상상했다. 슈퍼마켓에서 놈을 몰아붙이는 장면도. 모두가 보는 앞에서 그를 끝장낼 수도 있었다. 그가 얼마나 많은 사람을 공포로 몰아넣었는지 누가 알겠는가? 그가 자기 자신의 이익을 위해 얼마나 많은 사람을 희생시켰는지, 그중 얼마나 많은 사람이 다쳤는지, 또 앞으로 그가 얼마나 더 많은 사람의 인생을 망쳐놓을지는? 미나는 미세스 백이 스스로를 구하기를 간절히 바랐다.

번쩍이는 욕망의 카니발 불빛. 소금기 가득한 공기와 입 안에 밴 핫초코 냄새. 미나와 미스터 김 두 사람은 무대 위로 올라갔다. 하지만 두 사람에겐 관중이 필요치 않았다.

그리고 다시 하얀 램프 불빛을 받으며 모르는 사람들처럼 부두 끝 벤치에 앉은 두 사람. 달이 수면 위로 반짝이며 빛나고 있었고, 미나는 깨달았다. 삶이 아무리 슬프고 비극적이고 실망스럽더라도 어떤 빛 아래에선 여전히 종종 꿈틀거리며, 미스터 김이 자기 손에 거스름돈을 떨어뜨리며 손끝이 스쳤을 때처럼 충분한 온기만 있으면 얼마든지 새싹을 피워낼 수 있다는 것을.

권총집을 가만히 들고 있던 미나가 말했다. "장전돼 있어요." 겨울을 한 달여 앞둔 가을이었다. 하지만 미나의 손은 이제 막 초록 새싹을 밀어내 세상에 선보이려는 나뭇가지처럼 바르르 떨렸다. 그들은 함께 그를 끝장낼 수 있었다.

"제가 어떻게 하는지 가르쳐줄게요."

마고
2014~2015년 겨울

　미세스 백의 아파트 문 앞에 도착한 마고는 두근대는 가슴으로 도어렌즈 옆에 섰다. 옆집에서 크리스마스 파티가 열린 듯 밴다 음악 소리와 사람들이 떠들썩하게 웃는 소리가 들렸다. 미나의 얼굴과 목, 등에서 식은땀이 흘러내렸다. 다시 노크했다. 이번엔 드럼을 치듯 더 힘을 주어서. 성당 지하에서 미세스 백은 박 사장에게 말했다. 죽여버릴 거야. 마고 일행은 주차 자리를 찾느라 거의 십오 분을 소모했다. 설교와 노래, 연기와 향, 화려한 전구 불빛으로 장식한 집들. 그날 저녁은 마치 마고를 어둠 속에 가둬둔 채 출입문이 닫히고 있는 듯 긴박감이 느껴졌다.

　"누구세요?" 미세스 백이 아파트 저 안에서 소리쳤다. 그 목소리가 점점 가깝게 들리더니 다시 "누구세요?" 하고 물었다.

　마고는 안도의 한숨을 내쉬었다. 그가 집에 있었다. 박 사장이 그를 따라오지 않았던 것이다.

374

"UPS입니다." 미겔의 대답에 마고는 깜짝 놀랐다. "서명이 필요해요."

"문 앞에 두고 가세요."

"이건 서명을 해주셔야 해요."

"그쪽이 왜 안 보이죠?"

자물쇠가 풀리고 문이 열렸다.

마고는 다짜고짜 아파트로 밀고 들어갔고, 미세스 백이 비명을 지르며 뒷걸음질하다 탁자 쪽으로 넘어지며 비둘기색 로브 안에 입고 있던 긴 베이지색 슬립이 드러났다. 마고는 얼른 뛰어가 그를 붙잡았다. 미세스 백은 미나를 확 밀어내곤 두꺼운 플리스 로브를 다시 여미고 벨트를 조여 매며 앓는 소리를 내뱉었다.

"아파." 미세스 백은 한 손을 움켜쥐고 다른 손으로 비볐다. 립스틱은 지워졌지만 입술은 여전히 붉었고, 초승달 모양으로 그린 짙은 눈썹은 아직 그대로였다.

"죄송해요." 마고가 숨을 고르며 말했다. 미겔이 현관문을 닫았다.

"지금은, 지금은 정말 곤란해." 미세스 백이 두 손을 모아 힘주어 깍지를 끼며 말했다.

거실 바닥엔 올리브색 여행 가방 두 개가 펼쳐져 있고, 그 안에는 신발과 옷과 책이 가득했다. 집 안에선 여전히 종이와 잉크, 먼지 냄새가 났지만 신문지와 소설책 더미는 사라지고 없었다. 시디 붐박스, 평면 텔레비전, 빈 유리 화병 같은 자잘한 물건과 가구만 남아 있었다.

"어디 가세요?" 마고가 물었다.

"네가 상관할 바 아니야."

현관에 서 있던 미겔은 이제 어떻게 해야 할지 몰라 어깨만 으쓱했다.

"떠나시는 거라면 일단 몇 가지만 여쭤봐도 돼요?"

"지금 좀 바빠."

"그럼 나중에 연락해도 돼요?"

"네 엄마는 돌아가셨어." 미세스 백이 고개를 절레절레 흔들자 얼굴이 윤기가 돌며 붉게 닳아 올랐다. 목에선 힘줄이 팔딱팔딱 뛰었다. "이런 게 너한테 왜 중요해!"

"대여금고를 하나 발견했어요." 미친 듯이 절구질해대던 가슴이 이제 아려왔다. "그 안에 사진이 몇 장 들어 있었어요. 또 다른 가족사진이요." 마고는 눈물이 차올라 아파트가 흐릿해 보였다. "엄마가 한국에서 다른 남편과 아이랑 찍은 사진이요." 다른 가족이라니. 스스로 그 말을 내뱉으면서도 도무지 믿을 수가 없었다. 엄마는 어떻게 이런 사실을 내게 숨길 수 있었을까? 왜 이 가족이나, 책상 속 아버지의 부고 기사에 대해 내게 말하지 않았을까? 과거가 그렇게나 상처를 줄 수 있는 것일까?

미세스 백은 손에서 느껴지는 통증에 움찔했다. "잠깐만." 그는 부엌에서 냉동고를 힘껏 열었다. 그리고 손을 찜질할 냉동 완두콩과 당근 봉지를 꺼내 와 진초록 소파에 풀썩 주저앉았다. 마고는 반대쪽 팔걸이에 살짝 걸터앉았다. 미겔은 현관문 앞에서 기다리며 이웃집 벽으로 들리는 크리스마스 음악 소리에 몸을 살짝 흔들고 있었다.

"엄마한테 다른 가족이 있었어요. 저를 낳기 전에요. 혹시 그 가족에 대해 뭐든 아는 거 있으세요? 사진이 있어요." 마고는 소매로 눈물을 훔쳤다. "남편이랑 어린 여자아이가 있는. 1970년대나 1980년대 초쯤에 찍은 것 같아요. 엄마가 미국으로 오기 전에요."

"말이 되네." 미세스 백이 한숨을 쉬며 눈을 감았다. "네 엄만 과거 이야기를 절대 안 하려고 했어. 나는 항상 그게…… 고아로 자란 것과 전쟁의 기억 때문이라고 생각했지." 미세스 백이 다시 눈을 뜨고 마고를 바라봤다. "근데 언젠가 남편이 사고로 죽었다는 이야길 했어."

"네에?"

"그게 내가 아는 전부야. 나도 더는 안 물어봤어. 네 엄마도 그때 딱 한 번 그 이야기를 하곤 더는 안 했고."

"그 아이가 아직 살아 있을 수도 있을까요? 그 딸 말예요."

"그건, 그건 나도 모르지." 미세스 백은 미간을 문질렀다. "혹시 그 안에 무슨 서류 같은 것도 있었어?"

마고가 고개를 끄덕였다.

"이 이야기만 끝나면 날 내버려두겠다고 약속하렴. 내가 아는 건, 네 엄마가 무슨 서류를 찾았다는 사실이야. 네 아버지 도움으로. 그 사람이 사설탐정을 고용해 전쟁 때 헤어진 네 엄마 부모님에 관한 정보를 찾아냈어."

"네? 엄마 부모님요?" 마고가 숨을 몰아쉬며 물었다. 엄마는 그분들 이야기는 한 번도 한 적이 없었다. 완전히 잊고 사는 것 같았다. 하지만 사실은 그렇지 않았던 것이다. 결국 그분들을 찾아낸 것이다.

"어머니가 여태 살아계셨던 것 같아." 미세스 백이 말했다. "네 엄마 손에 들어온 서류에 따르면. 그게 내가 아는 전부야. 그게 그 대여금고 안에 있었구나?"

마고는 고개를 끄덕이며 자신이 읽지 못하는 마닐라 봉투 속 한국어 서류들과 손글씨 쪽지들을 떠올렸다.

"그러니까 가족이 또 있었구나." 미세스 백이 혼잣말을 했다. "한국에 남편과 아이가 있었다고. 이제 이해됐어." 그는 냉동 완두콩과 당근 봉지를 탁자에 던지고 아직 통증이 가시지 않은 듯 손가락을 주물렀다.

마고는 소파에서 일어나 그의 손 통증을 덜어줄 만한 것을 찾았다. 형광등이 켜져 있고 표백제 냄새가 희미하게 나는 좁은 부엌으로 들어가 싱크대 위에 놓인 비닐봉지에 냉동실 얼음을 채워 넣었다. 냉동실에는 약간의 만두와 뻣뻣한 굴비 외엔 텅 비어 있었다. 부엌 옆 원형 식탁을 지나 걸어 나오려는데 그 위에 빨간색 손가방 하나가 뒤집힌 채 여권이며 립스틱, 펜, 지갑 따위가 쏟아져나와 있는 게 보였다. 마고는 여권을 집어 들었다. 자신도 엄마도 한 번도 가져보지 못한 물건이었다. 여권 사진 속 미세스 백은 살짝 미소를 짓고 있었다. 이름은 마거릿 존슨이었다.

"마거릿 존슨이 누구예요?" 마고가 물었다.

"네가 알 바 아냐." 미세스 백이 마고를 향해 달려들며 말했다. "거기 있는 것들 만지지 마." 현관에 서 있던 미겔이 와서 미세스 백의 팔을 붙잡았다. "그 가방에서 물러서." 미세스 백의 눈이 이글거렸다.

"마거릿 존슨." 마고는 낮은 목소리로 되뇌었다. "근데…… 성이 백 아니셨어요? 그리고 이름이 마거릿이에요?"

그는 마고의 손에 들린 여권을 획 낚아챘다. "내 법적 이름이야. 마거릿이란 이름을 한 번도 좋아한 적이 없었는데 남편은 좋은 이름이라고 생각했지……. 마거릿 대처를 연상시킨다고."

"남편요?"

"그래. 그래도…… 마고라는 이름은 늘 좋았어." 그의 눈이 부드러워졌다. "네 이름을 지을 때 내가 도왔단다. 넌 기억 못 하겠지만."

마고는 고개를 가로저었다. 남자가 지어준 이름을 가진 여자가 지어준 이름을 가졌다니. 얼마나 아이러니인지. 한 사람이 몇 가지 이름을 가질 수 있을까? 그는 왜 지금 자신을 미세스 백이라 부르는 걸까? 결혼 전 성이었을까? 아니면 그냥 지어낸 것일까? 박 사장 외에 눈을 피해 숨어야 할 사람이 또 있었던 걸까?

"기억해? 네 엄마가 처음 미국에 왔을 때 우리가 같은 집에 살았다는 거. 그때 나는…… 나는 텍사스에서 살다가 남편이랑 헤어지고 막 그곳을 떠나온 상태였어."

남부 억양. 완전히 다른 삶. 거의 다른 나라라 할 수 있는 곳으로 이주.

마고는 식탁에 팔꿈치를 대고 앉아 이마를 손바닥에 파묻었다. "무슨 일이 있었던 거예요? 그냥 남편이랑 잘 안 맞아서요?"

"아니." 그가 고개를 저었다. "그는 최악의 인간이었어."

"그럼 박 사장은요? 그 사람이랑 싸우는 걸 우리가 엿들었어요. 성당에서요." 미겔이 말했다.

미세스 백이 깜짝 놀라 헉하는 소리를 냈다.

"그 사람이 아주머니를 쫓아다니며 괴롭혔어요?" 마고가 물었다. "왜, 왜 그 아래에서 그 사람을 만나준 거예요?"

미세스 백이 갑자기 눈물을 터뜨리며 얼굴을 감싸 쥐었다. "네가 거기 있었어?"

"네. 전부 다 들었어요." 마고가 거짓말을 했다.

"처음이자 마지막으로 날 내버려두라고 따끔하게 이야기하고 싶었어." 그는 몸을 추슬러 로브 소매로 눈물을 훔쳤다. "성당에서 위험에 처할 거라고는, 전혀 생각을 못 했어……. 그 사람이 내 전화번호를 갖고 있을 줄은 더 생각도 못 했고. 번호를 바꿨거든. 그런데 예배 시간에 그 사람이 자기가 여기 와 있다고, 나랑 이야기하고 싶다고 메시지를 보낸 거야."

"가게 문을 닫은 것도 그 때문인가요? 지금 이렇게 떠나는 것도?" 마고가 물었다.

미세스 백이 고개를 끄덕였다.

"저희 엄마가 박 사장과 함께 있었나요? 돌아가시던 날 밤에? 엄마를 밀친 게 박 사장일 수도 있을까요? 그 사람은—"

"아니, 아니." 미세스 백이 기침을 했다.

마고는 단호해졌다. "우리 아파트 주인이 엄마 아파트에서 아주머니와 아주머니 뒤를 따라가는 박 사장을 봤다고 했어요. 정확한 날짜는 기억 안 나지만 9월인가 10월쯤이었다고 했어요.”

“뭐?” 그는 눈을 부릅떴다.

“그러니까 박 사장은 엄마가 사는 곳을 알았던 거예요.” 마고가 언성을 높이며 말했다. “엄마가 박 사장과 함께 있었나요? 엄마가 돌아가시던 날 밤에 박 사장과 함께 있었을 수도 있다고 생각하세요?”

“아니, 아니.” 그의 두 뺨 위로 눈물이 흘러내렸다.

“전 그날 밤 엄마가 혼자 계셨던 게 아니라고 생각해요. 집주인이 고함 소리를 들었다고 했어요. 누구랑 싸우는 소리 같았다고.” 마고의 심장이 방망이질해댔다. “그 사람이 엄마를 밀쳤을까요?”

미세스 백의 얼굴이 고통에 일그러졌다.

“아마 아주머니를 찾으려고 한 거겠죠. 그 사람이 엄마를 밀쳤을 수도 있죠, 안 그래요?”

미세스 백은 식탁 위로 여권을 툭 던졌다. 그리고 빨간 핸드백에 손을 집어넣어 검은색 권총을 꺼냈다.

마고는 펄쩍 뛰었다. 마고가 마지막으로 총을 이렇게 가까이에서 본 것은, 모녀가 아파트 앞에 주차하다가 강도를 당했을 때뿐이었다. 엄마는 얼굴을 가린 낯선 남자에게 핸드백을 내주었다. 까딱 잘못하면 총알이 날아와 산산조각 난 유리가 피범벅이 될 수도 있었다. 당시 열 살이었던 마고는 완전히 얼어붙어 뒷자리에 가만히 앉아 있었다. 헤드라이트 불빛에 붙들린 사슴처럼 미동도 하지 않고서. 마고는 남자가 떠나고 나서 엄마가 부들부들 떨면서 울었던 일을 기억했다. 양팔을 핸들 위로 포개 올리고 엉망으로 흐트러진 머리를 거기에 파묻고서. 마고는 너무 겁에 질린 나머지 경찰에 도움을 요청하지도 못하는 엄마를 미처 위로하지 못했다. 엄마는 경찰을 절대 믿지 않았다. 언제 무슨 구실로 추방당할지 몰랐고, 만약 그렇게 된다면 마고가 어떻게 될지도 알 수 없었다. 엄마는 이 나라에서 너무 조금 받고 너무 열심히 일한 사람이었지만, 그것조차 언제든지 파괴될 수 있었다. 거리의 범죄자에 의해서든 아니면 제복 입은 남자들에 의해서든.

"이거 어디서 본 것 같지 않아?" 미세스 백이 뒤에 있는 미겔을 살피며 물었다. 총을 든 그의 손이 떨렸다. "알아보겠어?"

마고는 고개를 저었다.

"이거 네 엄마 거였어." 그의 목소리가 갈라졌다.

당연한 거였다. 스스로가 아니면 누가 이들을 보호해준단 말인가?

"네 엄마는 내가 이걸 가지고 있길 바랐어. 만에 하나, 만에 하나 박 사장이—" 미세스 백은 얼굴이 빨개지며 눈물을 터뜨렸다.

"뭐라고요?" 마고는 겁에 질린 채 문 앞에 얼어붙은 미겔을 슬쩍 봤다.

"네 엄마가 이걸 나한테 주려고 했어. 나를 지키라고." 미세스 백이 총을 식탁 위에 조심스럽게 내려놓으며 말했다. 실내가 한결 편안해졌다. 마고는 이제 숨을 제대로 쉴 수 있었다. "네가 태어나기 전에 다들 같은 슈퍼마켓에서 일했어. 박 사장은 그곳 주인이었고."

"아버지가 일한 곳요?"

"응."

"그러니까 엄마는 그때부터 박 사장을 알았던 거군요." 마고는 옆으로 누운 채지만 자기 쪽을 향해 있는 총구를 응시했다.

"예전에…… 그 사람 사무실에서 여자 비명 소리가 들린 적이 있었어. 네 엄마 말에 따르면, 박 사장이 루페라는 여자를 공격하려는 걸 네 아버지가 막았대. 말하자면 네 아버지가 박 사장을 폭행한 거야."

마고는 두 손으로 입을 막았다.

"그 후 네 아버지는 엘에이를 떠났어. 곤경에 처하지 않으려고." 미세스 백은 마고와 눈을 마주쳤다. "체류 허가 서류가 없었거든. 아마 박 사장이 곧장 고발했는지도 모르지."

마고가 이 새로운 사실을 소화하려 사력을 다하는 동안 잠깐 침묵이 흘렀다. 마침내 마고가 물었다. "아주머니를 쫓아다니는 그 사람이 바로 그 박 사장이란 걸 진작부터 알고 계셨어요?"

미세스 백이 고개를 저으며 식탁에 앉았다. 식탁 위에는 총이 두 사람을 갈라놓는 경계선처럼 놓여 있었다. 마고도 그를 따라 식탁 의자에 앉았다. 자기 쪽을 향해 있는 총구를 벽 쪽으로 돌려놓고 싶은 충동을 느꼈다. 하지만 그와 동시에, 장전돼 있을지도 모르는 무기를 만진다면, 혹은 거기로 손을 뻗는다면 미세스 백이 어떻게 반응할지 모른다는 생각에 불안한 마음도 들었다. 총은 조용하고 불안한 상태 그대로 그 자리에 놓여 있었다.

마고의 얼굴에 땀이 송골송골 맺혔다.

미겔이 3미터가량 떨어진 소파로 가 몸을 기댔다.

"박 사장이 아주머니한테 그런다는 걸 엄마가 언제 알게 됐어요?" 마고가 물었다.

"네 아버지가 돌아가시고 나서야 두 사람이 만난 이야기를 해주더라고. 어떻게 이번 여름에 다시 만나게 됐는지, 네 아버지가 사라지기 전에 그 양반과 네 엄마, 루페에게 무슨 일이 있었던 건지도 전부 다. 전엔 한 번도 그런 얘길 안 했어. 왜 그랬는지는 모르지만. 아마 부끄러워서 그랬나?" 그는 손가락으로 이마를 문질렀다. "내가 한옥 하우스를 그만둔 이유를 사실대로 말해줬어. 박 사장이 나와 더 가까이에 있으려고 그 식당을 인수했다고."

"그 사람이랑 데이트한 적 있어요?" 마고가 물었다.

"올 초에 몇 번. 그러곤 그 사람 전화를 안 받았어. 그랬더니 식당을 사고, 시내며 내가 산책하는 공원이며 오만 데서 불쑥불쑥 나타나기 시작하는 거야. 그래서 한옥 하우스 일을 그만뒀지." 그는 지친 듯 앓는 소리를 냈다. "지난 아홉 달 동안 내 뒤만 살피면서 보냈어."

"왜 엄마한테 진작 말 안 하셨어요? 어떻게든 도와드렸을 수도 있잖아요. 아무한테도 말 안 하셨어요?"

미세스 백은 고개를 저었다. "이십 년 넘게 서로 못 만나고 지냈어. 네 엄마가 뭘 할 수 있었겠어? 그냥 내 걱정만 했겠지. 나는 네 엄마가 행복하길 바랐어. 우리가…… 완전히 새로 시작할 수 있길 바랐어." 그는 양손에 머리를 파묻고 팔꿈치를 식탁에 올려놓았다. "근데 네 아버지가 돌아가시고 나서 사실을 말해주더구

나. 네 엄마와 나는 그제야 그 사람이 바로 그 사람이었다는 걸 깨닫게 됐어. 박 사장이 오래전 루페를 강간하려 했던 바로 그 사람이라는 걸 말야. 그놈이 얼마나 많은 사람을 해쳤는지 누가 알겠니?" 그의 목소리가 끊어졌다. 그가 고개를 들었다. 살아오는 내내 얼마나 짓밟혔는지, 그러면서도 아름다움과 온전함, 이야기들이 주는 의미를 찾으려 얼마나 애를 썼는지가 훤히 보였다. 상황에 부서지고 또 부서질 때마다 입술에 정성껏 빨간 립스틱을 바르고, 초승달 모양으로 짙게 눈썹을 그리고, 눈꺼풀에 반짝이는 갈색 아이섀도를 칠하며 부서진 자신을 다시 이어붙이면서 말이다.

마고는 눈을 감았다. 이 여자들은 이 세상에서 훨씬 더 많은 것을 누려 마땅했다.

"네 엄마가 총을 가지라고 했어." 미세스 백이 회색 로브 소매로 코를 훔쳤다. "근데…… 저걸 볼 때마다, 토할 것 같아." 그의 목소리에서 쉰 소리가 났다.

마고는 심장이 뛰었다. 만일 내가 저 총을 집을 수 있다면 그걸로 어떻게 할까? 총은 평생 한 번도 만져본 적이 없었다.

"자기는 이제 필요 없다면서. 나를 지키려면 그게 필요하다면서. 나는 계속 설명하려고 했어……. 근데 도저히 그럴 수가 없었어……." 그는 다시 얼굴을 감싸 쥐고 울었다.

"뭘 설명할 수 없었어요?"

"내…… 내 남편이……." 미세스 백이 손을 내렸다. 그리고 마고의 눈을 뚫어지게 바라봤다. "그 사람은 가끔가다 미친 듯이

화를 냈어. 세상에 대해서. 그럴 때면 내 얼굴을 때렸어." 그는 스스로를 보호하듯 목을 감싸 쥐었다.

"세상에, 정말 유감이에요." 마고가 말했다.

"어느 날 그 사람이 딱 저렇게 생긴 총을 나한테 겨눴어." 그는 식탁 위에 놓인 총을 바라봤다. "완전히 똑같이 생긴 총이었어. 나는 지갑 하나만 집어 들고 그 자리에서 도망쳤지. 그리고 다시는 돌아가지 않았어. 영영 떠난 거야. 그 사람 날 죽이려고 했어."

마고는 엄마가 라스베이거스에 갔을 때처럼 미세스 백이 자기 차 안에서 눈을 지그시 감고 기나긴 운전에 대비해 마음을 다잡는 모습을 상상했다. 겹겹이 쌓인 먼지로 뿌연 거울과 유리창도. 마고는 텍사스에 가본 적이 없었지만 미세스 백이 목숨을 걸고 도망치는 동안 보았을 그 환하고 넓은 풍경은 그려볼 수 있었다. 유카 천지에, 숨이 턱 막히게 멋진 산과 황토 벌판과 세이지가 펼쳐진 풍경을.

갑자기 공간 전체가 일시에 숨을 참기라도 하듯 정적이 흘렀다. 마치 해일이 밀려오기 전의 고요함 같았다.

"그렇게 싫었는데 어떻게 결국 그걸 갖고 있게 됐어요?" 마고는 미세스 백의 손을 잡으려 했지만, 그가 손을 뿌리쳤다.

"절대 안 받으려고 했는데……. 네 엄마가 거의 애원하다시피 했어." 미세스 백은 눈을 감더니 얼굴이 일그러졌다. "결국 내가 마음을 바꿨지. 어쩌나…… 어쩌나 고집을 부리던지."

"아주머니가 엄마를 밀었어요?" 마고가 물었다.

"나는 그렇게까지 되리라곤……. 그 모든 일이 너무나 순식간에 일어났어." 그의 목소리가 끊어졌다.

"아주머니가 엄마를 밀었어요?" 마고가 재차 물었다.

미세스 백이 고개를 끄덕였다.

마고는 눈물을 터뜨렸다. 마침내 진실을 알게 된 것이다. 그것
은 사고가 맞았다.

"그렇게 숨을 거두게 내버려두고 가신 거예요?" 미겔이 눈물
을 닦으며 물었다.

"그때 뭘 어떻게 해야 할지 몰랐어. 절대로 그렇게 되길……
어떻게 할 도리가……." 그는 두 손으로 얼굴을 감싸고 힘없이
흐느꼈다. "그 아일 구할 방법이 없었어. 이미 죽은 뒤였으니까."

"그래서 그 총을 가져가신 거군요?" 마고가 눈물을 흘리며 물
었다.

"혹시라도 수상쩍어 보일까 봐 거기 그냥 두고 올 수가 없었
어." 미세스 백이 울면서 딸꾹질을 했다.

마고의 귀에서 윙 소리가 나더니 곧 지친 듯 고요한 침묵이 이
어졌다. 엄마의 죽음도 미세스 백의 인생도 가슴이 미어졌지만,
그와 동시에 결국 박 사장이 엄마를 해친 게 아니라는 사실, 엄마
의 죽음에 악의가 연루된 게 아니라는 사실에 안심도 되었다. 어
떤 면에서 엄마는 이제 자유였다. 그리고 자신이 사랑하는 친구
를 도우려다 돌아가신 거였다.

"이제 어떻게 하실 거예요?" 마고가 물었다.

"모르겠어. 일단 엘에이를 떠날 거야. 마고야, 그 일에 대해선
정말 미안해." 완벽한 패잔병이 된 그는 바닥만 빤히 쳐다봤다.

"이건 상상도 못 했어. 네 엄마가 네가 집에 올지도 모른다는 이야기를 안 해서." 그는 훌쩍이며 소매로 코를 훔쳤다. "박 사장이 날 그냥 내버려두기만 했어도." 그는 이를 갈았다. "전부 다 그놈 탓이야."

"경찰을 불러야 하지 않을까요?" 마고가 물었다. "아주머니가 떠나면요. 그 작자가 아무 제재도 안 받고 오만 사람들한테 그 짓을 하고 돌아다니게 내버려둘 수는 없잖아요. 설마 그동안 아주머니와 루페만 당했겠어요? 안 그래요?"

미세스 백이 고개를 내저었다.

"저도 경찰에 말해야 한다고 생각해요." 미겔이 동의했다. "마고 엄마 죽음에 대해선 아무 말할 필요 없고 그저 그 작자의 스토킹 사실만, 그 작자 행동에 대해서만 신고하면 돼요. 우리가,"

"너희들은 이해 못 해." 미세스 백이 말했다. "그게 그런 식으로 되지 않아."

"아주머니가 떠나실 필요 없어요." 마고가 말했다. "그대로 계시는 게 더 나아요. 우리가 같이 해결할 수 있어요. 분명히 다른 여자들도 있을 거예요. 아마 한옥 하우스나 아니면 당시 슈퍼마켓에서 일했던 사람 중에,"

미세스 백이 두 손으로 총을 움켜쥐며 자리에서 벌떡 일어났고 그 바람에 식탁 의자가 뒤로 넘어졌다. 이어서 총구를 마고에게 겨누더니 구석으로 뒷걸음질 치면서 총 무게에 팔을 부들부들 떨었다. 마고를 가장 겁에 질리게 한 것은 그 떨리는 팔이었다. 미세스 백은 총을 쏘지 않기 위해 사력을 다하는 듯했다.

마고는 마치 물속에 있는 것처럼 숨을 참았다. 모두가 물에 잠겨 물결에 흔들리며 서로를 붙잡으려 애쓰는 모습을 상상했다. 하지만 이번엔 엄마를 걱정한 게 아니었다. 자신을 걱정했다. 미겔을 걱정했다. 자신들을 구하기 위해서라면 무엇이든 할 것이었다.

"내가 알아서 할게, 알았지?" 미세스 백이 숨을 헐떡이며 말했다. "두 사람 지금 여기서, 여기서 나가."

그것은 희미한 미소였을까? 마치 해결책을 찾은 양, 이 총과 미나의 죽음이 처음부터 대칭적으로 구성된 자기 이야기의 일부였던 양 그의 눈이 희미하게 빛났다. 그 목적은 분명했다. 미세스 백은 총을 내리고 말했다. "난 준비됐어."

*

크리스마스 다음 날 마고는 환하지만 뿌연 12월 말의 햇살을 받으며 아파트 건물 밖으로 나섰다. 바깥은 큰 명절 직후 특유의 적막감에 착 가라앉은 분위기였다. 마치 새해 전야가 될 때까지 세상 공기가 다 빠져나간 것만 같았다. 불꽃놀이가 남긴 유황 냄새와 배기가스 냄새가 뒤섞여 오후의 불쾌감을 증폭시키는 것이 마치 온 도시가 숙취에 시달리는 것 같았다.

마고는 어제 거의 온종일 엄마 아파트에서 미겔과 향후 어떻게 할지를 논의하며 보냈다. 미세스 백에겐 총이 있었다. 그가 엄마를 죽였다. 하지만 경찰을 부를 수는 없었다. 그렇지 않은가?

그건 사고였으니까. 게다가 그는 마음만 먹으면 그들을 해칠 수 있었지만 그러지 않았다. 마고와 미겔은 현관문을 빠져나와 계단을 뛰어 내려가서 길에 주차해둔 차에 올라탔다.

미세스 백은 분명 고통을 겪을 만큼 겪은 사람이었다. 이제 그에겐 자유가 필요했다. 더 이상의 고통은 안 될 말이었다. 학대하는 남편, 스토커, 죽은 가장 친한 친구만으로도 그동안 충분히 고통스러웠을 테니. 죄와 벌. 이제 어떻게든 스스로를 지키고, 때로는 자신을 씹었다 뱉어내는 이 도시와 박 사장에게서 벗어나야 할 것이었다.

마고는 미세스 백의 연락처를 알아내지 못한 것이 후회스러웠다. 그에게 연락해 안전한지 확인하고 싶어서였다. 하지만 이제 어쩔 도리가 없었다. 게다가 엄마가 돌아가신 날 밤에 일어난 일을 이제야 알게 되어 안도했지만, 그 대여금고 속 엄마의 삶에 대해서는 아직 아무 해답도 찾아내지 못한 상태였다. 그 다른 가족들은 누구였을까? 남편과, 빨간 셔츠에 레깅스를 입고 양 갈래머리를 한 그 소녀는? 어딘가에 내 이부 자매가 살고 있단 말인가? 미세스 백이 말해준, 전쟁 때 살아남았다는 엄마의 엄마, 내 할머니는 지금 어디 계실까? 아직 살아 계실까? 엄마는 그분과 연락했을까? 할머니는 나에 대해 알고 싶어 하실까? 전쟁 때 잃어버린 딸 미나가 죽었다는 말에 망연자실해 하실까?

이제 이런 질문의 무게에 사로잡힌 마고는 마침내 어른이 된 기분이었다.

진실을 공유할지, 공유한다면 언제, 어떻게 할지를 선택하는 일이야말로 자기 자신으로 성장하며 세상의 일원이 되는 데 있어 가장 근원적인 동시에 가장 고통스러운 일일지도 몰랐다.

우리는 가끔 타인들이 참아낼 수 있는 정도를 예측하는 데 실패한다. 우리는 모두 '해야 할까 말아야 할까'라는 물음표의 곡선 속에 살았다. 엄마는 결국 마고와 마고의 아버지를 보호하기 위해 서로에게 서로의 존재를 비밀로 하기로 했다. 마고는 엄마와 아버지, 그리고 미세스 백 모두를 용서해야 할 것이었다. 그래야 언젠가 자기 자신까지도 용서할 수 있을 터이니.

마고는 몇 분 동안 얼굴에 해를 쬐고 나서 허리에 두르고 있던 회색 후드티를 풀었다. 종착역이 어디일지, 당장 어디로, 어느 방향으로 가야 할지도 몰랐지만 이제 그의 발걸음엔 어떤 목적이 실려 있었다. 타오르는 불꽃처럼 그에게도 공기가 필요했다. 까닭 없이 달리고 싶은 충동마저 들었다.

놀이터가 있는 작은 공원을 지났다. 아이들이 그네를 타고 저 하늘 위까지 날아오르거나 미끄럼틀을 타고 서로 쫓아 내려가며 깔깔 웃고 뛰어다니면서 기쁨의 소동을 피우고 있었다. 주유소와 한국 식품점 앞을 지나 걸어가니 작은 쇼핑몰이 나왔고 창문에 1980년대 머리 모양을 한 여자들의 대형 포스터를 주르륵 붙여놓은 미용실이 하나 있었다.

엄마는 부엌 옆 식탁 공간의 희미한 불빛 아래서 마고의 머리카락을 잘라주었다. 바닥에 보자기를 여러 장 깔고 마고 어깨에 수건을 두른 다음 빗과 가위를 손에 쥐고 마고의 머리카락을 요리조리 정성껏 잘랐다.

"머릿결이 어쩜 이렇게 윤기가 흘러넘치니. 정말 부드럽다."

마고는 엄마의 칭찬을 어떻게 받아들일지 몰랐다. 노상 여드름과 구겨진 옷, 쌍꺼풀 없는 눈두덩, 이중 턱이 될 징조 등에 대해 가시 돋친 말을 듣는 것에 익숙해진 탓이었다. 엄마는 마치 이 집, 이 가족에겐 약간의 자부심도 지나치다고 믿는 사람 같았다. 엄마의 기본 책무는 자나 깨나 마고를 검열하는 것이었다.

하지만 엄마는 간간이 주의를 자신에게로 돌려 끔찍한 기억을 불쑥 꺼내놓았다. 그러면 마고는 차가운 정맥주사라도 맞은 양 엄마의 시선에서 벗어난 안도감을 느꼈다.

"수녀님들이 내 머리카락을 자를 땐 정말 성의 없이 대충대충 잘랐어. 한 번도 예쁘게 잘라준 적이 없었어."

"보육원에 나를 때리던 여자애가 하나 있었는데, 한번은 걔가 내 얼굴을 완전히 망가뜨리고 불을 질러버리겠다고 했었지."

이처럼 강렬하고 급작스런, 기이한 나락을 보여주는 자기 고백에 마고는 어떻게 대응해야 할지 몰랐다. 그 말들은 꼭 엄마의 정신과 생존의 끝자락에서 나오는 말 같았다. 거기서 한마디만 더 대화를 이어가면 엄마를 벼랑 아래로 밀어버려 물속으로 곤두박질치게 하는 꼴이 될 것만 같았다. 그래서 마고는 엄마가 자신의 머리카락을 자르는 동안 말없이 기다렸다. 엄마가 어깨 위 수건을 치우고, 어깨를 털고, 얼굴에 묻은 머리카락을 떼어내며 이 일이 끝났음을 알릴 때까지. 그러면 마고는 잠깐 자유로워졌다.

머리 염색약과 파마약 냄새가 은은하게 나는 미용실에 들어가니 밤색 머리에 프렌치 스트라이프 셔츠를 입고 요즘 유행하는 투박한 흰색 스니커즈를 신은 날씬한 여자가 마고를 득달같이 반겼다. 마고는 대기 공간에 앉아 이삼 센티미터 두께의 미용 및 생활 잡지들 사이에서 한국어로 된 지역신문 한 부를 발견했다. 1면에 떡하니 박 사장이 그 인공적인 이를 드러내고 사람 좋은 미소를 짓고 있었다. 마고는 신문을 집어 들고 기사 내용을 해독하려 안간힘을 쓰면서, 그가 흙길에 주차해놓은 은색 벤츠 세단 옆에 서 있는 사진을 보았다.

"손님, 이쪽으로 오세요." 미용사가 친절하면서도 무슨 외계인이라도 보듯 호기심 어린 시선으로 마고를 보며 말했다. 마고는 외모에 별로 신경 쓰지 않았고 누가 봐도 그런 티가 났다.

마고는 신문을 내밀며 물었다. "혹시 이거 보셨어요? 이 사람 어떻게 됐는지 아세요?"

미용사가 1면을 슬쩍 보더니 말했다. "아, 그 사람 어제 오후에 죽은 채로 발견됐어요."

마고는 헉하고 숨을 멈추었다. "크리스마스에요?"

마고는 총의 무게에 미세스 백의 팔이 덜덜 떨리던 모습과 순간 자신이 숨을 멈췄던 기억이 떠올랐다. 자신의 친구가 죽고, 무소불위의 힘으로 여자들을 공포에 떨게 한 이력이 있는 스토커에게 괴롭힘을 당하는 이 엉망진창의 상황에 무슨 해결책이라도 찾은 양 그가 눈을 반짝이며 희미하게 미소 짓던 모습도. 그리고 그는 난 준비됐어, 라고 했다.

"그 사람 은퇴했다가 다시 코리아타운에서 식당을 운영했어요. 부자였어요." 그는 마고에게 일어서라는 시늉을 했다.

"근데 무슨 일이 벌어진 거예요?" 마고는 검정 가죽 의자에 앉아 천장 높이의 널찍하고 명징한 거울 속 자신을 바라봤다.

미용사는 마고의 몸에 회색 망토를 두르고 마고의 긴 머리카락을 풀어 헤친 다음, 큰 빗을 집어 들어 헝클어지고 매듭진 부분을 조심조심 풀어나갔다.

"그리피스 공원에서 조깅하던 사람이 길에서 옷가지와 지갑, 열쇠, 핸드폰을 발견하고 경찰에 신고했대요."

마고는 빗이 움직이는 대로 머리를 따라 기울였다. 심장이 쿵쿵 뛰었다.

"경찰이 그 사람 시신을 발견했고요. 거기서 이 킬로미터도 안 떨어진 덤불 속에서요." 미용사는 남자의 재앙이 재미있다는 듯 눈썹을 치켜뜨고 슬며시 미소 지었다. 마고는 단번에 이 여자가 좋아졌다.

"덤불이요?" 마고가 물었다. 그러면서 떡갈나무와 세이지로 울창한 언덕 위 회색 숲을, 햇볕에 그을린 풀 향기와 바싹 마른 땔감을 상상했다.

미용사가 목소리를 낮추며 말했다. "알몸으로요."

"네에?" 마고는 움찔했다.

"홀딱 벗고 있었대요." 그가 마고를 머리 감는 세면대로 안내했다. "누가 다리에 총을 쐈대요."

"다리에요?" 마고는 고개를 뒤로 젖혔다. "근데 어떻게—"

"짐승들한테 잡아먹혔대요." 미용사는 마고의 목 아래 받쳐둔 수건을 다시 평평하게 폈다. "저희 고객 중 한 분 말이, 얼굴이며 팔이며 송두리째 뜯겨 나갔대요." 미용사는 더운물을 쏴 하고 틀었다. 마고는 그도 자신도 웃지 않으려 안간힘을 쓰고 있음을 느꼈다. 그랬다. 어떤 죽음은 우스꽝스러웠다. 어쩌면 한국인만의 정서일 수도 있겠지만, 최근 몇 주 동안 극심한 고통과 스트레스를 겪은 마고는 그 모든 일의 부조리함에 몹시 재미를 느끼지 않을 수 없었다. 거의 한 편의 공연예술을 보는 것만 같았다.

브라보, 미세스 백.

턱선으로 날카롭게 떨어지는 단발을 한 마고는 미용실을 나서자마자 그 자리에서 미겔에게 전화를 걸었다. 해가 서쪽으로 기울면서 폭발하듯 내리쬐었고, 자동차들은 쌩 지나가며 자신의 피부에 달라붙을 먼지와 낙엽 조각들을 차올렸다. 마고는 해를 가리려 손을 이마에 올리고 자동차에서 뿜어져 나오는 배기가스를 들이마셨다. 도로 건너편의 축 늘어진 야자수는 마지막 황금빛을 쬐고 있었다. 도시가 시시각각 분홍색 보라색으로 변하는 찰나와 같은 단꿈에 빠졌다가, 이내 요란한 가로등 불빛과 자동차 헤드라이트가 수천 미터 상공으로 아드레날린을 내뿜으며 그 낭만을 망쳐버리기 전에.

마고가 미겔에게 자초지종을 설명하자 미겔이 말했다. "크리스마스에 그 작자 시체가 발견됐다고? 세상에. 그분이 그 동물들한테 파티를 열어줬네."

"미세스 백이 맞겠지?" 마고는 엄마 아파트를 향해 서둘러 걸어갔다. "이렇게 될 걸 예상한 건 아니었지만……. 우리가 경찰을 부르지 않아서 정말 다행이야." 마고는 머리 바로 위에서 요망하게 파닥거리는 비둘기 떼를 피해 몸을 휙 수그렸다. "그래도 계속 그분이 걱정돼."

"어떻게 된 일인 것 같아?"

"그분이 어떤 식으로든 그놈을 유인해 거기까지 올라간 거지. 그놈 벌거벗은 채였어. 으으." 마고는 그 모습이 그려져 부르르 몸을 떨었다. "아마 마음이 변해서 자신에게 관심이 생겼다고, 같이 즐기고 싶어 한다고 생각하도록 속이지 않았을까? 다들 그런 걸 하려고 공원에 올라가잖아."

"그럼 자연이 무슨 다른 용도가 있겠어?"

마고가 웃었다. "아마 미세스 백이 그놈한테 덤불 안에 들어가야 한다고 말했겠지."

"그런 다음에 다리를 쏘았고?" 미겔이 물었다. "정말 기가 막힌 이야기구만."

마고는 차가 오기 전에 얼른 길을 건넜다.

"놈 비명 소리를 들은 사람은 아무도 없고?"

"한밤중인 데다 좀 외진 곳이었으니까." 마고가 숨을 고르며 말했다.

"그 뒤에 짐승들한테 먹혔고?"

마고는 보도의 울퉁불퉁한 부분에 걸려 넘어지면서 그런 자신과 삶의 부조리함에 저도 모르게 웃음이 터져 나왔다. 무슨 이유에선지, 백설공주의 친구들처럼 동글동글하고 큰 눈을 가진 디즈니 버전 야생동물들이 박 사장 몸뚱이 주변을 빙글빙글 날아다니고 춤추는 모습이 연상됐다.

"그분이 잡힌 건 아니지?"

"아니. 내가 알기론 안 잡혔어. 구글에 검색해보니까 그놈이 주차하고 차에서 내린 뒤에 어느 지점에선가 옷을 벗었더라고. 온라인 댓글엔 갱단 같은 무리의 소행인지도 모른다는 의견이 있었어. 어쨌든 그분은 괜찮아."

"이제 어떻게 할 거야?"

해는 이미 빌딩들 뒤로 넘어갔고, 주위를 둘러싼 세상이 온통 녹아내리고 있는 것만 같았다. 급변한 초저녁 공기 속에서 마고는 열린 창으로 은은하게 새어 나오는 데운 돼지고기 포솔레 냄새를 들이마셨다. 여전히 아파트로 돌아가기가 두려웠다.

"너무 지쳤어. 새해가 될 때까지 잠만 잘 것 같아."

"다음 주 새해 전날에 놀러 나올래?"

"글쎄, 잘 모르겠어." 마음 한구석에선 정리가 끝나자마자 바로 시애틀로 돌아가고 싶었다. 대여금고 내용물만 가지고 가면 되었다. 자신에겐 메리 김의 전화번호가 있으니 나중에라도 언제든지 연락해 아버지에 대해 더 물어볼 수 있었다. 더는 엘에이에 남아 있을 필요가 없었다. 하지만 다른 마음 한구석에선 이 도시에 남아 자신이 남기고 온 것을 되찾기를 갈망했다. 역사나 자신의 과거, 엄마의 과거만이 아니라 자신이 늘 꿈꿔왔던 자신의 모습을. 그동안 자신의 그런 모습도 버리고 지내온 탓이었다.

"주의를 딴 데로 돌리는 게 도움이 될지도 모르잖아?" 미겔이 물었다. "내가 만난 남자가 친구들이랑 같이 시내에서 한잔하자고 하네. 2차로 살사 클럽에서 춤을 출까 하는데, 너도 올래?"

마고는 하늘이 사파이어 빛으로 빛나는 아파트 건물 밖에 서 있다가 조각달을 보려고 고개를 돌렸다. 창문으로 사람들의 삶이 보였다. 텔레비전의 깜빡이는 불빛, 커튼 뒤에서 걸어 다니는 몸들, 어린 소년이 물고기 모양으로 만든 입을 손가락 자국 가득한 유리창에 갖다 대고 뿌연 김을 만들고 있는 모습을. 마고는 아이의 뺨에 아가미가 있는 모습을 상상했다. 그리고 웃었다.

"아니, 안 갈래. 그냥 너 혼자 재밌게 놀아."

그가 잠깐 말을 멈췄다. "그동안 네가 참 많은 일을 겪었지. 근데 재밌을 거야. 너도 가야 해. 네가 왔으면 좋겠어. 알고 보니 상대가 영 아니면 같이 춤출 사람이 필요하다고."

"너는 모르는 사람이랑도 잘 추잖아."

"나는 너랑 추고 싶어." 그가 말했다. 정말 오랜만에 들어보는 너무도 다정한 말이었다.

마고는 눈을 감았다. 그 순간 그가 자신을 이해하는 것처럼, 서로를 이해하는 것처럼 느껴졌다.

알았다는 말 외엔 더는 할 말이 없었다.

말이란 게 원래 그런 게 아니었을까? 표면상으론 고요하고 반짝였다, 난폭하게 부딪히고 해찰스러웠다 하지만 가만 생각해보면, 정작 하려던 말은 우리는 친구 이상이야, 우리는 가족이야, 라는 말이 아니었을까?

*

새해 전날, 마고는 가까운 한국 슈퍼마켓에 가서 손에 잡히는 대로 간식거리와 술을 담았다. 미겔과 그의 새 친구 대여섯 명이 먹을 음식을 마련해두려는 것이었다. 그들은 북적거리는 술집 대신 빈집이다시피 한 마고 엄마의 아파트에서 마시다가 살사 클럽에 가기로 했다. 마고 모녀는 한 번도 누군가를 집에 초대해본 적이 없었다. 엄마가 일주일에 엿새나 일을 나갔기에 물리적으로나 정신적으로나 여흥을 즐길 만한 여유가 없었다. 하루 쉬는 날에는 늘 장을 보거나, 음식을 만들거나, 각종 공과금을 우편으로 부치거나, 은행에서 줄을 서서 기다리는 등의 자잘한 집안일을 했다. 휴식이나 축하를 위한 시간은 보내본 적이 없었다. 마고는 이제 할 수만 있다면 그걸 바꿔보고 싶었다.

카트를 끌고, 이맘때쯤이면 항상 다양한 종류의 선물용 과일 상자를 잔뜩 진열해놓는 농산물 코너로 갔다. 랩을 씌워놓은 아시아 배 몇 개를 카트에 담고 이어서 매끈하고 단단한 오렌지색 단감을 찾아 이동했다. 엄마가 사람들에게 사과 한 상자라든지 심지어 세탁 세제처럼 기이하고 실용적인 '한국식 선물'을 줄 때면 항상 좀 당황스러웠다. 그런데 실제로 미국 밖에서는 이런 물건들에 자신이 이해하지 못하는 나름의 풍부한 상징적 의미가 있는지도 몰랐다.

사실 물, 빛, 흙, 보살핌과 수확 등 과일 하나하나에 들어간 자원과 노동을 생각하면 사과 한 상자가 무척 특별하고 신성한 물건이 될 수도 있었다. 아마 신화로 가득한 광활한 공간, 트럭이 오가고 공장식 대량생산이 이루어지는 이 풍요로운 땅에서 살다 보니, 영양이 풍부하고 달콤한 배처럼 단순한 물건의 기적이 나무처럼 아름다운 무언가에 의해 창조된다는 사실을 잊고 살게 됐는지도 모를 일이다.

홈이 팬 흰 몸통에 연두색 머리의 배추 더미를 보고 있는데 누가 바로 앞에서 손을 불쑥 내밀었다. 펄쩍 뛰며 뒤로 물러나 보니 최 순경이 서 있었다. 비둘기색 브이넥 스웨터 안에 칼라 셔츠를 받쳐 입고 짙은 청바지를 입은 모습이었는데, 그렇게 캐주얼한 복장을 하고 있으니 사뭇 달라 보였다.

"아, 죄송해요. 그거 마고 씨 배추였어요?" 그가 빙긋 웃었다.

"아뇨. 사실…… 네, 제 배추예요."

"여기요, 제가 도와드릴게요." 그가 하나를 집어 들어 봉지에 담았다.

"잠깐만요, 그건…… 글쎄요, 좀 빈약해 보이는데요. 저기 저 건 어때요?"

그가 웃었다. "알았어요." 그는 마고의 카트에 담았던 배추를 꺼내 자기 카트에 담았다. 그리고 배추 더미 맨 위에 있는 것 중 하나를 집었다. "이거요?"

"음, 그거 말고 그 옆에 거요. 이파리가 제일 풍성한 거."

"아, 알았어요. 이파리가 제일 풍성한 거." 그가 팔을 한껏 뻗었다. 그는 제이크루 모델처럼 깔끔하게 잘생겼지만 잘난 체하는 느낌은 별로 없는 데다 저렴한 헤인즈 속옷을 입고 있었다. 헐렁한 사각팬티일까, 아니면 딱 달라붙는 브리프일까? 혼자 그의 속옷을 떠올린 것에 마고는 얼굴을 붉혔다.

"데이비드라고 부르세요. 저 경찰 그만뒀어요."

"네에?" 마고는 그를 바라보며 잠깐 할 말을 찾지 못했다.

"쉽지는 않았지만……. 새해에는 새로운 사람이 돼보려고요." 그가 어깨를 으쓱했다.

"어떻게요?" 마고가 안도하며 물었다.

"어차피 좀 지쳐 있었거든요." 그는 양쪽 엄지손가락을 주머니에 찔러 넣었다. "마고 씨가 저한테 한 말을 듣고……. 제가 애초에 왜 경찰이 되려고 했는지를 깨달았어요." 그가 뒷목을 긁었다. "당신 말이 옳았어요."

마고가 가장 좋아하는 세 마디 말.

"정말요?"

"처음 전화했을 때요. 그때 얼마나 화가 났었는지 기억해요?"

마고는 자신이 한 말을 거의 그대로 떠올리며 고개를 끄덕였다. 우리를 일거리만 만드는 귀찮은 존재쯤으로 여기는 모양인데, 우리 엄마는 진짜 열심히 일했고 다른 사람들처럼 세금도 꼬박꼬박 냈어요. (……) 우리 엄마 같은 사람들도 당신들만큼이나 이런 억울한 일을 당하죠.

"당신은 대답을 원했는데 아무 대답도 듣지 못했다고 느꼈으니까요. 마고 씨 엄마는 더 나은 대우를 받아 마땅했어요."

"네, 기억나요."

"정말 그랬어요. 정말 그래요." 그가 마고의 눈을 피했다. "그 일로 제가 애초에 왜 경찰이 되려고 했는지가 떠올랐어요." 아주머니 하나가 '아이, 참' 하며 마고의 쇼핑 카트를 마고 쪽으로 슬쩍 밀고 지나갔다. 그들은 배추 더미를 빠져나왔다.

"왜 경찰이 됐는데요?"

"제가 십 대 때 죽은 형이 있어요. 다들 자살이라고 생각했지만……. 저는 믿지 않았어요. 형은 절대 그럴 사람이 아니니까요. 그래서 할 수만 있다면 사람들을 돕고 싶었어요. 그때만 해도 한국 경찰이 별로 없었던 데다, 부모님이 영어를 못해서 경찰이 우리 가족 말을 묵살해버렸다고 생각했죠."

"그렇군요. 정말 유감이에요." 마고는 마음이 무거워졌다.

"괜찮아요." 그는 한숨을 쉬었다. "지난 몇 년 동안 지루한 서류작업이나 하면서 절박한 사람들을 괴롭히며 보낸걸요. 법적으로나 '도덕적'으로나 최선의 방법을 찾기보단 그저 조직에서 살아남는 게 목적이었던 것 같아요. 제가 원했던 대로 사람들을 돕고 있는 게 아니었던 거죠. 그리고 솔직히…… 늘 피곤했어요. 정말 피곤했어요." 그가 고개를 흔들었다. "어쨌든, 제가 너무 말이 많았네요."

"아녜요, 그렇지 않아요. 솔직하게 말해줘서 고마워요. 그 모든 걸 깨달으셨다니 정말 다행이에요."

"마고 씨는 어때요?"

이제 그에게 뭐라고 말해야 할까? "저는 그냥……. 받아들이고 있는 것 같아요. 엄마가 돌아가셨단 사실을요. 적어도 이젠 엄마에 대해 아는 게 생겼으니까요. 이제 이 모든 일에 대해 일종의 결말을 얻은 것 같아요. 어쩌면 새로운 시작도요."

"잘됐네요." 그가 자신의 카트에 손을 얹었다.

두 사람 사이에 침묵이 흐르다가 둘이 동시에 숨을 길게 내뱉었다.

"김치 담그시게요?" 그가 턱으로 배추를 가리키며 물었다.

이번 주에 김치를 담그지 말란 법이라도 있나? "하, 그럴 계획은 없었는데 지금 생긴 것 같네요? 여기 얼마나 더 있을지도 아직 모르겠거든요."

"여기라면?"

"코리아타운요."

마고는 말을 잠깐 멈추었다. 주위를 둘러보니 막바지 쇼핑객들이 노란 양파, 흰 양파, 파, 고추, 생강 따위를 열심히 골라 담고 있었다.

"오늘 저녁에 손님을 초대하셨나 봐요?" 그가 물었다. 또 다른 아주머니가 자기 카트를 마고의 카트에 부딪치며 지나갔다.

"네, 친구들이 오기로 했어요. 그쪽은요?"

"별다른 계획은 없고 부모님 댁에나 가려고요. 형제가 하나 더 있는데 아이들을 데리고 오거든요. 편하고 조용하니 좋을 것 같아요."

이 사람이 별 계획이 없다니. "아이가 몇 명인데요?"

"둘요. 믿기지 않겠지만 실은 그 형제가 저보다 네 살 어린 동생이에요."

할머니 두 분이 실망한 표정으로 배추를 뒤적이고 있었다. 그

중 한 할머니가 이파리를 하나 찢어 입에 쏙 집어넣더니 고개를 끄덕였다. 그의 손은 꼭 엄마 손처럼 강하고 쭈글쭈글했다. 과일 껍질을 길게 깎아 자신에게 잘라주던 그 손을 얼마나 사랑했는지. 얼마나 그리웠는지.

"그럼, 저는 살 게 몇 가지 더 있어서요. 다시 만나 반가웠어요."

"저도요." 마고는 미소를 지을 수밖에 없었다.

그는 다른 쇼핑객들에게 연신 고개 숙여 양해를 구하며 북적이는 카트 행렬을 벗어났다.

"데이비드." 마고는 영어를 하는 자신의 목소리가 너무 크다는 걸 인식하면서 그를 불렀다.

"네?"

한 남자가 놀란 얼굴로 두 사람을 쏘아보았다. 아무 데서나 크게 떠드는 예의 없는 미국 애들 같으니, 하는 듯한 표정이었다.

마고는 미소를 지으며 잠깐 자기 카트를 버려두고 사람들 틈을 비집고 들어가, 그와 몇 미터 떨어진 곳에 멈춰 섰다. "이제 실직 상태니까 제가 뭐 하나 부탁해도 돼요?"

마고는 엄마의 서류 번역을 도와줄 그와 전화번호를 교환한 후 식료품 값을 계산하고 주차장으로 나왔다. 호박색 조명등이 자동차와 고객들의 카트를 비추고 있었다. 아홉 시에 오기로 한 손님을 맞이하기 위해 청소하고 준비할 시간이 얼마 남아 있지 않았다. 마고는 새해를 맞이하는 설렘과 엘에이에서 완전히 새로 시작할 수도 있다는 생각에 들뜬 마음으로 서둘러 자기 차로 갔다. 코리아타운이나 에코파크에 스튜디오 같은 작은 거처를 새로 마련하거나, 아니면 엄마가 처음 미국에 왔을 때처럼 여럿이 거주하는 집에 방 한 칸을 빌릴 수도 있을 것이다. 당장 시애틀로 날아가 짐을 정리한 다음 꼭 필요한 것만 부칠 것이다. 어쨌든 모든 걸 새로 다시 시작한다는 설렘에 마고는 온몸이 들썩였다.

한 도시에서 사무직 일을 하며 했던 행동들을 다른 도시에서 그대로 답습하는 것은 상상하기 어려웠다. 마고는 자신이 종일 문밖에 정수기가 놓인 사무실 컴퓨터 화면 앞에 앉아 데이터를 입력하고 파일을 작성하는 일이 적성에 맞지 않는다는 걸 늘 알았지만, 경험도 인맥도 없는 영문학도로서 달리 할 수 있는 일이 없을 것 같았다. 하지만 이제 뭔가 새로운 일을 하며 자신을 재창조해야 할 것이다. 커피숍이나 식당이나 가게에서 일하면서 다시 미술학교에 들어갈 수 있을 것이다.

문득 대관람차 형상을 배경으로 하늘 높이 그물 모서리를 잡고 있었던 기억이 떠올랐다. 그 그물코 사이를, 꼭 엄마처럼 반짝이고 유연한 아주 작은 은빛 물고기 떼가 자유롭게 오가는 모습을 상상했던 기억도 떠올랐다. 하지만 모녀는 이제 자유로운 동시에 영원토록 서로에게 엮여 있었다. 그들은 분리된 동시에 분리될 수 없는 존재였다. 그들은 썩은 그물이 아니라, 다양한 톤의 파란색 실을 섬세하게 꼬아놓은 실타래처럼 훨씬 주의 깊게 만들어진 무엇이었다. 엄마의 죽음은 매듭이 아니라 일시적 회귀였다. 엄마는 마고를 보호하기 위해 너무 많은 진실을 홀로 짊어지고 살았다. 이제 마고는 알았다. 자신도 엄마처럼 무엇이든, 심지어 사랑도 가족도 다 감당할 수 있다는 것을.

*

1월 중순의 어느 금요일 밤, 꽉 막힌 10번 고속도로에 진입하면서 마고는 엘에이로 돌아오겠다는 계획이 실은 악수가 아닐지 고민했다. 마고는 운전이 싫었다. 옆자리에 엄마의 유골을 싣고 차를 몰고 가던 마고는 슬픈 디스코를 춰대는 미등을 응시하며 미세스 백을 떠올렸다. 그도 모든 것을 다시 새로 시작하기 위해 어딘가로 운전해가고 있을 것이었다. 만일 그리 멀리 가지 못했다면? 이 도시 어딘가에 숨어 있을 수도 있을 것이다. 어느 한적한 교외 동네나 심지어 엘에이 시내에서라도, 사태가 가라앉을 때까지 조용히 익명으로 숨어 지내면 될 것이다. 사람들이 어떻게 알겠는가?

언젠가 우연히 그와 마주치는 상상을 했다. 어쩌면 차를 몰고 가다가 자기 옆에 잠깐 정차한 차 운전석에서 미세스 백을 닮은 여자를 발견할지도 모를 일이었다.

두 주 전 데이비드는 에코파크에 있는 자기 아파트에서 김치볶음밥을 해 먹고 나서, 마고 엄마의 대여금고에 있던 서류를 일부 번역했다. 마고 아버지가 고용한 사설탐정의 도움으로 마고 엄마는 자기 부모님의 신원과 소재를 파악한 상태였다. 서울 남쪽의 군포라는 도시에 이제 아흔둘이 된 미나의 엄마만 생존해 있었다. 하지만 그 서류에서 분명히 알 수 없는 것은 미나가 그분에게 연락을 취했는지 말았는지, 혹은 엄마의 생존 사실을 아는 것만으로도 충분했는지 여부였다.

"그분을 만나보고 싶어요?" 데이비드가 물었다.

"모르겠어요." 마고는 그의 식탁 나뭇결을 응시했다. 소용돌이 무늬를 보고 있으려니 지문이 떠올랐다.

"이 사설탐정 미스터 조한테 전화해보면 돼요." 그가 서류를 살폈다. "마고 씨 할머니에 관한 게 아니더라도 다른 가족에 관한 정보를 얻을 수 있을지도 몰라요." 그의 눈이 반짝였다. "이를테면 그 양 갈래 머리 소녀에 관한 정보라든지. 만약 아직 살아 있다면요."

"맙소사, 모르겠어요. 일단 생각을 좀 해봐야겠어요."

마고는 집으로 돌아와 자신의 엄마와 아버지를 생각하며 울었다. 그리고 할머니를 생각하며 울었다. 이 세상은 왜 이토록 많은 사람을 갈라놓았을까? 그저 함께 있는 일이 왜 그토록 힘든 일이어야만 했을까? 엄마에게 일어난 일을 안다면 할머니는 안도할까? 아니면 죽을 만큼 비탄에 잠길까? 우리는 어떻게 서로에게 상처 주지 않고 살아갈 방법을 정했을까?

마고는 며칠을 먹지도 못하고 울기만 했다. 그다음 주말 미겔이 장을 봐와 함께 먹을 저녁을 만들었다. 메뉴는 크리스마스 저녁에 미처 가지 못한 식당에서 구해온 빨간 모울 소스로 만든 엔칠라다였다. 그들은 대체로 조용히 앉아 있었다. 답답하고 무거운 기분에 시달리는 마고에게 딱 필요한 시간이었다. 가슴속에 들끓는 감정이라곤 오직 다양한 종류의 고통뿐이었다.

그러다 마침내 메리 김에게 전화할 용기를 냈다. 그녀는 처음엔 전화를 받지 않다가 이틀 뒤에 전화를 걸어왔다.

지금은 꼭 필요한 가구만 남아 있는 텅 빈 거실 소파에 앉아 마고는 물었다. "혹시…… 아버지가 저희 엄마를 떠난 뒤에 어떤 일을 겪으셨는지 뭐라도 아는 게 있으세요? 그때가 아마 1980년대 후반쯤이었을 거예요."

"우린 1990년인가 1991년에 시카고에서 만났어요." 메리 김이 긁는 듯한 목소리로 힘없이 말했다. "그 사람은 당시에 사촌이 하는 수출입 일을 돕다가 나중에 거기서 작은 슈퍼마켓을 하나 인수했어요. 엘에이에서 어떻게 살았는지에 대해선 말을 잘 안 했어요. 아마 그 사람이 이십 대 때 거기서 아내와 사별을 해서 그런가보다, 하고 생각했죠."

"아내요?"

"네. 그때가 아마 1980년대 초였을 거예요. 그러니까 마고 씨 엄마를 만나기 전이겠죠." 그가 수화기를 떼고 기침을 했다. "그 사람은 서류미비자였어요. 우리가 결혼하고 나서 영주권을 얻었죠. 근데 그쪽 엄마나 두 사람 일에 대해선 한 번도 말을 꺼낸 적이 없어요." 그가 말을 멈추었다. "미안해요. 내가 별 도움이 안 된 것 같네요."

"두 분 엘에이에는 어떻게 오게 되신 거죠?"

"우리 가족이 오렌지카운티에 살아요."

"아, 그러시군요." 마고가 한숨을 쉬었다. "그분에 대해서…… 조금 더 이야기해주실 수 있나요? 두 분이 어떻게 만났는지, 그분은 어떤 사람이었는지 궁금해요."

"그래요." 그는 잠깐 말을 멈췄다. "그럼 코리아타운에서 만날까요? 거기 안 가본 지 몇 년은 된 것 같네요. 요즘 다시 운전을 배우는 중이라, 운전 수업 끝나고 보든지 아니면 내가 기사 딸린 차를 빌려도 되고요."

"그럼 그 운전기사는 어떻게 하신 건가요?" 마고는 현관 밖에서 자신의 어깨를 떠밀던 그 손길이 떠올랐다. 갓 베어낸 잔디 냄새와 그 밑에서 잔잔하게 풍겨오던 거름이나 퇴비 냄새 같은 악취, 입 안에서 느껴지던 금속 맛도.

"잘랐어요."

"정말요?"

"네. 어떻게 이런 일이 다 있는지." 그가 한숨을 쉬었다. "그 사람이 나 몰래 돈을 빼돌리고 있었어요. 그런 외모를 가진 남자는 절대 믿으면 안 되나 봐요." 그가 다시 기침했다. "알고 보니 그 사람이 했던 말들이 전부 날 속이려고 했던 말이었어요. 그 사람이 내 컴퓨터에서 은행 계좌 같은 금융 정보를 훔쳐보는 걸 목격하고 알게 됐죠. 요즘 정말…… 너무 힘들었어요." 그의 목소리가 갈라졌다. "지금 우리 둘 다 그런 것 같네요, 그죠? 요즘 뭐 하나 제대로 되는 게 없어요. 침대에서 일어나기조차 힘들어요."

"네, 이해해요."

"그 사설탐정한테 전화해보는 건 어때요?" 메리 김이 물었다. "엄마 집에서 뭘 찾았는지는 모르겠지만 그 사람이 이미 알고 있는 건 말해줄 수 있을 거 아녜요. 어쩌면 마고 씨가 모르는 부분을 알려줄지도 모르죠. 혹시 연락은 시도해봤어요? 마고 씨 아버지가 그 사람한테 일을 많이 맡겼어요. 일을 아주 잘하는 사람이었거든요."

다음 날 마고는 데이비드에게 전화를 걸어 그 사설탐정과 연락해줄 수 있는지 물었다. 분명 그 사람은 한국말로만 소통이 가능할 것 같아서였다. 그 결과 마고는 엄마가 이십 대 때 한국에서 결혼했고 딸도 하나 있었는데 자동차 사고로 남편과 딸을 한꺼번에 잃었다는 걸 알게 됐다. 그들은 식료품 가게에 가려고 함께 걸어가던 중이었고 엄마는 혼자 집에 남아 있었다고 했다.

당시 마고의 이부동생은 고작 여덟 살이었다. 부모를 잃었을 때 엄마는 고작 네 살이었다. 이 아이들은 부주의와 전쟁 때문에 자신들의 부모를 잃어버린 것이다.

마고 모녀는 엄마와 딸로서의 경험, 각자의 개성, 여성으로 살아온 시대와 장소라는 측면에서 더할 나위 없이 동떨어져 있었지만, 그럼에도 그들을 가족으로 만든 것은 단순히 혈연이 아니라 아마 절대 서로를 완전히 포기하지 않았다는 사실일 것이다. 늘 용서의 가능성이 존재했다. 옷을 벗고 그 모든 돌을 버려 삶이 가벼워진 덕분에, 언젠가 검은 물속으로 첨벙 뛰어들었어도 당신은 수면 위로 떠오를 수 있었다. 당신은 모든 그물로부터 자유로워졌고, 여태 한 번도 경험해본 적 없는 편안함을 느꼈다.

마고는 충분한 정보를 얻었다. 그것으로 만들어낼 것이 무궁무진했다. 할머니는 뭘 알고 싶어 하실까? 할머니는 지금 이 순간 유일하게 중요한 청중일 것이다.

410

이제 마고는 차를 몰고 부두로 갔다. 행여 부두 끝으로 몰려가는 군중을 칠까 봐 신경이 바짝 곤두섰다. 대관람차 불빛이 빨간색 흰색으로 깜빡거렸다. 차창을 열고 다양한 언어와 웃음소리의 불협화음에 귀 기울였다. 차에서 내리자마자 쌀쌀한 공기에 몸을 떨며 재킷 지퍼를 올리려는데 세찬 바람이 훅 불어왔다. 치즈버거며 나초, 퍼넬 케이크, 핫초코 같은 카니발 음식 냄새, 걷고 서성이고 셀카를 찍으려 팔을 쭉 뻗는 인파를 헤치고 나무 데크가 깔린 부두를 걸었다. 한 손에는 엄마의 유골을, 다른 한 손에는 발효된 모든 슬픔과 갈망, 어두운 농담이 들어 있는 소주 한 병과 허니크리스프 사과 한 알이 담긴 비닐봉지를 늙은 한국 남자처럼 덜렁덜렁 들고서. 부두 끝 벤치에 엄마를 옆에 두고 앉았다. 언젠가 유골을 이곳에 뿌릴지도 몰랐다. 어쩌면 불법일지도 모르지만 무슨 상관이랴. 일단은 소금기 어린 공기를 깊이 들이마시며 저 멀리 바다와 그 위로 한껏 무르익어 환히 빛나는 달을 응시하며 사과를 한 입 베어 물었다.

그리고 전화기를 집어 들었다. 신호가 가기 무섭게 거칠고 지친 목소리의 여자가 한국말로 전화를 받았다.

"여보세요?"

두 뺨 위로 눈물이 흘러내렸다. 문득 궁금했다. 내가 얼마나 견딜 수 있을까? 자신은 엄마가 아니었다. 나약한 응석받이 미국인이었다. 머릿속에서 폭탄이 떨어져 쾅 폭발하는 소리가 들렸다. 마고는 그들이 꼬아 만든 머릿속 밧줄에 매달렸다. 사과를 들고 있던 손에 힘이 꽉 들어갔다.

"여보세요?"

여자가 한국말로 다시 말했다.

마고는 수화기 너머 여자의 숨소리를 들을 수 있었다. 태양처럼 따뜻한 그 기운이 씨앗이 잔뜩 뿌려진 밭과도 같은 자신의 얼굴을 감쌌다.

"저 미나 딸이에요." 이렇게 말하면서도 목소리는 제발, 제발 알아들어 주세요, 하고 간청하고 있었다.

감사의 말

이 소설은 편집자 나탈리 할락의 날카로운 지성과 상상력 그리고 따뜻함 덕분에 탄생할 수 있었다. 그는 정말 남다른 파트너였다. 파크 로우 북스와 함께 일할 수 있었던 것도 꿈만 같다. 내에이전트 에이미 엘리자베스 비숍은 예리하면서도 재밌고 다정함이 흘러넘치는 사람이다. 그는 가장 든든한 나의 옹호자였고, 내 말을 믿어줌으로써 내 인생을 바꿔놓았다.

2018년에 작고한 나의 스승이자 멘토인 데이비드 웡 루이, 러셀 레옹, 킹-콕 청, 마야 소넨버그, 콜린 J. 맥엘로이, 션 윙, 알렉산더 치, 랜다 자라는 다양한 스토리텔링과 기법을 포용하고 이에 헌신함으로써 내 글이 나아갈 길을 다져주었다. UCLA 아시아계 미국학 센터는 내게 지역과 역사에 대한 감각을 일깨워주었고, 『아메라시아 저널』은 나의 첫 단편을 실어주었다.

내가 계속 글을 쓸 수 있었던 것은 여러 편집자와 문학 저널이

내 이야기를 공유해준 덕분이다. 『로스 엔젤레스 리뷰 오브 북스』 『게르니카』, 아시아계 미국인 작가 워크숍의 『더 마진』 『어포지 저널』 『더 럼퍼스』 『일렉트릭 리터러처』 『디 오핑』에 고마움을 전한다.

가족과 친구들은 내가 수년에 걸쳐 이 책을 쓰는 동안 몸과 마음에 자양분을 공급해주었다. 특히 에바 라로지 드 레온, 탈리아 샬레브, 리와 김 부부 가족, 굿맨과 로빈 부부 가족, 코린 매닝, 에버 존스, 케이코와 나오미 나메카타 부부, 개브리엘 벨롯, 안카 실라지, 폴라 실즈에게 감사를 전한다. 잉그리드 호야 콘트레라스, 얄리차 페라스, 메론 하데로, 앰버 버즈, 앤지 챠우, 타냐 레이, 멀리사 발렌틴 등의 작가 그룹도 지혜와 마법을 공유해주었다.

엄마는 독신 생활이 얼마나 복잡하고 경이로울 수 있는지를 보여주는 모델이 되어주었다. 엄마는 성공이란 나 자신과 세상에 대해 내가 느끼는 감정에 관한 것임을 가르쳤다. 엄마와 엄마의 용기, 스토리텔링, 엄마가 만든 독보적인 음식들이 없었다면 길을 제대로 찾지 못했을 것이다.

남편 폴은 초고를 쓰는 내내 곁에서 나와 내 인물들과 함께 살았다. 그것은 오랜 시간 한 지붕 밑에서 한없는 믿음과 유연함, 유머 감각을 발휘해야 하는 일이었다. 그는 내가 답보 상태에 빠질 때마다 시작점에서 얼마나 멀리까지 왔는지를 상기시켜주었다. 그(그리고 우리 개들)가 없었다면 이 소설은 결코 세상에 나오지 못했을 것이다.

이 일을 가능하게 해준 데 대해 모두에게 감사드린다.

나에게 들려주는 이야기

이민자의 삶을 다룬 이야기는 보통 이민 2세의 입으로 전해진다. 거기에는, 적어도 한국계 또는 아시아계 이민자 이야기에는 어김없이 등장하는 클리셰가 있다. 작은 눈, 검은 머리카락 등의 동양적 외모에 대한 어린 시절의 콤플렉스, 영어에 서툴고 삶을 제대로 즐길 줄 모르는 일벌레에, 가족을 일종의 운명공동체로 여기는 가족주의와 출세주의를 자식에게 강요하는 부모, 이민자의 정체성을 가장 확실하게 보여주는 고향 음식, 이민자들의 공동체 역할을 하는 성당……. 이런 장면들을 마주할 때면 나도 모르게, 정말 우리 한국계(아시아계) 이민자들이 살아온 모습이 그토록 천편일률적이란 말인가, 하고 항변하고 싶은 마음이들었다. 내 주변에는 전혀 다른 모습으로 살아가는 동료 이민자들이 있다고, 바로 그 이민자 가정의 하나인 우리 집도 그런 풍경과는 거리가 멀다고 알려주고 싶었다. 그런데 그럴 수가 없었다.

왜냐면 그렇지 않기 때문이다. 그 진부하고 상투적인 이야기는 대체로 우리가 살아온 모습에 대한 진실을 담고 있기 때문이다. 그럼에도, 나는 이 책이 들려주는 이야기가 매우 중요하다고 생각한다. 더 많은 이민자 이야기가 쓰이고 번역되어 그 목소리가 널리 널리 전해지길 바란다. 앞서 말한 대로 얼핏 진부할 정도로 비슷비슷해 보이는 이민자의 삶이지만, 조금만 자세히 들여다봐도 그 풍경은 너무도 제각각이므로. 그 진실들은 아직도 충분히 알려지고 이해받지 못했으므로. 무엇보다 그 이야기들은 우리에게, 황무지에서도 끈질기게 살아남고 심지어 꽃을 피우는 법에 대해 무언가를 알려주므로.

이를테면, 어떤 이민자들은 '성공한 이민자'라 불린다. 이 성공이란 말속에는 대체로, 이성애자 남녀가 결혼하고 자신들의 생물학적 아이를 낳아 '정상 가족'을 일구고, 경제적, 직업적 성취를 이뤘다는 뜻이 담겨 있다. 그런 성공담의 주인공은 으레 세상을 향한 마이크를 독차지한다. 하지만 그에 속하지 않는 사람은 자신의 '불운'에 대해 주변의 측은한 시선을 넘어 때로는 비난 어린 시선마저 감내해야 하기 일쑤다. 바로 이 이야기 속 미나 모녀가 그랬듯이. 그러나 이들에게도 저만의 고난과 승리의 이야기가 있다. 어쩌면 더 아름답고 우리 삶의 더 깊숙한 진실을 들려주는 이야기가. 이들의 목소리를 찾아주는 일이야말로 문학의 역할일 터. 그 작업은 이제야 비로소 시작되었다고 할 수 있다.

『미나 리의 마지막 이야기』는 우리가 돌아봐야 할 갖가지 사회적 질문을 던진다. 이민자의 아웃사이더로서의 삶에서부터 빈곤과 계급 격차, 인종차별을 넘어 그 안에서마저 위계가 있는 현실, 능력주의 신화, 성차별과 성폭력, 도시의 젠트리피케이션 문제에 이르기까지 하나같이 시급하고 중요하게 다뤄져야 할 주제들이다. 이민 1세대인 미나는 이 모든 문제를 대변하는 존재다. 잇따른 비극적 사건을 겪고 오로지 생존을 위해 고국을 떠나 미국 엘에이로 삶의 터전을 옮긴 그는 성실하고 정직하고 친절한 사람이지만, 흔히들 '불법 체류자'라고 부르는 서류미비자이다. 그러기에 시시각각 추방의 위협에 시달리며 근근이 생계를 이어나가고, 공권력의 도움이 필요한 결정적인 순간에조차 전혀 보호받지 못한다. 영어에 서툰 비혼 싱글 맘인 그는 평생 가난과 폭력의 위협, 동료 이민자들의 차별적 시선에 시달린다. 평생 생존이 지상 최대의 과제이기에, "버둥거리기를 멈추는 순간 익사라도 할 것처럼" 눈앞의 일에 몰두하느라 딸 마고에게 이해심을 발휘할 시간이 없다.

인종적 이질성과 가난, 법적 테두리 밖의 삶이 주는 무력감, 아버지의 부재에 대한 주변의 따가운 시선으로 성장기 내내 수치심과 모멸감에 상처받고 소외당해온 마고는 그 부정적 요소의 구현체 혹은 원흉으로까지 보이는 어머니를 증오한다. 가장 빠르고 손쉬운 해결책은 어머니와의 거리 두기와 이를 통한 망각이다. 그렇기에 어른이 된 마고는 집을 떠나 다른 도시에서 평범한 직장인으로 살면서 과거의 상처를 잊고 살아가려 하지만 자신이 갈망하던 삶과는 거리가 멀다. 미술에 대한 사랑과 그 사랑을 세상과 나누고 싶은 자신의 꿈을 지레 포기하고 나쁜 연애에 스스로를 내맡기며 스스로를 삭제하는 삶을 살아가고 있는 터이다. 그러다 어머니의 죽음이라는 뜻밖의 상황에 놓이게 된 마고는, 이제 더는 그렇게 제 삶에 대한 중대한 결단을 유예한 채 어정쩡한 타협 속에서 지리멸렬한 삶을 이어갈 수 없다는 것을 깨닫는다.

제 앞에 놓인 길을 안전하고 자신 있게 걸어가려면 자꾸 뒤를 돌아보지 말아야 하고 그러려면 역설적이게도, 지나온 길을 제대로 알아야 한다. 그리고 온몸으로 그것을 받아들여야 한다. 정말이지 엄청난 용기가 필요한 일인 것이다. 이를테면 어머니의 미스터리한 죽음처럼 자신의 삶에 큰 파장을 몰고 오는 충격적인 사건이 아니라면 좀처럼 그러모으기 힘든. 마고는 두렵지만 더는 진실을 외면하지 않고 "조각조각 흩어진 이야기들"을 이어붙여서 "자기만의 이야기"를 만들어 스스로에게 들려주기로 작심한다. 그리고 마침내 어머니의 역사를, 그리하여 자기 자신의 역사를 완전히 새롭게 쓰는 데 성공한다.

삶이 버겁게 느껴질 때나 슬플 때, 고독이 밀려올 때면, 이 이야기 속 미나처럼 자신에게 가혹하기 짝이 없는 운명의 난폭함을, 그 부조리함을 시시포스처럼 묵묵히 감내하며 살아가는 강인한 주인공의 모습에서 큰 위안과 힘을 얻는다. 또, 우리 삶에는 그런 고통만이 아니라 아침 햇살처럼 찬란한 순간들도 있으며, 삶이 선물처럼 내어주는 그런 찰나와도 같은 경이의 순간들을 더 부지런히 찾아내 누려야겠다고 새록새록 다짐도 하게 된다. 내게 주어진 삶을 "정원을 가꾸듯 정성스레" 꾸려나가며 느끼는 자부심이 얼마나 소중한지, 무엇보다 타인과 온기를 나누는 일이 삶을 얼마나 단단하게 지탱해주는지도 거듭 되새기게 된다. 좋은 이야기는 이토록 힘이 세다.

이 소설은 마고와 미나의 이야기가 같은 비중으로 나란히 교차 전개되는 구조로 되어 있고, 미나의 일생이 이야기의 주축을 이룬다. 그럼에도 이 이야기의 주인은 결국 마고일 수밖에 없다. 앞으로 남은 삶을 꾸려가야 할 사람은 바로 마고인 터다. 어머니가 남긴 삶의 조각들을 하나하나 주워 모아 마침내 어머니의 삶을 어렴풋이나마 이해하고, 그 숭고한 아름다움을 온몸으로 받아들이게 된 마고. 그리하여 자신이 누군지 조금은 더 잘, 혹은 새롭게 알게 된 마고. 그가 앞으로 상상하고 만들어나갈 이야기가 궁금하다. 그리고 쓰고 지우고 다시 쓰길 반복해오다 밀쳐둔, 나에게 들려줄 나의 이야기도 다시 한번 써봐야겠다고 생각한다.

옮긴이 정혜윤

뉴욕주 롱아일랜드에 거주하며 전문 번역가로 활동 중이다. 옮긴 책으로 『H마트에서 울다』 『내가 알게 된 모든 것』 『디베이터』 『슬픔을 건너가는 중입니다』 『지금, 호메로스를 읽어야 하는 이유』 『작가의 책』 등이 있다.

미나 리의 마지막 이야기

ⓒ 낸시 주연 김, 2023

초판 1쇄 인쇄일   2023년 11월 10일
초판 1쇄 발행일   2023년 11월 20일

지은이   낸시 주연 김
옮긴이   정혜윤
펴낸이   정은영
편집   최찬미 방지민
마케팅   이언영 연병선 한정우 최문실 윤선애 최혜린
제작   홍동근

펴낸곳   (주)자음과모음
출판등록 2001년 11월 28일 제2001-000259호
주소   10881 경기도 파주시 회동길 325-20
전화   편집부 (02)324-2347, 경영지원부 (02)325-6047
팩스   편집부 (02)324-2348, 경영지원부 (02)2648-1311
이메일   munhak@jamobook.com

ISBN 978-89-544-4971-7 (03840)